metro

Rob Alef

Immer schön gierig bleiben

metro wurde
begründet von
Thomas Wörtche

Zu diesem Buch

Mieten, die ins unermessliche steigen, Biosupermärkte, die wie Pilze aus dem Boden schießen, Touristen, die zu Tausenden die Stadt bevölkern – Berlin ist zu einem einzigen großen Investment geworden und versinkt zugleich im Müll. Inmitten dieses Chaos wird eine Maklerin tot aufgefunden. Kommissar Pachulke nimmt die Ermittlungen auf und sucht zugleich nach einer neuen Bleibe für sich und seine Plattensammlung. Auf seiner Odyssee von Mitte nach Kreuzberg, von Friedrichshain nach Neukölln erinnert er sich schließlich an einen ganz ähnlichen Fall von vor zehn Jahren und kommt so dem Täter gefährlich nahe.

»Krimi mischt sich bei Alef mit Fantastik, gesellschaftskritischer Satire und einer Prise Science-Fiction – und das alles zum Brüllen komisch! Spannung vom Feinsten.« *Kurt Lhotzky, Die Zeitschrift*

»Die Geschichte ist ein Überfall aus staubtrockenem Humor. Hart und ernst wie das Leben und zum Brüllen komisch.« *WDR*

Der Autor

Rob Alef, geboren 1965 in Nürnberg, arbeitet als freier Rechtshistoriker und schreibt Satirisches für das Magazin *Eulenspiegel* und *die tageszeitung*. Seine Romane wandeln auf dem schmalen Grat zwischen Fantastik, Satire und Thriller.

Im Unionsverlag sind außerdem lieferbar: *Das magische Jahr* und *Kleine Biester*.

Mehr über Buch und Autor im Anhang
und auf *www.unionsverlag.com*

Rob Alef

Immer schön gierig bleiben

Kriminalroman

Unionsverlag

Die Originalausgabe erschien 2013 im Rotbuch Verlag, Berlin.

Im Internet
Aktuelle Informationen, Dokumente, Materialien
zu Rob Alef und diesem Buch
www.unionsverlag.com

Unionsverlag Taschenbuch 727

Neptunstrasse 20, CH-8032 Zürich
Telefon +41 44 283 20 00
mail@unionsverlag.ch

Reihengestaltung: Heinz Unternährer
Umschlaggestaltung: Heike Ossenkop, Zürich
Umschlagbild: moveproduction / shotshop.com
Druck und Bindung: CPI – Clausen & Bosse, Leck
ISBN 978-3-293-20727-1

1

Endstation Stralau. Franz Grellert lenkte den Bus auf die Wendeschleife. Der Motor erstarb, und pfeifend öffnete sich die vordere Tür. Die Luft eines neuen Tages strömte herein, kühl mit leicht süßlichem Nachgeschmack. Auf der Ablage hinter der riesigen Windschutzscheibe lagen ein druckfrisches Exemplar der BZ und ein zerlesenes Buch: *Die Vogelwelt unserer Heimat.*

Grellert stieg aus. Legte den Kopf nach links und nach rechts, dass es knackte, zog die Schultern hoch zu den Ohren, streckte die gebräunten Arme nach links und rechts und machte kreisende Bewegungen. *Erste Fahrt, Geisterfahrt,* dachte er. Geisterfahrt, das war eine Tour, bei der der Bus fast leer blieb. Die Nachtschicht – Touristen und Partygänger – war schon im Bett, und die Frühschicht – Krankenschwestern und Bäckereiverkäuferinnen – tröpfelte nur allmählich herein. Also hatte Grellert den beinahe menschenleeren Bus 104 durch beinahe menschenleere Straßen gesteuert, dreiundfünfzig Stationen lang von Westend bis nach Treptow. Die erste Tour des Tages, 4.45 Uhr Brixplatz ab, 5.43 Uhr Stralau an. Jetzt hatte er Pause.

Im Osten der kleinen Halbinsel lag die Rummelsburger Bucht, im Westen floss träge die Spree vorbei. Vorsichtig machte Grellert ein paar Kniebeugen, stellte sich auf die Zehen und streckte sich bis in die Fingerspitzen. Er war schlank und drahtig, aber wenn seine Gelenkknochen knackten, hatte er das Gefühl, man konnte das Geräusch auf ganz Stralau hören.

Er schloss die Augen und lauschte der Nachtigall. *Luscinia megarhynchos* saß nur ein paar Meter von ihm im Geäst, unsichtbar und unüberhörbar, modulierte und tirilierte unbeirrt vom Lärm der Bagger auf dem gegenüberliegenden Flussufer.

Er hörte leise Schritte und öffnete die Augen. Auf der anderen Straßenseite spazierte die alte Frau vorbei, Strickjacke über Kittelschürze, dünne Beine, dünne graue Haare in einem Dutt. In der Hand einen grünen Plastikeimer, darin Arbeitshandschuhe und Gartengerät. Wenn sie kam, dann immer nur mittwochs und immer ganz früh. In der ersten Pause, um viertel vor sechs. Sie würdigte ihn keines Blicks und überquerte die Straße. An der Tür zu dem kleinen Friedhof nestelte sie einen Schlüssel hervor, trat ein, schloss lautlos die Tür und verschwand zwischen den Grabsteinen. Der Friedhof lag direkt am Wasser. Gegenüber, am anderen Ufer der Spree, zog sich kilometerlang die Treptower Halde. Von dort stieg der süßliche Geruch auf und kam nach Stralau.

Durch die Bäume sah Grellert einen der großen Bagger. Rund um die Uhr steuerten die Boote aus dem Umland die Treptower Halde an. Gerade lag ein großes Transportschiff an einem der Kais, an dem früher die Ausflugsdampfer angelegt hatten. Der Bagger grub seine Schaufel tief in den Laderaum. Bunte Fitzel flogen links und rechts aus der Schaufel und landeten im Wasser. Der Schwenkarm bewegte sich Richtung Land, und Metall schabte kreischend auf Metall. Über der Halde kreisten einige Exemplare *larus ridibundus.* Die Lachmöwen schrien nicht und lachten nicht, solange die Sonne noch nicht aufgegangen war. Als wollten sie die Nachtruhe halten. Anders die Nachtigall. Grellert suchte das Unterholz nach ihr ab, obwohl er wusste, dass es bei diesen Lichtverhältnissen unmöglich war, sie zu entdecken. Er hätte ein Nachtsichtgerät gebraucht. Wo war das Tier? Die Tunnelstraße, an der sich die Endhaltestelle für zwei Buslinien befand, bildete die Längsachse von Stralau und zog sich bis zum Park an der Südspitze der Halbinsel. Östlich der Tunnelstraße waren in den letzten Jahren neue Wohnblöcke entstanden, westlich davon gab es eine Grünanlage mit Bäumen und Büschen und den Friedhof. Stralau war eine Enklave für junge Familien, die sich den Wasserblick leisten konnten. Spielplätze und Bootswerften, Schaukeln und in den Gärten aufgebockte Jollen bestimmten das Bild.

Grellert hatte eine erwachsene Tochter und – beinahe noch wichtiger – zwei Enkelkinder. Die beiden Jungs waren jetzt vier und sechs Jahre alt, und ihretwegen hatte er sich das Rauchen abgewöhnt. Früher hatte er in den Pausen immer eine geraucht, jetzt machte er seine Freiübungen. Seine Kniescheiben knirschten fast so laut wie der Bagger. Nicht wegen der Knie, wegen seiner Bandscheiben war er zur BVG, zu den Verkehrsbetrieben gegangen.

Früher war Grellert Fernbusfahrer gewesen. Auf großer Fahrt durch Europa: Odessa, Nordkap, Sagres. Und dann sogar ein Jahr in Afrika. Immer der Nase nach durch den Senegal, lange bevor es Navis und Google Maps gab. *On the road.*

Noch früher hatte er mal Biologie studiert. Nach zwei Semestern hatte er begriffen, dass er sich lieber lebendige Tiere ansah, als hauchdünne Präparate aus den Larven von *drosophila melanogaster* herzustellen. Es gab ein Leben nach der Fruchtfliege. Er wollte die Welt sehen und heuerte bei einem Busunternehmen an. In der Estremadura besuchte er Kraniche – *grus grus* – in ihrem Winterquartier, in Graubünden beobachtete er stundenlang Steinadler – *aquila chrysaetos.*

Dann, eines Tages auf dem Heimweg von Brindisi, achtzig Kilometer vor dem Brenner, hatte eine Bandscheibe gezwickt. Mit zusammengebissenen Zähnen hatte er die Tour beendet und überlegt, was er machen sollte. Er hatte Glück gehabt. Die BVG suchte Fahrer mit Berufserfahrung.

Hier in der Stadt gab es keine Adler, aber in Lübars und am Wannsee lebten Kranich und Reiher, in Tegelort Schwarzspecht und Bussard. Er hatte Frau und Tochter, mit denen er mehr Zeit verbringen konnte.

Die Buslinie 104 führte quer durch die Stadt. Überall sah Grellert Tauben, Elstern, Tauben, Krähen, Tauben, Meisen, Tauben, Amseln, Tauben, Spatzen und Tauben. Hier in Stralau lebten Enten, Blässhühner und ein Zaunkönig. Vom

Westend nach Treptow, Brindisi war das nicht, aber besser als diese Stummeltouren mit gerade mal zwanzig Stationen war der 104er in jedem Fall. Auf den kurzen Routen wurde Grellert auf die Dauer bekloppt, weil er immer hin- und herfuhr, wie ein Tiger im Käfig. Der 347er war so eine Stummeltour, die war er natürlich auch schon gefahren. Der 104er, das war die alte Welt, Funkturm, Ku'damm, Rathaus Schöneberg. Der 347er fuhr durch die neue Welt, Ostbahnhof, Warschauer Straße und vorbei an dem alten Reichsbahngelände an der Revaler Straße, wo die Freaks hausten, mit ihrer pochenden Musik zu jeder Uhrzeit.

Völlig sinnlos, mit einem leeren Bus durch die Gegend zu gurken. Bei dieser Tour hätte er ein Pferd durch die Stadt kutschieren können, niemand hätte es gestört. Aber ganz früh war er wenigstens an jeder Haltestelle pünktlich. Das war ein Problem beim 104er. Weil er sich einmal quer durch die Stadt wühlte, kam er eigentlich immer zu spät. Ein Rollstuhlfahrer brauchte die Rampe, jemand parkte in der zweiten Reihe, eine Baustelle, schon gab es eine Minute obendrauf. Die Minuten läpperten sich, und die Menschen an den Haltestellen sahen sauer und gequält aus, wenn er endlich ankam. Manchmal fiel eine Tour auch gänzlich aus.

Nur die Enkel waren niemals böse: *Opabus, Opabus,* riefen sie. In Linum war er mit den beiden schon gewesen, auch da konnte man Kraniche sehen. Dem Älteren wollte er zu seinem Geburtstag eine Wanduhr mit Vogelstimmen schenken. *Luscinia megarhynchos* war auch dabei. Immer um vier. Zu jeder vollen Stunde eine andere Vogelstimme. Konnte man nachts aber auch abstellen. Die Kinder sollten jedenfalls Vogelstimmen erkennen können und die Uhr lesen, obwohl heute alles digital war.

Der Schrei, der durch die kühle Luft gellte, stammte von keinem Vogel. Er war schrill, langgezogen und brach so plötzlich ab, als habe man einen Schalter umgelegt. Das war ein *homo sapiens,* vermutlich weiblich, der Schrecken hatte ihr die

Kehle zugeschnürt. Grellert sah zum Friedhof hinüber. Zwischen den Grabsteinen wimmerte es. Die alte Frau stolperte durch die kleine Tür und knallte sie so heftig hinter sich zu, dass sie wieder aufsprang. Sie hinkte auf Grellert zu. Ihr Dutt hatte sich gelöst, und das graue Haar fiel ihr in langen Wellen über die Schultern. Grellert hatte plötzlich das Gefühl, als erinnere er sich genau, wie die Frau ausgesehen hatte, als sie jung gewesen war. Merkwürdigerweise war ihm das peinlich. Es war in ihrem Lebensplan nicht vorgesehen, dass sie ihr Haar vor einem Busfahrer öffnete. Die blutende Platzwunde an der Stirn war ihr zugestoßen, genauso wie das, was ihr auf dem Friedhof Todesangst eingeflößt hatte.

Ihr Blick fing sich in Grellerts Augen. »Sie ist tot«, schluchzte die alte Frau. »Sie ist tot.« Sie hob die Schultern, und ein Zittern durchlief ihren Brustkorb.

Grellert nahm sie in die Arme. Die alte Frau roch nach Mottenkugeln und frischer Erde. Die zweite Tour auf der Buslinie 104 fiel heute aus.

2

Ein Schweißtropfen bildete sich auf der Stirn des Kriminalassistenten zur besonderen Verwendung Dorfner. Er folgte der blonden, sorgfältig gezupften rechten Augenbraue bis zur Nasenwurzel, rollte über den Nasenflügel bis zum Mundwinkel und von dort über das Kinn. An der Kinnspitze verharrte der Schweißtropfen einen Moment, dann fiel er nach unten auf die Trainingsmatte. Eine glattpolierte Hantel – 2,28 Meter lang, 28 Millimeter Durchmesser – ruhte sicher auf Dorfners Schlüsselbeinen. Links und rechts hatte er je eine große blaue und eine große grüne Scheibe aufgelegt. Zweimal dreißig Kilo, dazu die Hantel, die zwanzig Kilo wog. Dorfner war gerade dabei, etwas mehr als sein eigenes Körpergewicht zu stoßen. Er blies die Backen auf und drückte die Arme zur vollen Streckung nach oben. Die Hantel hob sich über seinen Kopf, er zog das rechte Bein nach vorn – seinen Ausfallschritt machte er immer mit dem linken –, drückte die Knie durch, zählte im Kopf: *ein großer schwarzer Chevy, zwei große schwarze Chevys, drei große schwarze Chevys.*

»Uaaarrgh!« Die Hantel rauschte zu Boden, Dorfner machte einen Sprung und schwenkte die Faust, so dass seine Knöchel die Zimmerdecke streiften. Schweißtropfen schwirrten in alle Richtungen davon und leuchteten in der Morgensonne.

Wie recht er doch damals gehabt hatte, gleich eine Dreiraum- anstelle einer Zweiraumwohnung zu mieten. So konnte er sich einen Bereich für das tägliche Training in den eigenen vier Wänden einrichten und musste nicht ins Fitnessstudio gehen. Musste sich nicht an Öffnungszeiten halten, musste sich nicht mit tätowierten Anabolikafressern um die Freihanteln streiten oder sich von Türstehern ihre Heldentaten vom Wochenende berichten lassen. In seinem Bootcamp war Dorfner an jedem Tag des Jahres sein eigener Herr. Das Bootcamp war das größte Zimmer der Wohnung. Hätte hier ein Paar oder eine Familie gewohnt, wäre es das Wohnzimmer gewesen. Mit einem Flachbildfernseher und einer Couchgarnitur und einem Glastisch zum Nüsschendraufstellen, wenn man mal Gäste hatte.

Aber Dorfner hatte keine Gäste. Dorfner hatte einen Satz Kurzhanteln. Er bewahrte sie in der hinteren Ecke des Bootcamps in einem Originalgestell des Herstellers auf. Wenn er auf seiner Übungsbank vor der Spiegelwand saß, konnte er jede Regung seines Muskelapparats korrigieren. Seine Bewegungen sollten nicht nur furchteinflößend wirken, sondern elegant, fließend und leicht. Nicht nur Angst und Schrecken hervorrufen, sondern auch Bewunderung und Verlangen.

Neben den Kurzhanteln hing der Sandsack in einer soliden Konstruktion aus hochbelastbarem Leichtmetall. Der Sandsack war eine High-Tech-Trainingsmaschine. In einer Klarsichthülle hing da ein Foto von Dorfners Vorgesetztem,

Hauptkommissar Pachulke. Pachulke, der Dorfner im Dienst keine Schusswaffe tragen ließ. Pachulke, der Dorfner immer zu schwachsinnigen Aufträgen abkommandierte, die verhinderten, dass er rausdurfte. Raus auf die Straße, um dort Recht und Gesetz durchzusetzen. Das Recht des Stärkeren und das Gesetz der Straße, das war es, wofür Dorfner trainierte. Wie gern hätte er sich in die Bresche geworfen, wenn jemand in Gefahr war, sein Leben riskiert, andere Leben geopfert. Aber Pachulke sprach ihn vor den Kollegen absichtlich mit »Mein lieber Dorfner« an und überreichte Dorfner kackbraune Hängemappen, die ihn tagelang am Schreibtisch festnagelten.

Der Sandsack hatte ein hochkompliziertes Innenleben. Verschiedene Sensoren maßen die Kraft jedes einzelnen Faustschlags, zählten die Schläge, nahmen die Zeit, erstellten Profile der Aufschlagsmuster, alles mit dem Ziel, Wucht und Präzision zu verbessern.

Diesen Sandsack hatte Schädelspalter, einer von Dorfners Kumpeln, für ihn eingerichtet. Schädelspalter hieß eigentlich Olaf, was zum Teil erklärte, warum er so an seinem Spitznamen hing. Vor allem war Schädelspalter ein Ehrenname. Früher war er bei der Fremdenlegion Spezialist für Fernzünder und Sprengfallen gewesen, irgend so ein Computerkram eben. Jetzt war er Motivationscoach und verkaufte Soft- und Hardware für den ambitionierten Einzelkämpfer.

Schädelspalter hatte Dorfner auch den Tipp mit dem Foto von Pachulke gegeben. »Du reizt dein Potential nicht mal annähernd aus, Dorfner. Häng doch mal ein Foto von jemand auf den Sandsack, der dir nahesteht, aber die Dinge anders sieht als du. Du wirst staunen, wie du dann abgehst.«

Also hatte Dorfner in einem unbewachten Moment ein Foto von Pachulke gemacht, wie er hinter seinem Schreibtisch saß und ein Salamibrötchen kaute. Müde und übergewichtig mit vollgestopften Backen hatte er dagesessen und in einer kackbraunen Hängemappe gelesen. Kein schlechtes Foto, jedenfalls war das Gesicht zu sehen. Dorfner druckte sich das

Foto zwanzig auf dreißig Zentimeter aus, ließ es laminieren, und jetzt hing es am Sandsack.

Schädelspalter hatte nicht übertrieben. Mit Pachulke war da gleich ein ganz anderer Dampf hinter den Schlägen. Die Computerausdrucke seiner Trainingswerte logen nicht. Auch von seinen beiden Kollegen, dem rothaarigen Streber Stiesel und dem Weichei Bördensen mit Pferdeschwanz und zwei Kindern zu Hause, besaß Dorfner Fotos für den Trainingsgebrauch. Aber das war alles nichts im Vergleich zu Zabriskie. Die zweite Hauptkommissarin im Team hatte es auf Dorfner abgesehen, verspottete ihn pausenlos und machte sich darüber lustig, dass er körperlich überqualifiziert war.

Dorfner war zwar nie um eine Antwort verlegen, allerdings fielen ihm die Antworten meistens immer erst dann ein, wenn er Zwiesprache mit seinen Helden hielt, deren Postergalerie die Längswand des Bootcamps gegenüber der Fensterfront zierten. Dorfner hatte sie alle: Mike Tyson und Bruce Lee, Jean-Claude Van Damme und Arnie. Dolph Lundgrens schweißglänzender Oberkörper als Drago in *Rocky IV* – kein Härchen verunzierte die glattrasierte Brust, die Bauchmuskeln waren mit der größten Raffinesse herausmodelliert. Muhammad Alis properer Hintern in einem dieser wahnsinnig knapp geschnittenen Höschen aus den Siebzigern. Joe Frazier, Chuck Norris, Jackie Chan und natürlich Steven Seagal mit seinem geheimnisvollen, warmherzigen Blick. Von Steven Seagal hatte er zwei Poster und ein gerahmtes Foto mit Autogramm. Diese Jungs hatten immer den richtigen Spruch auf Lager, und wenn nicht, dann legten sie den Dummschwätzer einfach um. Dorfner konnte seine Kollegin nicht einfach umlegen, das war ihm bewusst, aber er konnte sie beziehungsweise ihr Foto auf seinem Sandsack befestigen. Das mit dem Foto war nicht einfach gewesen. Zabriskie war misstrauisch und neigte zur Grausamkeit, wie alle lesbischen Frauen, da machte Dorfner sich nichts vor.

Neben dem Sandsack stand das Laufband mit Blick aus dem Fenster. Wenn er sich warmmachte oder auf Ausdauer trainierte, hatte er in seiner siebten Etage einen herrlichen Blick über die Plattenbauten am Fennpfuhl in Lichtenberg. Im vorderen Bereich des Zimmers lagen die Matten für seine Dehnungsübungen und den Kampfsport. Für das Gewichtheben hatte er heute eine andere, festere Unterlage ausgelegt.

Dorfner öffnete die Balkontür und trat hinaus. Die frische Morgenluft strömte in seinen Trainingsraum. Er lehnte die Unterarme auf die Brüstung und sah nach unten auf den Parkplatz, wo sich ein Auto umständlich in eine Parklücke kämpfte. Ein Mann mit einer Aktentasche stieg aus und blinzelte in die Runde. Scheiß-Schwuchtel, zu dumm zum Autofahren.

Dorfner ging zurück ins Bootcamp und räumte auf. Von jedem Gegenstand wusste er genau, wann er ihn gekauft und wie lange er dafür gespart hatte. Schnell mal zärtlich über die Hanteln wischen, den Spiegel mit Glasrein einsprühen, einen losen Klebestreifen am Poster von Chuck Norris ersetzen, die Schachtel mit dem Magnesium verschließen. Gleich würde er unter die Dusche springen und danach eine große Schüssel Müsli mit gehobelter roher Leber und Buttermilch verzehren, wie es sein Ernährungsplan vorsah. Doch da – *palim, palim* – läutete es an der Tür.

Vielleicht war es die hübsche blonde Nachbarin, die er manchmal im Aufzug sah. Dorfner starrte ihr immer auf die Beine, wenn sie ihre hautengen Jeansshorts trug. Vielleicht wollte sie etwas Zucker von Dorfner borgen, weil sie sich Zucker auf die Cornflakes machte und nicht rohe Leber. Aber Dorfner hatte keinen Zucker. Auch kein Olivenöl. Vielleicht wollte sich die flotte Nachbarin auch eine Kurzhantel leihen, 1,5 Kilo, um ihr Schnitzel weich zu klopfen. Oder sie hatte heimlich Dorfners Tagesrhythmus ausspioniert und wollte, dass er genau in diesem Moment an die Tür kam. Sein schweißnasser Körper hatte jetzt diese gewisse animalische Anziehungskraft, die Haare zerwühlt, die Stimme tief und sonor, kraftvoll nach dem Urschrei beim Gewichtheben. Ihr Blick würde über Dorfners Schultern wandern, weiter zu seinem Brustkorb und von dort nach unten. An seinem Abdomen würde ihr Blick hängenbleiben, und sie würde mit einer unwillkürlichen Geste ihre Haare aus dem Gesicht streichen, so ihre tiefe Verlegenheit überspielen und sagen: »So ein Anblick auf nüchternen Magen, da kann eine blonde Frau in hautengen Jeansshorts schon mal auf dumme Gedanken kommen.« Und sie würde ihren Fuß in die Tür stellen, obwohl Dorfner die Tür gar nicht zumachen wollen würde, und sie würde sich an ihn drücken und mit der Spitze ihres Zeigefingers die Konturen seines Sixpacks nachzeichnen und dann …

Dorfner öffnete die Tür.

»Sie sind Dorfner?«, fragte ein Mann, der vielleicht so alt war wie Dorfner. Von der blonden Nachbarin war nichts zu sehen, vielleicht schlief sie heute länger. Der Mann war dünn und schlaff und hatte schütteres mausbraunes Haar und einen unsteten Blick. Er trug eine hellblaue Baumwollhose mit einem geflochtenen Gürtel aus hellem Material. Zwischen seinen Beinen stand eine Aktentasche.

Scheiße, die Schwuchtel vom Parkplatz. »Ja, ich bin Dorfner, aber Sie sehen doch, dass ich …«

»Schreiben mit Postzustellungsurkunde.« Der Mann wedelte mit einem Umschlag und zückte ein Klemmbrett mit einem unübersichtlichen Formular, das er mit dem Ellbogen an seinen Körper gepresst hatte. »Hier unterschreiben.«

Dorfner klopfte mit der flachen Hand auf seine Sporthosen, um zu zeigen, dass er keinen Stift hatte, aber der Mann hielt ihn schon bereit.

Dorfner nahm sich das Klemmbrett und überflog das Stück Papier. Das kam von einer Anwaltskanzlei. Vielleicht wollten die ihn anwerben als Privatdetektiv. *Einer muss auch bei einer seriösen Firma die schmutzige Arbeit machen, und Sie, Dorfner, sind uns empfohlen worden,* würde der Seniorchef sagen und ihm eine fünfstellige Summe für zwei Wochen Arbeit anbieten.

Während er die Zeile für seine Unterschrift suchte, merkte Dorfner, dass der Mann ihn anstarrte. Sein Blick wanderte über Dorfners Schultern, von dort zum Brustkorb weiter nach unten. An Dorfners Abdomen blieb sein Blick hängen. Mit einer Geste strich sich der Mann durch sein schütteres Haar und sagte: »So ein Anblick auf nüchternen Magen, da kann ein Briefzusteller in blauen Baumwollhosen schon mal auf dumme Gedanken kommen.«

Dorfner bekam schweißnasse Hände, aber er wollte auf gar keinen Fall, dass der Mann mit der Aktentasche das merkte. Sonst würde er vielleicht Dorfners Finger an die Lippen führen und …

»Her damit«, schrie Dorfner. Er warf das Klemmbrett von sich, riss dem Mann den Umschlag aus der Hand und knallte die Wohnungstür etwas fester zu als beabsichtigt. Der Türrahmen knirschte.

Dorfner zitterten die Knie, als er vor der Spiegelwand auf seiner Übungsbank Platz nahm. Er studierte den Latissimus von Mike Tyson, bis er sich gefangen hatte. So eine Frechheit. Dieser Butzi hatte ihn völlig ungeniert gemustert. So weit war es jetzt schon gekommen. Erst adoptierten sie gesunde, heterosexuelle Kinder, um sie umzupolen, dann suchten sie Singlemänner in ihren Wohnungen heim, wenn sie gerade knapp bekleidet waren. Mit der blödesten Ausrede der Welt, einem Brief von einer Kanzlei. Dorfner riss den Umschlag auf.

Sehr geehrter Herr Dorfner,
hiermit zeigen wir an, dass wir von der Gravy Train Real Estate Inc., Dublin, Irland, bevollmächtigt sind, ihre berechtigten Interessen wahrzunehmen. Sie haben sich zahlreicher grober Verstöße gegen die Hausordnung schuldig gemacht. Deshalb sprechen wir gegen Sie eine fristlose Kündigung aus. Im Einzelnen legen wir Ihnen zur Last: Als Sie hier vor drei Jahren eingezogen sind, haben Sie alsbald begonnen, in Ihrer Wohnung ein Fitnessstudio einzurichten. Ihre Kampfsprünge, Ihr Training am Sandsack, vor allem aber das Gewichtheben immer am Mittwoch haben zu schweren Beeinträchtigungen

der Bausubstanz und der Lebensqualität Ihrer Nachbarn geführt. In allen Wohnungen der sechsten Etage in Ihrem Aufgang fällt der Putz von der Decke. Besonders schlimm ist es beim Ehepaar Schmidt direkt unter Ihnen. Die beiden klagen über regelmäßige Funde von Putzflöckchen in ihren Cornflakes, die eindeutig von der Küchendecke stammen und sich eindeutig dann lösen, wenn Sie Ihre Langhantel fallen lassen. Der unwillkürliche Verzehr zahlreicher Putzflöckchen hat bei Herrn Schmidt (87) zu Gedächtnisverlust und Schlafstörungen geführt. Auch seine Zunge fühlt sich mehlig an, sagt er, besonders mittwochs. Frau Schmidt (86) leidet an Angstzuständen und führt dies auf die Schreie zurück, die Sie regelmäßig ausstoßen. Für alle folgenden Gesundheitsschäden der beiden machen wir Sie vollumfänglich verantwortlich. Aus Kulanzgründen und um einen für Sie unter Garantie aussichtslosen Rechtsstreit zu vermeiden, gewähren wir Ihnen eine Frist von zehn Tagen, um Ihre Habseligkeiten zu packen, die Wohnung zu renovieren und sich vom Acker zu machen. Mit freundlichen Grüßen …

Dorfner ließ den Brief zu Boden fallen. Jetzt konnte ihm nicht einmal mehr der Latissimus von Iron Mike helfen.

Schleppenden Schrittes trat er später an den Briefkasten. Dort fand er die neue Ausgabe seiner Lieblingszeitschrift *Legal Torture.* Aber auch das internationale Magazin für zeitgemäße Vernehmungstechniken konnte seine Laune nicht bessern. Er ging zu seiner mattschwarzlackierten 250er Yamaha Enduro, setzte den Helm auf und preschte vom Parkplatz. Ausnahmsweise war er froh, dass im Bürocontainer hinter dem Polizeipräsidium nur Belanglosigkeiten auf ihn warteten. Er musste eine neue Bleibe finden. Vor allem aber brauchte er einen sicheren Platz, um die Ausstattung seines Bootcamps unterzubringen. Erst die Hantel, dann der Mensch.

3

Die Tote lag auf einem Stapel ausrangierter Grabsteine, der hüfthoch neben dem Komposthaufen aufgeschichtet war. Die Sammelstelle für verwitterte Steine und verrottete Blumen befand sich in einem ummauerten Innenhof am hinteren Ende der Kirche, die mitten im Friedhof stand.

Anton Löffelholz, Assistent der Spurensicherung, trug einen weißen Einwegoverall, Latexhandschuhe, Mundschutz und Haarnetz, obwohl er kurzes, schütteres Haar hatte. Er war Ende zwanzig, aber der Weg zur Glatze war für ihn vorgezeichnet. Oftmals dachte er, er sollte sich gleich eine Glatze schneiden lassen. Die konnte er dann pflegen und täglich polieren, das wäre besser als diese kümmerlichen Fäden da oben auf seinem Kopf.

Er atmete gleichmäßig durch seinen Mundschutz und nahm alle Einzelheiten in sich auf. Die Tote war Mitte dreißig. Schulterlange, kräftig blonde Haare, vermutlich gefärbt oder gebleicht. Gesicht und Halspartie zeigten die typischen Spuren eines Todes durch Erwürgen. Am Hals waren Würgemale zu sehen, nicht sehr ausgeprägt, aber auch für einen medizinischen Laien wie Löffelholz erkennbar. Uwe Kümmerle, der Assistent des Gerichtsmediziners, war bereits am Tatort gewesen und tippte auch auf Erwürgen. In ein paar Stunden würde Tenbrink, Kümmerles Vorgesetzter, die Obduktion durchführen.

Das Gesicht der Toten war blau angelaufen, die Zunge ein verquollener roter Knoten, sie ragte aus dem Mundwinkel hervor. Die Augen traten hervor und waren blutunterlaufen.

Die Tote trug ein blaues Kostüm, darunter eine weiße Bluse. Vermutlich der Mörder hatte ihr die Arme kreuzweise über der Brust zusammengelegt. Dadurch hatte es die Ärmel der Bluse hochgezogen. Am linken Handgelenk war eine zierliche

Armbanduhr mit rechteckigem Zifferblatt zu sehen, römische Ziffern. Uhrgehäuse und Armband waren wohl aus Gold, genauso wie der schmale Reif am rechten Arm. Unter der weißen Bluse trug die Tote einen weißen BH, unter dem Rock einen weißen Slip. Der Slip war aus Satin, ohne Spitzen, der BH ein bügelloses Modell, auch ohne Spitzen, mit schmalem Träger. Dazu weiße Nylonstrümpfe.

»Sie sieht aus wie aufgebahrt«, sagte Engine Plink, die Leiterin der Spurensicherung. Sie redete überdeutlich mit Löffelholz. Die Kirche dämpfte zwar den Lärm der Kräne und der Bootsmotoren, aber die Luft war erfüllt vom unablässigen Geschrei der Lachmöwen. Engine Plink trug ebenfalls ein Haarnetz, allerdings hatte sie eine rote Lockenpracht zu bändigen, die ihr ohne Haarnetz bis weit über die Schultern fiel. Ihre Turnschuhe steckten in weißen Plastiküberziehern. Sie trug Jeans, die ihre schlanken Beine betonten, und ein weißes Herrenhemd, bei dem sie wie fast immer die Ärmel hochgekrempelt hatte. Auf den Overall und den Mundschutz hatte sie verzichtet.

Löffelholz hätte das auch gern gemacht, aber die Vorstellung, eines seiner spärlich vorhandenen Haare könnte die Ermittlungen negativ beeinflussen, bereitete ihm Höllenqualen.

Er nickte. »Ja, jemand hat sie hier drapiert. Ihr die Arme zusammengefaltet, aber nicht die Augen geschlossen.«

»Und sie ist nicht hier umgebracht worden.« Plink fixierte den rechten Oberschenkel der Toten und machte eine Notiz. »Irgendetwas Pflanzliches klebt hier«, sagte sie. »Blütenstaub oder so etwas.«

Löffelholz hob das Kostüm an und warf einen Blick auf den Genitalbereich der Toten. »Die Feinstrumpfhose und die Unterwäsche sind auf den ersten Blick intakt, also vermutlich kein Sexualdelikt. Aber das entscheidet der Mediziner.«

Die Tote trug Halbschuhe aus blauem Leder, nicht elegant, eher verlässlich, in jedem Fall aber teuer. Die Schuhe waren tadellos gepflegt und von einer feinen Staubschicht überzogen.

Löffelholz untersuchte die Schuhe und roch kurz an ihnen. »Der Staub riecht nach Beton.« Er warf einen Blick über den Innenhof. »Von hier kommt der nicht.« Alte runde Pflastersteine, die Mauer aus Ziegeln, die Grabsteine aus bemoostem Naturstein. Nichts hier war aus Beton.

»Der Täter hat die Grabsteine gefegt«, sagte Plink, »bevor er sie hier abgelegt hat.« Sie hob ein vertrocknetes Häufchen Grün vom Boden auf.

»Das könnte auch aus dem Korb stammen, den die Alte hat fallen lassen«, sagte Löffelholz. Auf dem Weg hierher hatte sie der Streifenbeamte kurz informiert, wer die Leiche gefunden hatte. Die Frau saß jetzt zusammen mit Hauptkommissarin Zabriskie beim Krankenwagen und erzählte ihre Geschichte.

Plink schüttelte den Kopf. »Das ist Moos. Links und rechts von der Leiche, da hat jemand schräg über den Grabstein gewischt. Das Moos hat sich aufgestellt, wie bei einem Teppich, den man gegen den Strich bürstet.« Sie winkte Löffelholz zu sich heran. »Hier, gegen das Licht sehen Sie es besser.«

Löffelholz kam auf die andere Seite des Grabsteins, kniete sich nach unten, bis sein Auge auf der Kante des obersten Grabsteins war. Die Inschrift aus vergoldeten Lettern leuchtete im Sonnenlicht auf, aber was Engine Plink erläutert hatte, war deutlich zu sehen. Er nickte. »Er hat sich richtig Mühe gegeben.«

»Ja«, sagte Plink. »Auch beim Würgen.«

Die alte Frau, die die Leiche gefunden hatte, hieß Hilde Jurgeleit und war sechsundachtzig Jahre alt. Sie hatte Unkraut gerupft auf den Gräbern ihrer Eltern und ihres Bruders und ein wenig die Büsche gestutzt, damit man die Inschrift lesen konnte. Eigentlich war es nicht erlaubt, die Büsche zu stutzen. »Aber außer mir kümmert sich eh keiner drum.« Dann hatte sie die Pflanzenreste zum Kompost gebracht und dort die Leiche entdeckt. So schnell sie konnte, war sie auf die Straße gerannt und hatte sich in die Arme des Busfahrers geflüchtet.

Kriminalhauptkommissarin Xenia Yolantha Zabriskie saß mit Hilde Jurgeleit vor einem Krankenwagen. Die Ermittlerin hatte kurze schwarze Haare und einen durchtrainierten Körper. Auf der Schulter hatte sie einen schwarzen Panther eintätowiert. Sein Kopf lag auf den Vorderpfoten, die Ohren waren aufgestellt.

Die alte Frau hatte sich in eine Wärmedecke gewickelt und saß auf einem Schemel, den der Sanitäter für sie bereitgestellt hatte. Sie schlürfte süßen Tee. Im Krankenwagen hatte sie nicht sitzen wollen. »Jeden neuen Tag muss man genießen und begrüßen«, hatte sie gesagt und mit der Hand gen Himmel gedeutet. Der zeigte sich mittlerweile in einem zarten Blau, das immer wieder durch fettige Schlieren getrübt wurde – Rauchschwaden aus den vielen kleinen Feuern von der anderen Flussseite. Die Bewohner der Treptower Halde saßen beim Frühstück.

»Ist ja nicht die erste Leiche, die ich in meinem Leben gesehen habe. Im Krieg damals mit den Bomben. Aber das ist lange her, und hier ist es so friedlich.«

»Wann sind Sie auf den Friedhof gegangen?«, fragte Zabriskie.

»So wie immer. Der Bus stand schon da.« Frau Jurgeleit zeigte auf den 104er Bus, vor dem Zabriskies Kollege Bördensen stand und mit dem Fahrer sprach.

»Ist die Tür an der Straße der einzige Zugang zum Friedhof?«

»Ja, heute schon. Es gibt an der Seite, die in Richtung der kleinen Grünanlage liegt, noch eine alte Tür. Die ist aber seit zwanzig Jahren abgesperrt.«

»Haben Sie jemanden gesehen oder etwas gehört?«, fragte Zabriskie.

Frau Jurgeleit schüttelte den Kopf. »Na ja, Hören ist ja nun nicht wirklich meine große Stärke.« Sie lachte heiser und fasste sich ans rechte Ohrläppchen, an dem eine kleine graue Kapsel befestigt war. »Das Hörgerät mache ich gar nicht erst an, wenn ich so früh aus dem Haus gehe. Auf das ständige Gekreische kann ich gut verzichten.« Sie deutete zu den Möwen.

»Und gesehen?«

»Nüscht und niemand. Und wenn ich ehrlich sein soll«, sie nahm einen Schluck Tee, »bin ich auch heilfroh, dass mir kein Mörder über den Weg gelaufen ist.«

»Woher wollen Sie wissen, dass es ein Mann war?«

»Na hören Se mal, die Frau ist doch erwürgt worden, det sieht doch jeder Laie. Das war die lodernde Leidenschaft.«

Die es zwischen Frauen nicht geben konnte, wenn man Frau Jurgeleits Vorstellung folgte, dachte Zabriskie. Aber sehr wahrscheinlich hatte sie recht. Hier im Unterholz war ein beliebter Treffpunkt für Liebespaare. Vielleicht war der Mörder wirklich jemand gewesen, der seine Geliebte loswerden wollte.

Jens Bördensen gab dem Zeugen Grellert eine kurze Beschreibung der Toten. »Eine teure Uhr hat sie getragen, blonde, glatte Haare, blaue Schuhe passend zum Kostüm.«

Der Busfahrer notierte alles mit. »Das gebe ich so durch.« Er legte den Notizzettel und Bördensens Visitenkarte auf die Ablage neben das Buch zur Vogelbestimmung. »Wenn ein Kollege sich erinnert, meldet er sich direkt bei Ihnen.« Er stieg in den Bus, und die vordere Tür schloss sich unter dem Zischen der Hydraulik. Als er es sich auf seinem Fahrersitz bequem gemacht hatte, griff er zum Mikrofon. Er nickte Bördensen zu, startete den Motor und verließ die Wendeschleife in einem großen Bogen.

Jens Bördensen dachte an seine beiden Kinder, die er heute Morgen schlafend in ihren Betten gesehen hatte, und er dachte an die tote Frau, die ein paar Meter weiter auf den Steinen lag. Nicht die erste Leiche in seiner Laufbahn, aber seit einiger Zeit überlegte er sich, ob und was er dem Ältesten, der jetzt vier war, von seiner Arbeit erzählen sollte. Kripo, das war die Begegnung mit Gewalt in allen erdenklichen Erscheinungsformen. Wie konnte man diese traurige Tatsache kindgerecht verpacken? Er sah dem Bus hinterher, bis er hinter dem Knick in der Tunnelstraße verschwunden war. Grellert würde sich wieder auf die Route der Linie 104 zurückbegeben und in den Zehnminutentakt einreihen, in dem die Linie tagsüber fuhr. Alle Busfahrer würden die Personenbeschreibung erhalten. Bördensen lief hinüber zum Friedhof und weiter zum Fundort. Die namenlose Tote war mittlerweile in einem Leichensack verstaut.

»Eins verstehe ich nicht«, sagte er und sah sich um. »Ich kann mir nicht vorstellen, dass die Frau ohne Handtasche hierhergekommen ist. Sie sieht so durchkonzipiert aus, die Schuhe passend zum Kostüm. Ohne Handtasche ist man als Frau doch nackt.«

Löffelholz zuckte mit den Schultern. »Ich habe nichts gesehen.«

Bördensen spähte zwischen den Grabsteinen und der Mauer hindurch, vorsichtig darauf bedacht, nicht an eine Spinne oder einen Tausendfüßler zu geraten. Tiere mochte er nicht besonders und ekelte sich vor allem, was krabbelte. Er holte eine kleine Maglite-Taschenlampe aus der Hosentasche. »Die Tasche ist hier«, sagte er zu Löffelholz. »Zwischen der Wand und den Grabsteinen.«

»Hat er sie dort versteckt?«, fragte Löffelholz.

»Kann sein, oder sie ist ihm weggerutscht, als er die Leiche drapiert hat.« Er schob den Arm hinter den Stapel mit den Grabsteinen und schüttelte den Kopf. »Hast du mal einen Stock?«

Löffelholz ging zum Komposthaufen. Er holte einen gerade gewachsenen Zweig zwischen den verwelkten Blumen hervor und entfernte die Blätter.

»Könnte passen«, sagte Bördensen, der immer noch in der Hocke neben den Grabsteinen saß und die aufgestapelten Platten aufmerksam im Auge behielt, so als könnte die Tasche weglaufen.

Er versuchte den Ast im Henkel der Handtasche einzufädeln. Beim dritten Mal war er erfolgreich, und sorgfältig wie ein Angler, bei dem die Rute angeschlagen hat, holte er die Beute ein. Als die Tasche neben den Grabsteinen auf der Erde lag, machte er eine einladende Handbewegung zu Löffelholz. »Latex vor Schönheit.«

Löffelholz legte die Tasche neben den Leichensack. Sie passte im Ton zum Kostüm der Toten. Er öffnete den Reißverschluss, holte das Portemonnaie heraus und fand darin den Personalausweis. *Verena Adomeit.* Sie wohnte in der Fidicinstraße und war fünfunddreißig Jahre alt geworden.

»Das ist in der Nähe vom Platz der Luftbrücke«, sagte Löffelholz. »Friesenstraße, ja, ich weiß. Bei der Verkehrszulassungsstelle«, sagte Bördensen.

Löffelholz legte das Portemonnaie auf den Grabstein und suchte weiter in der Tasche. Er holte einen großen Schlüsselbund heraus. »Also, wenn sie keine Hausmeisterin oder Schlüsselsammlerin war, dann ja vielleicht …« Er zog ein Metalletui aus der Tasche. Darin waren Visitenkarten.

Bördensen hob die Augenbrauen. »Sie war Maklerin.«

»Hatte sie hier einen Termin?«, fragte Löffelholz.

»Vielleicht«, sagte Bördensen. »Vielleicht in einem von diesen Rohbauten. Schau dir das an, die bauen wie die Irren hier. Falls die Frau überhaupt aus beruflichen Gründen hier war.« Löffelholz reichte Bördensen den Schlüsselbund. »Ortstermin in Kreuzberg für dich.«

Bördensen nickte. »Und was machst du?«

Löffelholz hielt ein Smartphone in seiner Latexhand. »Die Daten auslesen, sobald ich diesen Fundort ordnungsgemäß protokolliert habe.« Er winkte die beiden Leichenträger heran, die brav in einer Ecke auf ihr Zeichen gewartet hatten. Als sie den Leichensack von den Grabsteinen wuchteten, kam eine verwaschene Inschrift zum Vorschein. *Ewige Ruhestätte meiner geliebten Eltern …* Der Rest war unleserlich, weil auf dem Grabstein ein Zettel klebte: *Belegzeit abgelaufen. Grabstelle wird nicht erneuert.* Bördensen sah dem Leichensack nach. Die Ewigkeit war auch nicht mehr das, was sie mal gewesen war.

Zabriskie wartete, bis der Fotograf der Spurensicherung seine Tasche schulterte und zu seinem Wagen ging. Er hatte intensiv mit Plink gefachsimpelt, das heißt, eigentlich hatte er vor allem zugehört, als Plink ihm wort- und gestenreich ihre Ideen zum Tatort erläutert hatte.

Zabriskies Verhältnis zu Engine Plink war kompliziert, um nicht zu sagen angespannt. Sie erkannte die fachlichen Fähigkeiten der Spurenexpertin an, mochte es aber nicht, wenn Plink sie wie eine Schülerin von oben herab belehrte. Vielleicht machte sie das gar nicht absichtlich, vielleicht wusste sie nur viel mehr als Zabriskie, aber Zabriskie wollte trotzdem nicht geschulmeistert werden.

»Die Zeugin sagte, es gibt einen alten Nebeneingang zum Friedhof. Sollen wir da mal schauen?«

»Alt heißt geschlossen?«, fragte Plink.

»Seit zwanzig Jahren«, sagte Zabriskie. Genau das war es. Dieses Gefühl, als ob sie gerade etwas offensichtlich vollkommen Dämliches vorgeschlagen hätte. »Wir haben ja sonst nichts zu tun«, sagte Plink. »Zu zweit einen ganzen Friedhof absuchen.« Löffelholz spazierte in seinem weißen Overall zwischen den Grabsteinen am Flussufer entlang und starrte auf den Boden.

Zabriskie sagte nichts. Alle hatten Personalnot. Wenn ein erweiterter Tatortbereich größer war als zehn mal zehn Meter, stießen sie an die Grenzen ihrer Möglichkeiten.

Plink und Zabriskie gingen zu der alten Tür. Sie hatte keinen Anstrich mehr und hing schief in den Scharnieren. Ein rostiger Riegel hielt sie an ihrem Platz.

»Verschlossen«, sagte Plink, nachdem sie einen Blick darauf geworfen hatte.

»Sind Sie sicher?« Zabriskie konnte den Riegel kaum vom Holz unterscheiden. Sie rüttelte an der Tür. Plink hatte recht.

Die Leiterin der Spurensicherung warf ihre roten Locken zurück. »Ich fahre jetzt ins Labor. Es gibt Spuren auf der Kleidung der Toten. Wenn Sie wollen, nehme ich Sie ins Präsidium mit.«

»Sehr gerne«, sagte Zabriskie.

»Wo ist eigentlich Pachulke?«, fragte Plink.

»Pachulke pflegt seinen Fetisch.« Zabriskie zuckte mit den Schultern.

»Schwarzes Leder?«, fragte Plink.

Jetzt mussten beide Frauen grinsen.

»Schwarze Scheiben«, sagte Zabriskie.

4

Hauptkommissar Pachulke saß in der ersten Reihe auf dem ersten Platz rechts vom Mittelgang und studierte den Katalog. Ein Musikjournalist war gestorben, einer von den alten, bewandert, belesen, mit einem stupenden Wissen, einer großen Bibliothek und einer noch größeren Plattensammlung, die auf beiläufige Art das Interesse des Verstorbenen an allem und nichts deutlich machte. Die Platten standen zur Ansicht für die Auktionsgäste in Boxen auf quadratischen Tischen, immer vier Boxen auf einem Tisch. Keine Weinkisten wie früher, sondern stabile Leichtmetallboxen.

Es gab frühe ethnologische Aufnahmen der Library of Congress, seltenen Punk aus den siebziger Jahren, Platten, von denen weniger als hundert Exemplare gepresst worden waren. Es gab Bootlegs und Outtakes, Studio Sessions, südkoreanische Raubpressungen von Iggy and the Stooges und in der riesigen Klassikabteilung unter anderem Opernmitschnitte aus Italien aus den vierziger Jahren, entstanden unmittelbar nach dem Ende des Zweiten Weltkriegs.

Pachulke hatte den Katalog sorgfältig durchgearbeitet, zahlreiche Einträge trugen Sternchen *(interessant),* einige wenige Ausrufezeichen *(sehr interessant).* Nicht wenige Einträge hatten ein Häkchen *(hab ich schon).* Die Nummer 256 hatte er mit zwei Doppelstrichen links und rechts deutlich markiert. Nummer 256 war eine Sammlung mit Aufnahmen von Artur Rubinstein. Zweihundertvierzig Schallplatten, entstanden in den fünfziger Jahren. Pachulke hatte natürlich etwas von Rubinstein zu Hause, zum Teil Einspielungen derselben Stücke, die hier versteigert wurden. Aber diese Sammlung war so einmalig, weil sie die Arbeit im Studio im Detail dokumentierte. Etüden, die der Meister gespielt hatte, um warm zu werden, verschiedene Takes desselben Stücks. Sie waren in den USA entstanden, als ein Tonmeister den Mut besessen hatte, den Meister zu fragen, ob er den künstlerischen Entwicklungsprozess dokumentieren dürfte. Dieser Tonmeister hatte zwar ein Label gefunden, das aus den Bändern Schallplatten gemacht hatte. Als aber nach einem Jahr nur vier Exemplare dieser *Rubinstein Studio Sessions* verkauft worden waren, hatte das Label die anderen Exemplare verramscht und, was aus der Sicht des passionierten Sammlers noch viel schlimmer war, die Platten einzeln verkauft. Auch die Sammlung des Musikjournalisten war nicht vollständig, es fehlten dreizehn Platten. Von diesen fehlenden Platten hatte Pachulke sieben zu Hause stehen, Resultat jahrelanger unablässiger Sucharbeit auf Flohmärkten und im Internet. Würde es ihm gelingen, die hier angebotene Sammlung auf einen Schlag zu ersteigern, wäre er ein *Sessions minus sechs,* ein Rang, der im Militär einem Vier-Sterne-General entsprochen hätte. Falls er diese Sammlung ersteigerte. Als Pachulke zum ersten Mal gelesen hatte, dass der Journalist gestorben war, hatte er seine wöchentlichen Einkaufstouren auf das absolute Minimum beschränkt und angefangen zu sparen. Er wusste, dass sich die *Studio Sessions* nahezu vollständig im Besitz des Journalisten befanden. Eine seiner Spezialitäten war die Vorstellung verschiedener Interpretationen desselben Stücks gewesen, und die *Rubinstein Studio Sessions* verwendete er gern als Referenzaufnahmen, vor allem für Chopin.

Zunächst saß Pachulke entspannt auf seinem Platz, aber je näher Nummer 256 rückte, desto aufgeregter wurde er. Er hatte bereits vor einigen Wochen den Schreiner kommen lassen. Egal, wie das hier heute ausgehen würde, am Freitag würde er bei Pachulke in der Wohnung das neue Regal montieren. Es würde fertig sein, wenn Engine Plink das nächste Mal vorbeikam, dann würden sie zusammen Rubinstein hören, die ganze Nacht.

»Nummer 256, die *Studio Sessions* von Artur Rubinstein, eine Sammlung von zweihundertvierzig Schallplatten mit Ausnahme von …« Der Auktionator verlas die Liste der fehlenden Platten, so wie sie im Katalog standen, und Pachulke verglich akribisch. Statt der Platten stand ein Foto von Rubinstein vorn auf der kleinen Bühne. Pachulke hatte sich die Platten angesehen und war irritiert gewesen, dass er gleich zweimal von anderen Besuchern weggedrängelt worden war. Das versprach einen heißen Kampf. Aber er war bereit, bis ans Limit zu gehen.

»Das Startgebot liegt bei viertausend Euro«, sagte der Auktionator.

Nicht mal achtzehn Euro pro Platte. Das war ein Schnäppchen, aber dabei würde es nicht bleiben. Pachulke warf einen Blick in die Runde. Wo war die Frau mit dem gefleckten Brillengestell, die mit ihren gierigen Händen seinen Rubinstein begrapscht hatte, direkt vor seiner Nase? Ah, am anderen Ende des Raumes saß sie und starrte in den Katalog. Und wo war der Schnösel mit der Bodyguard-Figur, der eine der Plattenkisten angehoben und zu seiner weiblichen Begleitung gesagt hatte: »In den Cheyenne kriegen wir das locker rein, Schatz.« Der stand ganz hinten. Klar, damit alle sehen konnten, wie gut er gebaut war. Pachulke hatte eben keine Figur aus dem Katalog für Kleiderschränke, eher eine aus einem Katalog für Stofftiere. Rundlich war ein Wort, das vielen Leuten einfiel, wenn sie Pachulke sahen. Einige Male war ihm das schon hinterbracht worden. Einmal hatte er einen Tisch in einer ruhigen Nische der Kantine reserviert, um dort eine Teambesprechung durchzuführen, und die Frau am anderen Ende der Leitung hatte gesagt: »Ach, Sie sind der Dicke aus der Baracke, ja, hab ich notiert.« Aber körperliche Vorzüge waren nicht entscheidend für Artur Rubinstein. Ein gutes Gehör dagegen half immens, und das nötige Kleingeld. Pachulke besaß beides.

Es ging los. Gesteigert wurde in Schritten von 200 Euro. Die Gebote liefen quer durch den Saal, schnell war man bei 6.000 Euro, bald schon bei 7.000. Der Hüne hatte einmal auf 6.200 geboten und danach geschwiegen, die alte Frau hatte noch keinen Mucks von sich gegeben. Auch Pachulke wollte den Moment der Überrumpelung nutzen. Man näherte sich den 8.000 Euro. Wieder war es der Kleiderschrank gewesen, der sich zu Wort gemeldet hatte. Aber der Auktionator hatte kaum »8.200« über die Lippen gebracht, da war die Frau eingestiegen.

Es ging hin und her. Kleiderschrank und Brille jagten sich über die Grenze von 9.000 Euro, jetzt stand das Gebot bei 9.400. Der Auktionator wartete einen Moment, ehe er die 9.600 aufrief.

Pachulke hob den Arm. »9.600«, rief er in den Saal.

Alle Augen wandten sich ihm zu. Die Frau hob die Brille, der Hüne verschränkte die Arme vor der Brust. In der Körpersprache des Türstehers hieß das: Du kommst nicht rein.

Komme ich aber doch, dachte Pachulke. *Ich habe einen Hausdurchsuchungsbefehl für ein Tonstudio in New York im Jahr 1957, und ich nehme alle Platten mit, die sich dort befinden.*

»10.000«, sagte da die alte Dame.

Pachulke war ihre Stimme sofort unsympathisch gewesen. So quäkig und näselnd, als sei sie nie zufriedenzustellen. Vermutlich war sie verwitwet, weil ihr Mann es nicht mehr ausgehalten hatte mit ihr. Er hatte es vorgezogen, das Zeitliche zu segnen, anstatt jeden Tag diese Stimme zu hören.

»10.400«, ertönte wieder ihre Stimme, es ging rasant voran.

»10.600«, hörte Pachulke sich sagen, und ein Raunen ging durch die Reihen.

Der Mann von hinten rief »10.800« nach vorn.

»11.000«, sagte Pachulke, und es war still.

»11.000 zum Ersten«, sagte der Auktionator.

»11.200«, sagte der Mann.

»11.400«, hielt die Frau dagegen.

»11.600«, sagte Pachulke.

»11.800«, entgegnete die Frau.

»12.000«, ließ sich der Kleiderschrank vernehmen.

Mein lieber Mann. Pachulke wusste nicht genau, ob er so viel dabeihatte. Nein, eigentlich wusste er ganz genau, dass er nicht so viel dabeihatte, aber er wollte diese Platten haben. Er wollte sie alle.

»12.000 zum Zweiten«, sagte der Auktionator.

»12.200«, sagte die Frau, und wieder gab es ein Raunen. Der Mann drehte sich zu seiner Begleiterin und flüsterte ihr etwas ins Ohr. Sie schüttelte den Kopf, und er machte eine Geste, die ›Nein danke‹ oder einfach nur Hilflosigkeit bedeuten konnte. Der Hüne war raus.

»12.200 zum Ersten, 12.200 zum Zweiten …« Die Stimme des Auktionators hing im Raum.

Pachulke hatte einen Überziehungskredit, außerdem war er Beamter und alleinstehend. »12.400«, sagte er.

»12.600«, sagte die Frau.

Pachulke bekam weiche Knie. Aber »12.800« sagte er trotzdem, er krächzte es. Egal, es ging hier nicht um einen Schönheitspreis.

»13.000«, sagte die Frau.

»13.000 zum Ersten, 13.000 zum Zweiten …«, sagte der Auktionator. Die anderen Gäste hielten den Atem an. »13.200«, sagte Pachulke. Er würde seinen Rentenfonds beleihen. Wenigstens hatte er das neue Regal schon angezahlt.

»13.200 zum Ersten«, sagte der Auktionator, »13.200 zum Zweiten …« Es gab eine kleine Pause. Der Auktionator warf einen Blick zu der alten Frau, aber die schüttelte unmerklich den Kopf. »13.200 zum Dritten und verkauft. Verkauft an den gut genährten Herren in der ersten Reihe. Ich gratuliere.«

Die Leute klatschten.

Pachulke sackte in sich zusammen. Er war zum Platzen glücklich, aber wenn er Engine Plink zu Rubinstein einlud, würde es die nächsten zwei Jahre nur Knäckebrot mit Kräuterquark geben.

5

Der Schlüsselbund klimperte in Bördensens Hand, als er vor der Wohnungstür von Verena Adomeit stand. Der Schlüsselbund war groß, bestimmt dreißig Schlüssel, die meisten mit bunten Gummimützen für die bessere Unterscheidung. Ein Hausmeisterschlüsselbund. Aber die Tote war keine Hausmeisterin gewesen, sondern eine Maklerin. Mitglied im Ring Deutscher Makler, so stand es auf ihren Visitenkarten, die sie in einer kleinen Metallhülle in ihrer Handtasche aufbewahrt hatte. Dort hatte auch ihr Personalausweis zusammen mit den anderen persönlichen Habseligkeiten gesteckt, die jetzt in der Baracke bei den Kollegen auf dem Tisch lagen. Gewohnt hatte die Tote in der Fidicinstraße, Ecke Friesenstraße in einem schönen Altbau. Bördensen lebte auch in einem Altbau, aber schön war was anderes. Trotzdem drückte er sich vor der Arbeit, so gut er konnte. Er hatte das kleinste Überstundenkonto von allen in Pachulkes Team. Dafür hatte er einen vierjährigen Sohn und eine sechs Monate alte Tochter. Und es zog ihn stets nach Haus, um ganz der Papa zu sein. Und der Partner. Der Koch. Der Vorleser. Der Erste Wickelassistent.

Eine Maklerin. Sie brauchten eine größere Wohnung. Aber brauchten sie einen Makler? Das war ein Dauerthema zwischen Lilly und Bördensen. Sie hatten absolut keine Zeit für die Wohnungssuche. Lilly hatte keine Lust, mit zwei Kindern im Schlepptau durch die Stadt zu hetzen. Und Bördensen war Kriminalbeamter, die Unzuverlässigkeit in Person, ohne geregeltes Sozialleben. Der durch Menschenhand herbeigeführte Tod hielt sich nicht an Besichtigungstermine.

Aber wollten sie einem Makler so viel Geld in den Rachen werfen? Konnten sie das überhaupt? Sie suchten ein Häuschen, ein bisschen weiter draußen, aber auch nicht so weit weg wie Tenbrink. Der Chef der Rechtsmedizin lebte in Tegelort, wo sich Dachs und Wildschwein gute Nacht sagten.

Ein Makler. Fuhren sie eben im ersten Jahr nach dem Umzug nicht in die Sächsische Schweiz, Freiklettern ging eh nicht mit der Kleinen. Dafür konnten sie dann ihren Garten herrichten. Bördensen hatte keine Ahnung, wie man einen Garten pflegte, da kam eine große Herausforderung auf ihn zu. Aber erst mal haben, erst mal finden. Und jetzt also die Maklerin ganz privat. Er sperrte die Wohnungstür auf.

So hatte er sich das vorgestellt: hohe Wände, abgezogene Dielen, eine Küche mit blauen Kacheln, so groß, dass man eine Tischtennisplatte hätte darin aufstellen können. Bördensen durchmaß die Räumlichkeiten. Drei Zimmer, natürlich Balkon, das Bad so groß, dass man eine weitere Tischtennisplatte hätte aufstellen können, vielleicht für ein Turnier im Winter. Dazu diverse Kämmerchen und ein begehbarer Kleiderschrank, der größer war als das Bad in Bördensens Wohnung.

Bördensen ging von Zimmer zu Zimmer und überflog die Oberflächen. Nichts, was darauf hingewiesen hätte, dass Verena Adomeit ihren Mörder hier empfangen hätte. Die Wohnung war tipptopp aufgeräumt und wirkte beinahe unbewohnt. Das Bett im Schlafzimmer war frisch bezogen, die Kanten gerade wie eine Eins. Im Wäschekorb fand Bördensen einen Sport-BH, Shorts, ein altes blaues T-Shirt, einen zweiteiligen Schlafanzug aus grauer Seide mit kurzen Hosen, eine teure Stone-Washed-Jeans, die so sauber aussah, dass weder Bördensen noch Lilly sie in diesem Zustand gewaschen hätten. Lilly hätte sie zusammengelegt und in den Schrank geräumt, Bördensen zusammengeknüllt in eine Ecke geworfen. Lilly und Bördensen lebten in derselben Sauberkeitsgalaxie, aber in puncto Ordnung waren sie auch im zehnten Jahr ihrer Beziehung immer noch Lichtjahre voneinander entfernt. Außerdem waren in dem Wäschekorb noch zwei Paar weiße Söckchen und ein Schlüpfer, weiße Seide ohne Spitzen.

Bördensen ging ins Bad. Dort fand er eine kleine Box mit Schminkzeug, Zahnseide, eine elektrische Zahnbürste, teures Duschgel, Badezusatz und diverse Lotionen. Eine Kurpackung für braunes Haar. Eine angefangene Monatspackung der Pille. Lilly hatte das gleiche Produkt benutzt, bevor sie das erste Mal schwanger geworden war. Mit direktem gemeinschaftlichem Vorsatz hatten sie ein Kind gezeugt.

Bördensen sah in den Mülleimer, der unter dem Waschbecken stand. Eine Einwegklinge, Wattebausche, die Verpackung einer einzelnen Aspirin-plus-C-Tablette. Auf der Ablage neben dem Waschbecken lag eine Brille. Bördensen setzte sie auf, und sein Spiegelbild verschwamm. Wenn das Verena Adomeits Brille war, war sie darauf angewiesen, es sei denn … Im Spiegelschrank fand Bördensen eine Packung mit weichen Kontaktlinsen, Stärke 3,5 Dioptrien.

Er ging ins Wohnzimmer auf der Suche nach den privaten Unterlagen der Toten. Die Verwandten mussten benachrichtigt werden, falls es welche gab. Die Dielen federten leicht, dann wurden seine Schritte von einem Langflorteppich in Türkis verschluckt. Am Erkerfenster – das gab es auch – stand ein Schreibtisch, auf dem gerade so ein Laptop und ein Schreibblock Platz gefunden hätten. Darauf lag eine Schreibunterlage. Das Regal an der Wand war weiß. Ganz oben stand ein Keramikobjekt, ein mittelalterlich verwinkeltes Haus, unten rechts eingeritzt *Praha.* Darunter ein Fach mit Romanen aus dem Genre leichter Unterhaltungsliteratur: *Maracujagelee zum Frühstück, Lemon Curd zum Frühstück, Ein Mann zum Frühstück, Verliebt, verlobt, verdaut.* Dazu ein paar Lebensratgeber, Fitness sowie Reiseführer: Prag, Barcelona, Madeira.

In dem Fach darunter stand ein Ordner, der mit *Barbelege privat* beschriftet war, im untersten Fach standen einige Bildbände. *Die Ostsee, Englische Gartenkunst, Lissabon.*

Bördensen griff sich den Ordner. Verena Adomeit hatte

wirklich alles abgeheftet. Sie hatte Eigenbelege für den Kauf der täglichen Zeitung und den Bäcker geschrieben. Es gab einen Drogeriebeleg von vorgestern: Putzschwämme, Tampons, Farbglanz-Shampoo für blondes Haar. Bördensen erinnerte sich. Das Shampoo stand im Bad ganz links auf der Ablage neben der Badewanne. Aber eine Kurpackung für Braun gab es auch. Und eine Brille und Kontaktlinsen. *Machen Sie mehr aus Ihrem Typ.*

Er blätterte in dem Ordner weiter zurück und fand eine zehn Tage alte Rechnung über ein Prepaid-Handy. Gekauft bei einem Medienmarkt in Mitte, in der Nähe vom Alexanderplatz. Er verfolgte die Quittungen zurück bis zum Anfang des Ordners. Am 1. April hatte Adomeit eine 100er-Packung Teelichter und eine Tube Zahnpasta gekauft. Ältere Belege gab es in diesem Ordner nicht.

Bördensen ging in das anliegende Zimmer, das zusammen mit der offenen Küche den größten Raum der Wohnung bildete. Auf der Arbeitsfläche lag eine große Wäscheklammer aus Holz, die einen Stapel von Papieren zusammenhielt.

Bördensen fand drei abgestempelte Tageskarten der Verkehrsbetriebe für die Zone AB für den letzten Freitag, Samstag und Sonntag, den handgeschriebenen Kostenvoranschlag für die Reparatur eines Mini Cooper (New Mini), den Kursplan eines Fitnessstudios am Platz der Luftbrücke und zwei Werbebriefe für The Harp, einen Irish Pub am Hackeschen Markt, jeweils mit dem Programm für den laufenden und den kommenden Monat. Keine Briefkastenwerbung, sondern adressiert und mit persönlicher Anrede. *Sehr geehrte Frau Adomeit, im Mai bieten wir Ihnen neben unseren beliebten Karaoke-Abenden und den offenen Sessions wieder zwei besondere musikalische Highlights …*

Bördensen runzelte die Stirn. Der Irish Pub war Touristenfalle und Baggerzone für Wochenendbesucher. Wenn man lange genug Guinness und Baileys on the Rocks spendierte, ging man nicht allein ins Bett, auch wenn man sich am nächsten Morgen an nichts mehr erinnern konnte, nicht mal an den Namen seines One-Night-Stands. Verschiedene Pub Crawls kamen hier vorbei und zwängten sich an die großen schweren Tische. Während über ihren Köpfen die Stadtbahn hinwegdröhnte, dröhnten sich die Touristen die Birne zu. Und jetzt hieß der Laden also The Harp. Vom polizeilichen Standpunkt war der Pub kein Problem. Die Gäste waren meistens friedlich und wurden nicht behumst, wenn man davon absah, dass ein kleines Guinness vier Euro kostete. Bördensen war vor ein paar Jahren zum letzten Mal da gewesen, das war vor der Umbenennung gewesen. Damals hatte der Pub noch The Swan geheißen. Zwei Kollegen aus Schleswig-Holstein, die er auf einem Lehrgang kennengelernt hatte, wollten ihren Besuch in der großen Stadt unbedingt in diesem Laden beginnen, weil sie im Sommer gerade in Irland gewesen waren. Sie blieben nur auf ein Bier, auch weil die beiden schnell merkten, dass eine Touristenfalle mit Irland nichts zu tun hatte, aber Bördensen fragte sich, was Verena Adomeit mit diesem Laden verband. Hatte sie dort Männerbekanntschaften gesucht? Und war ihr einer an die Gurgel gegangen, als sie sich zum Knutschen nach Stralau zurückgezogen hatten? Aber wieso Stralau, wieso nicht ins Hotel oder in Verenas Wohnung oder in den Monbijoupark? Oder gab es eine berufliche Verbindung? War Verena als Maklerin auf Gastronomieflächen spezialisiert?

Bördensen ging noch einmal durch die Wohnung. Nirgendwo gab es einen Hinweis, dass die ermordete Frau eine persönliche Beziehung zu Irland gehabt hatte. Bei den Bildbänden nicht, bei den CDs nicht, und auch nicht beim Wandschmuck oder bei den Kleidern. Verena Adomeits Interesse an teurem Bier in lauter Umgebung blieb zunächst ungeklärt.

Er ging in die Küche zurück. Das Geschirr war in Sechserserien vorhanden. Für eine quasi unbewohnte Singlewohnung wirkte die Küche absurd überausgestattet. *Over-equipped.* Bördensen nahm ein Weißweinglas aus dem Schrank und hielt es gegen das Licht. Blitzblank. Er nahm noch eins heraus und spähte in den Hängeschrank. Alle Gläser waren sauber. Von wem poliert? Vermutlich nicht von einer vielbeschäftigen Selbständigen, die die meiste Zeit im Büro und bei Wohnungsbesichtigungen verbrachte. Also gab es eine Putzfrau. Die konnte vermutlich über das Smartphone ausfindig gemacht werden. Lilly träumte von einer Putzfrau, die einmal die Woche kam. Putzfrau oder Makler? Urlaub oder Haus? Beförderungslehrgang oder Elternzeit?

Am Kühlschrank klebte ein Magnet, der aussah wie eine blaugemusterte Kachel. *Portugal* stand in gelben Lettern in der Ecke. Einen Bildband zu Portugal hatte er auch im Regal gesehen. Im Kühlschrank fand Bördensen vier 500g-Becher Joghurt in pastellfarbenen Tönen mit 1,5 Prozent Fett, einen angebrochenen Becher Margarine und eine halbvolle Flasche Dão, ein portugiesischer Weißwein, wie ihm ein Blick auf das Label verriet. Wieso keine Einladung zum portugiesischen Fischessen, zur Weinprobe, zum Fandango-Abend, oder wie dieser traurige Gesang hieß. Bördensen hatte sich im Jahr 2004 die Fußball-Europameisterschaft in Portugal komplett im Fernsehen reingezogen und war von den Öffentlich-Rechtlichen auch mit der vollen Dosis landeskundlicher Hintergrundberichte bedient worden. Fisch und trauriger Gesang, das war ihm im Gedächtnis geblieben. Und die portugiesischen Luschen, die sich von Rehhagels Betonkolonne zweimal hatten aufs Kreuz legen lassen. Im Gefrierfach gab es eingefrorene Steaks und Paprika, Erbsen, Blumenkohl und Rosenkohl in großen Beuteln, in einem Hängeschrank war klare Gemüsesuppe in Dosen, Thunfisch in Wasser eingelegt und Knäckebrot verstaut. Die Tote hatte auf ihre Figur geachtet. Fado hieß diese Musik.

Bördensen ging noch einmal zu der großen Wäscheklammer und holte sich den Monatsplan des Fitnessstudios heraus. Am Montagabend wurde dort Spinning und Yoga angeboten. Und eine Yoga-CD hatte er im Regal gesehen. Er überlegte: der Pub, die Autowerkstatt, das Fitnessstudio. Drei neue Spuren, viel Tippelarbeit, aber er war nicht ganz zufrieden. Daran waren weder die kleinen grauen Zellen schuld noch der sechste Sinn, das lag an der geduldig antrainierten Routine. Er ging zurück zum Schreibtisch und hob die Schreibunterlage an. Da lag ein Foto. Eine Frau, die eine vage Ähnlichkeit mit Verena Adomeit hatte, zusammen mit drei Kindern: ein Junge, vielleicht sieben, ein dreijähriges Mädchen und ein Säugling, Bördensen vermutete ein Mädchen. Die Frau sah verschwitzt und glücklich in die Kamera, der Junge blickte von oben auf sein neues Geschwisterchen hinab und formte die Lippen zu einem Kussmund. Das Mädchen schielte zur Mutter hinüber und hielt ihre Hand. Bördensen nahm das Foto und drehte es um: *Niklas und Eva und Marei – das pralle Leben. Grüße von deiner erschöpften Schwester.* Die Unterschrift könnte *Baffime* heißen oder *Bettina.* Außerdem lagen unter der Schreibunterlage noch drei DIN-A4Blätter, drei Briefe, in großen Lettern verfasst. In dem einen stand:

Hallo Frau Adomeit,
wir wollen ja nicht mäkeln, aber wenn Sie weiter bei uns im Kiez makeln, werden wir ein ernstes Wörtchen mit Ihnen über die sozialen Konsequenzen Ihrer Tätigkeit reden müssen. Haben Sie schon einmal darüber nachgedacht, was es für einen Bezirk wie Friedrichshain bedeutet, wenn die Wohnungen immer teurer und die Leute immer langweiliger werden? Wir wollen kein Abenteuerpark für Bonzenkinder sein und auch nicht in einer Geisterstadt leben, in der es nur noch Ferienund Firmenwohnungen gibt. Suchen Sie sich ganz schnell ein anderes Revier. Fallen Sie über Mariendorf oder Tempelhof her, wo es so langweilig zugeht wie in Stuttgart oder Herne, aber lassen Sie die Finger von unserem Kiez. Für uns gibt es nicht so viele Wohnungen wie für Ihre Klientel. Unser Kiez ist arm und bunt und bezahlbar, und das wird auch so bleiben. Wer will, kann am Wochenende gern zum Gaffen kommen, aber Spießer und Mittelstands-

Gebärmaschinen haben bei uns nichts verloren. Wir kommen gerne auch kurzfristig und ohne Anmeldung vorbei. Völlig überraschend, wenn es gerade gar nicht passt, im falschen Moment. Also ergreifen Sie die Initiative. Hauen Sie ab!
Finger weg von Friedrichshain
Anonyme Freunde sozialer Wohnraumbewirtschaftung

Der Brief war zehn Tage alt und enthielt als einziger eine Drohung, die beiden anderen waren vier und acht Wochen älter und hatten den gleichen Tonfall, aber ein ernstes Wort oder andere Verschärfungen wurden darin nicht angekündigt. Bördensen fand den Tonfall anmaßend. Nach Friedrichshain wäre er nie im Leben gezogen, es war zu wenig grün dort. Er packte die Briefe und das Foto ein, dann verließ er die Wohnung und schloss ab.

In dem Moment, als er ins Treppenhaus trat, kam von unten eine Frau herauf. Sie hatte kurzes graues Haar und trug Jeans, T-Shirt und Birkenstock-Sandalen. In ihrem Einkaufsnetz waren Lauch, Äpfel, Zucchini und Milchtüten. Als sie sah, dass Bördensen sich an der Tür zu schaffen machte, hob sie die Augenbrauen. »Ach was, Sie haben den Schlüsselbund gekriegt? Endlich mal ein Mann in Frau Adomeits Leben.«

Bördensen drehte sich langsam um. Die Bemerkung war freundlich gemeint, nicht als Seitenhieb. Er zeigte seine Marke. »Jens Bördensen, Kriminalpolizei. Frau Adomeit ist in der letzten Nacht ermordet worden.«

Die Frau griff ans Geländer und setzte sich auf den Treppenabsatz, der in die dritte Etage führte. »Uff. Ach du meine Güte.« Sie schniefte und rieb sich mit dem T-Shirt die Nase.

Bördensen zückte ein Päckchen Taschentücher, das er für diese Zwecke immer dabeihatte. »Tut mir leid, dass ich Sie so überrumpelt habe. Frau …«

»Denzler. Renate Denzler.« Sie schnäuzte sich.

»Kannten Sie Frau Adomeit gut?«

»Gut, was heißt gut?« Sie knüllte das Taschentuch so fest zusammen, dass die Adern an ihrem Handgelenk hervortraten. »Nein, ab und zu mal einen Schwatz im Treppenhaus. Oder wir sind uns auf dem Markt begegnet. Auf dem Chamissoplatz.« Sie seufzte und murmelte: »Wer macht denn so was?«

»Das wollte ich gerade Sie fragen«, sagte Bördensen, der unschlüssig war, ob er sich neben die Frau auf die Treppenstufe setzen sollte. Blieb er stehen, fragte er von oben herab, aber obwohl Renate Denzler nicht unfreundlich war, strahlte sie sehr deutlich den Wunsch nach Abstand aus. Also blieb er stehen. »Hatte Frau Adomeit Feinde, einen eifersüchtigen Ex?«

Frau Denzler schüttelte den Kopf. »Kein Ex und schon gar nicht eifersüchtig. Frau Adomeit hat für ihre Arbeit gelebt. Deswegen hat es mich ja auch so gefreut, dass sie …« Sie kniff die Augen zusammen. »Und jetzt das.«

»Hat sie über Drohungen geklagt? War etwas anders in den letzten Tagen?«

»Drohungen?«

»Stadtteilaktivisten, die etwas gegen Makler haben, zum Beispiel.«

»Keine Ahnung.« Frau Denzler zuckte mit den Schultern. »So etwas hat sie mir nicht erzählt.«

»Mit so etwas meinen Sie Ärger?«

»Ja, vielleicht. Großen Ärger.«

»Und der kleine Ärger.«

»Ja, doch, den immer wieder. Aber sie war nicht geschwätzig, sie wirkte weder bedürftig noch einsam.«

»Was zum Beispiel?«

»Ein nerviger Klient. Manche glauben, sie können Maklern alles an den Kopf werfen. Prostituierte haben eine bessere Lobby hierzulande.« Sie sah zu Boden. »Ihr Auto war kaputt. Ist wohl noch in der Werkstatt.«

»Ein Mini Cooper.«

»Woher wissen … Ach so.« Sie lachte einmal kurz auf. »Sie stellen hier die Fragen.«

Bördensen lächelte. »Genau.«

»Ist sie hier …« Frau Denzler machte eine Bewegung mit dem Kinn in Richtung Wohnungstür Adomeit.

»Nein, auf Stralau.«

»Müggelsee?«

»Nein, Treptow.«

»Tut mir leid, ich lebe geistig immer noch im Westen.«

»Und schon länger in dem Haus?«

»Seit mehr als dreißig Jahren.«

»Und Frau Adomeit, wann ist die eingezogen?«

»Erster Erster zweitausend.« Die Antwort kam wie aus der Pistole geschossen. »Wir sind uns am ersten Tag des Jahres gleich über den Weg gelaufen. Sie kam hier an mit Sack und Pack, die anderen haben ihr geholfen.«

»Die anderen?«

»Die anderen aus der WG. Die Wohnung war eine WG. Haben Sie das nicht gesehen? Kein Durchgangszimmer.«

»Und seit wann lebte Frau Adomeit allein?«

»Hm, ich denke, seit 2006. Sie wollte die Wohnung unbedingt für sich. Zuletzt gab es Streit mit der Mitbewohnerin. Frau Adomeit hat damals schon sehr gut verdient und wollte keine dritte Frau mehr aufnehmen, das war Frau Kesten aber zu teuer. Sie sind im Streit auseinander. Frau Kesten ist zu ihrem Freund gezogen, irgendwo nach Neukölln-Nord. Jetzt sind sie, glaube ich, in Thüringen, weil er dort Arbeit bekommen hat.«

»Wie heftig war er denn, dieser Streit?«

»Was? Sie glauben doch nicht, nein. Das war von Anfang an ein Zweckbündnis von den beiden. Als Verena herkam, hatte sie kaum Geld. Sie hat viel gejobbt, meistens als Kellnerin, und BWL studiert wie eine Berserkerin. Ines, Frau Kesten, wollte geheiratet werden. Ja, das gibt es immer noch, wie in der schlechten guten alten Zeit. Ines hatte zu wenig Ehrgeiz und konnte das Geld nicht aufbringen, um die Wohnung zu halten. Aber raus wollte sie auch nicht.«

»Wem gehört denn das Haus?«

»Einem Dr. Schlicke aus Bad Bevensen. Vorher seiner Tante. Die ist 2008 gestorben, jetzt macht er die Verwaltung. Kommt zweimal im Jahr vorbei, wohnt hier in einer Ein-Zimmer-Wohnung im Hinterhaus unterm Dach. Die einzige Wohnung, die nicht vermietet ist. Wir finden immer Zettel im Briefkasten. Bitte melden, falls hier was frei wird.«

»Von WGs?«

»Auch. Aber Schlicke will keine WGs mehr.«

»Sind Sie auch aus einer WG übrig geblieben?«

Frau Denzler nickte. »Allerdings, aber zwanzig Jahre früher als Verena.« Sie schniefte wieder.

»Wie es Frau Adomeit geschäftlich ging, wissen Sie nicht?«

»Nein, sie hat nie über Geld gesprochen, obwohl es ihr sehr wichtig war. Sie war extrem ehrgeizig und fleißig.«

»Hat sie von ihrer Wohnung aus gearbeitet?«

»Nein, sie hatte ein Büro irgendwo in Wilmersdorf.« Bördensen nestelte die Visitenkarte der Toten hervor, die ihm Löffelholz zusammen mit dem Schlüsselbund in die Hand gedrückt hatte. »Joachim-Friedrich-Straße?«

»Genau, so ein alter Fürst.« Frau Denzler nickte.

»Hat Frau Adomeit Yoga oder Spinning gemacht?«

»Woher …? Äh, ja, hat sie. Beides. Spinning am Montag und am Freitag, Yoga am Mittwoch. Da vorne« – wieder die Bewegung mit dem Kinn – »am Platz der Luftbrücke.«

Hagen Stiesel schüttelte den Kopf, als er sein Büro im Container im Hinterhof des Polizeipräsidiums betrat. Offenbar hatte er sich ausgezeichnet erholt in den letzten zwei Wochen, denn er hatte vollständig vergessen, dass es hier so schlimm aussah.

Stiesel war kein Organisationsgenie, aber Bördensen, sein Freund, Kollege und Gegenspieler, war eine verdammte alte Schlampe.

In der Zeit von Stiesels Abwesenheit hatte Bördensen jedes Stück Papier, das seinen Weg gekreuzt hatte, auf seinem

Schreibtisch abgelegt, und wie ein Gletscher hatte sich der Papierberg auf Stiesels Schreibtisch geschoben.

Stiesel stellte seinen Tagesrucksack neben den Schreibtisch, setzte sich und zog wahllos ein Blatt Papier heraus. Der Kantinenspeiseplan des Vormonats. Mit einem Kaffeerand von Bördensen. Stiesel war dabei gewesen, als Bördensen die Tasse abgestellt hatte, der Monat war um, der Zettel war immer noch hier. Er holte den Papierkorb unter seinem Schreibtisch hervor. Der Korb war leer, weil Stiesel ihn vor seiner Abreise mit einer Supermarkttüte abgeklebt hatte. Das war eine Abmachung, die sich bewährt hatte. Bördensen zur Ordnung zu erziehen, war hoffnungslos, aber er ließ den Papierkorb in Ruhe, damit Stiesel an seinem ersten Arbeitstag Platz schaffen konnte.

Einen Stapel leerer Hängeordner legte Stiesel auf den Boden. Die diversen Zeitungsseiten mit Sportberichterstattung, die er darunter fand, warf er weg. Einen Umschlag mit Bördensens Gehaltsabrechnung für März legte er links vorn in die Ecke seines Schreibtischs: Das wurde der Stapel mit Sachen, die Bördensen auf seinem Schreibtisch vorfinden würde, wenn er wieder einmal hier auftauchte. Er machte sich rar, der Kollege, seit er zweifacher Vater war.

Stiesel lebte mit seiner Mutter zusammen. Nicht er bei ihr, sondern sie bei ihm, seit Stiesels Vater sehr früh und sehr überraschend mit vierundfünfzig Jahren an einem Herzinfarkt gestorben war. Seitdem hatte die Mutter Angstzustände, wenn sie nachts allein in der Wohnung war. *Ich brauche dieses Gefühl, dass die Tür klappert, und ein Mann nach Hause kommt,* sagte sie. Also hatte Stiesel das kleine Genossenschaftshaus an der Bahnstrecke nach Erkner, das er angemietet hatte, umgeräumt, den Keller und das Dach ausgebaut, und seine Mutter war aus Hamburg zu ihm nach Köpenick gezogen. Erst mal provisorisch, hatten sie beide gesagt, aber eigentlich passte es perfekt.

Manchmal, wenn Leute hörten, dass er mit seiner Mutter lebte, fiel im Kollegenkreis das böse Wort vom Muttersöhnchen. Diese Spitze bot sich auch deshalb an, weil Stiesel aussah wie fünfzehn. Er hatte milchweiße Haut (zu beachten beim Urlaubsziel) und feuerrote Haare (anstrengend auf den Schulhöfen seines Lebens). Wenn Stiesel in den Urlaub fuhr, besuchte die Mutter eine von Stiesels vier Schwestern, die alle in irgendwelchen kleinen Städten wohnten. Als Hauptwohnsitz hatte die Mutter der Großstadt den Vorzug gegeben, aber sie wollte natürlich ihre Enkel regelmäßig sehen.

Stiesel entdeckte eine Bodenwelle unter einem Werbeprospekt für Polizeikleidung, richtig, das war ein Stift. Ein ausgetrockneter Boardmarker, schwarz. Aber wo war die Kappe?

Bevor er zwei Wochen nach Norwegen gefahren war, hatte Stiesel in weiser Voraussicht Locher, Hefter, Kugelschreiber und die selbstklebenden Memozettel in die unterste Schublade evakuiert, aus der er sie jetzt hervorholte.

Die Memozettel hatten das Format DIN A7, waren eierschalenfarben, und oben, dort wo auf der Rückseite der Klebestreifen war, stand *Niemals vergessen,* zusammen mit dem schnittigen Logo von Eisern Union.

Stiesel spielte keinen Fußball, Stiesel ruderte. Aber er ging ins Stadion in Köpenick, sooft er konnte. Ein optimaler freier Tag bestand darin, am Freitag, Samstag, Sonntag oder Montag, je nachdem, wann das Spiel terminiert war, am frühen Morgen mit einem Skull ein oder zwei Stunden über die Dahme oder die Spree zu rudern. Dann fuhr er mit dem Rad zur Alten Försterei oder in seine Stammkneipe und traf seine Jungs. Die waren kurz zurückgezuckt, als er erzählt hatte, dass er bei der Kripo arbeitete. Aber als er glaubhaft versichert hatte, dass er Sitzen auch für 'n Arsch fand, Pyros zwar für albern, aber nicht für kriminell hielt, und erklärte, dass er, in St. Pauli aufgewachsen, Migrationshintergrund hatte, nahmen sie ihn in Gnaden auf.

Dass Kollege Bördensen Hertha-Fan war, verschwieg Stiesel. Es gab eine weißgekalkte Linie, die er nicht überschreiten würde. Im Stadion pfiff, sang und wippte Stiesel und tat auch sonst alles, um die gegnerische Mannschaft mit leeren Händen nach Hause zu schicken. Der gemeine Union-Fan war rau und grob, aber hatte ein großes Herz. Manchmal erinnerte Stiesel die Stimmung im Stadion ans Millerntor, die Spielstätte von St. Pauli in der Nähe der Reeperbahn. Nur regnete es in Köpenick nicht so oft. Vielleicht war das kleine Köpenick ja auch einmal eine Hansestadt gewesen, und war deswegen so weltoffen.

Als Stiesel hierhergezogen war, hatte er eine Entscheidung treffen müssen: entweder Fußball oder Hertha. Stiesel hatte sich für Union entschieden. Bördensen pflegte anzumerken, mit dieser Haarfarbe sei ihm auch nichts anderes übriggeblieben.

Stiesel schmiss seinen Rechner an. In den E-Mails fand er die eine Nachricht von Bördensen mit dem Datum des heutigen Tages, das Briefing, wie es heutzutage hieß. *Hallo, Rotbäckchen. Heute Morgen weibliche Leiche auf Stralau. Maklerin, 35 Jahre, Verena Adomeit. Ich checke die Wohnung, Personenbeschreibung ging an BVG, achte auf sachdienliche Hinweise von Busfahrern. Hat dich ein Elch geknutscht? BBB*

BBB stand für *Bis bald, Bördensen,* die übliche Schlussformel.

Er hatte also Telefondienst. Na gut, wenns der Wahrheitsfindung diente. *Unsere Hotline ist geschaltet. Bitte rufen Sie jetzt an.*

Außer Bördensens Nachricht gab es noch sechshundert ungelesene E-Mails in Stiesels Eingangsordner. Nachdem er zwei Stunden geschrieben und gemailt hatte, schaute Stiesel bei Löffelholz in der Spurensicherung vorbei. Löffelholz brachte Stiesel auf den neuesten Stand: alte Frau, Fahrer Bus 104, Friedhof, Grabsteine, Handtasche. Nebenan untersuchte Plink die Kleidung, die Tote lag schon bei Tenbrink auf dem Seziertisch.

Stiesel und Löffelholz gingen zusammen zu Mittag essen, danach telefonierte Stiesel noch ein bisschen und warf ein paar E-Mails in den virtuellen Papierkorb.

Um 15.06 Uhr läutete sein Telefon, der Anruf kam von außen. »Die Siebte Mordkommission, Sie sprechen mit Hagen Stiesel«, meldete er sich.

»Galetzke, Leitstelle Verkehrsbetriebe. Wir haben da von einem unserer Fahrer, dem Kollegen Grellert, eine Personenbeschreibung übermittelt bekommen. Geht um so 'ne tote Frau heute Morgen auf Stralau, Bezirk Treptow.«

»Vielen Dank, dass Sie anrufen. Haben Sie eine Rückmeldung bekommen?«

»Ja, hab ich. Einer unserer Fahrer meint, die Frau erkannt zu haben. Ich stelle durch.« Es klickte. »Die Siebte Mordkommission, Sie sprechen mit Hagen Stiesel.«

»Tachchen auch, Mehro, Kurt Mehro. Ich wollte mich melden wegen der Toten von Stralau. Ich bin gestern und heute auf der Buslinie 347 gefahren.«

»Ja.« Das klang nicht nach 104. Außerdem war 104 durch zwei teilbar, und 347 war eine Primzahl. Trotzdem fragte Stiesel: »Und die Frau fuhr bei Ihnen mit?«

»Ja, genau, die war auf meiner letzten Tour nach Stralau dabei.«

»Was macht Sie da so sicher? War sie die einzige blonde Frau an diesem Tag?«

»Na ja, das nun gerade nicht, aber sie hatte sich vertan beim Einsteigen.«

»Wo ist sie denn eingestiegen?«

»Grünberger, Ecke Warschauer.«

»Und wo hat sie sich vertan?«

»Mit dem Tagesticket. Die hat mir erst ein Tagesticket von vorgestern gezeigt, vom Montag. Und ich sage, junge Frau, das ist nicht gültig heute, das ist von gestern.« Zeuge Mehro räusperte sich. »Dann hat sie mir das Tagesticket von Dienstag gezeigt. War früh um halb neun abgestempelt worden.«

»Aha. Was hatte die Frau denn an?«

»Was blaues, 'n blaues Kostümchen und 'ne passende Tasche dazu.«

Stiesel machte sich Notizen. Das konnte passen. »Und es war die letzte Tour nach Stralau?«

»Die letzte Tour des Tages, danach gings mit dem Bus ins Depot.«

»Ist sie an der Endhaltestelle ausgestiegen?«

»Nee, eine davor, Friedrich-Junge-Straße.«

»Und hat sie jemand abgeholt?«

Schweigen. »Nee, die stand da erst mal. Als ich zurückgefahren bin, war sie weg.«

»Wann war denn das genau?«

»Ich würde ja sagen, das steht im Fahrplan, aber ein, zwei Minuten war ich zu spät dran. Die bauen ja alle wie die Bekloppten. Es war 17.34 Uhr.« Ein Musterzeuge, was die Zeitangaben anging, dachte Stiesel. Manchmal musste man froh sein, wenn der Monat stimmte.

»17.34 Uhr auf der Rückfahrt, dann ist sie ausgestiegen ...«

»Um 17.28 Uhr«, sagte Mehro.

Stiesel notierte Namen, die private Telefonnummer und die Anschrift, außerdem die Linien, die Mehro in den nächsten Tagen befahren würde, und bedankte sich. Dann ging er runter zu Löffelholz. Zu den Habseligkeiten in Verena Adomeits Handtasche gehörten auch zwei Tagestickets für den Stadtbereich, eins für Montag und eins für Dienstag.

Das Fitnessstudio von Verena Adomeit befand sich am südlichen Ende des Mehringdamms, Ecke Dudenstraße, schräg gegenüber von der Tempelhofer Halde. Es erstrecke sich über die unteren zwei Etagen eines zehnstöckigen Gebäudes. Der Spinning-Coach gab gerade einen anderen Kurs, würde aber in zehn Minuten zur Verfügung stehen. Bördensen trank einen Schluck aus dem Wasserspender und setzte sich in den Eingangsbereich. Es war Mittagszeit, immer wieder kamen Menschen zur Tür herein und gingen Richtung Umkleidekabinen. Es waren mehr Frauen als Männer, meistens zwischen Mitte zwanzig und Ende dreißig.

Bördensen verglich die Wohnung, die er gerade durchsucht hatte, mit seiner Wohnung. Es war merkwürdig, um nicht zu sagen ungerecht, dass ein Mensch allein beinahe doppelt so viel Platz bewohnte wie er mit seiner Familie. Allerdings hielt er es sich zugute, dass er mit seiner Schlampigkeit Lilly davor bewahrt hatte, in einer Musterwohnung zu leben, in der es keine Spuren menschlichen Lebens gab. Nur sterile Ordnung. Er hatte ihr Leben gehörig durcheinandergebracht, und das war wahrscheinlich das Beste, was ihm in seinem bisherigen Leben gelungen war. Und die Kinder natürlich, die jetzt vermutlich gerade den Abflug für den Mittagsschlaf machten.

»Sie wollten mich sprechen?« Vor Bördensen stand eine junge Frau in Sportkleidung mit einem Handtuch über den Schultern. Sie war noch leicht außer Atem, ihr Brustkorb hob und senkte sich schnell unter ihrem Trikot.

»Bördensen, Kriminalpolizei.« Er stand auf, hob seine Dienstmarke und gab ihr die Hand.

»Witte. Jutta Witte.«

»Sie sind die Trainerin von Frau Adomeit?«

»Frau Adomeit nimmt seit einiger Zeit an meinen Kursen hier teil.« Sie holte Luft. »Ist etwas mit Verena?«

»Sie wurde ermordet«, sagte Bördensen.

Frau Witte biss sich auf die Unterlippe. »Ach du Scheiße. Wann, ich meine, wieso?«

»Bitte haben Sie Verständnis, wenn ich zu den näheren Umständen kaum etwas sagen kann. Wir sind mitten in den Ermittlungen. Wann haben Sie denn Frau Adomeit zum letzten Mal gesehen?«

»Das war am Montagabend.«

»Zum Spinning?«

»Ja, woher …«

»Ich habe mir Ihr Kursangebot angesehen. War etwas anders als sonst? War Frau Adomeit wütend, ängstlich, angespannt?«

Jutta Witte schüttelte den Kopf. »Nein, sie war wie immer. Hochkonzentriert. Ruhig. Manche kommen hierher, weil sie ein Schwätzchen halten wollen, Verena nicht. Die hat richtig ernsthaft trainiert.«

»Und beim Yoga?«

Jutta Witte lächelte. »Hat sie sich richtig ernsthaft entspannt.«

»Und mit wem hat sie ein Schwätzchen gehalten? Hinterher einen Cocktail getrunken? Geredet?«

»Mit niemandem, eigentlich. Sie war nicht der Typ, der dauernd Leute um sich haben musste.«

»Einsam?«

»Nein, eher sich selbst genug.«

»Ich muss gestehen, ich bin ein wenig ratlos, was Frau Adomeit angeht.« Bördensen verlagerte sein Gewicht vom einen auf den anderen Fuß. Zwei Frauen mit Sporttaschen über der Schulter winkten zu Jutta Witte herüber, und die eine musterte Bördensen von oben bis unten und hob die Augenbrauen. »Ich war gerade in ihrer Wohnung, und es gibt fast keine Hinweise auf ihr Privatleben. Wir werden uns natürlich auch noch ihr Büro anschauen, aber hier ist doch ein Ort, um Menschen zu treffen, sich zu verabreden. Gab es niemanden? Keine feste Trainingspartnerin? Oder jemand, der sie manchmal abgeholt hat, vielleicht hier gewartet hat?«

»Nein, niemand.« Jutta Witte schüttelte den Kopf.

»Hier kommen mehr Frauen als Männer her, nicht?«

»Ja, durchaus. Wir haben hier eine Ladenpassage mit einem Friseur und einem Beauty-Center: Maniküre, Pediküre, Gesichtsmassagen. Eine kleine Boutique gibt es auch.« Sie legte ihren Finger auf die Nase. »Jetzt ist mir doch etwas eingefallen, was am Montag anders war.«

»Ja?« Bördensen hielt den Atem an.

»Sie hat mich gefragt, was so ein Spinningrad kostet.«

»Und weiter?«

»Und ich habe ihr versprochen, mich zu erkundigen.«

»Aber dazu muss sie nur ins Netz schauen.«

Jutta Witte blinzelte. »Verena war sehr … Sie hat sehr aufs

Geld geachtet. Einmal hat sie in der Boutique etwas gekauft, eine Trainingsjacke oder ein Hoodie, und da war etwas nicht in Ordnung. Sie hat die Verkäuferin so lange bearbeitet, bis sie einen Nachlass bekommen hat.«

»Sie musste sparen?«

»Müssen bestimmt nicht. Es ging ihr, glaube ich, ganz gut, so wie sie sich gekleidet hat. Sie wollte bloß nicht mehr ausgeben als nötig. Warum eine teure Maschine anschaffen, wenn ich hier alles habe, was ich brauche.«

»Und am Freitag hat sie nach einer teuren Maschine gefragt.«

»Ja, aber sie wollte das Spinningrad über das Studio kaufen, sich bei der nächsten Bestellung mit dranhängen wegen der Prozente.«

»Verstehe«, sagte Bördensen. »Wissen Sie, was Frau Adomeit beruflich gemacht hat?«

»Nein, keine Ahnung.«

»Sie war Maklerin.«

Jutta Witte zuckte mit den Schultern. »Ist mir neu. Bei manchen weiß ich nach der ersten Stunde alles über ihre drei Ehen, Verena wollte einfach nur trainieren. Ist sie ermordet worden, weil sie Maklerin war?«

»Wir können es nicht ausschließen«, sagte Bördensen. »Aber manche Menschen werden auch nur deswegen ermordet, weil sie zur falschen Zeit am falschen Ort sind.«

Pachulke trat in den Innenhof des Polizeipräsidiums. Seinen frisch erworbenen Schatz hatte er schweren Herzens im Auktionshaus zurückgelassen. Zu viel, zu schwer, um ihn gleich mitzunehmen. Noch zwei Tage: Am Freitag kam der Schreiner, am Samstag holte Pachulke die Schallplatten nach Hause.

Am Ende des Hofs waren drei mal drei Standardcontainer übereinandergestapelt: die Baracke, in der die Siebte Mordkommission untergebracht war. Die Baracke war ein Provisorium, und wie viele vorübergehende Lösungen erstaunlich langlebig. Eigentlich sollten er, Zabriskie und die anderen Räume im Hauptgebäude bekommen. Aber dann gab es dort Probleme mit der Computer- und Telefonverkabelung, und man stellte für sie die Container in den Hof mit der Zusage, dass sie zeitnah in das Hauptgebäude zurückkehren könnten. Das war vor drei Jahren gewesen, und allmählich glaubte niemand mehr daran, dass sie jemals ins Hauptgebäude ziehen würden.

Pachulkes Büro befand sich im Container oben ganz rechts, das Treppenhaus, das die Container verband, war ganz links. Im Erdgeschoss residierten Plink und Löffelholz in den beiden rechten Containern. Pachulke konnte sein Glück nicht fassen, dass Plink immer noch da war, unter diesen Bedingungen. Sie bekam immer wieder Angebote von Universitäten, aus den entlegensten Gegenden der Welt, Sachsen-Anhalt oder Belgien. Aber sie machte das Beste aus ihrer Situation und zeigte keine Anstalten, Pachulke und sein Team zu verlassen. Der linke Container im Erdgeschoss war vor zwei Jahren für ein Sekretariat vorgesehen worden. Jetzt wartete ein vollständig eingerichtetes Büro darauf, benutzt zu werden.

Sachmittel und Personalmittel – sie waren wie die zwei Königskinder, die einander so liebhatten, aber nicht zueinander kommen konnten. Wieder einmal war Personalmittel im reißenden Strom der haushälterischen Notwendigkeit ersoffen, und Sachmittel stand heulend vor Sehnsucht am Ufer.

Die Treppe knarzte, als Pachulke nach oben stieg. In der ersten Etage war links der Sanitärbereich. Es gab Duschen und Toiletten, die viel zu geräumig ausgefallen waren, aber die Nasszellen lieferten genug Platz für die Luftmatratzen, die Sonnenschirme, die Liegen und das aufblasbare Gummikrokodil, wenn diese im Winter eingelagert werden mussten.

Die Tür zu Bördensens und Stiesels Büro stand offen, und wie immer sah es darin aus, als sei gerade ein Tornado durch den Raum gezogen. Pachulke konnte nicht erkennen, wo Bördensens Schreibtisch aufhörte und Stiesels Schreibtisch begann.

Beide waren unter einem riesigen Papierberg verschwunden. Eigentlich hatten Bördensen und Stiesel jeder ein Büro, aber sie hatten den anderen Container funktional umgewidmet und einen Erholungsbereich eingerichtet. Da ging es immer hoch her, direkt unter Pachulkes Füßen. Pachulke sah Stiesels roten Schopf. Heute war Stiesels erster Arbeitstag, und wie immer musste er erst einmal eine Schneise in das Chaos schlagen, das Bördensen verursacht hatte. Stiesel war der richtige Mann für diese Arbeit. Er war geduldig und methodisch und hatte keine Scheu, sich durch Unmengen von Papier zu wühlen.

In der oberen Etage kam als Erstes das Vernehmungs- und Beratungszimmer. Wenn ein Zeuge oder Beschuldigter im Vernehmungszimmer saß, fanden die Beratungen zu Pachulkes großem Leidwesen in seinem Büro statt. Eigentlich hatte man ihnen einen eigenen Besprechungsraum zugesichert, aber dieser Containertyp durfte nur auf bis zu drei Etagen aufgestockt werden. Jetzt war Ende Gelände.

Als Pachulke an Zabriskies und Dorfners gemeinsamen Büro vorbeikam, warf er einen Blick hinein. Zabriskie arbeitete an den beiden Berichten, die die Staatsanwaltschaft zu ihnen herübergereicht hatte. Kurz durchzuckte ihn Schuldbewusstsein. Das hätte eigentlich er machen sollen. Aber der Moment war schnell vorbei. Birke. Er hatte sich mit dem Schreiner lange beraten und dann für ein Regal aus Birkenholz entschieden. Das helle Holz würde das Wohnzimmer in Pachulkes Wohnung am Lietzensee kaum enger aussehen lassen.

Zabriskie sah kurz auf. »Wir haben eine Tote auf Stralau. Die Leiche ist schon bei Tenbrink. Bericht gibts morgen. Bördensen untersucht ihre Wohnung.« Sie tippte etwas in ihren Computer. »Die Tote ist eine Maklerin.«

Pachulke verzog das Gesicht. Hoffentlich war das kein Mord mit politischem Hintergrund. Die Wohnsituation in der Stadt war zum Dauerthema geworden. Kein Wochenende ohne Mieterdemo. Ab und zu brannte mal ein Luxuswagen in einem Kiez, in dem aus Mietwohnungen Eigentumswohnungen gemacht wurden. Bisher hatte sich dabei noch kein politischer Hintergrund feststellen lassen, was aber bestimmte Zeitungen nicht daran hinderte, die Brandstiftungen Stadtteil- und Sozialaktivisten in die Schuhe zu schieben. Pachulke nickte Dorfner zu.

Der blickte von seiner Zeitung auf. »Morgen, Pachulke. Ich dachte, ich könnte vielleicht auch mit nach Stralau und ein paar Zeugen befragen, falls es Bedarf gibt.«

»Gibt es nicht«, sagte Zabriskie und tippte etwas in ihren Computer.

»Mein lieber Dorfner«, sagte Pachulke. »Haben Sie sich schon ein paar Namensvorschläge für das aufblasbare Krokodil überlegt?«

Dorfner zückte ein Blatt Papier. »Die Liste habe ich schon über den Verteiler geschickt.«

»Verstehe«, sagte Pachulke. »Was ist mit den Sammelbildchen historischer Polizeiuniformen?«

Dorfner biss sich auf die Unterlippe. »Die Arbeit stockt etwas. Es ist nicht einfach, diese ganz alten Uniformen ausfindig zu machen.«

»Na, solange Sie damit noch zu tun haben, will ich Sie nicht mit Ausflügen nach Stralau behelligen. Das ist eine äußerst wichtige Aufgabe.«

Zabriskie lächelte in sich hinein und tippte weiter in ihren Computer.

Dorfner räusperte sich. »Aber ein Ausflug ins Freie würde mir sehr viel bedeuten. Außerdem habe ich ja auch einen Anspruch darauf.«

»Mal sehen«, sagte Pachulke und ging in sein Büro.

Dort fand er seinen Schreibtisch so leer, wie er ihn verlassen hatte. Im Lauf der Jahre war er ein Meister des Delegierens geworden. Die Aktenströme flossen an ihm vorbei und er hatte Zeit für seine wichtigste Tätigkeit im Büro, dem Verfertigen von Büroklammerketten und -mustern. In einem Regal standen viele kleine Kartons mit Büroklammern in allen

Farben und Größen. Bei den Verwaltungsangestellten vorn im Hauptgebäude, die für die Materialbeschaffung zuständig waren, stand Pachulke unter Beobachtung. »Können Sie mir erklären«, hatte ihn Frau Walther vergangene Woche gefragt, »wieso Ihre Mordkommission mit fünf Mitarbeitern in einem Jahr mehr Büroklammern verbraucht als das Pentagon?«

»Wir arbeiten eben besonders sorgfältig«, hatte Pachulke erwidert. Was auch der Wahrheit entsprach. Pachulke ließ sich Zeit beim Verfertigen von Büroklammerketten. Ein minimalistisch und zugleich ausgereiftes Werk wie Sieben Würmer, das Pachulke gerahmt und an der Wand des Containers befestigt hatte, schüttelte man nicht einfach mal so aus dem Ärmel.

Wenn in Pachulkes Büro getagt wurde, musste er das aktuell in Arbeit befindliche Werk vom runden Tisch nehmen. Es landete dann zusammen mit den Entwürfen und angefangenen Arbeiten in einem Planschrank, wie er sonst bei Architekten oder Landschaftsplanern in der Ecke stand. Außerdem war in dem Büro noch eine kleine Stereoanlage, leider ohne Plattenspieler. Dafür gab es aber einen Kopfhörer, um den Lärm der Welt zu vergessen.

Pachulke setzte sich. Dorfner hatte recht. Er durfte mal wieder raus. Zabriskie würde sich um ihn kümmern.

Das Büro von Verena Adomeit war in Wilmersdorf in der Joachim-Friedrich-Straße. Bördensen war in den ersten Bus 104 gesprungen, der vor dem Fitnessstudio gehalten hatte. Nicht Grellert saß am Steuer, sondern eine Busfahrerin, der Bördensen ein »Danke« entlocken konnte, als er passend zahlte.

Als er in Wilmersdorf quasi vor dem Bürohaus ausstieg, begriff er, wie angenehm in diesem Fall die direkte Busverbindung nach Westen gewesen war. Klar, es dauerte, bis der 104er durch die Stadt gejuckelt war. Aber von der Fidicinstraße bis hierher konnte Verena Adomeit quasi von Haustür zu Haustür fahren.

Im Büro saß eine Sekretärin mit künstlichen weißen Fingernägeln. Sie meldete Bördensen, und eine Frau im dunkelgrauen Kostüm geleitete Bördensen in ihr Büro. Er wies sich als Polizist aus. Sie stellte sich als Sabine Kemmling vor und ließ es sich nicht nehmen, einen Cappuccino für Bördensen in einer kleinen Maschine zuzubereiten, die lauter war als ein Außenbordmotor.

»Ermordet, wie schrecklich«, sagte sie, als sie hinter ihrem Schreibtisch saß. Der Cappuccino schmeckte nach verbrannter Gummidichtung, was bei diesen kleinen Maschinen oft vorkam.

»Nein, Feinde hatte Verena nicht«, sagte Frau Kemmling. »Aber in letzter Zeit einige unzufriedene Kunden.«

»Wieso?«, fragte Bördensen und nahm noch etwas Zucker nach.

»Verena war auf englischsprachige Interessenten spezialisiert, die nach Investitionsobjekten suchen. Über die Preise hier lacht man nicht nur in Paris und London, sondern auch in Dublin und Amsterdam.«

»Und Frau Adomeit hat den Leuten Rendite versprochen?«

»Sehr üppige Renditen. Es ist ja nicht so, dass man Wohnungen nicht teurer weiterverkaufen kann, aber ihre Prognosen waren überzogen. Erst die Krise 2009, dann die Wahlen, als alle Parteien Wohnungsknappheit und Verdrängung als Thema für sich entdeckt haben. Der Boom ist viel kleiner ausgefallen als erwartet.«

»Und Sie machen das auch?«

»Nein, das hier ist eine Bürogemeinschaft. Wir teilen uns Sekretariat und Besprechungszimmer und schalten gemeinsame Werbung. Aber ich bin die klassische Wohnungsmaklerin. Ich vermittle Mietwohnungen und Häuser an jeden, auch an Sie, wenn Sie das wollen.«

Bördensen fühlte sich ertappt. »Wie viele Handys hatte Frau Adomeit?«

Frau Kemmling zog die Augenbrauen hoch. »Eins, soweit ich weiß.«

»Ihr Smartphone?«

»Genau. Wieso fragen Sie?«

»Krankhafte Neugier. Darf ich mir Frau Adomeits Büro mal ansehen?«

Kurz darauf standen sie in einem penibel geordneten Raum. Die Einrichtung bestand aus einer Regalwand mit etlichen Aktenordnern, einem Sideboard mit englischsprachigem Werbematerial und dem Schreibtisch. »Dafür brauchen wir einen richterlichen Beschluss«, sagte Bördensen, der keine Lust hatte, sich das alles anzusehen. Seine innere Uhr stand auf fünf Minuten vor Feierabend. »Gab es einen Kunden, der aggressiv geworden ist? Am Telefon oder hier?«

Frau Kemmling schüttelte den Kopf. »Die drohen mit ihrem Anwalt. Oder lassen drohen durch ihren Anwalt.«

»Und Sie? Schon mal Post von Stadtteilaktivisten bekommen?«

Sie kicherte. »Wenn Sie nur Reihenhäuschen in Lichtenrade im Programm haben, interessiert das keinen.«

Bördensen bedankte sich. »Wenn wir den Beschluss haben, kommen wir wieder. Dann werden wir hier auch ein paar Stunden arbeiten müssen.«

»Kein Problem«, sagte Frau Kemmling.

Bördensen stand unten auf der Straße und wartete auf den Bus, der ihn zur U7 und weiter zur Blaschkoallee in Neukölln bringen sollte, da gab sein Handy ein leises Boing von sich. *Hallo Bördensen LB 16 in der Baracke. Bis gleich Stiesel.*

Scheiße. LB hieß Lagebesprechung. Mit einer frischen Leiche war es nichts mit Feierabend am frühen Nachmittag.

6

Pachulke hatte wie immer vor dem Fenster Platz genommen, wippte in seinem Bürostuhl und blinzelte in die Runde. Er und seine Mitarbeiter saßen im Raum links neben Zabriskies und Dorfners Büro in der obersten Etage der Baracke. Hier fanden die Beratungen der Siebten Mordkommission statt, hier wurden Verdächtige und Zeugen vernommen.

Bördensen hatte die zentralen Begriffe der bisherigen Ermittlungen an das Whiteboard geschrieben: *Maklerin, Handyrechnung, Drohbriefe, Irish Pub.* Er trug vor: »Bisher können wir nicht sicher sagen, ob der Mord an Verena Adomeit ein berufliches oder ein privates Motiv hat. Im ersten Fall wäre aufgrund der Drohbriefe, die wir in der Wohnung gefunden haben, auch ein politischer Hintergrund denkbar.« Er steckte die Kappe auf den Whiteboard-Marker und legte ihn beiseite.

Pachulke wusste, dass Bördensen nach Hause wollte zu seiner Familie. Aber es war Stiesels erster Tag nach dem Urlaub. Und Pachulke plante, Dorfner allmählich seiner Quarantäne im Büro zu entwöhnen. Eine Lagebesprechung war unverzichtbar geworden.

»Das waren diese Linken aus Friedrichshain«, sagte Dorfner und knetete seine Unterlippe. Seine andere Hand ruhte auf seinen Oberschenkeln und hielt eine Ausgabe *Legal Torture.* Die Wahrheit tut weh, *truth hurts,* versprach diese US-amerikanische Publikation ihren Lesern. Es ging in dem Magazin immer nur um das eine: zeitgemäße Vernehmungsmethoden. Angeblich hatte sich Dorfner schon einmal bei der Guantánamo International Summer School beworben, war aber abgelehnt worden, weil sein Exposé zu brutal gewesen war. Zumindest hatte Zabriskie das Pachulke erzählt.

»Adomeit hatte Probleme mit einigen von ihren auswärtigen Mandanten«, sagte Bördensen. »Die von ihr vermittelten Objekte waren nicht lukrativ genug. Der entlegene Fundort spricht aber dagegen, dass die Tat von jemandem ohne Ortskenntnisse verübt wurde.«

»Hat Löffelholz das Handy schon geknackt?«, fragte Zabriskie.

»Da kommt er erst morgen dazu. Er muss den Tatortbericht schreiben und die gesamte Handtasche inventarisieren«, sagte Pachulke.

»Was sagt Tenbrink?«, fragte Stiesel. Er hatte seine Beine auf einem Stuhl abgelegt und ein Plastikbrett auf dem Schoß, auf dem viele eierschalenfarbene Klebezettel mit rotem Logo befestigt waren. Pachulke wusste nicht, was er von Stiesels Zettelwirtschaft halten sollte. Er fand sie altmodisch, obwohl er selbst mit Software, die Mindmapping ermöglichen sollte, nicht umgehen konnte. Bei einem weniger systematisch arbeitenden Kollegen hätte diese Zettelwirtschaft vermutlich im Desaster geendet. Aber weil Stiesel selten etwas verbockte und seine Ergebnisse auch auf den Computer übertrug, sprach nichts dagegen.

»Tenbrink schließt ein Sexualverbrechen aus. Den Bericht gibt es morgen.« Zabriskie saß neben der Tür, so weit weg von Dorfner wie möglich.

Bördensen klopfte mit dem Knöchel auf das Whiteboard. »Dieser Irish Pub – The Harp – verweist vielleicht auf Adomeits Privatleben. Es ist möglich, dass sie ihren Mörder dort kennengelernt hat, obwohl sie kein besonders geselliger Mensch war.«

»Wäre es möglich, dass der Pub die beiden Ansätze verbindet?«, fragte Pachulke. »Ein englischsprachiger Klient von Adomeit, mit dem sie sich im Pub trifft?« Er rührte seinen Kaffee um, obwohl er weder Zucker noch Milch nahm.

»Wäre möglich«, sagte Bördensen. »Aber den Pub schaue ich mir so oder so persönlich an.«

Stiesel wandte sich an Dorfner. »Ich glaube nicht, dass Stadtteilaktivisten eine Maklerin töten, schon gar nicht erwürgen. Buttersäure, Scheiben einwerfen, bedrohen ja, aber kein Mord.«

Pachulke nickte. »Trotzdem wäre es wichtig, den Absender dieser Briefe zu finden. Sie sind sehr geschickt formuliert, strafrechtlich kommt man da vermutlich nicht ran. Außerdem müssen wir nach Stralau und eine Hausbefragung durchführen. Der Tod ist eingetreten, als es noch hell war. Da war halb Stralau noch auf den Beinen. Irgendjemand muss etwas gesehen haben.«

Pachulke zückte ein Blatt Papier: »Das ist das Foto der Toten von der Website. Zeigt es bitte den Anwohnern.«

»Aber auf dem Foto ist sie brünett«, sagte Zabriskie.

»Wir haben kein anderes Bild. Die Leute sollen sich die Haare blond vorstellen.«

»Die Hausbefragung mache ich«, sagte Bördensen. Pachulke nickte. Bördensen war am liebsten draußen unterwegs und vermied jede Art von Büroarbeit. Ein Grund, warum auf seinem Schreibtisch nie Platz war.

»Ich komme mit«, sagte Zabriskie. »Hausbefragungen alleine sind ätzend.«

»Ich könnte auch Leute befragen in Stralau«, sagte Dorfner.

»Dorfner, du hilfst mir, mehr über diese Drohbriefe herauszufinden«, sagte Stiesel.

Typisch Stiesel, dachte Pachulke. Seine Spezialität war die Aktenfresserei. Anders als Bördensen, Zabriskie und Dorfner, die Papierkram vermieden, soweit es möglich war, rieb sich Stiesel die Hände, wenn ihm jemand einen Packen Akten zur Durchsicht auf den Schreibtisch knallte. Je staubiger und älter, desto besser. Dabei diente er sich nicht an, nach dem Motto: Wer am lautesten nach den unbeliebten Aufgaben schreit, kommt am schnellsten nach oben. Nein, er mochte diese alten Sachen.

»Und wenn wir wissen, wer es war, darf ich ihn festnehmen?«, fragte Dorfner.

Alle sahen Pachulke an.

»Also, mein lieber Dorfner …«, sagte er.

»Ich will endlich mal raus hier«, sagte Dorfner. »Ich habe Anspruch auf eine Tätigkeit, die meinen Fähigkeiten entspricht.«

»Deinen formalen Qualifikationen, nicht deinen Fähigkeiten«, sagte Zabriskie. »Das ist ein wesentlicher Unterschied.«

»Wenn es eine heiße Spur gibt«, sagte Pachulke, »dürfen Sie in Begleitung von Zabriskie ein Gespräch führen und gegebenenfalls eine Festnahme veranlassen.«

Dorfner hob einen Arm und steckte sich zwei Finger in den Mund, um zu zeigen, was er von seiner Betreuerin hielt.

»Wieso ich?«, fragte Zabriskie.

»Niemand hat sich intensiver mit der Psyche des Kollegen Dorfner befasst als du, Zabriskie«, sagte Pachulke.

Das war eine boshafte Untertreibung. Zabriskie und Dorfner hassten sich innig. Aber von Zabriskie ließ Dorfner sich etwas sagen. Nicht nur deswegen war Pachulke froh, Zabriskie in seinem Team zu haben. Sie war der meistens gutgelaunte Gegenpol zu Pachulkes Melancholie und gab ihm Freiraum für seine Extratouren. Den Besuch eines Versteigerungstermins mitten unter der Woche beispielsweise.

»Was?« Pachulke hatte nicht gemerkt, dass Zabriskie mit ihm geredet hatte. »Was machst du?«, fragte Zabriskie. »Welchen Beitrag leistest du zu den Ermittlungen?«

Wieder richteten sich alle Blicke auf Pachulke.

»Ich möchte zuerst den Obduktionsbericht von Tenbrink lesen. Man darf die Ermittlungen nicht zu früh verengen. Und dann mache ich mir ein Gesamtbild.«

Zabriskie seufzte, Stiesel und Bördensen sahen sich an und zuckten die Schultern. Pachulke lächelte in sich hinein. Niemand interessierte sich so für Obduktionen wie er. Das überließen die anderen gern ihm. Bei der Gelegenheit konnte er auch gleich ein paar Büroklammern verbinden.

Als Zabriskie nach der Besprechung zurück an ihren Schreibtisch kam, traute sie ihren Augen nicht. Dorfner las schon wieder die Zeitung. Normalerweise steckte er seine Nase nur in sein Folterheftchen.

Während sie das Vernehmungsprotokoll für die Zeugin Jurgeleit schrieb, spähte sie immer wieder zu ihrem Intimfeind hinüber. Als er mit einem Stift etwas in der Zeitung anstrich, wurde sie neugierig. Waren das Kleinanzeigen? Verkaufte jemand seine Kampfsportausrüstung? Eine Streckbank? Eine Garotte? Oder sollte es wirklich der Fall sein, dass Dorfner seine

Degradierung zum Schreibtischknecht akzeptierte? Führte er gerade Ermittlungen durch? Das hätte Zabriskie einen Großteil der Freude an diesem Arrangement genommen. Sie wollte ihren Kollegen leiden sehen. Dorfner neigte zur Gewalt, er überschätzte seine Möglichkeiten, er hatte ein Frauenbild, das aus dem Pleistozän stammte, und er war eitel wie eine alternde Transe. Auf seine Muskeln, nicht auf seine High Heels.

Dorfner hasste Zabriskie ebenfalls, das wusste sie, aber was ihn umtrieb, bildete er sich nur ein. Er hielt Zabriskie für lesbisch, weil sie ihn mehrfach hatte abblitzen lassen. Gleichzeitig hielt er sie für eine Schlampe, weil er glaubte, dass sie ihre Karriere sexuellen Dienstleistungen für praktisch alle Männer im Polizeipräsidium außer ihm selbst verdankte. In Dorfners Augen war sie eine Sadistin, weil sie ihn pausenlos quälte. Er hielt sie für unzuverlässig, weil sie gern Single Malt Whiskey trank und jedes Jahr ausgiebig Urlaub in den USA machte. Dort lebte ihre Mutter und dort riss sie sich jedes Mal eine andere Liebschaft auf. Nun ja, alles bildete er sich nicht ein. Mit dem Verdacht, dass Zabriskie ihn gern quälte und ihrem Verbrauch an Whiskey und Männern lag er sogar ziemlich nah an der Wahrheit.

Als Dorfner auf die Toilette ging, sah Zabriskie den geeigneten Moment gekommen, um sich sachkundig zu machen. Weil Pachulke ihr eben die Obhutspflicht aufs Auge gedrückt hatte – auch der hatte offenbar seine sadistische Seite –, sah sie sich als legitimiert an, Dorfners Schreibtisch zu überprüfen.

Neben dem Computer stand ein Abreißkalender. *Zen oder Die Kunst einen Arm auszukugeln. Mit Steven Seagal durch das Jahr.* Daneben lag eine zerlesene und schlampig zusammengefaltete Zeitung. Was hatte er da bloß angestrichen? Zabriskie breitete die Zeitung aus und strich sie glatt. Im Sport fand sie nichts, im Lokalteil auch nicht. Bei den Immobilien wurde sie fündig: *3-Zi-Whg mit ausgebautem, trockenen Keller in der Albrechtstraße in Tempelhof.* Diese Anzeige hatte Dorfner markiert. Genauso wie, *1,5-Zi-Whg Seitenflügel Hochparterre Nähe*

S-Bahnhof Neukölln. Zabriskie blinzelte. *2-Zi-Whg* stand in der Anzeige für die Wohnung in Tempelhof. Sie hatte sich verlesen.

Dorfner suchte eine Wohnung. Wahrscheinlich hatte er es sich in seiner Lichtenberger Plattenburg mit allen Nachbarn verscherzt. Zabriskie konnte sich nicht vorstellen, dass jemand mit Dorfner einen Mietvertrag abschloss. Wie hatte er überhaupt seine jetzige Wohnung gefunden? Da musste er sich ja völlig am Riemen gerissen haben. Es sei denn, der Vermieter war ähnlich gestrickt wie Dorfner. Dann hatten sie sich bestimmt viel zu erzählen. Dorfner suchte eine Wohnung. Wie geil war das denn?

Zabriskie musste in diesem Leben nie mehr eine Wohnung suchen. Sie hatte den nettesten Vermieter der Welt. Dorfners Suchbemühungen würde sie aus der VIP-Loge beobachten. Sie faltete die Zeitung zusammen, legte sie zurück an ihren Platz und setzte sich betont beiläufig an ihren Schreibtisch.

Als Dorfner zurückkehrte, warf er einen langen Blick auf die Zeitung und einen noch längeren auf Zabriskie. Schließlich packte er die Zeitung in seinen Rucksack, klemmte sich den Stapel kackbrauner Hängemappen unter den Arm, die er heute durchgearbeitet hatte, nahm seinen Helm, murmelte einen Abschiedsgruß und ging.

7

Ich mag es nicht, wenn man mich beim Essen stört. Eben noch saß ich in meinem Lieblingsrestaurant, um mich nach einem langen und anspruchsvollen Arbeitstag zu entspannen, und im nächsten Moment hat mich der Übereifer einiger Ermittler in eine vollkommen unvorteilhafte Situation gebracht. Was für ein schreckliches Missverständnis. Ich habe niemanden ermordet, doch jetzt sitze ich ratlos und mit Unrat besudelt hier anstatt auf meinem Lieblingsplatz. Selbst diese schwierigen

Rahmenbedingungen sollen mich nicht daran hindern, ein Haiku zu verfassen.

Reis im Algenblatt
Sashimi Ikura Ei
So gut schmeckt Sushi

Ein gutes Sushi-Restaurant ist eine Oase in der kulinarischen Wüste, die die meisten Städte nach wie vor darstellen, wenn es um asiatische Küche geht. Ich bevorzuge das Rolling Sushi, weil es diese tiefe philosophische Dimension besitzt. Beim Rolling Sushi gibt es ganz unterschiedliche Typen. So, wie man sitzt, lebt man auch. Die einen setzen sich in die Mitte, weil sie gern Gesellschaft haben und links und rechts mit den Leuten ins Gespräch kommen wollen. Hier sammeln sich die schlechten Amateurköche, die gern ihr Halbwissen präsentieren. Die Leute, die im mittleren Bereich eines Rolling Sushi sitzen, sind laut und primitiv und auf Äußerlichkeiten bedacht. Wenn ich einen Marketingexperten suchen müsste, würde ich ihn immer in der Mitte eines Rolling Sushi suchen, nie am Ende. Denn am Ende sitzen die, die alles in aller Ruhe auf sich zukommen lassen, auch das Sushi. Wenn der Teller das erste Mal in der Ferne auftaucht, rätseln sie, was es sein könnte, was da auf sie zuschwebt. Jede Kurve, die das Tellerchen erfolgreich hinter sich gebracht hat, lässt ihre Vorfreude wachsen. Wenn das Schälchen endlich in ihre Reichweite kommt, haben sie zugleich eine Lektion in Demut bekommen. Sie mussten sich in Geduld üben, und wie leicht hätte jemand anderes die Speise ergattern können, die sie sich jetzt aussuchen können. Wobei, eigentlich wurden ihnen die Teller, die es bis zum Ende schaffen, zugewiesen. Die Leute, die am Ende sitzen, sind bescheiden und wenig zielstrebig. Sie erreichen nicht wirklich etwas im Leben. Meine Exfrau gehört in diese Gruppe.

Wir haben uns bei einem Sushi-Kochkurs kennengelernt. Und dann sind wir essen gegangen, in ein Rolling Sushi. Und gleich zog sie mich an das Ende des Förderbands, weil es da *gemütlich* war. Wer geht zum Rolling Sushi, weil es da gemütlich ist? Wer gemütlich will, soll Pizza essen gehen. Ich sagte ihr, dass ich gern am Anfang des Förderbandes sitze. Darauf schlug sie vor, in der Mitte zu sitzen. Sie hielt das für einen Kompromiss. Egal, sie kann ja nichts dafür. Jetzt kann sie wieder am Ende sitzen und *gemütlich* darauf warten, dass sie das abbekommt, was das Leben übrig lässt für sie. Bei mir war sie am Ende gänzlich unbescheiden. Hat mir alles genommen, vor allem meinen geliebten Sohn hat sie behalten. Er hat etwas von mir, aber mir fehlt die Zeit für ihn.

Im Rolling-Sushi-Restaurant sitze ich am liebsten direkt an der Öffnung, aus der die Teller auf dem Förderband herausrollen, quasi die Poleposition unter allen Sushi-Essern. Das Sushi am Anfang ist besonders frisch. Ich will nicht behaupten, dass ich den Unterschied schmecken würde, aber zu wissen, dass ich der Erste bin, der überhaupt ein Auge auf die Kreation des Chefs wirft, beflügelt mich, regt die Speichelsekretion an und öffnet die Geschmacksknospen. In gewisser Weise sind alle anderen Gäste Esser von meinen Gnaden, denn sie essen nur das, was ich nicht genommen habe. Außerdem kann man auf diesem Platz immer wieder einen Blick in die Küche werfen. Da liegt ein ganzer Fisch auf dem Brett und mit wenigen Schnitten wird er filetiert, in mundgerechte Häppchen zerlegt und kunstvoll servierfertig gemacht. Wie sie dort mit den japanischen Messern hantieren, wie sie rollen, wenden, befüllen, ein Ballett der Finger. Ich erfreue mich an jedem Handgriff, den ich mir abschauen kann.

Mein Lieblingsrestaurant bietet zahlreiche Vorteile. Nicht nur die Fensterfront auf die Karl-Marx-Allee, die einem vermittelt, wie klein und unbedeutend man im Grunde ist. Es gibt hier auch kein *All you can eat.* Dass so eine Veranstaltung dazu auffordert, so viel zu essen, wie man kann, und nicht so viel, wie man möchte, sagt doch schon alles. Hier findet man niemanden, der möglichst viele Tellerchen der Preiskategorie vier leer frisst, alles in sich hineinschiebt, und sich dann auf dem Bürgersteig übergibt. Hauptsache teuer. Erbrochener Fisch mit Sake, eine Großstadtimpression, auf die ich ebenso gern verzichte wie auf dieses Ambiente hier an meinem jetzigen Aufenthaltsort. Wobei ich es ansonsten genieße, dieses rohe, wilde Leben, das einen in der Großstadt unvermittelt anspringt.

Auch diese Verena war zu gierig. Gier muss einem nicht peinlich sein, aber doch nicht so. Der Wunsch nach mehr darf nichts Unbeholfenes haben. Man ergreift seine Beute in einer einzigen fließenden Bewegung im Rhythmus der Atemzüge, so wie man ein Haiku schreibt.

8

Beschwingten Schrittes betrat Hauptkommissar Pachulke am nächsten Morgen das Polizeipräsidium. Gestern Abend hatte er sich noch ein bisschen Rubinstein angehört, aus seinen eigenen Beständen. Chopin natürlich, die Klaviersonate Nummer 2. Vielleicht etwas melodramatisch für Rahmschnitzel mit Salzkartoffeln, aber im Moment hatte er nur Rubinstein im Kopf. Frisch verliebt in Rubinstein. Rubi. *Studio Sessions minus sechs.* Es gab nur zwei oder drei Sammler, die in diese Dimension vorgestoßen waren. Beim Abendessen – er hatte sich hinreißen lassen und drei große Kartoffeln gegessen, aber Rahmsoße kann man ja nicht ohne alles löffeln – hatte er sich das neue Regal in Birke in allen Details vorgestellt.

Pachulke grüßte Speckler, der mit seiner Augenklappe in der Pförtnerloge saß und jeden Ankömmling durchdringend musterte. Als wollte er der Welt beweisen, dass sein gesundes Auge so gut wie zwei funktionierte.

Pachulkes Weg führte in die Kantine. Er besah sich die Auslagen, aber nach Joghurt und Rohkost stand ihm nicht der Sinn. Warum war er bloß schon wieder so hungrig? Zwei Eier mit Speck und ein Marzipancroissant waren gerade mal eine gute Stunde her. Nothoff, die männliche Thekenkraft, schichtete gerade Bouletten in die Auslage.

»Haben Sie noch tote Brötchen?«, fragte Pachulke.

Nothoff sah auf, und Pachulke bemerkte, dass er eine neue Augenklappe hatte. Sie ließ Nothoff jünger aussehen. Wenn er sich auch noch rasiert und die Haare nicht einfach an die Schläfen geklatscht hätte, wäre er ein ganz anderer Mensch gewesen.

»Eins hab ich noch, eine Auslage weiter. Wollen Sie nicht etwas von dem Fruchtjoghurt?«

»Ach wissen Sie, Obst …« Pachulke betrachtete das Brötchen. »Und es ist wirklich tot?«

»Mausetot. Es liegt hier seit zwei Wochen und hat sich kein einziges Mal bewegt.«

»Na ja, dann …« Pachulke holte sich eine Pappunterlage und ein Tütchen Senf, dann ließ er sich einen großen schwarzen Kaffee aus der Maschine. Nothoff wartete an der Kasse.

Auf Pachulkes Schreibtisch lag der Bericht von Tenbrink dem Gerichtsmediziner: Die Obduktion der Toten von Stralau.

Verena Adomeit war fünfunddreißig Jahre alt und hätte in gut drei Wochen ihren sechsunddreißigsten Geburtstag feiern können, wenn ihr nicht jemand dazwischengekommen wäre. Der Obduktionsbericht bot die üblichen gewalttätigen Details: der Kehlkopf eingedrückt, Einblutungen der Augenschleimhäute, Todeszeitpunkt zwischen siebzehn und neunzehn Uhr.

Aufgrund der stabilen Witterungsverhältnisse und der Tatsache, dass die Leiche sehr schnell gefunden wurde, lässt sich der Todeszeitraum sehr genau eingrenzen.

Laut Aussage des Fahrers Mehro war Verena Adomeit um 17.28 Uhr aus dem Bus 347 gestiegen. Blieben gut neunzig Minuten. Pachulke las weiter: Kein Geschlechtsverkehr mit einem Mann in den letzten zweiundsiebzig Stunden, keine Spur von postmortalen sexuellen Handlungen, keine Abwehrverletzungen. Sie hatte ihren Mörder gekannt und ihm vertraut.

Das Würgen erfolgte mit einer Hand. Die schwachen Druck-

spuren im Halsbereich sprechen dafür, dass der Täter Handschuhe getragen hat, die Fingerabdrücke verhinderten und ihm einen festen und sicheren Zugriff auf den Kehlkopfbereich des Opfers ermöglichten.

War das wirklich ein romantisches Rendezvous gewesen, auf einem Friedhof? Manche Liebespaare fühlten sich wohl zwischen Grabsteinen, weil einer der beiden todkrank war, oder weil der Sex bei den Toten ihnen eine besondere Lebendigkeit gab. Aber die Handschuhe sprachen für eine geplante Tat. Wer will denn seiner Liebsten in Handschuhen durchs Haar streichen?

Pachulke las: *Auffällig ist, dass die Tote offenbar nach dem Eintritt des Todes geschminkt wurde. Auf ihren Augenlidern findet sich ein heller Lidschatten, der durch einen dunkleren Braunton überdeckt wurde. Auch der ursprünglich rosa Lippenstift wurde in einem kräftigen Rot nachgezogen. Durch die konkurrierenden Farben wirkt die Tote verschminkt, allerdings gibt es keinerlei Verletzungen im Gesichtsbereich. Der zweite Schminkvorgang wurde mit großer Sorgfalt, beinahe schon professionell durchgeführt. Es macht nicht den Eindruck, als sollte das Gesicht der Toten durch die Schminke verunstaltet oder zur Fratze verzerrt werden. Auch die Positionierung der Leiche auf den Grabsteinen und die Art und Weise, wie die Hände und Arme gelegt wurden, sprechen gegen eine postmortale Erniedrigung.*

Pachulke ging die Fotos durch. Verena Adomeit lag da wie aufgebahrt, nur der Sarg fehlte.

Tenbrink hatte weiter ausgeführt: *Kleine Einkerbungen auf der Nasenwurzel weisen darauf hin, dass die Tote langjährige Brillenträgerin war, eine Brille wurde bei der Leiche allerdings nicht gefunden.*

Pachulke fiel Bördensens Bericht zum Badezimmer ein, die Packung mit den Kontaktlinsen. Er griff zum Telefon. Tenbrink meldete sich sofort.

»Danke für den Bericht«, sagte Pachulke. »Eine Frage: Trug die Leiche Kontaktlinsen?«

Tenbrink räusperte sich. »Werden Kontaktlinsen in meinem Bericht erwähnt?«

»Nein«, sagte Pachulke und trank einen Schluck Kaffee.

»Dann waren auch keine da.«

»Kann es sein, dass beim Erwürgen der Kopf so erschüttert wird, dass beide Kontaktlinsen aus den Augen fliegen?«

»Wenn der Täter beherzt zugreift, mit der Hand gegen die Kehle schlägt, ist das möglich. Oder wenn die Leiche zu Boden geht und der Kopf irgendwo aufprallt.«

»Das heißt, wenn wir die Kontaktlinsen finden, haben wir den genauen Tatort.«

»So siehts aus«, sagte Tenbrink. »Ich hoffe, wir sehen uns am Sonntagnachmittag bei mir.«

»Selbstverständlich«, sagte Pachulke. Tenbrinks Fünfzigster. Da hatte er noch Zeit, vorher auf den Flohmarkt zu gehen.

9

Bördensen hatte eine Straße zugewiesen bekommen, die Fischzug hieß und sich parallel zur Tunnelstraße in südlicher Richtung bis zur Inselspitze zog. Zwei Straßen nördlich von ihm war Zabriskie zugange.

Am ersten Haus gab es acht Klingelschilder, bei vier gab es noch keinen Namen. Ob er und Lilly vielleicht hierherziehen konnten? Aber er wollte sich ja nicht um eine Wohnung bewerben.

Er läutete links unten. Alles blieb still, und er läutete rechts unten. Diesmal ertönte der Summer. Bördensen stieg die vier Stufen bis zu den ersten Wohnungstüren empor. Dort standen ein Mann und eine Frau. Beide trugen eine Brille, beide hatten glatte schwarze Haare, beide hatten Hausanzüge aus grober blauer Baumwolle an.

»Guten Tag, Bördensen, Kriminalpolizei. Wie Sie vielleicht gehört haben, ist gestern auf dem Friedhof …«

»Sorry, we don't speak German«, sagte der Mann, und beide verbeugten sich.

»Ah sorry, my name is Bördensen, police.«

»Police.« Die beiden verbeugten sich wieder. »We are not illegal. Dou you want to see Visa?«, sagte der Mann. Die Frau machte auf dem Absatz kehrt und verschwand in der Wohnung.

»No, not your status. We need Zeuge … witness. A woman, dead in the graveyard.«

»Everybody dead in the graveyard«, sagte der Mann. »Man and woman, baby too.« Er schüttelte den Kopf. »So sad.«

»No, this woman was killed in the graveyard.« Er zeigte das Foto von Verena Adomeit. »Did you see that woman?«

»We saw nothing. We are scientists. We research all day long, at home we are tired and sleep.«

Die Frau tauchte wieder auf und zeigte Bördensen zwei aufgeklappte Pässe. Das Land konnte er nicht sehen, nur einen mächtigen Stempel in jedem Pass, und das handschriftlich eingetragene Datum 30. April 2014. Bis zu diesem Datum besaßen Herr und Frau Wu ein Visum der Klasse C1. Ob sie damit Kernforschung betreiben durften oder in einer Kneipe abspülen, ob sie eine eigene Wohnung mieten durften oder eigentlich in einem Heim zu leben hatten, war Bördensen egal. Er nickte, und die Frau klappte die Pässe wieder zu.

»Blond woman dead last night here. Killed. Like this.« Er schob die Hände mit gespreizten Fingern so weit ineinander, dass zwischen ihnen ein menschlicher Hals Platz gehabt hätte und machte schüttelnde Bewegungen. Die Frau legte die Hand auf die Wange und seufzte. »Poor woman strangled. So sad.«

»We saw nothing«, sagte der Mann. »We are scientists.«

»And heard nothing. Very quiet here always«, sagte die Frau. »We are so sorry, Mr. police officer. Find the killer. Make world safe.« Beide verbeugten sich.

Auch Bördensen verbeugte sich. »Thank you, goodbye.« Er stieg die Treppe weiter nach oben, und die Blicke der beiden folgten ihm. Erst als er sich umdrehte und sie anstarrte, gingen sie in die Wohnung zurück.

In der Etage darüber waren beide Wohnungen leer. Im zweiten Stock standen Namen an den Klingelschildern, aber auch hier öffnete niemand. Bördensen vermerkte dies alles auf einfachen Vordrucken, in denen er die Anschrift und die Namen eintragen konnte. Fünf Etagen mit bis zu fünf Wohnungen je Etage deckten fast alle Bauweisen ab. Wenn es mehr als vier Etagen gab, legte er einen zweiten Zettel für das Haus an: *Erdgeschoss bis Etage 4, Etage 5 bis Etage 9* und so weiter. Auf diese Weise konnte man halb Gropiusstadt befragen, wenn es sein musste.

Ganz oben gab es noch eine Wohnung ohne Klingelschild, auf der Tür klebte eine Postkarte mit dem Hinweis: *Verkauft durch Neptun Immobilien, Ihr Spezialist für wassernahe Wohnungen und Gewerbeobjekte.*

An der Wohnung gegenüber las Bördensen die Namen *Rentze/Mahler* auf dem Klingelschild. Kurz nachdem er geläutet hatte, stand eine Frau in der Tür. Sie hielt ein kleines Kind auf dem Arm. Es trug einen lila Strampler, lila Strumpfhosen und ein weißes Sonnenhütchen. Die Frau hatte kurze braune Haare, trug ein helles Leinenkleid und war barfuß.

»Schönen guten Tag, Bördensen, Kriminalpolizei. Wie Sie vielleicht wissen, wurde auf dem Friedhof gestern eine tote Frau gefunden. Wir führen gerade eine Hausbefragung durch und wollten wissen, ob Ihnen vielleicht etwas aufgefallen ist.« Zu dem Kind gewandt, sagte er: »Na, du Schöne, du hast ja ein schickes Sonnenhütchen.«

Die Frau hob die Augenbrauen. »Das passiert nicht oft, dass ein Mann sofort weiß, dass Lena ein Mädchen ist. Die meisten tippen auf Junge.«

»Männer tippen fast immer auf Junge, wenn sie sich in einem Kind wiederfinden wollen. Ich habe eine Tochter, die ein paar Monate jünger ist als Lena.«

»Kommen Sie doch rein. Wir wollten gerade eine Runde

mit unserem Hauck Citi Buggy für 75 Euro drehen, aber wir können uns genauso gut auf den Balkon setzen. Ist ein großer Balkon, sieben Quadratmeter, da können wir bequem sitzen, und es ist auch genug Platz für Lenas Krabbeldecke von sigikid für 80 Euro. Rentze ist mein Name.« Sie schüttelte Bördensens Hand.

Bördensen folgte Frau Rentze in die Diele.

Sie hob den Arm und wedelte in eine Ecke. »Einbauschränke bis zur Decke, Esche Vollholz. Sehr praktisch für den ganzen Krempel. Links das Gäste-WC.«

Bördensen nickte stumm und folgte in den Wohnbereich, der in eine Einbauküche überging.

Frau Rentze nahm eine bunte Decke vom Ledersofa, dessen Sitze so tief waren, dass man zu zweit darauf hätte schlafen können. »Für 6.000 Euro vom Designer-Outlet Who's perfect. Ein echtes Schnäppchen, sage ich Ihnen. Indonesischer Wasserbüffel, im eigenen Blut gegerbt. Dadurch hält sich der Ledergeruch für Zeit und Ewigkeit. Wenn Sie im Netz bestellen, zahlen Sie 13.000 dafür, wenn Sie Glück haben.« Sie wedelte Richtung Küche. »Die Einbauküche von Interlübke, Induktionsherd mit Warmhaltefunktion, die Kühl-Gefrier-Kombi ist ein bisschen klein ausgefallen.« Sie deutete auf einen silbergrauen Koloss, der doppelt so groß war wie das Gerät bei Bördensen zu Hause. »Aber dafür gibts hier reichlich Steckdosen für Muttis kleine Helfer.« Frau Rentze zwinkerte Bördensen zu und klopfte mit der flachen Hand auf eine Kaffeemaschine, mit der man ein Bahnhofsrestaurant hätte versorgen können. »Kaffee, Americano, Latte Macchiato, Cappuccino, Espresso. Ich trinke Caro-Kaffee, weil ich noch stille, sonst geht mir die Kleine durch die Decke.«

»Äh, einen Cappuccino, wenns recht ist.«

»Ist mir sehr recht. Ich bin natürlich völlig vernarrt in Lena, beinahe symbiotisch, wie es sich für eine Erstgebärende gehört, aber wenn ich mich tagsüber ab und zu mit einem Erwachsenen in Erwachsenensprache unterhalten kann, tut mir das gut. Und es müssen nicht immer nur andere Mütter sein.« Sie kicherte.

»Ich verstehe«, sagte Bördensen. Die Begegnung mit dem Büffelledersofa hatte seine Idee, vielleicht nach Stralau zu ziehen, in nichts zerstieben lassen.

Frau Rentze trug ein Tablett auf den Balkon, unbeirrt von Lena, die quer durch das Zimmer krabbelte. Als sie Lena auf die Decke holte, wedelte sie wieder mit der Hand. »Thermo- und schallisolierte Fenster, die Energiebilanz war uns ganz wichtig bei der Kaufentscheidung. Es soll noch Umwelt da sein, wenn Lena groß ist.«

Bördensen hatte auf einem Drahtsofa Platz genommen, das erstaunlich bequem war und so aussah, als würde es so viel kosten wie sein Monatseinkommen.

»Die Fenster sind abgetönt und passen sich den Lichtverhältnissen an. Hier ist Osten, wir können am Fenster frühstücken, ohne dass die Sonne so reinknallt. Wegen Lena und auch wegen der Zeitungslektüre zum monatlichen Preis von 24,95 Euro.« Sie servierte Bördensen den Cappuccino, stellte ihm einen Zuckerstreuer hin, setzte sich und nahm einen Schluck vom Caro-Kaffee. Sie hatte einen schmalen Kaffeerand an ihrer Oberlippe und leckte sich mit der Zunge darüber. »Wenn Sie sich auf einen Stuhl stellen, und vierzig Grad über das Geländer beugen, können Sie die Bucht sehen.« Sie trank wieder, leckte wieder. »Im Prospekt stand Wasserblick, aber da haben wir knallhart nachverhandelt.«

»Vorzüglich, Ihr Cappuccino«, sagte Bördensen. »Nun zu diesem Mord.« Er zeigte das Foto der Toten. »Sie war blond, als sie ermordet wurde.«

Frau Rentze schüttelte den Kopf. »Ich habe sie nie gesehen, aber es ist schrecklich, nicht wahr? Wir sind alle ein wenig in Aufruhr, meine Nachbarinnen und ich. Die Frau war ein paar Jahre älter als wir, und dieser Friedhof, haben Sie den mal gesehen?«

Bördensen nickte. »Beim Fund der Leiche.«

»Ein Idyll, sage ich Ihnen, die kleinen Grabsteine, direkt am Wasser. Wenn der Friedhof nicht so klein wäre, wären die Grabsteine bestimmt größer. Aber so am Wasser, das passt einfach, auch wenn es ein bisschen nach Tierfriedhof aussieht.«

»Haben Sie Dienstagabend zwischen siebzehn und neunzehn Uhr etwas Ungewöhnliches bemerkt? Einen Fremden hier gesehen?«

Frau Rentze gab Lena einen Keks, auf dem diese mit ihren winzigen Zähnen lustvoll herumkaute, und schüttelte den Kopf. »Von vier bis halb sechs haben Lena und ich geschlafen, und hier hinten? Da kommt niemand hin, der es nicht muss. Wir können die Kirche zwar hören, aber nicht sehen.«

»Aber hier fährt doch der 347er-Bus vorbei. Saß da jemand drin, den Sie nicht kannten?«

»Nein, wir fahren so gut wie nie Bus. Wir fahren Rad, und im Winter Auto. Und wenn es hell ist, kann man kaum sehen, wer drin sitzt. Bei der anderen Linie, die mit den Doppeldeckern …«

»Linie 104«, half ihr Bördensen.

»Ja, genau. Die fahren ja auch noch, wenn es dunkel ist, da kann man sehen, wer drinsitzt. Aber der 104er fährt ja vorne. Hinten steigen nur Leute in den 347er, die hier wohnen. Die Anwohner laufen bis zur Friedrich-Junge-Straße und steigen dort ein. Höchstens mal ein paar Touristen, die die Biege über den Fischzug machen, weil sie Angst haben, in die falsche Linie zu steigen. Die steigen vorne an der Tunnelstraße ein.«

Das klang irgendwie einleuchtend. Bördensen nahm ein Löffelchen Milchschaum. »Und gehört?«

»Gehört haben wir das Sechs-Uhr-Läuten von der kleinen Kirche. Um halb sechs habe ich gekocht. Frank kommt immer ziemlich genau um sechs nach Hause. Erst fährt der 347er vorbei, zehn Minuten später klingelt Frank.«

»An der Tür?«

»Nein, mit der Fahrradklingel. Er klingelt, wenn er um die Ecke biegt. Sie sollten mal sehen, wie Lena sich freut.«

»Und Ihr Mann arbeitet …?«

»Im Bundesgesundheitsministerium. Frank fährt fast immer mit dem Fahrrad zur Arbeit. Auch im Winter.«

»Und die Männer der anderen Mütter …«

»Sind auch ungefähr zwischen acht und achtzehn Uhr unterwegs. Wir sind allein hier den ganzen Tag. Eine Halbinsel voll mit einsamen, jungen Frauen.« Wieder zwinkerte Frau Rentze Bördensen zu. »Aber im Herbst ist die neue Kita fertig.«

Sie wedelte in die Richtung, aus der Bördensen gekommen war, und er erinnerte sich an eine Baustelle, ein nagelneues knallrotes Gebäude, man war gerade dabei, die Fenster einzusetzen und den Garten herzurichten.

»Da werde ich mich dann auch wieder ins Getümmel stürzen, und Frank geht auf Teilzeit.« Bevor Bördensen fragen konnte, sagte sie: »Ich arbeite auch im Ministerium. Da haben wir uns kennengelernt. Ich war seine Vorgesetzte.«

»Also nur Mütter ohne Männer?« Bördensen runzelte die Stirn. »Es spricht vieles dafür, dass die Tote von einem Mann getötet wurde. Sie wurde erwürgt, das erfordert sehr viel Kraft.«

»Na, hören Sie mal.« Frau Rentze zeigte ihren Bizeps.

»Ich weiß, Frauen sind auch kräftig. Sagen wir es so: Einen Menschen zu erwürgen, erfordert ein gewisses Maß an Hemmungslosigkeit und Überwindung. Eine wütende Frau kann sicher so fest zuschlagen, dass der Schlag tödlich ist, vor allem, wenn sie eine Waffe hat. Aber eine Frau, die erwürgt wurde – das war fast immer ein Mann.«

Als Frau Rentze sprach, klang ihre bis eben muntere Stimme eine Oktave tiefer. »Das war bestimmt kein schöner Anblick.«

»Opfer eines gewaltsamen Todes sind kein schöner Anblick, das stimmt«, sagte Bördensen.

Frau Rentze warf einen langen Blick auf Lena, die sich mit zwei Stofftieren beschäftigte. »Es sind natürlich nicht nur Frauen hier«, sagte sie dann. »Ein paar von den alten Stralauern leben noch hier. Die sind praktisch alle in Rente. Einige leben in den Laubenkolonien, einige in den alten Häusern, die nicht in den letzten zehn Jahren gebaut wurden. Das sind Paare und Witwer. Dann gibt es auch alleinstehende Männer, die von ihren Frauen verlassen wurden, meistens sind sie ganz allein, manchmal ist das Kind bei ihnen, aber das ist selten. Bei manchen Familien arbeitet die Frau auswärts und der Mann macht etwas mit Homeoffice, online, eine Arbeit, die er zu Hause erledigen kann. Die Selbständigen haben ihr Büro gleich hier eingerichtet. Dann kommen den ganzen Tag über Lieferanten. Der Paketbote: Ebay, Zalando, Amazon. Der Mann mit dem Wasser, der Mann mit der Tiefkühlkost, der Klempner, der Gärtner, der Innenarchitekt. Makler haben Besichtigungstermine. Angler sind zu jeder Zeit zwischen Sonnenauf- und -untergang hier. Jogger, Hundebesitzer. Und abends, kaum dass Frank und Lena und ich beim Abendessen sitzen, kommt die erste tiefergelegte Stereoanlage die Tunnelstraße heruntergerollt. Und dann wird gegrillt auf der Wendenwiese. Es ist wie auf dem Land hier. Früh kräht der Hahn, abends ist Party. Ein sehr fester Rhythmus, bei dem jeder seinen Platz hat. Jeder ist da, wo er sein soll.«

»Bloß die Tote nicht«, sagte Bördensen.

Zabriskie war nördlich vom Leichenfundort unterwegs, in der Jollenseglerstraße, die die Straße Alt-Stralau in West-Ost-Richtung querte. Kaum hatte sie den Klingelknopf losgelassen, wäre sie beinahe von einem Mann umgerannt worden, der anscheinend im Dunkel des Treppenhauses auf sie gewartet hatte.

»Können Sie nicht lesen?«, brüllte er. Es war ein Hüne mit mindestens zwanzig Kilo Übergewicht. Hundertzwanzig wutschnaubende Kilos drängten Zabriskie an die Wand des Vorbaus, unter dem die Briefkästen angebracht waren. Der Hüne trug einen blauen Overall und hatte fette Backen, die von roten Äderchen durchzogen waren. Er stank nach Apfelkorn, und die süßliche Note löste zusammen mit seinen Körperausdünstungen bei Zabriskie einen Brechreiz aus. Er sah sich nach links und rechts um und spähte über Zabriskies Schulter. »Wo ist er, na los, wo ist er? Wo ist Ihr verdammter Rentnerchopper, den Sie bis zum Anschlag mit Ihrem Papiermüll gefüllt haben, um ihn in meiner Wohnanlage zu verteilen?« Er musste Luft holen, und tief unten in seinen Eingeweiden gurgelte es gefährlich. »*Bitte – keine – Werbung!* Das gilt für diesen Eingang und alle hier befindlichen Wohnungen, und an allen anderen Eingängen klebt das gleiche Schild. Und sehen Sie mal genauer hin. Wir haben das auf Türkisch, auf Kroatisch, auf Thailändisch, Polnisch, Russisch, Ukrainisch und auf Englisch und Französisch. Es gibt keine Ausreden mehr. Und warum? Weil dieser Dreck von den Bewohnern auf den Boden geschmissen wird. Und wer muss den Dreck dann einsammeln und entsorgen? Wer?« Er richtete sich zu seiner vollen Größe auf und nickte als Antwort auf seine eigene Frage.

»Sie sind hier der Hausmeister?«

»Pah, Sie sind ja völlig von gestern. Ich bin hier der Falicity Manager. Haustechnik, Gartenpflege, Autoservice und immer ein offenes Ohr und ein freundliches Wort für die werte Kundschaft.«

»Facility Manager«, sagte Zabriskie. »Es heißt Facility Manager. Und das mit dem freundlichen Wort«, sie spähte ins Gebüsch, wo ihr Dienstausweis hingefallen sein musste, »kann ich Ihnen nach unserer ersten Begegnung nicht wirklich glauben.«

»Wohnen Sie etwa hier? Hören Sie mir überhaupt zu? Für meine Kundschaft. Sie sind keine Kundschaft, Sie sind Abschaum mit zwei Rädern. Sie sind …«

»Ich bin Hauptkommissarin Xenia Yolantha Zabriskie, und Sie stehen auf meinem Dienstausweis. Bitte mal einen Schritt zurücktreten.«

Widerwillig nahm der Fleischberg einen halben Meter Abstand. In diesem Augenblick ging die Tür auf, und eine Frau schob einen Buggy durch die Tür.

Der Facility Manager beugte sich hinunter und sagte: »Na, gehts auf den Spielplatz?« Er atmete so kräftig aus, dass sich die Ponyfransen des Kindes hoben und senkten. Es hatte soeben eine Dosis Apfelkorn abbekommen, die ausreichte, um einen bleibenden Gehirnschaden davonzutragen, aber wenn sich die beiden – Mann und Kind – schon öfter über den Weg gelaufen waren, war eh alles zu spät. Zu der Frau sagte er: »Na, Frau Bittner, funktioniert das Boudoir wieder?«

»Besser als vorher, Herr Wrangel, es ist der reinste Genuss.« Als Frau Bittner nach der Post sah, formte Wrangel lautlos, aber gut sichtbar für Zabriskie das Wort *Kundschaft*.

Zabriskie hielt ihm den Dienstausweis unter die Nase. »So, Herr Wrangel.«

Zu ihrer Überraschung verklärte sich das Gesicht des Riesen. »Sie haben meine Briefe bekommen, meine Eingaben, meine Fotomappen. Und jetzt sind Sie hier, um diesem Geschmeiß das Handwerk zu legen.«

»Nein, ich bin bei der Mordkommission. Es geht um die Frau, die gestern tot auf dem Friedhof gefunden wurde.« Sie verkniff sich die Bemerkung, dass sie nicht für Kinderkram wie illegale Wurfsendungen zuständig war. Wenn sie eine Regel gelernt hatte, dann die, dass man es sich niemals, unter keinen Umständen mit Hausmeistern, Putzfrauen und Küchenpersonal verderben durfte. Obwohl Facility Manager Wrangel ihr durchaus Anlass für ein paar deutliche Worte gegeben hatte, versuchte sie diplomatisch zu sein. Sie konnte Dorfner nicht ständig zur Mäßigung ermahnen, wenn sie diesem übereifrigen Türsteher die Daumenschrauben anlegte. »Haben Sie vorgestern zwischen siebzehn und neunzehn Uhr etwas Ungewöhnliches bemerkt? Einen Schrei gehört, einen Kavalierstart? Haben Sie diese Frau hier gesehen?« Sie zeigte Wrangel das Porträt von Verena Adomeit. »Sie war blond, als sie ermordet wurde.«

Wrangel schüttelte den Kopf. »Weder blond noch braun. Am Dienstag Nachmittag war ich drei Häuser weiter und hab das Trampolin repariert, das im Garten steht. Immer nur ein Kind. Kann man den Gören noch so oft sagen. Richtig Spaß macht es doch nur, wenn drei oder vier auf einmal springen.«

Im nächsten Haus lauerte niemand auf Zabriskie, es öffnete aber auch niemand. Sie lief an einer Reihe von Fahrradständern vorbei nach hinten und stand in einem begrünten Innenhof. Rechts war ein niedriger Zaun, die Tür darin war angelehnt. Auf der anderen Seite des Zauns war ein kleiner Garten mit Terrasse, die Terrassentür war ebenfalls angelehnt.

Links rumorte jemand an den Mülltonnen herum, die durch ein mit Efeu bewachsenes Gitter von dem Durchgang getrennt waren.

Eine Frau trat mit einem schwarzen Küchenmülleimer in der Hand um die Ecke. Sie trug Bluejeans und eine in Erdtönen marmorierte, weit geschnittene Bluse. Ihre Haare waren kurzgeschnitten, dunkelblond mit hellen Strähnchen. »Oh, Sie wollen sicherlich zu Annika. Aber Annika ist heute krank.« Sie griff sich an die Brust und hustete zweimal. »Krank, Sie verstehen?«

»Da kann man der kleinen Annika ja nur gute Besserung wünschen«, sagte Zabriskie.

»Oh, Entschuldigung. Ich dachte, Sie sind die Spanischlehrerin von Annika Bolte aus der dritten Etage. Die hat sich furchtbar erkältet.« Die Frau spazierte durch das Gartentor und Zabriskie spazierte hinterher. »Sie glauben nicht, wie mich das ankotzt, dauernd diesen Müll rauszubringen. Gott sei Dank haben wir die Vollsortierung abonniert und müssen nicht zur Müllsammelstelle. Ab in die Tonne und das wars.«

»Müll rausbringen ist Männersache«, sagte Zabriskie.

Der Tonfall der Frau veränderte sich von einem Moment auf den anderen. »Wenn Sie nicht Annikas Spanischlehrerin sind, was wollen Sie hier? Auf meiner Terrasse?«

Zabriskie zückte ihren Dienstausweis, und schon wieder änderte sich die Stimmung der Frau. »Ach, Sie sind wegen der Toten vom Friedhof hier? Kommen Sie doch rein, mir ist jede Abwechslung recht. Ich bin Ines Meier.«

Zabriskie trat über die Türschwelle. Sie stand in einem großen Wohnzimmer, das mit hellem Teppichboden ausgelegt war. Links ein mit dunkelgrüner Mikrofaser bespanntes Rattanecksofa, gegenüber hing ein Flachbildfernseher.

An der rückwärtigen Wand stand ein großes Regal voller Bücher und Spielsachen. In Bodennähe befand sich ein größeres Fach. Darin hing ein Mercedesstern an einem Nagel. Davor stand ein metallicgoldenes Mercedes-Cabrio. Daneben lag ein Stapel Spielkarten, die Fahrer aus der Formel 1 zeigten.

Zabriskie betrachtete sich den Mercedesstern. »Waren Sie früher mal bei den Autonomen? Ist das ein Andenken an Ihr wildes Leben?«, fragte sie Ines Meier.

»Mein Leben ist wild genug mit meinem Sohn. Nein, diesen Kram hat mein Mann seinem Sohn hinterlassen.«

»Hinterlassen?«, fragte Zabriskie. »Ist er …?«

»Nein, der ist putzmunter.« Ines Meier stellte zwei Gläser und eine Flasche selbstgesprudeltes Wasser auf den Tisch. »Aber abgehauen.«

»Abgehauen?«

»Nein, eigentlich habe ich ihn rausgeschmissen.«

»Wieso haben Sie ihn rausgeschmissen?«

»Weil er seinen Müll nicht rausgetragen hat. Ich musste ihm dauernd hinterherräumen.«

»Verstehe, das kann manchmal ganz schön …«

»Widerlich, es war einfach nur widerlich. Das Zeug fängt ja schon nach einem Tag dermaßen an zu stinken. Und es wurde immer mehr. Ich ekele mich so vor Fisch. Wir hätten es verschenken können.«

»Ist Ihnen vorgestern zwischen siebzehn und neunzehn Uhr etwas aufgefallen?« Zabriskie zeigte das Foto der Toten und trank einen Schluck. »Haben Sie diese Frau gesehen? Sie war blond, als sie ermordet wurde. Haben Sie einen Schrei gehört oder anderen Lärm?«

»Nein, ich habe niemand gesehen und nichts gehört«, sagte Ines Meier.

»Kennen Sie hier jemand, der Ärger mit Frauen hat? Oder mit Maklern?«

»Wer hat keinen Ärger mit Maklern?« Ines Meier schob den Kopf ein wenig vor. »War die Tote Maklerin?«

»Wenn es so wäre, würde das Ihre Antwort ändern?«

»Nein, aber es gibt hier sehr viele, vor allem an den Wochenenden. Sie sehen ja, an Baustellen ist kein Mangel.« Ines Meier zog hinter einem Sofakissen eine Kindersocke hervor und schob sie in die Hosentasche. »Ich glaube, ich bin keine große Hilfe. Wir kucken zwischen fünf und sieben meistens fern, Lukas und ich. Meistens sehr laut.«

»Wie alt ist Lukas?«, fragte Zabriskie.

»Sieben. Er geht in die zweite Klasse.«

»Und was machen Sie?«

»Grafikdesign.«

»Werbung?«

»Zu hektisch. Und mit dem Kind würde ich jede zweite Abgabefrist versäumen. Hochzeitskarten, Fotoalben, Urlaubstagebücher: gedruckte Erinnerungsstücke für den privaten Bedarf. Da ist der Zeitdruck nicht so groß. Ich habe mal einer Freundin zum Geburtstag ein Urlaubsalbum geschenkt. Das hat zwei anderen Frauen auf der Geburtstagsfeier so gut gefallen, dass sie das auch wollten. Seitdem geht das nur über Mundpropaganda. Ich habe noch nicht mal eine Website. Ich existiere eigentlich gar nicht.« Ines Meier trank einen Schluck. »Und Sie müssen jetzt die ganze Halbinsel befragen?«

»So ungefähr.«

»Das wäre mir zu viel Lauferei«, sagte Ines Meier. »Ich sitze lieber auf der Terrasse und retuschiere Sonnenbrand.«

»Es ist ein Traumjob«, sagte Zabriskie.

10

Stiesel breitete die drei Drohbriefe an Verena Adomeit auf seinem Schreibtisch aus, der mittlerweile von fast allem Papier befreit war. Dorfner hatte sich Bördensens Stuhl herangezogen und starrte mit verschränkten Armen auf das Papier. »Schau mal, Dorfner«, sagte Stiesel. »Das sind die Drohbriefe.«

»Na und? Kann ich einem Bürobrief die Fresse polieren, wenn er Leuten Angst macht?«

»Nein, aber du kannst herausfinden, wer den Drohbrief geschrieben hat.«

»Und dem darf ich dann die Fresse polieren?« Dorfners Interesse war geweckt.

»Nein, den müssen wir überführen. Und dann kommt er vor Gericht.«

»Und danach: Rübe ab.«

»Dorfner, die Todesstrafe ist abgeschafft.«

»Ach was, Stiesel, bist du dir da sicher?« Dorfners Aufmerksamkeit erlosch bereits wieder.

»Schau, wir markieren jetzt alle Substantive, die in den Briefen vorkommen und zählen ihre Häufigkeit. Das macht richtig Spaß«, sagte Stiesel und legte eine Liste an.

»Scheiße, Scheiße, Scheiße«, sagte Dorfner, vermerkte das Wort auf seinem Zettel und machte drei Striche dahinter. »Richtig so?«

»Sehr gut«, sagte Stiesel. »Und jetzt nimm dir einen der Briefe vor.«

»Stiesel, bist du wirklich bei dem Verein, weil du Wörter zählen wolltest?«

»Ich will Straftäter überführen. Schau Dorfner, wenn du Liegestütze machst, zählst du doch auch mit. Je feiner unser Netz, desto höher die Chance, einen Täter zu erwischen.«

»Scheiße«, sagte Dorfner und machte einen Strich auf seiner Liste. »Und was machen wir mit den ganzen Wörtern?«

»Wir kombinieren sie im Internet und suchen nach Zufallstreffern. Und erweitern unseren allgemeinen Wissensstand.«

Dorfner sah auf Stiesels Liste und tippte das Wort *Bonzenkinder* ein. Der oberste Link führte zu Amazon: *Bonzenkinder.* »Die *chronique scandaleuse* einer Erzieherin aus dem Kindergarten des Deutschen Bundestags«, las Dorfner vor. Er stupste Stiesel an. »Dürfen wir sie, hat sie vielleicht ...?«

»Wer hat was?«

»Diese Erzieherin? Hat sie diese Verena umgelegt?«

»Nein, wie kommst du darauf?«

»Sie hat ein Wort verwendet, das in dem Erpresserbrief stand.«

»Vorsichtig, Dorfner, keine voreiligen Schritte oder Mutmaßungen.«

»Ich denke, wir sollen die Punkte miteinander verbinden. Wie viele andere kennst du, die das Wort *Bonzenkind* verwenden?« Als Stiesel nicht gleich antwortete, sagte Dorfner: »Es war diese Frau, glaub mir. Das ist unsere tödliche Lady!«

»Du musst mehr Geduld haben, Dorfner«, sagte Stiesel. »Wie lautet der zweite Link?«

»Antigen e.V. – Initiative gegen Gentrifizierung im Friedrichshain«, las Dorfner vor und klickte auf den Link. »Das sind Musterbriefe«, sagte er.

»Was für Musterbriefe?«, fragte Stiesel.

»Die man an Makler schicken soll«, sagte Dorfner. Er klickte auf ein PDF-Dokument und las vor: »Wir wollen ja nicht mäkeln, aber wenn Sie weiter bei uns im Kiez makeln, werden wir ein ernstes Wörtchen mit Ihnen über die sozialen Konsequenzen Ihrer Tätigkeit reden müssen.«

»Das kommt uns bekannt vor«, sagte Stiesel.

»Es waren die Linken«, sagte Dorfner.

»Vor einer Minute war es noch die Erzieherin«, sagte Stiesel.

»Scheißegal. Wir müssen da hin und den Laden hochgehen lassen. Eine Terrorzelle in Friedrichshain.«

»Dorfner, du weißt doch: Nur unter Aufsicht«, sagte Stiesel. »Wenn Zabriskie Zeit für dich hat.«

Auf dem Labortisch von Engine Plink lag die Kleidung von Verena Adomeit, das blaue Kostüm, die Lederschuhe, Slip und BH und die Feinstrumpfhose, ein Knäuel aus hauchdünner weißer Kunstfaser.

Auf dem Kostüm befanden sich kleine Blätter und winzige Holz- und Rindenstücke, die sich durch einen Abgleich mit den digitalen Fotos von den Grabsteinen und dem kleinen Hof eindeutig dem Fundort zuordnen ließen.

An der Feinstrumpfhose gab es im Bereich des rechten Oberschenkels pflanzliche Ablagerungen, die zu einer dunkelgrünen Verfärbung geführt hatten. Als hätte ein nachlässiger Maler einmal mit einem schmalen Pinsel über die Feinstrumpfhose gewischt, oder als sei dieser Teil der Feinstrumpfhose über einen schmalen Rasenstreifen gezogen worden.

Engine Plink nahm die Feinstrumpfhose und roch an der verfärbten Stelle. Der Geruch war zitronig. Hatte die Tote ein Intimspray benutzt? Das wäre Plink beim Entkleiden doch aufgefallen. Sie holte das Fläschchen mit der Lackmus-Tinktur und träufelte einen winzigen Tropfen auf die blaugrüne Schliere. Diese verfärbte sich in ein kräftiges Orangerot. Also sauer. Zitronig und ein niedrigerer pH-Wert als Orangensaft.

Plink legte die Feinstrumpfhose auf einen Untersuchungstisch. Auf die beiden Füße legte sie jeweils ein Gewicht, dann zog sie den Hosenbund so lange in die andere Richtung, bis das Nylon auf Spannung war, ohne hoffnungslos überdehnt zu sein. Mit einer Lupe suchte sie systematisch die ganze Feinstrumpfhose ab, wobei sie mit der dunkelgrünen Spur begann. Mit einer Pinzette sicherte sie ihre Funde. Schließlich lagen in einer Glasschale drei winzige rosa Fitzel, die auf dem weißen Stoff nicht aufgefallen waren.

Plink ging pfeifend zum Bücherregal, in dem sie ihre kleine Handbibliothek aufbewahrte, und überlegte eine Weile. Schließlich griff sie sich ein Buch zur Pflanzenbestimmung nach der Triangel-Methode, setzte sich an den Schreibtisch und las. Die Triangel-Methode ging davon aus, dass sich jede Pflanze durch drei Merkmale eindeutig bestimmen lässt. In der Geometrie wurde eine Ebene durch drei Punkte eindeutig bestimmt. Deshalb konnte ein dreibeiniger Tisch niemals wackeln, und deshalb glaubten die Autoren dieses Buches, dass drei Merkmale einer Pflanze reichten.

Pollen: grün, Geruch: Zitrone, Blütenblätter: rosa. Das waren ihre drei Punkte, mit denen sie die Pflanze festnageln wollte. Plink las, machte sich Notizen, zerriss diverse Zettel. Der Nachteil bei der Arbeit mit einem Buch: Es ging viel langsamer als mit einer Datenbank oder einer Website. Der Vorteil: Man lernte das sorgfältige Arbeiten und wusste in kürzester Zeit viel mehr über Pflanzen als die Nachschauer, die lieber *schnell mal was bei Wikipedia* nachschauten, anstatt ein Buch zum Thema von vorn bis hinten durchzuarbeiten.

Schließlich fand sie den passenden Kandidaten, und siehe da, er war auch noch selten. Einen besseren Marker für den Tatort hätte sich Plink nicht wünschen können.

Wir freuen uns. Wir freuen uns sehr. Wir freuen uns beide sehr, dass du zu uns kommst.

Victor Sherman hatte den Einstieg für das Gespräch geübt. Mit seiner Frau Britta hatte er im Wohnzimmer gesessen und seinen Bittgang eingeübt. Britta hatte dazu kleine murrende und knurrende Laute von sich gegeben. Sie war völlig unglaubwürdig in der Rolle von Victors Vater, des grimmigen Alten. Nach ein paar Minuten hatte sie schallend gelacht und den Kopf auf den Küchentisch gelegt.

Victor war etwas ratlos dagestanden, schließlich packte er den Zettel mit den Notizen weg und goss sich ein Glas Milch ein. Das beruhigte ihn, und Brittas Optimismus war ansteckend. Es war ihr Vorschlag gewesen, dass Victors Vater zu ihnen ziehen sollte. Victor wäre das im Traum nicht eingefallen, auch wenn er sah, dass es nicht gut um seinen Vater stand.

Der alte Mann war jetzt zweiundachtzig, gut zu Fuß und geistig rege, aber im Lauf der Jahrzehnte war er in seiner Wohnung zwischen den Dingen abgesoffen. Vincent Sherman redete zwar unablässig davon, dass er kurz davor war, ein bahnbrechendes, nie da gewesenes Ordnungssystem zu etablieren, mit dem er alles in den Griff kriegen würde. Alles – das waren die Radkappen von alten Automodellen, die nur Insider kannten, die Fotos aus einem erfüllten Leben inklusive dreier Ehefrauen, die Vincent alle überlebt hatte, die unausgepackten bügelfreien Hemden, die Overalls, aus denen sich das Öl längst nicht mehr auswaschen ließ, das Werkzeug, die Steuerunterlagen und alle anderen Hinterlassenschaften seiner Firma seit den sechziger Jahren. Dazu ein Zimmer voll mit alten Zeitungen, die sich bis unter die Decke stapelten und von denen sich der alte Mann nicht trennen konnte.

»Du machst mich zum Krüppel, wenn du mir das wegnimmst«, sagte Vincent zu Victor, als dieser vorschlug, die meisten Sachen wegzuschmeißen. »Andere haben einen Krieg, der sie zum Krüppel macht, ich habe einen Sohn, der das für mich besorgt.«

Britta gegenüber nahm sich Victors Vater nicht so viel raus. Aber Victor befürchtete, dass er diese Hemmungen bald aufgeben würde, wenn er Britta als Teil seines Haushalts betrachten konnte.

Und wieso überhaupt Bittgang? Er war dabei, seinem Vater das Leben zu retten, den Rest seines Lebens, der ihm noch blieb. Dafür erwartete er keine Dankbarkeit, aber er wollte auch nicht als Scherge beschimpft werden. Victor hatte nicht einmal einen Schlüssel für das Häuschen seines Vaters, der in einer kleinen Straße in Rudow, in der Nähe des abgerissenen Flughafens wohnte. Victor klingelte an der Tür.

Vincent Sherman öffnete. Er war groß und weißhaarig und trug einen dunkelbraunen Cordanzug und farblich passende Halbschuhe, als wollte er jeden Moment das Haus verlassen.

»Hallo, Vater«, sagte Victor.

»Hallo, Victor«, sagte Vincent Sherman. »Bist du wieder gekommen, um mir eine deiner Tiraden vorzutragen?«

»Darf ich reinkommen?«, fragte Victor. »Natürlich darfst du reinkommen.« Bereits im Gang war es zu eng. Irgendwie schaffte es Victor, sich aus seiner Jacke zu wuchten. Neben ihm stand ein Regal mit allerlei technischem Gerät. Er sah drei Kassettenrekorder, eine digitale Küchenwaage, eine Kamera, die auf einer Metallplatte befestigt war, eine Wetterstation mit rundem Thermometer und Barometer, in einem Holzbrett eingelassen, einen kleinen Fernseher mit Tragegriff, der wahrscheinlich bei der Mondlandung mit dabei gewesen war.

Wortlos gingen die beiden Männer ins Wohnzimmer. Vincent bückte sich behände und schob einen Stapel vergilbter Papiere vom Sofa auf einen Beistelltisch, auf dem schon ein anderer Stapel Papiere lag.

Das war neu. Das Zeitungsarchiv, wie es sein Vater nannte, war im Zimmer nebenan, ein riesiger Berg Zeitungen aus den letzten vier Jahrzehnten, unsortiert übereinandergeschichtet. Oder mittlerweile auch vorsortiert. Oder umsortiert. Oder neu sortiert. Victor hatte keine Ahnung. Würde sein Vater in einem freistehenden, und nicht in einem Reihenhäuschen wohnen, hätte er das Haus längst niedergebrannt. Victor wollte nie mehr in seinem Leben auch nur eine einzige vergilbte Zeitung sehen.

Er setzte sich vorsichtig. Neben ihm auf dem Sofa lagen zwei Sicherheitshelme für Bauarbeiter, einer gelb, einer weiß. Vincent setzte sich in einen großen Sessel.

»Was sind denn das für Sachen da draußen im Regal?«, fragte Victor.

»Da draußen? So verschiedenes technisches Gerät, Kabel, Kram, keine Ahnung«, sagte Vincent. Er hielt sich an den Armlehnen des Sessels fest und saß ein wenig vorgebeugt, so als wollte er sich gleich auf Victor stürzen.

Wenn du keine Ahnung hast, was es ist, warum schmeißt du es nicht weg?, dachte Victor.

Aber ich muss doch erst wissen, was es ist, bevor ich es wegschmeiße, würde sein Vater antworten.

»Wir würden uns wirklich sehr freuen, wenn du bei uns einziehst, Britta und ich«, sagte Victor. Er hoffte, seine Stimme klang normal, nicht bemüht oder gepresst.

»Ihr habt doch gar keinen Platz für all meine Sachen«, sagte

Vincent. »Wir gehen davon aus, dass du dich vom größten Teil deiner Sachen trennst, bevor du zu uns kommst.«

»In der Tat habe ich mich dazu entschlossen«, sagte Vincent.

Victor glaubte sich verhört zu haben. »Was?«

»Ich ziehe zu euch und lasse meine Sachen zurück, aber erst, wenn ich hier fertig bin. Ich will einfach alles noch einmal in die Hand nehmen, mir aufschreiben, was mir dazu einfällt, und dann werfe ich es weg.«

»Und wie lange soll das dauern?«, fragte Victor.

»So lange wie es eben dauert. Ein Jahr, zwei Jahre.« Vincent tippte sich an die Stirn. »Alles, was da drin ist, muss raus. Aufs Papier.«

Aus dem Nebenzimmer kam ein quietschendes Geräusch. Einmal, zweimal. Es war ein Fiepen.

»Was ist das für ein Geräusch?«, fragte Victor.

»Was? Ich höre nichts«, sagte Vincent.

Aber Victor war schon aufgestanden und ins andere Zimmer gegangen. »Nichts, das geht dich nichts an«, sagte sein Vater und drängelte sich hinter ihm herein. Die Zeitungen stapelten sich bis unter die Decke. Rechts an der Wand stand eine Aluminiumleiter.

»Du sollst doch nicht mehr auf Leitern steigen, Vater.«

»Und wenn ich etwas suche?«

»Was zum Beispiel?«

»Eine Anzeige.«

»Eine Kleinanzeige aus dem Jahr 1962?«

»Zum Beispiel. Dann muss ich wohl oder übel auf eine Leiter steigen.«

Es fiepte wieder, und eine Maus spazierte zwischen Victors Schuhen hindurch und in einen Zeitungsstapel hinein.

»Hast du das gesehen? Das war eine Maus«, sagte Victor.

»Eine Maus? Ja, kann sein.«

Vincent sah zur Seite. »Ja? Und? Ist eben eine Maus hier, das kommt eben mal vor.«

»Sie hat ein Nest in deinem Zeitungsarchiv angelegt.«

»Was? Nein, das glaube ich nicht.« Victor tippte mit der Schuhspitze gegen den Stapel, in dem die Maus verschwunden war, und der Stapel sackte leicht in sich zusammen. All die aufgestapelten Zeitungen kamen ins Rutschen, und eine Papierlawine kippte nach rechts und verkeilte sich auf dem Fußboden. Eine Welle von Mäusegestank stieg Victor in die Nase. Über und zwischen den Zeitungen huschten Mäuse in alle Richtungen davon: vier, sieben, zehn.

»Das Haus wird komplett geräumt, Vater.«

»Ich brauche Zeit, Victor. Du kannst mich nicht so einfach überrumpeln.«

»Wie lange sind die Mäuse schon da?« Victor Sherman ballte die Fäuste.

»Seit wann? Keine Ahnung. Seit gestern nehme ich an.«

»Du hast eine Woche, Vater. In einer Woche ist der Spuk hier endgültig vorbei.«

11

Pachulke saß am Steuer, Plink neben ihm. Sie hatte den Sitz so weit wie möglich nach hinten geschoben und ihre Beine ausgestreckt. *So könnten wir auch zusammen in den Urlaub fahren, nach Dresden in die Semperoper.* Er warf einen Blick auf Plinks schlanke Beine. Sie trug Röhrenjeans und feste Halbschuhe. Natürlich hätte er, Pachulke, dann einen Smoking dabei, und sie, Plink, er verbesserte sich, Engine natürlich, ein zauberhaftes Abendkleid. Und bevor sie sich in ihrem Hotel mit Blick auf die Frauenkirche ankleideten, würde sie ihn von hinten umarmen und ihm ins Ohr flüstern: *Etwas Zeit haben wir noch. Du weißt doch, dass es etwas gibt, was ich noch mehr mag als Verdi-Opern.*

»Stopp!«, schrie die reale Plink auf dem Beifahrersitz.

Pachulke trat auf die Bremse. Die Reifen quietschten, der Wagen brach für einen Moment aus, dann hatte er ihn wieder unter Kontrolle. Beinahe hätte er eine rote Ampel übersehen und wäre ungebremst in die Elsenstraße hineingefahren. Dort rauschte der Verkehr auf sechs Spuren vorbei.

Ein Radfahrer hatte sich auf den Bürgersteig gerettet und drohte Pachulke mit der Faust.

»Was war das denn?«

»Ich bin ganz in Gedanken an diese Frau.«

Plink runzelte die Stirn. Pachulke hatte das Gefühl, dass sie wusste, wenn er log. »Sie meinen diese tote Frau, die vorgestern entdeckt wurde.« Pachulke starrte geradeaus aus dem Fenster, wo gerade ein Bus der Linie 104 vorbeifuhr. Plink insistierte: »Verena Adomeit, für die wir jetzt den Tatort suchen wollen?«

»Oh, schon grün.« Pachulke legte knirschend den Gang ein. Er bog nach links ab, fuhr über die Elsenbrücke und dann rechts ab nach Stralau. »Ganz recht, ganz recht«, sagte er schnell. »Diese rothaarige Frau geht mir durch den Kopf.«

»Sie hat blondgefärbte Haare«, sagte Plink.

»Ja, genau, blond, das wollte ich damit sagen.«

Plink sah aus dem Fenster und schüttelte den Kopf.

Wenig später standen sie am Fundort der Leiche. Plink blätterte in ihren Aufzeichnungen. »Die Pflanze, die wir suchen, heißt Diptam. So sieht sie aus.« Sie zückte zwei laminierte Fotos von der Größe einer Postkarte und reichte eines an Pachulke weiter. »Sechzig bis hundert Zentimeter hoch, gefiederte Blätter, hellblaue oder rosa Blüten, von denen es mehrere an einer Pflanze gibt. Wenn man die Pflanze umknickt, sondert sie einen sehr stark riechenden Saft ab, der eine zitronige, frische Note hat. Wie ein Erfrischungstüchlein. Der Diptam hat einen fettigen, klebrigen Pollen. Den haben wir an ihrer Feinstrumpfhose gefunden. Die Tote ist umgekippt, als sie bewusstlos wurde. Dort wo sie mit dem Täter stand, muss sich ein Diptam befinden. Die gute Nachricht ist: Diptam ist sehr selten in unseren Breiten. Wenn wir ihn finden, haben wir mit hoher Wahrscheinlichkeit auch den Tatort.« Sie beschrieb mit ihren Händen eine Bewegung wie beim Brustschwimmen. »Wir teilen uns jetzt auf und suchen den Friedhof ab. Ich fange am Wasser an, Sie an der Friedhofsmauer. Am Ende treffen wir uns wieder hier.«

Pachulke nickte. »Und wenn wir den Diptam haben, suchen wir nach Spuren eines Kampfes.«

»Aber nicht nur das. Das wird eine klassische Tatortuntersuchung. Mit allen Schikanen«, sagte Plink.

Pachulke lief zur Friedhofsmauer und besah sich jede Pflanze mit Argusaugen. Beim Grabschmuck dominierten die klassischen Schnittblumen in Vasen, die man mit einem Stachel in die Erde stecken konnte. Unter den großen, alten Bäumen befanden sich zwei Platanen, die so aussahen, als seien sie von der Puschkinallee, wo die Bäume mit der gefleckten Rinde die Straße säumten, mal eben ausgebüchst, weil es hier am Wasser schöner war. Der Friedhof war schön: Roter und Weißer Fingerhut blühte, beide tödlich giftig für Menschen, und deshalb, so vermutete Pachulke, unter Naturschutz. Löwenzahn, Vergissmeinnicht und Butterblumen wuchsen auf der Wiese, und an der Friedhofsmauer standen ein paar Rosenbüsche. Die Blüten waren kräuselig. Die Grabsteine waren klein und zierlich, so wie für Kinder oder auf einem Tierfriedhof. Über dem Wasser schien die Sonne, und der Geruch, der von der Treptower Halde herüberzog, hielt sich in Grenzen.

Auf einer Bank saßen ein alter Mann und eine alte Frau. Er hatte die Hände flach auf seine Oberschenkel gelegt, ihre rechte Hand ruhte auf seiner Linken. Beide sahen tief versunken auf das Wasser hinaus, wo die Vögel kreisten.

»Entschuldigung, wenn ich Sie in Ihrer Trauer störe, Kriminalpolizei.« Pachulke zeigte seinen Ausweis für die Polizeibibliothek, weil er seine Marke zu Hause vergessen hatte. Er hatte seit zwei Tagen dieselbe Hose an, und weil er auf der Auktion gewesen war, hatte er die Marke auf seinen Schreibtisch im Wohnzimmer gelegt. Dort lag sie immer noch.

»Wir trauern nicht«, sagte die Frau. »Wir sind deswegen hier.« Sie deutete an Pachulke vorbei nach oben. In einem Baum erspähte er ein Nest.

»Ein Elsternpaar, sie haben drei Junge«, sagte der Mann. »Wenn die Alten das Fressen bringen, kann man sehen, wie sie ihre Schnäbel aufsperren.« Er klopfte auf seine Jackentasche. »Mit dem Fernglas, aber jetzt sind die Alten unterwegs.«

»Wir suchen diese Pflanze«, sagte Pachulke und zeigte das laminierte Foto vor. Er versuchte diese Aussage so bedeutungsschwer wie möglich klingen zu lassen.

»Was hat sie denn ausgefressen?«, fragte die Frau und lächelte Pachulke an.

»Nichts hat sie ausgefressen. Sie ist ein wichtiger Zeuge.«

Die Frau hob die Augenbrauen. »Sie soll uns auf die Spur führen. Sie haben doch sicher von der Toten gehört, die am Dienstag hier gefunden wurde.«

Die beiden nickten.

»Sie ist zwar auf dem Friedhof gefunden, aber nicht dort getötet worden. Die Tote hatte Substanzen an der Kleidung, die von dieser Pflanze stammen.« Er reichte der Frau das Foto, die es sich genau besah.

Sie schüttelte den Kopf und reichte es an ihren Mann weiter.

»Die Pflanze ist sehr selten. Sie heißt …« Verdammt, er hatte den Namen vergessen. Und ihren Bericht hatte Plink bei sich. Sie winkte gerade von der Uferböschung herüber, zuckte die Schultern und schüttelte den Kopf.

»Diptam. Die Pflanze heißt Diptam.« Der Mann lächelte in sich hinein.

»Sie kennen dieses Gewächs?«

»Mein Mann hat fast vier Jahrzehnte im Botanischen Garten gearbeitet. Da lernt man eine Menge Grünzeug kennen.«

»Junger Mann, wenn Sie Ihren Diptam als Zeugen vernehmen wollen, sind Sie hier falsch. Der Diptam liebt den Halbschatten, hier ist es ihm zu sonnig.«

»Und wo gibt es hier auf Stralau Halbschatten?«

»Eigentlich überall, außer auf dem Friedhof.«

Am Lagerplatz für die ausrangierten Grabsteine trafen Plink und Pachulke wieder zusammen.

»Ich glaube nicht, dass Verena Adomeit ein Zufallsopfer war. Sie und der Täter haben sich gegenübergestanden. Tenbrink schreibt, der Mörder hat einfach die Hände ausgestreckt und zugedrückt. Es gibt keine Abschürfungen oder Hautirritationen im Nacken und auf den Schultern. Sie wurde nirgendwo gegengedrückt. Sie stand, sie hat das Bewusstsein verloren, sie ist gestorben.« Er berichtete Plink von seinem Gespräch und sagte: »Es ist früher Abend. Auf Stralau findet ein Personalwechsel statt. Die Hundebesitzer und Familien sind beim Essen. Die Touristen sind zurück im Hotel. Die Grillkolonnen und die Liebespaare sind noch nicht da. Ein paar Angler sind vor Ort, aber die schauen aufs Wasser. Hier«, er zeigte auf den Stapel mit den Grabsteinen, »legt er die Tote ab. Er kam aus dem Halbschatten.«

Pachulke trat aus dem Hof heraus und umkreiste ihn. Plink folgte Pachulke schweigend und spähte auf den Boden.

Dann blieb Pachulke stehen. »Hier.« Er deutete auf eine alte Tür, die aussah, als sei sie seit Jahren nicht mehr benutzt worden. »Hier ist er reingekommen.«

Plink hatte schon einen Latexhandschuh übergezogen und inspizierte die Tür. Sie griff sich den rostigen Riegel. Er ließ sich leicht beiseiteschieben. Mit zwei Fingerspitzen drückte sie die Klinke nach unten. Die Tür öffnete sich lautlos.

»Gut geschmiert für so ein altes Ding«, sagte Pachulke.

Plink trat hinaus. Sie deutete nach oben. Über ihren Köpfen spannte sich der Blätterschirm zweier riesiger Buchen. »Halbschatten.«

Schritt für Schritt gingen sie den mit Sonnenflecken gesprenkelten Weg entlang. Er führte auf eine Wiese und weiter zu einer Querstraße, in denen sich Schrebergärten mit Lauben aneinanderreihten. Als sie wieder in der Sonne standen, machten sie auf dem Absatz kehrt und suchten abseits des Weges.

Pachulke folgte einem schmalen Pfad, der Richtung Wasser führte. Da war Plink verschwunden. Eben hatte er aus der Ferne noch ihren Haarschopf sehen können, sie war halbgebückt in den Knien gegangen und hatte sich jeden Halm und jedes Blatt genau angesehen, doch jetzt war sie aus seinem Blickfeld verschwunden. Der kleine Pfad, auf dem Pachulke stand, hatte eine Biege gemacht. Er stand inmitten von mehreren Gewächsen, vollkommen blickdicht für alle anderen, die in der Gegend unterwegs waren. Zur Straße hin schirmten ihn zwei große Rhododendronbüsche ab. Er konnte keines der geparkten Autos sehen. Richtung Laubenkolonie wedelten die Blätter dreier junger Ahornbäume in der leichten Brise, die den Dunst der Müllkippe unablässig über den Fluss trug. Zur Spree hin wuchs ein übermannshoher Busch, den Pachulke nicht kannte, der in den öffentlichen Parks aber überall zu finden war. Zum Friedhof hin stand ein Schneeballstrauch mit vollen weißen Blüten. Pachulke drehte sich einmal um die eigene Achse. Er war von Pflanzen umgeben. Er rief nach Plink. Mehrfach musste er sie rufen, weil sie ihn nicht sehen konnte. Schließlich entdeckte sie ihn und kam herbei.

»Vollkommen blickdicht«, sagte Pachulke. »Es ist helllichter Tag, aber niemand, kein Angler, kein Autofahrer, kein Hundebesitzer kann Sie hier sehen.«

Plink schüttelte den Kopf. »Ich sehe das Fenster einer Laube und ein Gartentor auf dieser Achse«, sie deutete über Pachulkes Schulter, »und auf der Spree sehe ich ein Ruderboot.« Sie deutete nach links.

»Sie müssen näher zu mir. Kommen Sie.« Pachulke zog sie an den Händen zu sich heran. Ihre Haut war warm. Sie trug immer noch den Latexhandschuh. Pachulke konnte ihr Parfüm riechen. Zwei kleine Schweißperlen hatten sich auf ihrer Oberlippe gebildet. »Hier, genau hier.« Er ließ sie los und trat einen Schritt zurück. Jetzt kam die erste Reihe der Grabsteine wieder in sein Blickfeld.

Plink drehte sich einmal um die eigene Achse. Diesmal nickte sie. »Perfekter Sichtschutz genau an dieser Stelle.«

»Und trotzdem«, sagte Pachulke.

»Trotz was?«, fragte Plink.

»Trotzdem er diesen perfekten Ort für den Mord gefunden hat, geht er das Risiko ein und schleppt die Leiche auf den Friedhof. Warum?«

»Um sie zu schminken«, sagte Plink.

»Genau«, sagte Pachulke. »Um die Tote zu schminken. Kommt Ihnen das bekannt vor?« Plink schüttelte den Kopf. »Nein, eine post mortem geschminkte Leiche habe ich noch nie erlebt.«

»Irgendwo habe ich davon schon einmal gelesen«, sagte Pachulke. »Es ist schon eine Weile her. Die Erinnerung lässt sich nicht zwingen. Bleiben wir im Hier und Jetzt.«

Plink sah auf die Erde und schüttelte den Kopf. »Hier wächst kein Diptam.« Pachulke zückte das Foto der Pflanze und spähte umher. Plink hatte recht.

»Moment mal«, sagte Plink. Sie legte Pachulke die Hand auf die Schulter und schob ihn etwas zur Seite. »Hier.« Sie deutete auf ein kleines Loch im Boden. »Hier hat man eine Pflanze ausgegraben.«

»Sie meinen, der Mörder hat die Pflanze beseitigt.«

»Nein, Diptam ist sehr selten und steht unter Naturschutz. Ein Spaziergänger hat sie ausgegraben und nach Hause in den Garten mitgenommen.« Sie bückte sich, und ihr roter Haarschopf bewegte sich in der Höhe von Pachulkes Bauchnabel. Schließlich stand sie wieder auf. Sie hielt einige Blättchen in der Latexhand und zerrieb sie zwischen den Fingern. »Riechen Sie.«

Pachulke schloss die Augen und schnupperte. Auch Plink roch an den Pflanzenteilen. Beide nickten. »Vanille und Zitrone«, sagte Plink.

»Der Diptam war hier«, sagte Pachulke. »Hier ist es passiert.« Er bückte sich rasch. Als er sich wieder aufrichtete, folgte sein Blick Plinks Beinen, die sich direkt vor seiner Nase befanden. Er zeigte Plink eine kleine rosa Blüte. »Diptam?«, fragte er.

Sie lächelte kurz und nickte.

Rücken an Rücken untersuchten sie den Boden. Pachulke fand einen kleinen Ast und hob damit die breiteren Blätter nach oben. Schließlich wurde er fündig. Unter einem Platanenblatt lag eine Kontaktlinse. Pachulke holte eine Plastiktüte aus der Hosentasche, und Plink hob die Kontaktlinse mit ihrer Latexhand auf. Sie hielt sie gegen das Licht. Das kleine Plastikstück leuchtete auf wie ein Edelstein. »Aber wo ist die zweite?«, fragte sie.

Sie suchten weiter, und als sie müde wurden, rief Plink bei Kümmerle an, der sich diesen Bereich noch einmal vornehmen sollte.

Pachulke und Plink liefen den kleinen Pfad weiter bis zum Wasser. Sie gingen am Ufer entlang, bis der Pfad auf den Bürgersteig mündete und bogen nach links ab. Hinter einer Kurve war die Bushaltestelle Friedrich-Junge-Straße. »Hier ist sie ausgestiegen«, sagte Pachulke. »Sie sind am Wasser entlang spaziert, und als sie mitten im Gespräch waren, hat er den Weg zum Tatort gewählt.«

»Und weil der Trampelpfad am Wasser entlangführt und er pausenlos auf sie eingeredet hat, ist sie vollkommen vertrauensvoll mitgegangen.«

»Er hat ihr eine Falle gestellt«, sagte Pachulke. »Und er hat genau gewusst, was er tat. Er hat die beiden Nischen gefunden, die er brauchte.«

»Wieso zwei Nischen?«

»Ort und Zeit. Ein Platz, der nicht einsehbar ist, an dem er sie ermorden kann. Und das kleine Zeitfenster nach dem letzten Bus, wenn die Zahl der Leute, die sich draußen aufhalten, stark absinkt. Als er und Verena sich trafen, war hier so gut wie kein Mensch unterwegs. Für etwa dreißig Minuten war es hier völlig ruhig, obwohl es erst früher Abend war.«

Plink nickte. Sie zog den Latexhandschuh aus. »Das bedeutet, der Täter hatte exakte Ortskenntnisse. Er hat das hier entweder sehr genau ausgekundschaftet. Oder er wohnt hier.«

Handys knacken war eine Art Sport für Löffelholz. Er genoss es, wenn Plink ihm diese Aufgabe anvertraute, die ihr zu kompliziert oder zu langweilig war. Auch mit dem Handy von Verena Adomeit hatte er keine große Mühe gehabt.

Zuerst ging Löffelholz in den Kalender, um zu sehen, was die Tote als Letztes terminiert hatte. Am Dienstagabend hatte sie von sechzehn bis siebzehn Uhr einen Termin eingetragen. *O'Reilly, Simplonstraße 27.* Die Postleitzahl war 10245. Das war ein Termin, aber nicht in Stralau, sondern in Friedrichshain. Friendly Fucking Friedrichshain.

Am Montag hatte Verena Adomeit einen Termin beim Friseur gehabt. Vermutlich war sie dort Stammkundin, denn eine Adresse stand nicht im Kalender, nur: *16 Uhr, Friseur.*

In diesem Moment machte es ping, und eine kleine Sprechblase leuchtete auf dem Display auf. Eine SMS. Löffelholz suchte den SMS-Bereich und las: *Adomeit, du Miststück. Verpiss dich aus unserem Kiez, sonst machen wir dich fertig. Die Häuser gehören denen, die sie bewohnen.*

Löffelholz scrollte nach unten. Die nächste Botschaft war auf Englisch: *Fine, see you Tuesday at 4. Richard.* Danach kam eine Nachricht von einer Frau, die als Pia Umbreit verzeichnet war. *Jefferson hat leider abgelehnt. Er will warten, wie die Wahlen ausgehen. Lass uns am Donnerstag telefonieren. Pia.* Dann kam wieder eine unfreundliche SMS. *Adomeit du Drecksstück. Wir wissen, wo du wohnst und wo du deine Geschäftchen machst. Wenn du weiter zu uns kommst, werden wir dich erledigen.*

Löffelholz runzelte die Stirn. Wenn die beiden Hassbotschaften in unterschiedlichen Threads waren, dann waren es unterschiedliche Handys. Er besah sich die zweite Botschaft. Sie war sieben Tage alt und die letzte in einer Serie von sieben. Alle enthielten Schimpfwörter und waren in einem diffusen Wir formuliert. Er scrollte nach oben und ging in den ersten Thread. Er hatte vor sechs Tagen begonnen. Alle ein bis zwei Tage eine Botschaft, alle fünf bis sechs Tage ein neues Handy. Wahrscheinlich gestohlen. Nicht jeder ging wegen eines gestohlenen Handys zur Polizei. Aber die Tote schien belastbar gewesen zu sein. Löffelholz wusste nicht, wie er reagiert hätte, wenn mehr als die Hälfte seiner SMS aus Beschimpfungen und Drohungen bestanden hätte. Das Smartphone war das wichtigste Arbeitsinstrument von Verena Adomeit gewesen. Sie war die meiste Zeit des Tages in der Stadt unterwegs und musste erreichbar sein. Ein dankbares Ziel für pausenlosen Psychoterror. Aber wer auf diese Art drohte, war eher feige. Erst recht zu feige für einen Mord?

12

Zabriskie hatte die Arschkarte gezogen. Jahrelang war ihr gemeingefährlicher Kollege Dorfner zum Innendienst verdonnert worden, und alles war unter Kontrolle gewesen. Dorfner hatte seine Kollegen genervt und vor das Rätsel gestellt, wie so jemand überhaupt Polizeibeamter hatte werden können. Er saß die meiste Zeit am Schreibtisch und sortierte Spesenbelege. Oder er bekam einen Stapel alter Akten auf den Tisch gelegt, um die Doppel auszusortieren. Weil er sehr viel allein in der Baracke saß, fand er Zeit, Leserbriefe für *Legal Torture* zu verfassen. Einmal wurde einer abgedruckt. Unter der Überschrift »Zeitnahes Geständnis mithilfe von zwei Kugelschreibern und einem Hefter« hatte er es geschafft, dass seine persönliche Schreibtischfantasie gedruckt worden war. Zabriskie und Pachulke bekamen in den Wochen danach in der Kantine regelmäßig Heftklammern von den Kollegen überreicht, meistens in Geschenkpapier verpackt und dem Hinweis: *Für das zeitnahe Geständnis.* Dorfner war begeistert gewesen. »Meine publizistische Arbeit richtet sich gegen Denkverbote. Wenn meine Thesen im Kollegenkreis ein breites Echo finden, kann mir das nur recht sein.« Die Allgemeinheit war von Dorfners körperbetonten Vernehmungsmethoden weitgehend verschont geblieben. Immerhin.

Bis eines Tages Dorfner am Nebentisch in der Kantine ein Gespräch mitgehört hatte. »Das lasse ich mir nicht länger bieten«, hatte eine Frau gesagt. »Na, dann geh doch zur Gewerkschaft«, hatte eine andere geantwortet. Zabriskie war dabei, und als sie sah, dass Dorfner sich das Wort *Gewerkschaft* sofort auf eine Serviette schrieb, ahnte sie nichts Gutes. Zwei Wochen später – Dorfner brachte gerade eine Sendung Akten ins Archiv – teilte Pachulke den Kollegen mit, dass der Kollege Dorfner laut eines Schreibens des GdP-Vertreters Anspruch auf »eine abwechslungsreiche und nicht nur vorwiegend sitzende Tätigkeit« habe, um chronische Alterserkrankungen zu vermeiden und die sündhaft teure Ausbildung zu rechtfertigen. Außerdem diene seine Arbeit auch der Selbstverwirklichung.

»Dorfner nimmt teil am Programm Betreutes Vernehmen unter Aufsicht, und du, Kollegin Zabriskie, bist die Betreuerin«, sagte Pachulke. »Du kennst ihn am besten, und durch eure gegensätzlichen Charaktere und unterschiedlichen Stärken ergänzt ihr euch hervorragend.«

Zabriskie hatte eine Woche lang nicht mit Pachulke geredet, aber seitdem hatte Dorfner mindestens einmal in der Woche Ausgang, und sie begleitete ihn auf Schritt und Tritt. Diesmal führte sie der Weg zu den Aktivisten von Antigen, der Friedrichshainer Initiative gegen Gentrifizierung.

Das Büro von Antigen war in der Revaler Straße. Als sie dort aus dem Auto stiegen – Zabriskie fuhr, diese Sicherheitsmaßnahme hatte sie Pachulke abgerungen –, sagte sie zu Dorfner: »Auch ein Mensch, der politische Interessen verfolgt, hat einen Anspruch auf körperliche Unversehrtheit. Vergiss das nicht.«

Dorfner bog die Finger durch, dass die Gelenke knackten. »Schau dir diesen Müll doch mal an, Zabriskie.« Sein Arm beschrieb einen Halbkreis über das weitläufige Areal des ehemaligen Reichsbahnausbesserungswerks, das an der Revaler Straße lag. »Baufällige Ruinen, Sperrmüll und Drogen an jeder Ecke.«

»Du meinst, Club-Mate ist eine Droge?«, fragte Zabriskie, als ein Mann mit einem Knebelbärtchen und einer Adidas-

Umhängetasche an ihnen vorbeischlurfte. In der Hand hielt er eine Flasche des Matetrunks, von dem sich der halbe Bezirk ernährte.

»Es kommt immer drauf an, was die da reingemischt haben. Die schlucken alles, rund um die Uhr«, sagte Dorfner.

Sie hatten das RAW-Gelände betreten und kamen an zwei altertümlichen Flachbauten vorbei, aus denen es dröhnte und schepperte. *Indoor-Skatehalle* stand auf einem Schild über der Tür.

»Was hast du denn gegen Skateboarden?«, fragte Zabriskie.

»Waterboarden wäre mir lieber«, sagte Dorfner.

Zwei Frauen drehten sich um und starrten sie an, als sie das hörten. »Sag mal, schreibst du gerade wieder an einem Leserbrief?«, fragte Zabriskie.

»Woher weißt du ...? Hast du meine Sachen durchschnüffelt?«

»Nein, aber wenn du dieses Schmuddelblatt offen rumliegen lässt.«

»Du nennst es Schmuddelblatt, die Kollegen nennen es: *Doing the dirty work*. Die Arbeit, die keiner machen will und die doch getan werden muss.«

»Aber du weißt schon, dass Forced Yoga Folter ist. Eine der vielen Umschreibungen für Folter.«

»Wir reden hier über eine rechtliche Grauzone.«

»Eine Grauzone? Du meinst wohl eine Zone des Grauens, Dorfner«, sagte Zabriskie.

»Forced Yoga ist keine Folter. Das ist eine unverlangt erbrachte, gesundheitspolitische Dienstleistung. Dazu gibt es sogar Gerichtsentscheidungen des Supreme Court.«

»Des Supreme Court?«

»Ja, des Supreme Court des Sudan.«

»Was ist das für ein blödsinniger Gerichtshof?«

»Vorsicht Zabriskie, mehr Respekt für die Judikative bitte.«

»Für unsere Judikative. Der Supreme Court des Sudan hat hier keine Jurisdiktion.«

»Weil die Rechtsprechung hierzulande im eigenen Saft kocht. Es ist eurozentristisch, den Supreme Court von Sudan einfach beiseite zu schieben.« Dorfner gestikulierte wild. »Alles wäre einfacher, wenn wir als Vernehmer gerichtliche Feststellungsbeschlüsse hinsichtlich unserer Vernehmungsmethoden initiieren könnten. Aber wir sind darauf angewiesen, dass jemand vor Gericht geht. Und es sind immer die Querulanten, die vor Gericht gehen. Niemand, der sagt, diese zwei gebrochenen Rippen und Hautabschürfungen habe ich mir selbst eingebrockt, geht vor Gericht. Und die weltfremden Sesselfurzer in unseren Gerichtssälen lassen sich alles erzählen.«

»Ach, und im Sudan sind das keine Sesselfurzer?«

»Ganz und gar nicht. Ein fünfköpfiges Gremium von Männern, die mitten im Leben stehen: ein Paramilitär, ein Parapsychologe, ein Paranoiker, ein Paratrooper und ein Paranussfarmer.«

»Steht das in deiner sauberen Zeitschrift?«

Dorfner nickte. »In jeder Ausgabe gibt es eine umfassende Rechtsprechungsübersicht. Jeder soll wissen, was er tun darf und was nicht. Und dann ist eben Fantasie gefragt. Forced Yoga liegt zugegebenermaßen in einer Grauzone, aber wenn man bestimmte Auflagen beachtet, gibt es keine Bedenken, sagt der Supreme Court des Sudan.«

»Was für Auflagen?«

»Eigentlich ganz einfach: Wenn du jemandem in einer Vernehmung die Beine verknotest, ist es Folter. Wenn du dazu Sitarmusik laufen lässt, ist es Forced Yoga. Es gibt eine Position beim Yoga, die Ochsenfrosch heißt. Das ist ein anderes Wort für Beineverknoten.«

Sie standen vor dem Büro von Antigen. Es war in einem kleinen Pavillon untergebracht. An der Fassade aus den fünfziger Jahren hingen viele Plakate in den Fenstern. Slogans waren auf die Hauswand gesprüht: *Sterbt Yuppies! Fair Mieten statt vermieten. Nur ein toter Makler ist ein guter Makler.*

»Aber über meine Vernehmungsmethoden regst du dich

auf. Eine Todesdrohung neben der anderen«, sagte Dorfner. »Und jetzt hat es diese Frau in Stralau erwischt.«

Zabriskie murmelte etwas von Meinungsfreiheit und fügte hinzu: »Reiß dich am Riemen, Dorfner. Antigen haust zwar in einer Bruchbude, aber das gibt dir nicht das Recht, ihr Büro zu zerlegen.«

Sie traten ein. Hinter einem Schreibtisch saß eine Frau mit einem blonden Pferdeschwanz und einer dicken Hornbrille und telefonierte.

»Ja, um sechzehn Uhr in der Samariterstraße 11, um 16.30 Uhr in der Kinzigstraße 18 und um siebzehn Uhr in der Colbestraße 4, jeweils zwei Mann bitte.« Die Stimme am anderen Ende der Leitung sagte etwas. Darauf wieder die Frau: »Selbstverständlich, zwei Mann oder zwei Frau.« Wieder gab es eine Antwort. Darauf die Frau: »Ja klar, zwei Mann oder zwei Frau oder zwei Transgender. Hauptsache jemand geht hin.« Zabriskie und Dorfner sahen sich an. Jetzt war die Frau wieder an der Reihe. »Zwei Mann, zwei Frau, zwei Transgender, zwei Schwule, zwei Lesben oder zwei davon in beliebiger Kombination. Wer geht denn jetzt hin?« Sie lauschte in den Hörer. »Armin und Holger, also zwei Mann, sag ich doch. Was?« Sie holte tief Luft. »Also Holger nennt sich jetzt Loretta. Na, Hauptsache er geht hin.« Pause.

»Lass mich das machen«, sagte Dorfner zu Zabriskie. »Die meisten Frauen stehen auf mich.«

»Hauptsache, sie geht hin«, sagte die Frau hinter dem Schreibtisch. »Und die anderen Termine? Wiebke und Mona, sehr gut. Und in die Colbe? Dirk und Martin. Na wunderbar, ich danke dir.« Sie legte auf und starrte Zabriskie und Dorfner an. »Bullen?«, fragte sie. Und dann: »Kaffee?«

»Woher wissen Sie …?«

»Zwanzig Jahre politische Arbeit in dieser Stadt. Milch, Zucker?«

»Milch«, sagte Zabriskie. »Ich bin Kriminalhauptkommissarin Zabriskie und das ist mein Kollege Dorfner. Der tut nichts, der will nur ein paar Fragen stellen.«

»Es geht um Mord«, sagte Dorfner. »Mit Milch und Zucker, bitte.«

»Mord mit Milch und Zucker«, sagte die Frau. »Das klingt dramatisch.« Sie holte eine Thermoskanne und zwei Tassen.

»Eine Maklerin ist ermordet worden«, sagte Zabriskie. »Sie hat Post von Ihnen erhalten.«

»Etwa zweihundert Makler in dieser Stadt erhalten regelmäßig Post von uns.«

»Drohbriefe?«, fragte Dorfner.

»Keine Drohbriefe. Wir weisen auf die verfassungsmäßige Sozialbindung des Privateigentums hin, das ist alles.«

»Und was bedeutet *ein ernstes Wörtchen reden?* Was heißt das? Würgen, bis der Arzt kommt?«, fragte Zabriskie.

»Nein, das ist ein unangekündigter Besuch in den Geschäftsräumen. Das macht jeder Lobbyist so. Wir sind auch Lobbyisten. Lobbyisten für eine soziale Stadt. Wo ist sie denn ermordet worden?«

»Auf Stralau.«

»Aha, Mord in einem innovationsfreudigen Umfeld.« Die blonde Frau stellte den Kaffee vor Dorfner und Zabriskie auf den Tisch. »Sie versauen den Maklern die Geschäfte.«

»Wir beobachten den Markt. Wenn Wohnungsinteressenten ihre Meinung ändern, weil sie mehr über die sozialen Konsequenzen einer Anmietung oder des Kaufs einer Immobilie erfahren, ist das die beste Lösung für alle. Die beste Kaufentscheidung ist die auf der Grundlage größtmöglicher Transparenz. Wir sorgen für Transparenz.«

»Und ab und zu fackeln Sie ein paar Autos ab«, sagte Dorfner.

»Ich bitte Sie, der Dreißigjährige Krieg war vor dreihundertundfünfzig Jahren vorbei. Wir sind doch keine Landsknechte. Niemand von uns brandschatzt und mordet.«

»Und niemand von Ihnen schickt hasserfüllte SMS an Maklerinnen, die später ermordet werden«, sagte Zabriskie.

Die Frau mit dem Pferdeschwanz hob ihre Augenbrauen so hoch, dass sie hinter der Hornbrille auftauchten. »SMS? Das machen wir nun wirklich nicht. Wir können nicht gegen die Makler gewinnen, nur mit ihnen. Sie müssen verstehen, dass sich nicht jeder überall eine Wohnung leisten kann. Und sie sollen die gemischten Kieze nicht systematisch aufwerten und damit die Verdrängungslawine in Gang setzen. Hass-SMS? Nicht unser Spiel.«

Zabriskie überreichte ihr ein Papier mit einer Zusammenstellung der letzten SMS, die auf dem Handy von Verena Adomeit waren. Die Frau las sich schweigend alles durch, trank zweimal von ihrem Kaffee und gab Zabriskie das Blatt zurück. »Niemand von uns«, sagte sie, aber ihr Mundwinkel zuckte.

»Ihre Fassade ist mit Morddrohungen übersät. Das waren auch nicht Sie?«, fragte Dorfner.

»Es gibt hier sehr viele Gruppen und Einzelindividuen mit sehr unterschiedlichen Ansichten, wie Stadtpolitik auszusehen hat. Einige nehmen den Mund gern sehr voll, aber keiner tötet Makler.«

»Haben Sie eine Vermutung, wer die SMS geschrieben haben könnte?«, fragte Zabriskie.

»Mir fallen sofort ein Dutzend politisch unverantwortlicher Vollidioten ein, die so einen Mist verzapft haben könnten, aber Ihr Vorwurf ist reichlich unspezifisch. Sie belästigen mindestens elf Unschuldige, vermutlich zwölf.«

»Es geht um Mord.«

»Nicht bei uns. Fragen Sie doch mal die Klienten von Frau Adomeit. Vielleicht waren die mit der Rendite unzufrieden. Habgier ist auch ein Mordmerkmal.«

»Woher wissen Sie, dass die Tote Adomeit hieß?«, fragte Dorfner.

»Weil das auf der Aufstellung der SMS steht«, entgegnete die Frau. »SMS auf Handy Verena Adomeit. Steht oben drüber.«

»Nennen Sie uns die Namen.«

»Welche Namen?«

»Die Namen von den Leuten, denen Sie diese Art von SMS zutrauen.«

»Anna und Arthur, Hans und Franz, Chili und Willi, Tom, Dick und Harry.«

»Nicht so schnell«, sagte Dorfner. »Das möchte ich mir aufschreiben.«

Zabriskie knuffte ihn in die Seite und schüttelte den Kopf.

»Für einen Dummejungenstreich liefere ich niemanden ans Messer«, sagte die Frau. »Was in diesen SMS steht, ist beleidigend und erfüllt vielleicht auch den Tatbestand der Nötigung. Aber Sie wissen, oder Sie sollten wissen, dass diese Sprücheklopferei nichts mit einem konkreten Mord zu tun hat.«

»Haben muss«, sagte Zabriskie.

»Meinetwegen auch haben muss. Aber wir arbeiten legal. Mit harten Bandagen, aber legal. Es steht viel auf dem Spiel. Wie wollen wir leben? Was ist die Stadt in Zukunft? Uns muss niemand mögen, nur respektieren. Wir respektieren auch unsere Gegner, und wir werfen ihnen keine pubertären Drohtiraden an den Kopf. Ende der Durchsage. Die Kaffeetassen bitte da drüben kalt ausspülen und auf das Handtuch stellen, ich habe noch viel zu tun.«

Als sie wieder draußen standen, sagte Dorfner: »Nun sei doch mal ehrlich, Zabriskie. Fünf Minuten Ochsenfrosch und die hätte uns alles gesagt, was sie weiß.«

»Und es wäre vor Gericht nicht zu verwerten gewesen«, sagte Zabriskie.

»Aber der Supreme Court von …«

»Es geht aber um das Kriminalgericht in Moabit, verdammt noch mal. Um die StPO. Ums Hier und Jetzt.«

»Jetzt sei doch nicht gleich beleidigt.«

»Ich bin nicht beleidigt, abgesehen davon, dass es meine Intelligenz beleidigt, wenn du dauernd am Thema vorbeiredest.«

»Und das wäre?«

»Erstens weiß sie, wer die SMS geschrieben hat, oder verdächtigt einen ganz bestimmten Menschen. Und nicht elf oder zwölf.«

»Ah, Körpersprache, ich verstehe«, sagte Dorfner. »Weil sie

ihren Kaffee links herum umgerührt hat, stimmts? Das ist mir auch aufgefallen.«

»Nein, wie ihr Mundwinkel gezuckt hat.«

»Ach so, Zabriskie, du hasts echt drauf.«

»Außerdem hat sie von Dummejungenstreich geredet und von pubertärem Gerede. Wir suchen nach einem jungen Mann, der bei Antigen mitgemacht hat, einen Wirrkopf, einen Hyperaktivisten. Wir brauchen ein Internetcafé.«

»Ein Internetcafé?«

»Um die Website von Antigen noch einmal durchzusehen.«

Im Internetcafé auf der Warschauer Straße rief Dorfner die Website von Antigen auf. Unter *Wer wir sind* fanden sie die blonde Frau wieder, die Helene Dommat hieß. Außerdem hatte Antigen noch zwei namentlich genannte Mitarbeiter, eine Anwältin und den Webmaster, einen jungen Mann mit blonden Dreadlocks. Dorfner klickte sich zu den Foren weiter. Es gab eins zu Verkäufen und Vermietungen, die erfolgreich durchgeführt worden waren, und ein anderes, in denen geplatzte Verträge aufgelistet wurden. Außerdem gab es eine Liste von Maklern, die zugesichert hatten, andere Reviere zu beackern.

Im Forum *Strategiediskussion* tobte ein heftiger Streit. Ein Aktivist beschimpfte Antigen als »reformistisch« und forderte, »eine Strategie der Stärke«. Außerdem überzog er alle Makler mit Schmähungen. Jeder seiner Forenbeiträge war mit einem winzigen Porträt versehen. Ein junger Mann mit blonden Dreadlocks, der sich *kiez_kenner* nannte.

»Wie blöd muss jemand sein, der sein eigenes Bild in dieses Forum stellt?«, sagte Zabriskie.

»Vielleicht hat er die Nerven verloren«, sagte Dorfner.

»Sieht so aus«, sagte Zabriskie. »Was machen wir jetzt?«

»Wir beschatten dieses Büro«, sagte Dorfner. »Wenn die Blonde weiß, dass er infrage kommt, wird sie ihn warnen. Und wenn er der Technik-Heini bei Antigen ist, wird er bald hier auftauchen und die Festplatte und das Büro leer räumen.«

»Das klingt erstaunlich logisch«, sagte Zabriskie.

»Es gibt da einen Film mit Jean-Claude Van Damme.«

»Keine Details, bitte.« Zabriskie räusperte sich: »Dorfner, du warst ja jetzt schon ein paarmal draußen, ohne dass du Menschen oder Gegenständen Schaden zugefügt hast.«

»Du warst ja immer dabei, Zabriskie.«

»Dorfner, ich habe heute Abend einen Arzttermin. Meinst du, du schaffst es, diese Beschattung und eventuell auch die Festnahme alleine durchzuführen, ohne dass es eine Katastrophe gibt?«

»Versprochen, Zabriskie.« Dorfner setzte sich kerzengerade auf und streckte Zabriskie die Hand hin. »Der Mann ist so gut wie tot, so gut wie in Gewahrsam, wollte ich sagen.«

»Und das Forced Yoga?«

Dorfner knetete seine Hände und rutschte auf seinem Stuhl hin und her. »Der Sudan ist weit und wir sind hier in diesem Dings – in diesem Rechtsstaat. Großes Zen-Meister-Ehrenwort. Kein Forced Yoga.«

Etwas später saß Zabriskie im Wartezimmer. An der Wand hing ein Poster, das einen Querschnitt des Auges zeigte, daneben ein weiteres Poster, das über frühe Signale für Grauen Star aufklärte. Sie wurde aufgerufen und verscheuchte Dorfner aus ihren Gedanken. Sie musste sich konzentrieren.

»Bitte lesen Sie die dritte Zeile«, sagte der Augenarzt.

Das erste konnte eine Drei sein, oder war es doch eine Acht?

»Drei«, sagte Zabriskie schließlich. »Sieben, Zwei, Fünf.«

»Und die nächste Zeile, bitte«, sagte der Augenarzt. Es klang so gutmütig in Zabriskies Ohren. Wollen doch mal sehen, wann unser kleiner Blindfisch das Handtuch wirft.

»Neun, Eins, Sechs, Zwei, Null.« Immer frisch voran. Wenn schon blamieren, dann richtig. Vielleicht geben sie mir gleich einen Hund.

»Und die letzte Zeile, bitte.«

Braves Mädchen. Zabriskie konzentrierte sich und entspannte ihre Augenmuskeln. Schön weit aufmachen. »Vier, Zwei, Sieben, Acht.«

»Und vielen Dank, das wars auch schon.« Der Augenarzt war vermutlich zehn Jahre jünger als Zabriskie, was seinen gütigen Ton noch etwas nerviger machte. Er notierte etwas in einem Formular, rückte seine Brille zurecht und sagte: »Alles bestens. Für Ihr Alter sind das herausragende Werte. Ich habe meine erste Brille mit zwölf Jahren bekommen.«

»Aber diese Sehstörungen am Morgen …«, sagte Zabriskie.

»Haben mit der Krümmung Ihrer Hornhaut nichts zu tun. Trinken Sie gelegentlich Alkohol?«

Ob ich an der Flasche hänge, willst du wissen. Ja, ich sehe weiße Mäuse, die aber gestochen scharf. Zabriskie räusperte sich. »Gelegentlich, eigentlich mehr ab und zu, besser gesagt eher selten.«

»Und gelegentlich am Abend vor einem Morgen, an dem Sie nicht so gut lesen können?«

»Ist schon vorgekommen. Ich muss abends auch mal abschalten. Das ist kein leichter Job, den ich habe.«

»Ich verstehe«, sagte der Augenarzt. »Aber wenn Sie das Licht in der Küche abschalten, wie oft drücken Sie dann auf den Lichtschalter?«

»Einmal, wieso?«

»Bei Ihnen würde ein einziger Entspannungsschluck sicherlich reichen. Mehr Schlaf ist viel wichtiger. Einen Kurzen oder, ich betone, ein Bier, und dann ab ins Bett.«

»Bloß weil ich im Bett liege, schlafe ich noch lange nicht«, sagte Zabriskie.

»Auch Sex kann Stress abbauen. Aber dann brauchen Sie erst recht keinen Schlummertrunk.«

»Schon gut, wars das?« Zabriskie wollte aufstehen.

»Die Spaltlampenuntersuchung noch.« Der Arzt stand auf und deutete mit einer Armbewegung zu einer Geräteapparatur. »Bitte mal an diesem Tisch Platz nehmen.«

Dorfner suchte sich ein Café auf der anderen Seite der Revaler Straße, von dem aus er das Büro von Antigen im Blick hatte. Einen zweiten Ausgang gab es nicht, das hatte er mit Zabriskie abgeklärt. Um ihn herum saßen Leute, die auf Laptops tippten oder in Reiseführern blätterten. Dorfner bestellte Wasser. Diese ganzen Drogenlimonaden kamen für ihn ebenso wenig infrage wie der aromatisierte Schwuchtelkaffee. Frappuhier und Cinoda, alles mit einem zuckersüßen Sirup versaut. Er warf einen Blick auf die Karte: Irgendwas mit Rucola, Irgendwas mit Feigensenf, Irgendwas zubereitet mit Eiersatzpulver. Dreißig Cent gingen an eine Stiftung, die Geflügelbauern half, *aus der Szene auszusteigen, um einer gesellschaftlich sinnvollen Tätigkeit nachzugehen,* wie in der Speisekarte zu lesen war. Nach einem Eisbein mit Erbspüree brauchte er gar nicht erst zu fragen, oder nach einem Gläschen Lebertran, als blutbildende Maßnahme. Und die Frauen hier sahen aus: ausgemergelt und kurzhaarig, die waren alle magersüchtig und hatten Nasenringe und Lippenpiercings. Die Männer trugen Zwirbelbärte und labberige T-Shirts. Einer hatte ein orangefarbenes Jackett an und ein Kind in einem Tragegeschirr auf den Bauch geschnallt. Wie die sich hier wohl fortpflanzten? Vielleicht, indem sie Chai Latte mit zwei Strohhalmen aus demselben Glas tranken. Kein Wunder, dass die Deutschen ausstarben.

Dorfner blätterte durch die Ausgabe von *Legal Torture* und sah sich die Überschriften an: »Verdächtiger unschuldig, Arm ausgekugelt, alles renkt sich wieder ein!« Das war aus der Serie *Medizinische Grundlagen für Vernehmer,* die Dorfner schon viele blöde Fragen erspart hatte. Wie sieht jemand aus, der wirklich die Treppe hinuntergefallen ist, zum Beispiel.

Er studierte das Angebot für die Leserreise nach China. Leider war das unerschwinglich, obwohl es ihn sehr interessiert hätte, diese Jahrtausende alte Kultur und ihre Methoden der Wahrheitsproduktion einmal näher kennenzulernen. Im Moment war er dabei, sein Dach über dem Kopf zu verlieren. Wo er schlief, war das geringste Problem. Er hatte seinen Internet-

Fernkurs zum Ranger mit Auszeichnung bestanden. Dorfner wusste, wie man digital Feuer macht und am Bildschirm ein Zelt zusammenbaut. So schwer konnte das auch im wirklichen Leben nicht sein. Was ihm Kopfzerbrechen machte, war die Ausstattung seines Bootcamps. Sie musste irgendwo sicher verstaut werden. Zabriskie brauchte er nicht zu fragen, ob er vielleicht im Büro etwas zwischenlagern könnte. Die trainierte zwar auch, das war ihrem Körper anzusehen – typisch Kampflesbe –, aber gleichzeitig tat sie immer so, als sei es primitiv, wenn man seine Muskeln pflegte.

Dorfner bestellte sich ein Hühnchensandwich ohne Feigensenf und Rucola und warf einen Blick zu Antigen hinüber. Die Zielperson war nicht zu sehen. Er nahm sich eine Tageszeitung zur Hand. Es war Mittwoch, und der Anzeigenteil für Wohnungen war überschaubar. Zur Miete, zum Kauf, Gewerbe, Sonstiges. Na bitte, hier war doch was, in Dahlem: *HH 14 qm, 400 warm, Gartennutzung.* Das war nicht groß, aber es würde erst einmal reichen. Er wählte die angegebene Nummer.

Es meldete sich eine näselnde Stimme: »Der Majordomus im Anwesen von Herrn Dr. Schneider.«

»Dorfner mein Name. Ich rufe an wegen der Anzeige in der heutigen Zeitung.«

»Haben Sie Referenzen?«

»Selbstverständlich. Ich bin Polizist, unkündbar, zuverlässig. Kann auch gerne abends noch mal sehen, ob sich Gesindel herumtreibt vor Ihrer Schnuckelbutze da draußen.«

»Ah, da wird sich Freifi Edler vom Busch aber freuen. Arbeiten Sie in einer Hundestaffel?«

Dorfner schüttelte den Kopf, normalerweise stellte er die Fragen. »Nein, bei der Kripo. Der Kampf gegen das Böse und solche Sachen.«

»Sie und Freifi werden sich bestimmt aneinander gewöhnen. Haben Sie schon einmal so gewohnt?« Die Stimme am anderen Ende klang vollkommen gelangweilt.

»So gewohnt? Ja, klar. Hinterhaus eben. Wenig Verkehrslärm, wenig Licht, man hört, wenn der Nachbar früh um sechs Uhr Altglas entsorgt. Kein Problem für mich.«

»Ich fürchte, hier liegt ein Missverständnis vor.« Der Majordomus räusperte sich. »Uns ist natürlich bekannt, dass HH üblicherweise für Hinterhaus steht, aber in unserem Bezirk gibt es keine Hinterhäuser. HH steht für Hundehütte. Freifi Edler vom Busch ist die Dänische Dogge von Herrn Dr. Schneider. Ein sehr sensibles Tier, das viel menschliche Zuwendung braucht, vor allem nachts.«

»Sie vermieten eine Hundehütte?« Dorfner fuhr sich durch die Haare. »Mit einer Dogge?«

»Vierzehn Quadratmeter kriegt man nicht geschenkt. Und wir vermieten zur Mit-be-nutz-ung, Freifi braucht sein eigenes Dach über dem Kopf.«

»Für vierhundert Euro?«

»Da ist wohl das soziale Gewissen mit Herrn Dr. Schneider durchgegangen. Aber diese pausenlose Hetze gegen Besserverdiener hat Spuren hinterlassen, um nicht zu sagen, Wunden geschlagen.«

»Ich werde mir das noch einmal in Ruhe überlegen.« Dorfner biss sich auf die Unterlippe. »Für einen Mops habe ich praktisch schon eine Zusage.«

»Von Möpsen kann ich nur abraten, die schnarchen. Auf Wiederhören.«

Dorfner starrte auf sein Handy. Das war ja Krieg auf diesem Wohnungsmarkt. Vierhundert Steine im Monat für den nächtlichen Körperkontakt mit einer Dänischen Dogge. Alter Verwalter. Er warf einen Blick auf das Antigen-Büro. Ob er das melden sollte, anonym natürlich. Das war doch Wucher. Aber Wucher hing von der üblichen Vergleichsmiete ab. Was war denn ein fairer Preis für die Mitbenutzung einer Hundehütte?

Dorfner biss in sein Sandwich. Es war gut, das musste man dem Laden lassen. Nur viel zu klein.

Drei Sandwiches und drei schwarze Kaffees später war es dunkel geworden. Die blonde Frau, mit der Dorfner und Zabriskie im Antigen-Büro geredet hatten, hatte um neunzehn Uhr das Licht ausgemacht, hatte abgesperrt und war gegangen. Immer mehr Menschen waren jetzt unterwegs. Touristentrupps mit ihren Trolleys zuckelten vorbei, unterhielten sich lärmend in fremden Sprachen und steuerten eine der Unterkünfte an.

Aus dem Asia-Snack nebenan roch es heiß und fettig: *Vietnamese Kitchen* verkündete die Leuchtreklame. In einem der Flachbauten im RAW-Gelände wurde die elektronische Musik, die schon eine ganze Weile einen entfernten Klangteppich verbreitet hatte, lauter gedreht.

13

Zabriskie holte die Post aus dem Briefkasten und stieg die Treppe zu ihrer Wohnung in der zweiten Etage nach oben. In der ersten Etage heulte das ältere der beiden Gören von Familie Maas. Weil es schlafen sollte, oder weil es baden sollte, oder weil es essen sollte. Kleine Kinder heulten eigentlich immer. Zabriskie hatte keine Kinder und war froh darüber. Die biologische Uhr tickte, aber sie tickte einem Zustand entgegen, der Zabriskie davor bewahren würde, einen lebensentscheidenden Fehler zu machen. Wenn man ein Kind adoptieren könnte, wenn es achtzehn war, das hätte sie vielleicht gemacht. Sie hätte gern eine erwachsene Tochter. Mit der könnte sie dann zweimal die Woche telefonieren. *Na, wie war dein Tag? Ach, nicht der Rede wert. Eine Frauenleiche, aber in gutem Zustand. Nicht entstellt, nicht verwest, nicht vergewaltigt, nur geschminkt. Ich kann mich nicht beschweren.*

Zabriskie beschwerte sich nicht. Im Betrugsdezernat oder sonst wo wäre sie vor Langeweile gestorben. Wenigstens träumte sie nicht von den Toten, obwohl das vielleicht besser gewesen wäre. Träumen war auch eine Art von Verarbeitung, und irgendwo musste das alles hin, die Leichen in weniger gutem Zustand, die klimatischen Bedingungen in der Baracke, die Außentermine mit Dorfner.

Sie schloss die Wohnungstür auf, pulte ihre Sneakers mit den Zehen von den Fersen und legte die Post auf den Küchentisch. Sie würde sich aufs Sofa legen und eine Runde zappen. Vielleicht kam eine Dokumentation über einen toten Rockmusiker, ein Film mit Laurel and Hardy oder eine Reportage über Sorghum. Alles, bloß kein Fernsehkrimi. Heute Abend würde sie sich den Rat ihres Augenarztes zu Herzen nehmen und keinen Alkohol trinken. Aus dem Kühlschrank holte sie sich einen Becher Buttermilch, schüttelte ihn kräftig, zog den Deckel ab, nahm einen tiefen Schluck, leckte sich den Milchbart weg, setzte sich an den Küchentisch und besah sich ihre Post.

Ein Werbeschreiben von IKEA für neue Balkonmöbel war da. Sie besah sich die Fotos und zerriss das Faltblatt sogleich. Nichts dabei, was ihr gefiel. Einen Balkontisch könnte sie vielleicht brauchen, für die drei Mal im Jahr, an denen es am Wochenende sonnig und sie nicht gerade einem Mörder auf der Spur war.

Noch lieber hätte sie sich einen vollautomatischen Liegesessel fürs Wohnzimmer zugelegt. Aber im Advent kam ja wieder ein Werbeschreiben.

Als Nächstes öffnete Zabriskie einen Umschlag mit einem Katalog eines polizeilichen Fachverlags aus einem Kaff im Sauerland. Sie blätterte gedankenverloren darin herum. Das Buch *Hilfe, mein Kollege ist ein Soziopath,* auf das sie schon seit Jahren hoffte, war wieder nicht erschienen. Vermutlich bekam der Verlag jedes Jahr zwei Manuskripte zu diesem Thema unaufgefordert zugeschickt und meldete die Autoren bei ihren Vorgesetzten, damit niemand Unannehmlichkeiten bekam. Am Ende würde sie es selbst schreiben müssen und mit einem Schlag berühmt werden. Das Sequel würde dann heißen *So lassen Sie Ihren Kollegen, den Soziopathen, unauffällig verschwinden.*

Als Nächstes las Zabriskie eine Postkarte von ihrer Mutter, die gerade mit dem Wohnmobil nach British Columbia unterwegs war. Die Karte kam aus einem kleinen Holzfällerstädtchen am Highway 101, im nördlichsten Teil Kaliforniens gelegen. Schmucke viktorianische Häuschen eingebettet in die Redwoods-Wälder. *Sehen sehr viel Neues, Glück mit dem Wetter, Orville sendet Greetings.* Zabriskie nickte. Orville war der Lebenspartner von Elvira Barthelmeß, Zabriskies Mutter. Den beiden ging es offenbar gut. Im August würde Zabriskie wieder rüberfliegen und Urlaub in Kalifornien machen.

Zabriskie besah sich das letzte Poststück. Es war ein Brief, handgeschrieben *An Frau Xenia Yolantha Zabriskie,* darunter ihre Privatadresse, ein Altbau in der Nähe vom Gasometer auf der Schöneberger Insel, wo es langsam immer mehr Eigentumswohnungen gab.

Die Wohnung, in der Zabriskie wohnte, gehörte einem Mann, Ende fünfzig, der mit seiner Lebensgefährtin in Leipzig lebte. Nahtmann war ein freundlicher Vermieter, der sich einmal im Jahr bei Zabriskie sehen ließ, immer wenn Eigentümerversammlung war, immer mit Voranmeldung. Im Herbst war es wieder so weit. Sie würden sich auf einen Kaffee in der Nähe ihrer Wohnung treffen, Zabriskie würde an diesem Tag extra früh mit der Arbeit anfangen, damit sie zeitig Schluss machen konnte. *Sie sind die ideale Mieterin für mich,* sagte Nahtmann jedes Mal. Und es stimmte wohl. Zabriskie zahlte pünktlich, sie war ruhig, meistens jedenfalls, wenn sie nicht gerade wieder einen Bettgenossen abgeschleppt hatte und sich mitten in einer wilden Affäre von höchstens drei Monaten Dauer befand. Sie nutzte die Wohnung kaum ab, weil sie allein lebte. Sie rauchte nicht, sie hatte kein Haustier und dazu den seriösesten Beruf der Welt, aus der Sicht des durchschnittlichen Wohnungseigentümers jedenfalls.

Der Absender war ein oder eine C. Stolze, aus einem Kaff irgendwo in Nordrhein-Westfalen, die Postleitzahl begann mit einer Fünf. Vielleicht eine frühere Klassenkameradin, die sich bereit erklärt hatte, alte Mitschüler für ein Klassentreffen auszukundschaften. Zabriskie riss den Brief mit einem Besteckmesser auf und las:

Liebe Frau Zabriskie,

Sie kennen mich nicht, aber das ist auch kein Wunder, denn mein Vater hat bestimmt nie von mir gesprochen, obwohl er Sie regelmäßig trifft und sehr schätzt. Ich bin die erwachsene Tochter aus einer früheren Beziehung. Während meiner Kindheit hatten wir kaum Kontakt, aber seit einigen Jahren interessiert sich mein Vater wieder mehr für mich. Ich habe ihn ein paarmal in Leipzig besucht, wir schreiben uns regelmäßig E-Mails und auf Facebook sind wir miteinander befreundet.

An dieser Stelle hatte die Verfasserin einen Smiley hingemalt und daneben zwei Ausrufezeichen gesetzt, bei denen der Strich die Form eines schlanken Dreiecks hatte und sorgfältig ausgemalt war.

In einigen Wochen werde ich meinen Bachelor of Arts in Tourism & Eventmanagement an der International School of Management in Dortmund abschließen.

Und noch ein Smiley.

Ab dem 1. Oktober habe ich eine feste Stelle, vorher mache ich noch eine Studienreise nach Schottland, um mir dort einige Burghotels der gehobenen Kategorie anzusehen. Sie können sich mein Glück nicht vorstellen, als mein Vater mir versprochen hat, dass er mir die Wohnung, in der Sie jetzt wohnen, zur Verfügung stellen will. Das macht den Start in den neuen Lebensabschnitt für mich ja so viel einfacher.

Smiley.

Außerdem wohne ich dann viel näher bei meinem Vater.

Smiley.

Der Bahnhof Südkreuz liegt ja quasi um die Ecke von meiner neuen Wohnung, so dass es bis Leipzig nur ein Katzensprung ist. Mein Vater wird Ihnen das alles auch noch erklären, er ruft Sie an. Ich wollte nur fragen, ob ich meine neue Wohnung nächste Woche schon einmal ansehen könnte. Wenn mir die Wohnung gefällt, haben Sie auf jeden Fall Zeit bis in die letzte Septemberwoche, um sich etwas Neues zu suchen. Ich will Sie auf keinen Fall überrumpeln. Zum 1. Oktober wird ja auch immer sehr viel frei, weil das neue Semester anfängt.

Diesmal war es ein zwinkernder Smiley, der arglos auf Zabriskie blickte.

Ich würde mich wirklich freuen, wenn wir uns kennenlernen. Vielleicht finden Sie ja sogar etwas Neues ganz in der Nähe, dann können wir gegenseitig unsere Blumen gießen, wenn wir im Urlaub sind.

Der hier eingefügte Smiley konnte nicht wissen, dass Zabriskie keine Blumen hatte.

Na, wie auch immer, herzliche Grüße und hoffentlich bis bald.

Ihre Constanze Stolze

PS: Sie können mich gerne Conny nennen, nicht jeder hat so coole Vornamen wie Sie.

Smiley.

PPS: Ich hätte Ihnen auch eine EMail geschrieben, aber ich dachte, ein Brief ist viel persönlicher, außerdem sind Sie nicht auf Facebook, also schwer zu finden.

Und ein zwinkernder Abschluss-Smiley. Persönlich, in der Tat. Persönlich, in die Fresse. Nahtmann, dieses feige, kleine Stück Dreck, hatte seine Tochter vorgeschickt, weil er nicht den Mumm hatte, es Zabriskie persönlich zu sagen. Was für eine Schweinewelt war das denn hier? Zabriskie hob ihren Becher mit Buttermilch. Ihre Hand zitterte. Vor zwei Monaten war sie in eine Schießerei mit einer Handvoll Menschenhändlern verwickelt worden, die einen V-Mann der Polizei beseitigt hatten. Während zwei aus der Bande mit dem Krankenwagen auf die Intensivstation gebracht wurden, riss Zabriskie Witze mit dem Streifenbeamten, weil ein Querschläger in der Fahrertür seines Wagens eingeschlagen war. Aber jetzt zitterte sie wie Espenlaub. Gleich würde sie den ersten Heulkrampf seit ihrer Schulzeit bekommen.

Dieses Aas, dieses Gör. Mein Vater, meine Wohnung, mein Urlaub. Hotels in Schottland anschauen, aber vom Wohnungsmarkt in dieser Stadt hatte sie keine Ahnung. Und dann diese Smileys. Freunde werden, Blumen gießen, gleich nebenan. Zabriskie würde mit einem Flammenwerfer auf den Rücken geschnallt auf den Balkon klettern und auch das letzte Gänseblümchen höchstpersönlich abfackeln, wenn diese Tusse aus Ennepetal, aus Etepetetetal, auch nur einen Fuß in ihr Refugium setzte.

Sie trank den letzten Rest Buttermilch und rülpste laut. Noch durfte sie das. Noch war nicht Semesteranfang. Acht Wochen ihres Lebens hatte sie in einer WG vergeudet. Danach hatte sie sich eine Souterrainwohnung, zu Deutsch Kellerloch, gesucht und sich geschworen, nie mehr die eigenen vier Wände mit einem anderen Lebewesen zu teilen, nicht einmal mit einer Katze.

Was für ein beschissener Tag das heute wieder war. Und sie wusste nicht, mit wem sie darüber reden sollte. Sie spülte den Buttermilchbecher aus, warf ihn in den Plastikmüll und trat vor ihr gut sortiertes Whiskey-Regal.

Highland Park, nein, der war etwas für festliche Anlässe. Cragganmore, nein, Speyside war ihr für heute Abend zu süß, zu malzig, zu sehr Smiley. Sie stieß einen krächzenden Wutschrei aus und schlug mit der Faust auf das Büfett, dass die Flaschen klirrten. Sie wollte hier nicht weg, sie war alt und müde und wollte keine Wohnung mehr suchen. Verdienstbescheinigungen vorlegen. Andere Bewerber bei der Besichtigung keines Blickes würdigen. In einem Kaninchenstall vor sich hinvegetieren, wo ihr die 2,50 Meter hohe Decke auf den Kopf fiel, sobald sie die Augen aufschlug.

Eines der Scotchgläser war umgefallen, kein Tumbler, sondern eines von denen mit Stiel. Ein Werbegeschenk, vier Gläser als Bonus für eine Direktbestellung von … Zabriskie pfiff durch die Zähne. Von Laphroaig. Ja, das war es, was sie jetzt brauchte: Torf, Verwesung, Phenol. Ihre Seele tobte wie die stürmische See. Und sie musste beruhigt werden. Zabriskie schickte eine stumme Entschuldigung an ihren Augenarzt und versprach morgen, nein übermorgen, ein besserer Mensch zu werden. Morgen würde ihr noch jeder Schluck, den sie sich jetzt genehmigte, ins Gesicht geschrieben stehen wie ein roter Striemen. Sie ging ins Badezimmer. In ihr Badezimmer. Wo ihre Badewanne stand, in der sie jetzt ihren Schmerz ertränken würde. Und morgen, morgen würde sie sich eine Handvoll kaltes Wasser ins Gesicht werfen und den Kampf gegen diesen Wechselbalg, diese Tussi aus dem Nichts aufnehmen. Ganz persönlich und nachhaltig würde sich Zabriskie ihrer annehmen. »Cheers, Conny Stolze, das ist der Beginn einer unvergesslichen Todfeindschaft«, murmelte Zabriskie. Dann ließ sie heißes Wasser ein.

Es ging auf Mitternacht zu, und Dorfner hielt es nicht mehr aus. Er ging hinüber zum Antigen-Büro. Menschentrauben zogen daran vorbei, tiefer in das RAW-Gelände hinein oder hinaus auf die Straße.

Er hielt sich das Handy ans Ohr und murmelte vor sich hin, damit er einen Grund hatte, hier im Durchgang zu stehen. Endlich hatte er eine Gelegenheit, seine Lieblingsfantasie auszuleben: den Anruf von Steven Seagal aus Hollywood.

»Hallo, Dorfner, hier spricht Steven Seagal.« Wollte ihn da jemand verarschen? Aber nein, es war die leicht gedehnte, durch die Jahrzehnte buddhistischer Weisheit rauchig gewordene Stimme des Meisters.

»O Mr. Seagal. Welche Freude, Sie zu hören.« Dorfner hob das Handy und nickte zur Bekräftigung.

»Dorfner, die Freude liegt bei mir. Bitte sag Steven zu mir.«

»Und du bitte Dorfner.« Dorfner lachte sein kehliges, welterfahrenes Lachen.

»Tu ich doch schon, Dorfner.« Auch Steven lachte kehlig. »Deine Leserbriefe in *Legal Torture* haben mich echt beeindruckt.«

»Oh, danke Steven, das höre ich gern.« Dorfner nickte nachdrücklich und rammte dabei den Kopf in die Schulter eines Passanten, der vorbeilief.

»Weißt du, Dorfner, mein nächster Film handelt von einem Massenausbruch aus einem Foltercamp. Hättest du im Sommer drei Wochen Zeit, um die Leute auszubilden, die die Wächter spielen? Wir wollen, dass alles möglichst echt aussieht. Nicht dieser windelweiche Hollywood-Scheiß, verstehst du?«

Dorfner nickte. »Ich verstehe dich ja so gut, Steven. Das wäre so toll, wenn ich dir bei diesem Film helfen könnte.«

»Die Statisten sind alles Ex-Marines in einem Resozialisierungsprogramm. Die Jungs sind sehr lernwillig. Pass auf, ich gebe dir jetzt meine Privatnummer. Ruf mich einfach heute Nacht um zwei Uhr an, dann sind wir alle im Büro. Null null eins für die USA …«

Wie auch sonst in der Fantasie, gelang es Steven Seagal auch diesmal nicht, Dorfner seine Privatnummer zu geben. Immer kam etwas dazwischen. Entweder Dorfner wachte auf und musste pinkeln, oder Zabriskie schoss ihm mit einem Schnipsgummi ein Stück Papier auf die Nase. Diesmal war es die Zielperson. Ein Mann mit blonden Rastalocken steuerte zielstrebig auf das Büro von Antigen zu und sah sich dabei nach allen Richtungen um. Er hatte es eilig und den Schlüssel schon gezückt. Jetzt nestelte er wild am Schloss herum.

»Steven, Moment mal, ich muss gerade jemand festnehmen, einen Frauenmörder. Tut mir leid.«

»Entschuldige dich nie dafür, dass du den Abschaum von der Straße holst, Dorfner. Wir sprechen uns wieder.« Das Gespräch war zu Ende.

Dorfner machte drei Schritte und legte dem Mann die Hand auf die Schulter. »Guten Abend, ich würde mich mit Ihnen gerne über den Mord an Verena Adomeit unterhalten. Kommen Sie bitte mit, ohne Widerstand zu leisten.« Er bohrte seinen Daumen in die Halskuhle neben dem Schlüsselbein.

Der Mann fuhr herum, dass die Rastalocken wirbelten. »Adomeit? Ich kenne keine Adomeit. Lassen Sie mich los.«

Dorfner verstärkte seinen Druck. »Verena Adomeit ist die Frau, die du mit deinen SMS belästigt hast, du Schmutzfink. Und dann hast du sie umgelegt.«

Rastalocke japste nach Luft. »Die Schnepfe ist tot? Und ich soll das gewesen sein? Weil ich auf sie abgekotzt habe? Das glauben Sie doch im Leben nicht.« Er wand sich unter Dorfners Griff.

»Wir glauben nicht, wir beweisen. Und wir nageln Leute fest. So wie dich jetzt. Du kannst uns alles erklären, aber nicht hier. Du kommst mit in die Baracke.«

»Jede Zeile, die ich geschrieben habe, ist wahr. Sie haben doch bestimmt schon mal eine Wohnung gesucht, oder? Geben Sie doch zu, dass Makler der letzte Dreck sind.«

Dorfner hüstelte. »Umbringen darf man sie trotzdem nicht.«

14

Ein Haiku schreiben, das ist mehr als einen Dreizeiler verfassen. Es ist ein Ausdruck von Gleichmut. Es bedeutet die Fähigkeit, die Situation so zu nehmen, wie sie ist. Die Bereitschaft, sich dem Neuen zu öffnen.

Ein Fisch sagt mehr
Als tausend Worte. Schweigen
Und still genießen

Was mich in dieser Stadt am Anfang so beeindruckt hat, das war die ungeheuchelte Unfreundlichkeit der Leute. Einfach rundheraus mal: *Halt die Fresse, sonst polier ich sie dir,* wenn man nach dem Weg fragt. Die wirkte auf den ersten Blick so ehrlich. Gar nicht lang rumreden, das hatte was Erfrischendes.

Und mir hilft es, wenn ich auf den ersten Blick ungekünstelt und ehrlich wirke. Obwohl es bei meinem ersten Aufenthalt auch Enttäuschungen gab, bin ich nach dem Ende meiner Ausbildung wieder hierher zurückgekommen: In die Stadt, die niemals aufgibt und niemals Geld hat und niemals um eine Antwort verlegen ist und immerzu Pläne schmiedet, die zwei Nummern zu groß sind für sie. Die lokale Politik hat etwas von Kleinkriminellen aus der Stummfilmzeit. In jeder Folge planen sie das große Ding, und immer kommt etwas dazwischen. Aber sie werden nie erwischt und deshalb machen sie immer so weiter und schmieden den nächsten und entscheidenden Coup. Die doofen Gangster, die immer in dieselbe Bank einbrechen wollen. Diese Hilflosigkeit, wenn es darum geht, Großes zu erreichen, hat etwas Anrührendes. Was man aus dieser Stadt alles machen könnte.

Ich bin Rechtsanwalt. Meine Spezialgebiete sind Wohneigentumsrecht, Mietrecht und Immobiliarsachenrecht. Meine Promotion fiel nicht so gut aus, wie ich es mir eigentlich erhofft hatte. Dabei war mir das Thema eigentlich auf den Leib geschneidert. Danach sagte ich dem Strafrecht adieu. Zivilrecht, das pralle Leben der Verträge und Vereinbarungen, das Wesen und Weben der Menschen, die pausenlos miteinander Verpflichtungen eingehen, diesen Verpflichtungen nicht gerecht werden, sanktioniert werden müssen und sich doch irgendwie vertragen müssen – Vertrag kommt von sich vertragen –, das ist die wirkliche Herausforderung. Nun bin ich zwar Anwalt, aber gerade kein Fachanwalt, was nur mit ständiger Lernerei verbunden wäre. Im Gegenteil habe ich ein ausdifferenziertes Portfolio. Mein Tätigkeitsprofil unterscheidet sich in einigen Aspekten doch ganz wesentlich von der bloßen Rechtsberatung oder der Vertragsgestaltung. Ich sehe mich als Entwickler, als Geburtshelfer. Ich bin jemand, der hilft, dass Visionen Wirklichkeit werden, jemand, der bereit ist, Grenzen zu überschreiten, damit in neu geschaffenen Freiräumen Projekte realisiert werden können. Ideen, die es verdient haben, realisiert zu werden. Außerdem helfe ich Menschen in Not, Menschen, die nicht mehr weiter wissen und die Ermutigung brauchen, um nach neuen, ganz individuellen Entwicklungsmöglichkeiten zu suchen.

Das mag sich abstrakt anhören, funktioniert aber ganz konkret. Mal angenommen, irgendwo in dieser Stadt steht ein Wohnhaus aus den fünfziger Jahren. So ein richtiger Schandfleck mit Eternitbalkonen und winzigen Hasenställen als Wohnungen. Ein typischer Nachkriegsbau. Niemand kann etwas dafür, dass solche Häuser gebaut wurden. Die Architekten und die Bauverwaltung nicht, die damals schnell Wohnraum schaffen mussten, die Nachkriegsbevölkerung nicht, die ja auch irgendwo unterkommen musste. Doch die heutige Generation von Mietern hat im Lauf der Jahre ein geradezu perverses Heimatgefühl für dieses hässliche Gemäuer entwickelt. So wie die Bewohner einer Laubenkolonie glauben, ihr Vereinsheim mit der Vollholzverschalung, dem Dartautomaten, dem Playboykalender, der rustikalen Theke über Eck sei schön, können die Mieter nicht von einem Haus lassen, dass der Weiterentwicklung einfach nur noch im Weg steht. Und weil die heutigen Bewohner so stolz auf ihren Alptraum sind, halten sie zusammen. Sie haben sich organisiert, sie wollen nicht raus. Aber raus sollen sie und raus müssen sie, denn sie sind Mieter, und jeder Mieter ist nichts weiter als ein potentieller Mietnomade. Auf der anderen Seite steht der vom Schicksal geprügelte Eigentümer. Er will das Grundstück verkaufen, damit etwas Neues entstehen kann. Er kennt Leute, die aus diesem Grundstück etwas machen wollen. Zum Beispiel so etwas wie *Leben und arbeiten in den Dingsbumshöfen.* Seit den Hackeschen Höfen läuft das so: Man nennt seine neue Wohnanlage Irgendwie-Höfe, Autobahnzubringer-Höfe, Kläranlagen-Höfe, Abdeckerei-Höfe, Hauptsache Höfe. Und sofort kann man pro Quadratmeter für drei Euro mehr vermieten. Oder für dreihundert Euro mehr pro Quadratmeter verkaufen.

Also, dieses alte Haus muss weg, aber die Leute wollen nicht raus. Aus Prinzip nicht. Das Prinzip heißt Sozialneid. Die grämen sich, dass da jemand wohnen könnte, der in einem Jahr mehr verdient als sie in ihrem ganzen Leben. Was sie sagen, ist: *Wir wollen nicht raus wegen der guten Nachbarschaft. Wegen der gewachsenen Strukturen. Wegen der Hausgemeinschaft.* Mein Job besteht darin, diesen Beton aus Selbstüberschätzung, Engstirnigkeit und Sentimentalität geschmeidig zu machen. Die Leute müssen Wachs in den Händen des Investors sein.

Wie gehe ich dabei vor? Es gibt viele Möglichkeiten. Man kann Einzelgespräche führen und die Leute mit kleinen Prämien zum Wegzug bewegen. Gut, wenn man weiß, was sie finanziell gerade vorhaben. Da kann ein Gespräch mit der Hausbank weiterhelfen. Dann gibt es natürlich die üblichen Daumenschrauben: Baulärm, kaputte Sanitäranlagen, ausgefallene Heizungsanlagen, eine fünf Monate versehentlich nicht bezahlte Rechnung für die Müllentsorgung. Aber das bringt einen schlechten Ruf ein, kostet Zeit und Geld vor Gericht. Viel eleganter ist es, wenn man die uneinsichtige Hausgemeinschaft infiltriert und dem Popanz von der guten Nachbarschaft mal auf den Zahn fühlt. In jedem Fall ist es unerlässlich, dass man niemals als Rechtsbeistand des Eigentümers in Erscheinung tritt. Am besten bleibt man vollständig unsichtbar. Man wirkt im Verborgenen, und diese Diskretion erhöht das Honorar in den meisten Fällen beträchtlich. Ein wohlverdienter Schattenzuschlag.

Als Erstes wartet man, bis eine Wohnung frei wird. Meistens dauert das nicht lang, denn in so einem Haus gibt es viele alte Mieter. Und einer von den ganz alten Mietern stirbt dann auch. Frau Warnke aus Charlottenburg zum Beispiel. Sie war Trümmerfrau und hat das Viertel zusammen mit ihrer Schwägerin quasi allein aufgebaut. Jetzt ist sie gestorben.

Man glaubt nicht, was man in so einer Wohnung alles findet, die sechzig oder siebzig Jahre lang bewohnt wurde. Frau Warnke aus der Danckelmannstraße. Spannende Gegend, aus der kann man etwas machen. Sie hatte Kochbücher im Regal. Darunter auch Pilzkochbücher: Bestimmen – Sammeln – Zubereiten. Eins war aus dem Jahr 1948. Das muss ein mühsames Geschäft gewesen sein damals. Bei jedem zweiten Pilz stand dort: *Lange wässern und garen, dann zum Verzehr geeignet.* Oder: *Stark gewürzt ergibt dieser Pilz eine sättigende Mahlzeit.* Zehn Jahre später, in einem Kochbuch von 1958, wurden die gleichen Pilze nur als *ungenießbar* bezeichnet. Der Wohlstand lässt die Menschen wählerisch werden.

Auch was den Nachmieter von Frau Warnke betrifft, muss man wählerisch sein. Man muss an den richtigen Menschen vermieten. Der richtige Mensch ist in diesem Fall einer, der mit der gewachsenen Hausgemeinschaft nichts zu tun haben will. Der abseits steht, der anders ist. Der niemanden leiden kann, und den niemand leiden mag. Erst ist er nur da, dann verbreitet er schlechte Laune, schließlich geht er zum Angriff über. Es ist erstaunlich, wie schnell dieser neue Mieter Allergien entwickelt. Er reagiert extrem empfindlich auf das, was die Hausgemeinschaft erst zur Hausgemeinschaft macht. Was haben wir hier Häuser leer bekommen mit Allergien in den letzten Jahren, ein Traum. Jeder Fünfte leidet heute an einer Allergie. Bei uns spielt es keine Rolle, ob die eingebildet sind oder echt. Wir müssen den Allergiker nicht behandeln, wir wollen nur, dass er uns hilft, eine Immobilie verkaufsfertig zu machen. Es kommt darauf an, den richtigen Arzt zu finden, auch das gehört zu meiner Arbeit. Jemand, der mit Fantasie an die Sache rangeht, jemand, der auch im Gerichtsaal im Angesicht eines Gegengutachters die Nerven behält. Und natürlich muss man gleich eine Handvoll Ärzte haben. Das sieht doch blöd aus, wenn immer derselbe Name auftaucht.

Meine Suche nach Kontakten war es auch, die diese Verena auf meine Spur gebracht hat. Die hätte auch gerne die Adresse von einem Arzt von mir bekommen. Aber der Arzt sollte Verena kein Attest ausstellen, sondern einen von ihr aufgesetzten Kaufvertrag für eine Eigentumswohnung unterzeichnen. Jetzt unterzeichnet ein Arzt ihren Totenschein. Dumm gelaufen.

Wenn die Hausgemeinschaft einen eigenen Garten angelegt

hat, ist der Nachmieter von Frau Warnke gegen Pollen allergisch. Wenn die Leute gerne grillen, ist er gegen Rauch allergisch. Wenn sie einen Goldfischteich angelegt haben, klagt er gegen die mangelnde Nachtbeleuchtung, denn er könnte auf dem Weg zur Mülltonne stürzen und ertrinken. Dieser ungebremste Selbstverwirklichungsdrang heute treibt ja die merkwürdigsten Blüten und bietet jede Menge Angriffsfläche. Wenn jemand illegal ein Haustier hält, und sei es auch nur einen Hamster, wird der Hamster rausgeklagt. Wenn die Nachbarn ihre Schuhe im Treppenhaus stehenlassen, ist der neue Mieter gegen Fußschweiß allergisch. Die Rechte des Vermieters stoßen heute ganz schnell an ihre Grenzen. Grundbesitzer werden wie Verbrecher behandelt. Eine Nachbarschaftsstreitigkeit, der Konflikt Mieter gegen Mieter, ist etwas völlig anderes. Da tun sich immense juristische Potentiale auf, um die Mieterstruktur nachhaltig zu erneuern. Natürlich kann ein neuer Mieter auch die Mittagsruhe konsequent durchsetzen. Dann liegen die Schaukel und die Buddelkiste, die man für teures Geld gebaut hat, in den vertraglich geregelten Zeiten still und verwaist da.

Und dann kann man zusehen, wie die gewachsene Hausgemeinschaft allmählich bröckelt, wie das muntere Leben zwischen Hausflur, Hof und Garten sich zurückzieht in die eigenen vier Wände, die eben gerade nicht die eigenen sind. Deswegen mache ich mir ja diese Mühe. Und die Leute erkennen die Zeichen der Zeit. Sie treffen eine gute Entscheidung, sie ziehen dorthin, wo sie nicht drangsaliert werden, wo Wohnen keine Mühe macht, wo es flutscht. Sie werden gefügig gemacht und leben fortan auf eigene Faust woanders, dort, wo sie keine menschlichen Hindernisse für die Stadt der Zukunft bilden, sondern diese reibungsfrei lediglich bewohnen.

Zu den glücklichsten Momenten meiner Arbeit gehört es, wenn ein Altbau, der verschwinden soll, vollständig umzäunt mit verschlossenen Fenstern und Türen bereitsteht, und man weiß: Morgen kommen die Bagger. Kein Anzeichen menschlichen Lebens ist mehr dort zu finden, wenn die Abrissbirne zuschlägt. Aber das täuscht. Noch ehe die Baugrube ausgehoben ist, sind die Prospekte schon gedruckt. Die potentiellen Käufer sitzen schon in den Startlöchern. Sie sind bereit für Tiefgarage, Concierge und Dachterrasse.

Das Ganze funktioniert natürlich auch, wenn man einen Veranstaltungsort kleinkriegen möchte. Im Nachbarhaus zieht jemand ein und klagt gegen die Lärmbelästigung. Wenn der Laden pleite ist, ist es so ruhig wie in Würzburg, aber die Quadratmetermiete ist zehnmal so hoch, denn der Alexanderplatz ist nur zwei U-Bahnstationen weit weg. Gedimmte Mitte, heißt das auch. Bestlage im unteren Dezibelbereich.

Diskretion ist alles bei meiner Aufgabe. Ich meine damit nicht die anwaltliche Schweigepflicht. Das sind Kinkerlitzchen. Ich darf nicht in Erscheinung treten. Es muss nach Nachbarschaftsstreit aussehen. Ich bin gar nicht da. Ab und zu zeige ich ein paar Perspektiven auf, erläutere die rechtlichen Optionen, ermuntere, rate ab. Das ist nicht illegal, das ist kreativ. Die großen Fische fressen die kleinen. Die schnellen Tiere die langsamen, die Einfallsreichen die Dummen.

Vielleicht hat diese spezifische Verschwiegenheit dazu geführt, dass ich eine Frau geheiratet habe, mit der ich nicht viel zu reden hatte. *Ich habe dich geheiratet, weil du so langweilig bist.* So etwas kann man einer Frau nicht sagen, jedenfalls nicht wörtlich. *Weil du so in dir ruhst. Weil du so berechenbar bist. So verlässlich.* Ich habe mir eine Frau gesucht, ein Kind gezeugt, eine Eigentumswohnung mit Wasserblick gekauft, alles wie es sich gehört. Ich mag es gerne, wenn ich die Dinge unter Kontrolle habe. Die Dinge und die Menschen.

15

»Da ist schon wieder eins von diesen Dingern«, sagte Nicola Hensel und trug ein Plastikschälchen so vorsichtig zum Empfangstresen, als sei es eine Portion Wackelpudding.

Monika Gehrig, ihre vier Jahre ältere Kollegin, hob den Kopf von einem Stapel mit Krankenscheinen und verzog keine Miene. »Was hat dein Verehrer denn heute für dich gezaubert? Kandierte Qualle?«

»Nur kein Neid«, sagte Nicola und klappte den Deckel des Styroporschälchens auf. Sie begutachtete den Inhalt und ein Lächeln huschte über ihr Gesicht. Der Große Unbekannte hatte sich wieder ins Zeug gelegt. Drei Nigiri mit Lachs, Thunfisch und Shrimp, dazu sechs Inside-Out-Röllchen mit Avocado und Krebsfleisch, sechs Maki mit Thunfisch. In einer Ecke des Schälchens lag ein dicker Klecks Wasabi, schräg gegenüber ein Häufchen eingelegter Ingwer. In dem Wasabi steckte wie immer einer dieser Sonnenschirme aus buntem Papier, die es sonst auf Eisbechern gab. Darauf waren mit schwarzem Glitzerstift ihre Initialen geschrieben: *N.H.*

»Vielleicht sind sie vergiftet oder nicht mehr frisch«, hatte Monika gesagt, als die erste anonyme Sushi-Lieferung auf dem Fußabtreter der Zahnarztpraxis Klemke in der Hauptstraße in Schöneberg gestanden hatte. Monika hatte hoffnungsvoll geklungen, als sie diese Vermutung geäußert hatte. Nicht weil sie Nicola den Tod oder eine Fischvergiftung gewünscht hätte – die beiden verstanden sich gut, auf einer kollegialen Ebene, ohne viel voneinander zu wissen. Monika hätte es nur lieber gesehen, wenn sie das Objekt anonymer Aufmerksamkeiten gewesen wäre.

Nicola mochte Sushi, sie hatte auch schon mal einen Kurs gemacht bei einem kleinen drahtigen Koreaner, dessen Kochstudio sich in Moabit befand. Dass Monika dringend einen Freund suchte oder wenigstens ein Techtelmechtel oder wenigstens eine Nacht mit einem Mann, so viel wusste Nicola über ihre Kollegin. Nicht zuletzt, weil Monika ihre diversen Dating-Portale und Singlebörsen während der Arbeitszeit pflegte. Dabei stieß sie tiefe Seufzer aus und fluchte laut, wenn sie ein besonders bescheuertes Anschreiben oder eine Absage in letzter Minute erhalten hatte. Manchmal schnalzte sie auch mit der Zunge, wenn ein verheißungsvoller Kandidat an sie herangetreten war. Dass Nicola jetzt einen Verehrer hatte – und beide Frauen waren sich einig, dass die Lunchpakete der Liebe nur von einem Mann stammen konnten –, das traf Monika, obwohl sie Sushi nicht mochte.

Nicola wusste nicht so recht, wie sie mit der Situation umgehen sollte. Selbstverständlich hätte sie das Sushi mit Monika geteilt, wenn auch sicher nicht den Mann, der es zubereitet hatte.

Auch Nicola war Single, aber sie litt nicht so unter diesem Zustand wie Monika. Eigentlich litt sie überhaupt nicht darunter. Sie hatte einen Beruf, der ihr gefiel und sie forderte, ohne dass sie im Dauerstress war. Sie hatte einen Freundeskreis, Frauen und Männer, ja, auch Singlemänner waren darunter, Leute, mit denen sie gern Zeit verbrachte. Groß genug war ihr Freundeskreis, um keine Clique zu werden, klein genug, damit Nicola niemanden vernachlässigen musste.

Ein Mann, der richtige Mann, würde irgendwann kommen, genau wie dieser Job gekommen war, der zu ihr passte, und die Wohnung kurz darauf. Da war sich Nicola sicher. Genauso wie sie sich sicher war, dass das Sushi von niemandem kam, den sie kannte. Aber woher kannte er sie? Woher wusste er, dass Nicola Sushi mochte?

Der Große Unbekannte, er machte Nicolas Leben aufregend und beflügelte ihre Fantasie. Sie fand rohen Fisch mit Meerrettich romantisch, genauer gesagt, fand sie ihre Initialen auf dem Schirmchen romantisch. Für dich. An dich habe ich gedacht, als ich den Wasabi aus der Tube gepresst, als ich den Fisch filetiert habe, sagten die Initialen. Sushi zubereiten, das war eine Kunst. Und die kleinen Häppchen sahen so zierlich und ausgeklügelt aus wie Pralinen.

Monika war neidisch auf etwas, was sie gar nicht haben wollte. Das irritierte Nicola eigentlich viel mehr als die Sushi-Schälchen, die ungefähr alle drei Wochen bei ihr auftauchten.

Kurz nach neun Uhr floss in The Harp das Guinness noch nicht in Strömen, nur ein frühes Touristenpaar saß draußen vor den S-Bahn-Bögen. Sie studierten den Reiseführer auf Französisch und tranken Orangensaft.

Bördensen betrat den Schankraum und schloss die Augen, um sich an die Dunkelheit zu gewöhnen, die ihn umfing. Im Licht der Deckenlampen nahm er allmählich Einzelheiten wahr.

Die Stühle waren auf die Tische gestellt, an den Wänden hingen Bilder in Metallrahmen: Bierwerbung, alte Stadtansichten, Musikkapellen mit Geige, Mandoline, Kontrabass. Es roch nach Malz und vergrölten Nächten.

Hinter dem langen Tresen stand eine Frau mit kurzen roten Haaren und Sommersprossen. Sie spülte Gläser und spähte immer wieder hinaus auf den Vorplatz, ob sich weitere frühe Gäste an einen der Tische setzten.

Bördensen holte das Monatsprogramm aus Verena Adomeits Wohnung aus seiner Tasche und hielt es der Frau unter die Nase. Sie sah kurz von ihrer Arbeit auf und zuckte dann mit den Schultern. »Hier bist du richtig, nur ein bisschen früh am Tage.«

»Bördensen, Kriminalpolizei. Wir haben diesen Flyer in der Wohnung einer Frau gefunden, die am Dienstag ermordet worden ist, Verena Adomeit.«

»Der Name sagt mir nichts.«

»Verschicken Sie die Dinger mit der Post?« Die Frau nickte. »Ja, tun wir.«

Eine andere Frau kam vorbei, auch sie war rothaarig.

»Ist rothaarig hier Bedingung?«

Die Kurzhaarige nickte und grinste. »Alle Bayern tragen Lederhosen, alle Brasilianer tanzen Samba, und alle irischen Mädchen sind rothaarig. Ohne Klischee gehts nicht, zumindest nicht für Touristen.«

Bördensen erwiderte das Grinsen. »Und Ihre roten Haare sind echt?«

»Naturecht.« Sie fuhr sich mit der Hand über den Nacken. »Ich habe mir auch keine Sommersprossen implantieren lassen. Die sind auch echt. Hat die Frage mit Ihren Ermittlungen zu tun, oder ist das nur die übliche Neugier, die Männer haben, wenn sie eine Rothaarige sehen?«

»Die Frage ist rein beruflicher Natur. Wenn eine blonde Frau hier arbeiten will, dann muss sie sich also die Haare färben?«

»Nein, muss sie nicht. Erstens nehmen wir keine Blonden. Rot passt meistens nicht zum Teint. Ich sehe das. Eher Brünette. Außer Siobhan. Die kommt tatsächlich aus Irland, aus Kilkenny, und muss sich deswegen auch nicht die Haare färben. Die spricht Gälisch, das ersetzt die roten Haare.« Sie trocknete sich die Hände ab. »Außerdem ist sie meine Nichte.« Sie zwinkerte Bördensen zu.

»Und zweitens?« Bördensen setzte sich an die Bar.

»Zweitens nehmen wir nur Frauen, die mit roten Haaren zum Bewerbungsgespräch kommen. Und wenn sonst alles passt, sagen wir, dass sie weiterhin Rot tragen sollen. Wollen Sie einen Kaffee?«

»Gerne, wenn ich noch ein paar Fragen stellen darf.«

»Sie kriegen alles, was Sie wollen«, sagte die Frau, »solange es in der Karte steht. Ich bin Dagmar Söhnen.«

»Die Chefin?«, fragte Bördensen.

»Die Chefin, so ist es. Willkommen in The Harp.« Sie klopfte den Einsatz für die Kaffeemaschine aus, füllte frisches Kaffeepulver nach und stellte eine Untertasse mit dem dünnen Stück Papier bereit. »Wer kommt hierher?«, fragte Bördensen.

»Drei Viertel sind Touristen. Hier aus der Stadt kommen Firmen, die feiern wollen, Sportvereine, Schüler.« Sie räusperte sich. »Volljährige Schüler, versteht sich.«

»Was für Firmen?«, fragte Bördensen. »Versicherungsbüros? Computerklitschen? Handwerker?«

»Keine Computerfreaks. Wir sind ein Irish Pub.« Sie zog ihr T-Shirt straff. *Nein, wir haben kein Club Mate,* stand darauf.

»Ansonsten gemischt: Büro, Baustelle, BVG. Eben das Feierabendbier. Es kommen auch Leute von der Humboldt-Uni. Die nuckeln den ganzen Abend an einem Bier und reden über Literatur.«

»Männer?«

»Achtzig Prozent Männer. Mehr unter vierzig als über vierzig, aber nicht viel.«

»Die Tote war Maklerin.«

Die Wirtin nickte. »Vielleicht war das ihr Treffpunkt. Einige Makler sind auf englischsprachige Kundschaft abonniert. Erst die Objektbegehung in Prenzlauer Berg, dann wird der Vertrag gemacht, und der wird abends hier begossen.«

»Und es stört keinen, dass das hier kein richtiger Pub ist?«

»Vorsicht, junger Mann. Wir wissen, dass wir nicht in Dublin sind. Und die Spree ist nicht die rotzgrüne Irische See. Aber hier ist alles echt. Die meisten Bands, die hier spielen, kommen aus Irland, wir haben die größte Auswahl von Irish Whiskey in der Stadt. Und viele Leute haben Sehnsucht, Sehnsucht nach dem stürmischen Wetter und der melodischen Sprache. Manche weinen, wenn sie beim Karaoke den Wild Rover singen. Wir können nichts dafür, dass Klaus und Klaus den versaut haben.« Dagmar Söhnen stellte Bördensen den Kaffee hin.

»Die Leute, die herkommen, suchen Geselligkeit?«

»Das können Sie laut sagen. Wir vergeben alle freien Plätze. Niemand bleibt unter sich, wenn Stühle frei sind. Die einen wollen feiern und sich besaufen, die anderen wollen ein Abenteuer, die nächsten wollen sich locker machen für den Rest der Nacht.«

»Sehen Sie, und genau das verstehe ich nicht. Verena Adomeit lebte allein.« Bördensen trank einen Schluck.

»Jeder zweite Haushalt in dieser Stadt ist ein Singlehaushalt.«

»Nein, sie wohnte nicht allein, sie lebte allein. Sie hatte keine Freunde, keine Gäste bei sich zu Hause. Sie ging allein ins Fitnessstudio und fuhr allein in den Urlaub. Und so jemand hat das Monatsprogramm eines Pubs abonniert, wo man gezwungenermaßen Körperkontakt mit wildfremden Menschen hat.«

Dagmar Söhnen trocknete schweigend ein paar Gläser ab. »Das ist tatsächlich merkwürdig«, sagte sie schließlich. »Natürlich kommen hier auch die Mauerblümchen und die Schüchternen her. Für den einen Abend, an dem sie alles anders machen wollen und alles anders werden soll. Und dann halten sie sich allein in einer Ecke an ihrem Glas fest und kommen nie wieder. Oder sie finden die richtigen Leute und ändern sich.«

»Oder sie ändern sich in die andere Richtung. Erst ziehen sie um die Häuser, dann ziehen sie sich zurück«, sagte Bördensen.

»Ein trockener Alkoholiker wird nicht unbedingt in einen Irish Pub gehen, wenn er nicht muss«, sagte Söhnen.

»Eine Partymaus, die zum Workaholic geworden ist, auch nicht«, sagte Bördensen. »Wer kriegt diesen Flyer?«

»Die Leute, die ihn abonnieren. Ungefähr zweitausend.«

»So viele?«

»Wir haben den Laden vor sechs Jahren gekauft. Mit allem Drum und Dran, Kundenkartei eingeschlossen.«

»Kundenkartei?«

»Wir haben Firmen, die buchen ihr privates Karaoke, keltische Hochzeiten, Bloomsday- und St. Patrick's Day-Partys. Nur mit Pub Crawls und Junggesellenabschieden kann man den Laden nicht über Wasser halten. Wenn die Tote vorher schon in der Kartei war und sich nie gemeldet hat, haben wir keine Ahnung, wieso sie diesen Flyer bekommt.«

»Kann sie hier gearbeitet haben?«

»Welche Haarfarbe hat sie?«

»Sie war ursprünglich brünett, aber an dem Tag, an dem sie ermordet wurde, hatte sie die Haare blondgefärbt.«

»Nein, dann nicht bei uns. Vielleicht vorher. Blond wird zu

karottig, wenn man es rot färbt. Meistens jedenfalls.«

»Beschweren sich die Gäste darüber, dass Siobhan nicht rothaarig ist?«

»Im Gegenteil. Sie bringt den Leuten irische Flüche bei und hat jeden Abend das meiste Trinkgeld.«

»Wie viele Leute arbeiten hier?«

»In einer Vormittagsschicht sind wir zu fünft, einer macht Theke, die anderen servieren und kassieren. Da ist der hintere Bereich aber noch zu, nur draußen und hier vorne. Abends am Wochenende sind wir zwölf mit zwei Leuten für die Theke, in der Hauptsaison sechzehn mit dreien für die Theke. In der Küche sind auch noch zwei Leute. Eine Putzfrau haben wir auch. Mein Mann oder ich – einer ist immer da.«

Bördensen pfiff durch die Zähne. »Gibt es auch Kellner?«

»Klar gibt es die.«

Bördensen stellte sich vor, wie sein rothaariger Kollege Stiesel hier zwischen den Tischen durchwuselte. *Kleiner, kann ich noch ein Guinness haben,* würden die Gäste sagen. Bördensen gefiel die Vorstellung.

»Mit den Tischen draußen haben wir fast fünfhundert Sitzplätze. Und am Wochenende stehen die Leute hier in jeder freien Ecke«, sagte Dagmar Söhnen.

»Eine Goldgrube.«

Sie zuckte mit den Schultern. »Wir fallen nicht vom Fleisch, mein Mann und ich, aber so eine große Kneipe zu schmeißen, ist der härteste Job der Welt. Das ist der vollkommene Wahnsinn, vor allem im Sommer.«

»Im Herbst wird es ruhiger?«

»Weniger Touristen. Wenn es kälter wird, trinken die Leute weniger Bier. Bier ist ein Durstlöscher.«

»Das heißt, im Winter haben Sie auch weniger Personal.« Bördensen nahm einen Schluck.

Sie nickte. »Für gewöhnlich kommen die ersten Saisonkräfte im Mai. Im Juli kommt dann die zweite Gruppe. Aber die, die im Juli kommen, müssen hier schon mal gearbeitet haben. Oder Profis sein. Im Juli haben wir keine Zeit, jemand anzulernen. Da muss jeder Handgriff sitzen.«

»Weil die Gäste sonst woanders hingehen?«

»Weil schlechter Service die Leute aufbringt. Wer zu lange auf sein Bier warten muss, wird schnell aggressiv. Vor allem, wenn es das sechste oder siebte Bier ist.«

»Und ob sie dann ihre Aggressionen woanders ablassen, ist egal?«

Söhnen rümpfte die Nase. »Die meisten, die hier rausgehen, haben gute Laune. Und den Vorwurf können Sie auch den Fluggesellschaften machen oder den Taxifahrern. Einmal Saufen und zurück. Ist ein harmloser Spaß, wenn alle damit umgehen können. Auf dem Oktoberfest gibt es mehr Schlägereien als hier im ganzen Jahr. Wenn jemand genug hat, kriegt er nichts mehr oder fliegt raus.«

»Von wem haben Sie den Laden denn gekauft?«

»Von den Gründern. Ein Ehepaar, sie Deutsche, er Ire. Kommt Ihnen das bekannt vor? Mein Mann kommt auch aus Kilkenny. Unsere Vorgänger haben 1997 hier angefangen und 2007 an uns verkauft.«

»Hieß er damals auch schon The Harp?«

»Nein, damals hieß er The Swan. Wir haben Livemusik, deshalb haben wir das geändert.«

»Und wo sind die Voreigentümer jetzt?«

»Auf Malta.«

»Den Vorruhestand genießen?«

»Von wegen. Da unten machen sie einen englischen Pub. Mit Fish und Chips und Meerblick und Palmen. Kneipe machen ist wie eine Droge.«

»Und Sie halten auch zehn Jahre durch?«

»Mindestens.«

»Und dann?«

»Machen wir in Bonn eine Jazzkneipe auf.«

»In Bonn?«

»Da komme ich her«, sagte Dagmar Söhnen.

16

Stiesel setzte sich an seinen Schreibtisch. Er war froh, dass Bördensen heute später ins Büro kam. Bördensen war im Irish Pub am Hackeschen Markt. Stiesel brauchte Zeit allein, um sich zu sortieren. Er nahm die Platte mit seinen Notizen vom Vortag und arbeitete sich durch die unerledigten Zettel, zerriss, fasste zusammen.

Da hörte er von oben eine jammernde Stimme. »Hilfe, aufmachen. Lassen Sie mich raus, ich bin unschuldig.«

Jemand war wohl in der Nacht im Vernehmungszimmer gelandet. Hatten Dorfner und Zabriskie bei Antigen einen Treffer gelandet?

Stiesel ging nach oben zum Vernehmungszimmer. »Wer sind Sie denn?«, fragte er. »Und warum sind Sie hier?«

»Torsten Heimann ist mein Name. Ich bin verschleppt worden gestern Nacht. Ich habe nichts getan.«

»Wer hat Sie denn verschleppt?« Der Schlüssel zum Vernehmungsraum hing sonst immer an einem Haken neben der Tür. Jetzt fehlte er.

»Ein Irrer namens Dorfmann.«

»Dorfner, Sie meinen Dorfner. Mein eigentlich sehr kompetenter Kollege«, log Stiesel.

»Von mir aus auch das, aber er ist komplett verrückt.«

»Hat er gesagt, warum er Sie hierher gebracht hat?«

»Ich soll eine Frau ermordet haben. Eine blöde Maklertusse.«

»Und? Haben Sie sie umgebracht?« Stiesel glaubte sofort, dass Torsten Heimann eine schlimme Nacht gehabt hatte, aber auch ein blindes Huhn wie Dorfner fand einmal ein Korn.

»Nein, natürlich nicht.«

»Wie kommt mein Kollege dann bloß auf Sie? Haben Sie einer Maklerin in letzter Zeit gehässige SMS geschickt?«

Schweigen. Hinter der Tür scharrten Füße auf dem Boden. Stiesel fragte sich, wie alt Torsten wohl war. »Haben Sie Verena Adomeit angedroht, sie fertig zu machen? Es ihr heimzuzahlen, sie aus dem Kiez rauszuprügeln?«

Stille im Vernehmungsraum. Stiesel glaubte, das Knirschen von Zähnen zu hören.

»Das waren doch nur verbale Drohgebärden. Ich hab die Alte ein bisschen gedisst, nichts weiter.«

»Aber irgendjemand hat die Alte ein bisschen erwürgt.«

»Das ist der totale Polizeistaat hier. Kaum wird jemand umgebracht, schon wird es jemandem angehängt. Ihr seid die Büttel der Herrschenden. Und wo bleiben die einfachen Menschen? Wo sollen sie wohnen?«

»Lassen Sie sich Zeit mit Ihrer Klassenanalyse. Ich suche erst einmal meinen Kollegen Dorfner.«

Kollege Dorfner schlief auf seinem Schreibtisch. Als Stiesel ihn an der Schulter berührte, murmelte er: »Steven, bist du das? Es ist noch viel zu früh.«

»Stiesel ist mein Name. Dein Gefangener da drüben, was hat er ausgefressen?«

Dorfner schreckte hoch. »Der Mörder, das ist der Mörder. Er hat sie umgelegt. Die Maklerin.«

»Was macht dich da so sicher?«

»Er hat die Hass-SMS geschrieben?«

»Und?«

»Was und? Und er hat diese Frau umgebracht.«

»Warum, Dorfner?«

»Weil er die SMS geschrieben hat.«

»Die Antwort ist leider falsch.«

»Warum?«

»Weil das eine nichts mit dem anderen zu tun hat. Überleg doch mal: Wer kann Makler nicht leiden?«

Dorfner kaute auf seiner Unterlippe herum. »Eigentlich alle.«

»Eben. Bloß weil dieser Torsten diese SMS geschrieben hat, hat er die Frau noch lange nicht umgebracht. Vielleicht hat der Mord mit der Tatsache, dass Verena Adomeit Maklerin war, gar nichts zu tun.«

»Aber es passt doch so gut.«

»Viel zu gut, Dorfner«, sagte Stiesel. »Gib mir den Schlüssel zum Vernehmungsraum. Ich werde mit Heimann reden. Du schaltest dich über den Lautsprecher zu.«

»Wenn du meinst, Stiesel«, sagte Dorfner. »Aber das ist mein Verdächtiger. Und wenn er dich eingelullt hat, entlassen wir wieder einen Schwerverbrecher sehenden Auges in die Freiheit.«

»Nimm dir bitte noch einmal Tenbrinks Obduktionsbericht zur Adomeit vor.«

Sein erster Weg führte Pachulke an diesem Morgen direkt ins Archiv. Das Archiv war auf dem Dachboden des Polizeipräsidiums, weil die Keller in der Stadt meistens feucht waren. Sie mussten erst aufwendig ausgebaut werden, bevor man dort Akten lagern konnte.

Pachulke trat an den Tresen und haute mit der flachen Hand auf die Tischglocke. Gleich darauf kam ein Archivbote in seinem hautengen Trikotanzug aus grauem Satin auf Rollschuhen angesaust. Auf den Rücken hatte er eine Standardarchivbox geschnallt, gleichfalls grau. Sein Haar war unter einer grauen Kappe verborgen. Er bremste elegant, holte unter dem Tresen einen Stift und ein Formular hervor und sagte: »Bestellzettel ausfüllen, morgen ab elf.« Er fuhr einen Halbkreis und wollte wieder in den langen Gang zurück, von dem Regale abzweigten, die auf Schienen bewegt werden konnten.

Pachulke legte ihm die Hand auf die Schulter und raunte: »Mordsache, zwölf Jahre alt, sehr eilig, eventuell Serientäter.«

Der Archivbote stieß einen tiefen Seufzer aus, streckte die

Beine durch und legte die Hände auf die Knie. Im Schritttempo rollte er hinter den Tresen und holte aus einer anderen Schublade ein anderes Formular hervor.

»Das ist der Bestellzettel für sehr eilige Fälle und eventuelle Serienmörder. Morgen ab zehn.« Er rollte langsam davon, aber Pachulke stellte sich ihm in den Weg. »Jetzt.«

»Wie, jetzt? Morgen um zehn ist jetzt. Jetzer gehts nicht.«

»Natürlich geht es jetzer.« Pachulke sah auf die Uhr. »Es ist jetzt 9.30 Uhr, sagen wir um 9.40 Uhr.«

»Völlig ausgeschlossen. 19.40 Uhr heute Abend. Das ist mein letztes Wort.« Der Archivbote machte ein paar Trippelschritte weg vom Tresen und schätzte mit den Augen die Distanz zwischen sich und Pachulke.

»Denk nicht mal dran«, sagte Pachulke und zückte eine kleine Plastiktüte. »Das sind Kugellager.«

Der Archivar wurde blass. »Oh, bitte nicht die Kugellager, bitte nicht. Wir brauchen Tage, bis wir die wieder eingesammelt haben.«

»9.50 Uhr und keine Minute später«, sagte Pachulke. »Zwei Frauen sind ermordet worden. Zwei Frauen wurden geschminkt, nachdem sie ermordet wurden. Die eine liegt bei Tenbrink in der Gerichtsmedizin und hat am Dienstag um diese Zeit noch ahnungslos Kombucha getrunken. Eile tut not.«

»Zehn Uhr.« Das Kinn des Archivars sackte auf seine Brust. »Die Akten aus 2001 sind ziemlich weit weg. Ich darf auf dem Rückweg eine kleine Rast einlegen. Für das Recht auf Rast auf dem Rückweg hat die Archivbotengewerkschaft sieben Jahre lang gekämpft.«

»Also gut, zehn Uhr, abgemacht«, sagte Pachulke. »Eine junge Frau. Sie wurde erschlagen. Irgendwann im ersten Halbjahr 2001. Vielleicht Mai, vielleicht Juni. Der Mörder hat sie geschminkt, nachdem sie tot war.«

Der Archivbote warf sich herum und glitt auf seinen leicht laufenden Rollen davon.

Pachulke setzte sich in den Besucherbereich und griff sich einen Kommentar zum Gesetz, betreffend die Abwehr und Unterdrückung von Viehseuchen von 1880. Man kam viel zu wenig zum Lesen in diesem Job. Wenn Pachulke ehrlich war, war sein Wissen über Viehseuchen im neunzehnten Jahrhundert äußerst lückenhaft. Jetzt war ein günstiger Moment, um wertvolles Basiswissen anzulegen. Lebenslanges Lernen war nicht bloß eine Phrase. Pachulke studierte den §34 des Viehseuchengesetzes: *Hunde oder sonstige Hausthiere, welche der Seuche verdächtig sind, müssen von dem Besitzer oder demjenigen, unter dessen Aufsicht sie stehen, sofort getödtet oder bis zu polizeilichem Einschreiten in einem sicheren Behältnisse eingesperrt werden.*

Da rauschte der Archivbote schon wieder heran. Pachulke seufzte. Was ein sicheres Behältnis war, hätte ihn interessiert.

Mit einer schwungvollen Bewegung nahm der Bote seine Aktenbox vom Rücken, löste die beiden Klickverschlüsse, hob den Deckel von der Box und überreichte Pachulke eine dicke Akte. Aus dem Aktenkarton holte er ein graues Klemmbrett mit einem Formular für die Aktenaushändigung. »Hier und hier unterzeichnen«, sagte er und deutete auf ein schwarz umrandetes Feld links unten und ein rot umrandetes Feld darunter.

»Was ist das?«, fragte Pachulke.

»In dem schwarzen Feld bestätigen Sie, dass Sie die Akte erhalten haben, im roten Feld bestätigen Sie, dass wir Sie zwischen zwei von unseren fahrbaren Aktenregalen zerquetschen dürfen, wenn Sie die Akte verlieren.«

»Aha«, sagte Pachulke und unterschrieb zweimal.

»Oder Kaffeeflecken draufmachen.«

»Verstehe.« Pachulke stelle das Viehseuchengesetz zurück ins Regal.

»Oder wenn Sie die Akte in einem Raum aufbewahren, wo es zu hell, zu warm oder zu feucht ist.«

»Gut, dann weiß ich ja Bescheid«, sagte Pachulke.

Es gab einen kleinen Leseraum im Archiv, und Pachulke suchte sich einen Platz an der Fensterfront. Er nahm die Akte aus dem Jahr 2001 in die Hände. Sie wog schwer, weil sie zahlreiche Fotos enthielt, das wusste er. Auf dem Deckel klebte ein rosa Sticker mit einem traurigen Smiley, das interne Zeichen, dass dieses Ermittlungsverfahren ohne Ergebnis eingestellt worden war. Viele traurige Smileys hatte Pachulke in seinen Dienstjahren nicht produziert, aber die halbe Handvoll wurmte ihn, trotz seiner ausgeklügelten Ehrgeizvermeidungsstrategie.

Er mochte sie nicht, diese Menschen, die andere Menschen umbrachten. Jeder sollte so lange leben, wie er wollte oder konnte. Vergangene Woche war eine Frau in ihrer Wohnung überfallen worden. Sie war zweiundneunzig Jahre alt gewesen. Der Täter hatte sie in ihrer Küche umgeschubst, weil sie ihn nicht an ihr Küchenbüfett lassen wollte, wo der Täter die Geldbörse vermutete. Sie war mit dem Kopf gegen die gemauerte Kochmaschine geknallt und nach einer Nacht im Krankenhaus an einer Gehirnblutung gestorben. Der Täter hatte 24,76 Euro erbeutet, denn die Frau hatte an diesem Tag ihren Wocheneinkauf erledigt und fast kein Bargeld mehr im Haus gehabt. Die Frau hatte keine Verwandten. Es war nicht Sache der Polizei, den Hausrat von Getöteten sinnvoll unter die Leute zu bringen. Die Tafel nahm keine Sachspenden von Privatleuten an. Jetzt mussten Lebensmittel für mehr als sechzig Euro weggeworfen werden.

Der Täter hatte es bis zur übernächsten Eckkneipe geschafft. Dort hatte er eine Flasche Wodka gekauft und dadurch sein frisch erworbenes Barvermögen halbiert. Nachdem er die Flasche geleert hatte, war er in ein wölfisches Geheul ausgebrochen. Er war auf die Straße gerannt und hatte die leere Wodkaflasche auf dem Bürgersteig zerschlagen. Ein vorbeikommender Streifenwagen hatte angehalten, und der Mann hatte die Beamten zu der Wohnung der Frau geführt. Das würde in einem Prozess sicherlich zu seinen Gunsten Berücksichtigung finden. Allerdings sprach es gegen ihn, dass er mit dem Saufen erst begonnen hatte, nachdem er die Frau umgeschubst hatte. Pachulke mochte diese Leute nicht, ob nüchtern oder besoffen. Sie mussten gefunden und bestraft werden.

Für Pachulke war ein Krimineller nicht der ganz andere. Kein Mensch hielt sich rund um die Uhr an alle Gesetze. Ein Jugendlicher, der ein Auto klaute, brachte Menschen in Gefahr und kränkte den Fahrzeughalter, vielleicht mehr, als wenn er dessen Kind entführt hätte. Aber meistens war das Auto wieder da oder wurde mehr oder weniger unversehrt gefunden. Die Tötung eines Menschen dagegen war eine ungeheuerliche Anmaßung und blieb irreversibel.

Pachulke schlug die Akte auf. Eine sehr junge Frau, neunzehn Jahre alt. Jetzt wäre sie einunddreißig, immer noch jung. Innen im Aktendeckel fand sich die übliche Liste der in der Akte befindlichen Dokumente, ganz oben war der Abschlussvermerk.

Melanie Schwarz war am 24. Juni 2001 um 6.17 Uhr morgens auf einem unbebauten Grundstück in Moabit tot aufgefunden worden. Keine zweihundert Meter entfernt von dem Frauenwohnheim, in dem sie lebte. Ein Obdachloser hatte sie gefunden, am frühen Sonntagmorgen. Sie lag auf einem Stapel Betonplatten, die Hände auf dem Brustkorb zusammengefaltet. Es gab keine Spuren sexueller Gewalt, und sie war frisch geschminkt, das heißt, ihr Make-up, das sie den ganzen Tag über getragen hatte, war fachkundig erneuert worden. Lidschatten auf Lidschatten, Lippenstift auf Lippenstift. Sie hatte als Kellnerin in einem Restaurant am Hackeschen Markt gearbeitet. In einem Irish Pub, der The Swan hieß.

Pachulke öffnete den Umschlag mit den Fotos der Obduktion. Er sah die geschlossenen Augen mit dem aufgetragenen Lidschatten und den Resten von Kajal. Er sah die kräftigen Arme, die bis nachts um zwei Uhr Tabletts und Flaschen geschleppt hatten, auf der Unterseite die dunklen Schatten der Leichenflecke. Die Finger mit den kurzgeschnittenen Nägeln, die Wechselgeld aus dem Portemonnaie abgezählt hatten und unter denen sich keinerlei Spuren von Hautpartikeln, Haaren oder Fasern des Täters gefunden hatten, weil Melanie Schwarz völlig überrascht worden war.

Ein kräftiger Schlag an die rechte Seite ihres Kopfes hatte gereicht. Dass sie danach noch auf eine Betonkante aufgeschlagen war, hatte nichts mehr verschlimmert. Der eine Schlag war tödlich gewesen. Er hatte eine Kerbe über dem Ohr hinterlassen. Für einen Schlagring war die Kerbe zu schmal, für einen Hammer zu lang und zu schwach. Die Schädelknochen waren geborsten, nicht zertrümmert. Es war damals nicht möglich gewesen, die Tatwaffe zu bestimmen, einer der Gründe, warum der Fall unaufgeklärt geblieben war. Zusammen mit den fehlenden DNA-Spuren und den fehlenden Tatzeugen.

Die Tote stammte aus einem kleinen Dorf in Mecklenburg-Vorpommern. Sie war gerade erst in die Stadt gezogen, für einen Sommerjob vor dem Beginn des Studiums. Die anderen jungen Frauen im Wohnheim kamen und gingen, die Gäste im Pub kamen und gingen. Melanie Schwarz hatte keinen festen Freundeskreis. Um einer Beziehungstat zum Opfer zu fallen, hätte sie Beziehungen gebraucht. Es gab aber nur Zufallsbekanntschaften.

Die Kollegen und Kolleginnen hatten ausgesagt, für eine Anfängerin hätte sich Melanie gut geschlagen. Lernwillig, einen guten Umgang mit den Gästen. Lebenslustig sei sie gewesen. Männerbekanntschaften, ganz bestimmt gab es da einige. Sie war aus dem Käfig der Provinz entkommen und genoss diesen Sommer mit jeder Faser. Bis sie erschlagen worden war.

In der Akte waren auch zwei Postkarten an Melanies Mutter in Kopie: *Liebe Mutter, mir geht es gut.* Eine vom Brandenburger Tor bei Nacht, die andere eine Fotomontage mit Pandabären und Palmen vor der Mauer.

Zabriskie sah Stiesel noch, wie er im Vernehmungsraum verschwand. In ihrem Büro fand sie Dorfner, der mit einer Akte auf den Knien vor dem kleinen Lautsprecher saß, der an der Verbindungswand zwischen Dorfners und Zabriskies Büro und dem Vernehmungsraum stand.

»Was geht denn hier ab?«, fragte Zabriskie.

»Stiesel vernimmt den Mörder, den ich gefangen habe«, sagte Dorfner und ein Grinsen rutschte über sein Gesicht.

»Wo ist Pachulke?«, fragte Zabriskie.

»Was willst du denn von ihm?«, fragte Dorfner.

»Ich will, dass er mich nicht findet.«

»Ich habe ihn heute noch nicht gesehen. Ich habe hier geschlafen, um den Mörder zu bewachen.« Dorfner trank einen Schluck Wasser. »Du kannst ja runter zu Bördensen und Stiesel gehen.«

»Danke«, sagte Zabriskie und ging raus. Hatte sie sich gerade bei Dorfner bedankt? Sie wurde alt, sie war verwirrt. Vor allem aber hatte sie eine Idee. Als die Nacht am tiefsten war, hatte sie einen Geistesblitz gehabt. Sie kannte vielleicht jemanden, der ihnen mit der Kontaktlinse weiterhelfen konnte. Der Mann hieß Haeckel und war forensischer Mediziner und Augenexperte. Vor einigen Jahren hatte Zabriskie regelmäßig seine Veranstaltungen besucht. Aber dann war etwas schiefgegangen. Das Präsidium sollte ein System von Irisscannern installieren, und Professor Haeckel war dafür verantwortlich. Die Sache zog sich hin. Alle waren genervt. Schließlich meldeten sich zwei Beamte freiwillig, Nothoff und Speckler, um das Gerät zu testen. Haeckel wollte nicht, aber schließlich gab er dem Druck nach. Das Ende vom Lied war, dass das rechte Auge bei Speckler und Nothoff dauerhaft geschädigt und Haeckel in Ungnade gefallen war. Vor allem Pachulke war schlecht auf ihn zu sprechen. Das lag zum einen an Haeckels Benehmen vor dem Unfall – der Mediziner nährte ständig den Genieverdacht gegen sich selbst – und zum anderen daran, dass Pachulke einer derjenigen gewesen war, die sich nichts sehnlicher gewünscht hatten, als dass das neue System installiert wurde. Ständig waren Bauarbeiter im Haus gewesen. Die Netzhäute aller Mitarbeiter im Polizeipräsidium waren insgesamt dreimal für die Datenbank eingescannt worden.

Jetzt war Haeckel schon lange weg, und sie hatten eine Kontaktlinse der ermordeten Frau gefunden.

Zabriskie bewegte die Maus von Stiesels Rechner. Von dem Müllberg auf Bördensens Schreibtisch hielt sie sich fern. Um die Dinge zu vereinfachen, hatten alle Ermittler das gleiche Passwort für den dienstlichen Bereich. Ob Dorfner Snuff-Videos oder medizinische Lehrfilme in seinem Privatbereich abgelegt hatte, wollte Zabriskie gar nicht wissen.

Als Erstes machte sie eine Anfrage zur Meldeadresse. War Haeckel womöglich gestorben? Das glaubte Zabriskie nicht. Haeckel war zäh und hatte die Situation mit einer bewundernswerten Sturheit durchgestanden. Der saß irgendwo und untersuchte immer noch Augäpfel, auch wenn ihm keiner mehr zuhörte.

Als sie ihn nicht unter den Todesmeldungen der letzten fünf Jahre fand, war sie trotzdem froh. Wenn Haeckel nicht tot und nicht gemeldet war, gab es noch zwei Möglichkeiten. Entweder Haeckel hatte die Stadt verlassen. Aber das war völlig ausgeschlossen. *Ich bin hier geboren, ich werde hier sterben und nichts bringt mich hier weg,* hatte er am letzten Arbeitstag gesagt. Zabriskie hatte ihn gefragt, wo er jetzt hinwolle. *Das wird sich weisen, hatte Haeckel gesagt. Wenn Sie mich brauchen, werden Sie mich finden, Zabriskie.*

Die Erinnerung an diesen letzten Satz zerstreute Zabriskies Zweifel, ob es eine gute Idee war, Haeckel mit der Kontaktlinse zu konfrontieren.

Wenn er nicht tot (widerlegt) oder ausgewandert (logisch ausgeschlossen) war, dann musste Haeckel auf einer der Halden leben. Wer dort lebte, musste nicht polizeilich gemeldet sein. Trotzdem gab es dort auch nicht mehr Kriminalität oder

Kriminelle als im Rest der Stadt. Die Leute, die die Halden besiedelt und bewohnbar gemacht hatten, achteten sehr genau darauf, dass ihnen niemand aus den etwas ungeordneten Verhältnissen einen Strick drehte. Es gab keine Hausnummern und Straßen, keine Arbeitsplätze im klassischen Sinn und auch so einiges andere nicht, was ansonsten zum Standard gehörte.

Zabriskie versuchte, sich die wenigen Male ins Gedächtnis zu rufen, als sie mit Haeckel privat gesprochen hatte. Er war alleinstehend. Er hatte Aufsätze veröffentlicht, in denen er dafür plädierte, Augen nicht nur als Sehorgan, sondern als einen der Orte im Körper zu sehen, in denen Erinnerungen abgespeichert werden. Und einmal hatte er gesagt, er würde gern am Wasser leben. Und ein Labor wollte er, für sich allein. Sie überlegte. Die Charlottenburger Halde erstreckte sich über den gesamten ehemaligen Schlosspark, die Spree floss daran vorbei. Dann die Halde am Tegeler See, viele Möglichkeiten. Leider wusste sie Haeckels genaues Geburtsdatum nicht. Zwei Jahre bevor er rausgeflogen war, hatte er seinen sechzigsten Geburtstag gefeiert. Im Februar musste das gewesen sein. Das musste reichen. Die letzte Meldeadresse von Haeckel war in Lichtenberg gewesen, in der Nähe vom Volkspark. Falls er einen Unfall gehabt hatte, wäre er im Krankenhaus am Friedrichshain eingeliefert worden.

Zabriskie griff zum Telefon und ließ sich mit der Datensicherheit des Krankenhauses verbinden. Das hatte sie im Lauf der Jahre gelernt. Mittlerweile berief sich jeder Mitarbeiter auf Datenschutz. Die Einzigen, mit denen man reden konnte, waren die hausinternen Datenschützer.

Sie sagte ihre Verkaufsargumente auf: Mord, Kontaktlinse, Augenexperte, ehemaliger Mitarbeiter, abgemeldet. »War Professor Haeckel in den letzten fünf Jahren bei Ihnen in Behandlung?«

Der Datenschützer kaufte ihr die Geschichte ab, aber eine Spur zu Haeckel hatte er nicht.

In den nächsten beiden Krankenhäusern biss Zabriskie auf Granit. »Nur mit richterlichem Beschluss.« Beschluss? Das war noch nicht einmal eine offizielle Ermittlung. Es war der Schatten eines Strohhalms.

Der Kollege in der Charité war maulig und abweisend, immerhin konnte Zabriskie ihm entlocken, dass er nur ein untergeordnetes Helferlein war. Dann kam zum Glück der Chef ins Zimmer und siehe da, mit dem Boss konnte sie reden.

»Mord, sagen Sie?«, sagte der Oberste Datenschützer. »Ich werde mal nachsehen.« Die Tastatur klackerte. Dann sagte der Mann in der Leitung: »Autsch.«

Zabriskie zuckte zusammen. *O bitte, lass ihn nicht tot sein.* Ihr dämmerte, dass sie eine Möglichkeit übersehen hatte. Haeckel lag im Koma. Deshalb war er nicht im Sterberegister aufgetaucht.

»Straßenbahnunfall am Alexanderplatz, 7. August 2009.«

»Und?«, krächzte Zabriskie.

»Er hat einen Fuß verloren, nichts mehr zu machen. Er war hier bei uns, gut vier Wochen einschließlich der Reha.«

»Und dann?«

»Treptower Halde, am 9. September. Moment, ich sehe hier gerade was in den Notizen.« Wieder klackerte die Tastatur. »Es gab einen Streit mit dem Fahrer des Krankenwagens.«

Das sah Haeckel ähnlich. Drama Queen.

»Der Patient wollte bis vor die Haustür gefahren werden. Aber gesetzlich vorgesehen ist nur bis zum Haupteingang.«

»Kann man denn auf der Halde überhaupt fahren?«

»Offenbar gibt es eine Trasse für die Müllautos. Haeckel lebte wohl im hinteren Teil der Halde.«

»Am Wasser?«

»Keine Ahnung. Gleich beim Kopf.«

»Wo?«

»Gleich beim Kopf. Das hat Haeckel damals dem Fahrer gesagt, bevor er vor die Tür gesetzt wurde. Wo gibt es in Treptow einen Kopf?«

Stiesel hatte sich den Bericht gegriffen, den Dorfner über den arretierten Torsten Heimann verfasst hatte. *Vernehmungsmethoden, die den aktuellen Stand der Geständnispsychologie berücksichtigen, konnten wegen der Wehleidigkeit des Verdächtigen leider nur in Ansätzen Anwendung finden,* hatte Dorfner in einem Vermerk notiert.

Aus dem Vernehmungszimmer war nichts zu hören, als Stiesel aufsperrte. Das war ein gutes Zeichen. Die Phase des lautstarken Jammerns war in die Phase dumpfen Brütens übergegangen. Gutes Timing. Stiesel schloss die Tür auf.

Torsten hockte auf dem Boden und sah zu Stiesel hoch. Stiesel stellte eine PET-Flasche Wasser und zwei Becher aus Styropor auf den Tisch. Er setzte sich an den Tisch und sagte: »Wir müssen uns ein bisschen unterhalten. Du stehst unter Mordverdacht.«

»Wir duzen uns nicht. Ich kenne meine Rechte«, knurrte Torsten und legte den Kopf auf die Knie.

»Das stimmt. Aber du musst reden, wenn du hier raus willst. Und ich dachte, es wird leichter für dich, wenn wir uns duzen. Du kannst mich auch duzen, ich heiße Hagen. Hagen Stiesel. Ich habe dir Wasser mitgebracht. Wenn wir geredet haben, darfst du auf die Toilette gehen, danach hole ich dir etwas zu essen. Heute gibt es Kohlroulade …«

»Das Gebrüll verendender Rinder vernebelt die Sonne«, sagte Torsten.

»Seelachsfilet mit Remoulade …«

»Die leer gefischte See zeigt uns, wie einsam wir sein werden ohne Tiere.«

»Oder Milchreis.«

»Geraubt von den Kälbchen dieser Welt.«

»Ich kann dir aber auch zwei Scheiben Knäckebrot und geraspelte Karotten holen.«

»Erst die geraspelten Karotten, dann die Peitsche, darauf falle ich nicht herein.« Torsten legte sich die Hände über den Kopf.

Stiesel öffnete die Wasserflasche, und als es zischte, hob

Torsten den Kopf. Stiesel nickte zweimal. Der junge Mann musste vor Durst fast umkommen.

Die Baracke hatte keine Klimaanlage, weil schnellschnell und billigbillig errichtet. Entweder man fror sich den Arsch ab oder man trocknete unmerklich aus. Im Winter regnete es in der oberen Etage durch die Decke, in den anderen Etagen musste man die Fugen mit Silikon aus der Tube für die kalte Jahreszeit präparieren.

Jetzt, um halb zehn, wurde es langsam wärmer. »Setz dich, Torsten.«

»Ist dieser irre Sadist ein Kollege von dir?«

»Dorfner? Ja, dieser irre Sadist ist ein Kollege von mir. Bist du auch ein irrer Sadist, weil du dieser Frau diese Nachrichten geschickt hast?«

»Die hat es nicht anders verdient, die sahnt bei uns ab.«

»Niemand hat es verdient, auf diese Weise angepöbelt zu werden. Niemand hat es verdient, erwürgt zu werden.«

»Das war ich nicht.«

»Aber diese SMS hast du ihr geschickt.«

»Ja, aber das hat ja nichts genützt.«

»Wo hattest du die Handys her?«

»Gefunden.«

»Lüg nicht.«

»Ich lüge nicht. Unser Kiez ist zugeschissen mit Touristen, jeder zweite vergisst irgendwas. Ich könnte einen Handyshop aufmachen.«

Stiesel füllte Wasser in einen Becher und stellte ihn neben Torsten auf den Boden. »Kein Gift, keine Medikamente. Ich trinke aus derselben Flasche.«

Torsten riskierte einen Schluck. Dann trank er den Becher in einem Zug leer.

»Wo warst du am Dienstag zwischen siebzehn und neunzehn Uhr?«

»Geht dich einen Scheißdreck an.«

»Warst du auf Stralau?«

»Nein, natürlich nicht. Wo liegt das?«

»Nicht in Friedrichshain. Warst du überhaupt schon mal woanders als in Friedrichshain?«

Torsten schüttelte den Kopf.

»Wie lange wohnst du schon hier?«

»Knapp zwei Jahre.«

»Und du bist noch nie woanders gewesen?«

»So viel zu tun. Alles so groß hier.« Torsten bohrte in der Nase.

»Wenn du nicht in Stralau warst, wo warst du dann?«

»Geht dich nichts an, Hagen Stiesel.«

Stiesel griff in seinen Rucksack und rollte eine neue Flasche Wasser zu Torsten hinüber. Er hatte sich wie an jedem Morgen das Protokoll der polizeilich relevanten Vorfälle in der Nacht nach dem Mord angesehen.

In der Tiefgarage eines fast fertig gestellten Hauses hatte es eine Brandstiftung gegeben. Jemand hatte eine Betonmischmaschine mit Benzin aufgefüllt und das Benzin angezündet. Die Hitzeentwicklung hatte die Deckenkonstruktion beschädigt und die Sprinkleranlage ruiniert. Der Brand war am Dienstag um 18.10 Uhr gemeldet worden. Aber Brandstiftung in einem zwar für Menschen als Behausung geeigneten, aber bislang unbewohnten Gebäude war nicht wirklich eine prickelnde Alternative zu Mordverdacht. Auch das konnte teuer werden vor Gericht.

Torsten trank die Flache leer und rülpste laut.

»Hast du mit dem Feuer gespielt?«, fragte Stiesel.

»Die Geschichte in der Tiefgarage? Für wie blöd hältst du mich? Das war Versicherungsbetrug. Der Bauherr ist fast pleite, und keiner will die überteuerten Rattennester kaufen.«

»Weißt du, wenn du einen Brandanschlag hättest zugeben müssen, als Alibi für einen Mord, hätte ich verstanden, dass du dir das zweimal überlegst. Aber wenn du das nicht warst, wovor hast du Angst? Wo warst du?«

»Wir … ich … ich hab gesprayt.«

»Wo hast du gesprayt?«

»In dem Rohbau, in dem diese Tusse sich rumgetrieben hat, bevor sie einer kaltgemacht hat. In der Simplonstraße.«

»Kalt ist sie allerdings. Sie liegt drüben in der Pathologie. Willst du sie sehen?«

»Nein, vielen Dank. Du bist keinen Deut besser als dieser irre Sadist, der mich festgenommen hat.«

»Hat dich der irre Sadist gefoltert.«

»Ja.«

»Was hat er denn gemacht?«

»Mir Bilder gezeigt aus so einer perversen Zeitschrift. Menschen mit verdrehten Gelenken, alles auf Englisch.«

»Die Frau, die du gequält hast, ist ermordet worden. Das wollte ich dir nur noch einmal klarmachen, weil du ihr das zweimal angedroht hast im Lauf der letzten Wochen. Du hast sie vermutlich in Todesangst versetzt.«

»Das war … nicht gut. Wir wollen … Jeder braucht ein Dach überm Kopf, nicht nur diese Typen, die sie angeschleppt hat.«

»Was habt ihr gesprüht?«

»Unsere … Ich habe gesprüht. Meine politischen Forderungen: *Miethaie zu Fischstäbchen, Yuppies Go Home. Eat the Rich.* Die üblichen Forderungen.«

»Und die Sprühdosen?«

»Sind in einer Mülltonne im Nachbarhaus. Viermal schwarz, einmal rot.«

»Habt ihr Schablonen benutzt?«

»Ich habe Schablonen benutzt. Ich habe sie zugeschnitten, ich habe die Sprühdosen besorgt, ich habe alles allein geplant und durchgeführt. Kann ich jetzt gehen?«

»Wir werden das prüfen. Dann sehen wir uns deine Wohnung an, dann kannst du vermutlich gehen.« Stiesel stand auf. »Da wäre noch was.«

»Ja, was denn?« Torsten hatte in seiner Nase etwas gefunden und steckte es sich schnell in den Mund.

»Wie betreibst du eigentlich Körperpflege?«

»Spinnst du? Nur weil ich keine Kohle habe, bin ich schmutzig, oder was?«

»Antworte bitte auf meine Frage.«

»Na ja, Wasser und Seife halt, oder Duschgel. Zähneputzen früh und abends, wenn ich nicht gerade verschleppt werde.«

»Benutzt du Feuchtigkeitscreme, Nachtcreme oder etwas?«

»Hä?«

»Hast du dich schon mal geschminkt?«

»Was soll denn diese Scheiße? Nein, ich habe mich noch nie geschminkt.«

»Weißt du, was eine Foundation ist?«

Torsten schüttelte den Kopf. »Eine Stiftung? Eine Stiftung bei den Amis?«

»Richtig, das wars auch schon.« Stiesel öffnete die Tür. »Du darfst jetzt auf die Toilette. Das Angebot mit den Karotten steht noch.«

Nach der Mittagspause versammelten sich alle zu einer Dienstbesprechung. Auch Bördensen war zurückgekehrt. Sie setzten sich um den Tisch in Pachulkes Büro, den Pachulke hastig von einem halbfertigen Büroklammernbild (Arbeitstitel *Vier Spaghetti*) freiräumte, kaum dass Dorfner ihm berichtet hatte, *der Mörder* sitze im Untersuchungszimmer.

»Ich weiß es wirklich sehr zu schätzen, dass Sie mich vor den Kollegen ausdrücklich belobigen wollen, Pachulke«, sagte Dorfner, als alle Platz genommen hatten, aber Stiesel schüttelte den Kopf.

»Dorfner, ich denke, Torsten Heimann ist nicht der Mörder von Verena Adomeit.«

»Du gönnst es mir nicht, Stiesel, stimmts?« Dorfner ballte die Faust.

»Ich gönne dir alles, solange du unsere Verdächtigen unversehrt lässt.«

»Wer ist Torsten Heimann, und warum ist er nicht der Mörder?«, fragte Pachulke.

»Heimann ist der Stadtteilaktivist, der die Hass-SMS an Verena Adomeit geschickt hat«, sagte Zabriskie. »Dorfner hat das Büro von Antigen in der Revaler Straße beschattet und Heimann gestern kurz vor Mitternacht festgenommen.«

»Und ich habe ihn gerade verhört«, sagte Stiesel. »Er hat einen Sprühangriff in der Simplonstraße gestanden, angeblich war er allein. Eine Streife hat entsprechend seinen Angaben sechs Sprühdosen sichergestellt. Ein Nachbar hat Heimann zur Tatzeit gesehen. Mit einem Rucksack ist er in den Rohbau. Was außerdem gegen Heimann spricht ist …«

»Die Schminke«, sagte Pachulke.

Stiesel hob die Augenbrauen. »Genau. Hast du auch mit Heimann gesprochen?«

»Nein«, sagte Pachulke. »Ich habe mich an eine Frau erinnert, die in den frühen Morgenstunden in Moabit ermordet wurde. Auch sie war aufgebahrt und professionell geschminkt. Das war im Jahr 2001.«

Einen Moment lang war es still. Dann räusperte sich Bördensen. »Du meinst, wir haben einen Serienkiller?«

»Es wäre plausibel«, erwiderte Pachulke. »Wenn der zeitliche Abstand nicht so groß wäre.«

»Vielleicht war der Täter im Gefängnis«, überlegte Zabriskie.

»Wenn, dann nicht für den Mord an Melanie Schwarz«, sagte Pachulke.

»Wer weiß denn, wie man professionell schminkt?«, fragte Zabriskie.

»Maskenbildner beim Theater und beim Film.« Stiesel dachte laut nach.

»Zirkusclowns«, ergänzte Bördensen.

»Am 23. Juni 2001 war Christopher Street Day«, sagte Dorfner. »Da war die Stadt voll mit Tunten und Transen. Und mit Männern, die ihre sehnigen, durchtrainierten Körper, nur mit einer Ledershorts und kurzschäftigen Boots bekleidet, völlig hemmungslos der interessierten Menge präsentiert haben. Weil sie alle überdurchschnittlich gut bestückt waren, zeichnete sich ihr Gemächt unter dem hauteng anliegenden, fein gegerbten Leder ab und ließ nur wenig Raum für Fantasie.«

Alle starrten Dorfner an.

Zabriskie sagte: »Da hast du ja sehr genau hingesehen, Dorfner.«

»Ja, aber nur mit Abscheu. Ich bin mir ziemlich sicher, dass der Serienkiller aus dem Kreis unserer homosexuellen Mitbürger kommt. Sie haben die Schminkkenntnisse, weil sie dauernd vor dem Spiegel sitzen, und sie haben alle ein Motiv, eine tote Frau zu schminken.«

»Und das wäre?«

»Abgrundtiefer Hass auf die eigene Mutter.«

»Melanie Schwarz war neunzehn, als sie ermordet wurde.«

»Egal, dann eben Hass auf die Schwester«, erwiderte Dorfner.

»Warum denn auf die Schwester?«, fragte Bördensen.

»Wenn ich schwul wäre, würde ich alle hassen«, sagte Dorfner. »Meine Mutter, meine Schwester, meine Erzieherin, meine Grundschullehrerin.«

»Na, da können wir ja froh sein, dass du nicht schwul bist ...«, meinte Zabriskie.

»... und dass deine Betrachtung der hauteng am Gemächt anliegenden Lederhöschen von tiefer innerer Distanz geprägt war«, ergänzte Bördensen.

»Wer ist eigentlich Steven?«, fragte Stiesel.

»Wie? Was? Steven?« Dorfner biss auf die Zähne, dass seine Backenmuskulatur hervortrat. »Das ist mein Mentor, mein Kampfsportmentor Steven Seagal. Ich lebe nach seiner Lehre.«

»Und wenn es kein Serienkiller ist?«, fragte Bördensen. »Wenn er nicht getötet hat, um zu töten, sondern aus Eifersucht oder Rache?«

Pachulke schüttelte den Kopf. »Es muss dem Täter die Welt bedeutet haben, die Frauen zu schminken, sonst wäre er das

Risiko nicht eingegangen. Er hat Verena Adomeit zwanzig Meter weit am helllichten Tag über den Friedhof transportiert, und er hat ihr nach ihrem Tod nicht ein Haar gekrümmt.«

»Das spricht gegen Dorfners Hass-Theorie«, sagte Bördensen. »Wenn er seine Opfer hasst, wäre er über sie hergefallen, anstatt sie zu schminken.«

»Welche Fälle von Serienkillern kennen wir, die ihre Opfer geschminkt haben?«, fragte Stiesel.

»In den USA hat ein Serientäter Frauen ermordet und sie vergraben. Monate später hat er die halbverwesten Leichen ausgegraben, sie geschminkt und dann sexuell mit ihnen verkehrt.«

Bördensen atmete mit vollen Backen aus.

Dorfner starrte Zabriskie an. »Also weißt du, Zabriskie. Wenn ich mir bewusst mache, wie sehr du durch diese völlig degenerierte Gesellschaft geprägt bist, wundere ich mich nicht mehr über die moralischen Abgründe, die sich in deiner Persönlichkeit auftun.«

Pachulke schüttelte den Kopf. »Bitte keine Ferndiagnosen über andere Länder, Dorfner. Außerdem haben wir es nicht mit Nekrophilie zu tun.«

»Hast du etwas über die Adomeit in dieser Bar herausgefunden, Bördensen?«, fragte Zabriskie.

»Nein.« Bördensen holte seinen Notizblock heraus. »Der Besitzer hat im Jahr 2007 gewechselt. Die neuen Wirtsleute haben den alten Kundenverteiler übernommen. Der Kontakt zu Adomeit muss vorher entstanden sein.«

»Haben die neuen Besitzer des Pubs den Namen geändert?«, fragte Pachulke.

»Haben sie«, sagte Bördensen. »The Harp heißt das Ding, weil dort heute Livemusik stattfindet. Früher hieß der Laden The Swan.«

Pachulke rieb sich die Hände. »Gute Arbeit, Bördensen. Melanie Schwarz, die Tote von 2001, hat in The Swan als Kellnerin gearbeitet.«

Bördensen sah auf. »Und die Nachbarin in der Fidicinstraße hat mir erzählt, dass Verena Adomeit im Studium auch als Kellnerin gearbeitet hat.«

»Wann ist die Adomeit hierhergezogen?«, fragte Stiesel.

»Am 1. Januar 2000.«

»Also ein Gast im Pub?«, fragte Zabriskie.

»Vielleicht war der Mörder ein amerikanischer Tourist«, sagte Dorfner.

»Der alle zwölf Jahre hier vorbeikommt?«, fragte Bördensen.

»In einem Lederhöschen?«, ergänzte Stiesel. »Es gibt auch Männer, die hassen Frauen, ohne schwul zu sein. Einfach so, weil sie Männer sind.«

Dorfner sah zu Boden.

Pachulke wusste, dass das Dorfners Laune nicht bessern würde, aber er sagte: »Sie sollten Torsten Heimann die Freiheit geben, Dorfner.«

»Ich? Wieso ich?«

»Ja, Sie. Sie haben ihn festgenommen, Sie müssen ihm diesen Sieg ermöglichen, damit er anfängt, an die Redlichkeit polizeilicher Arbeit zu glauben.«

Als alle gegangen waren, blieb Zabriskie bei Pachulke im Zimmer zurück.

»Ist noch irgendetwas?«, fragte Pachulke.

»Es ist wegen der Kontaktlinse.« Zabriskie sah auf den Boden und dann aus dem Fenster.

»Wir haben den Tatort mit ihrer Hilfe identifiziert, das ist ein wesentlicher Hinweis. Er muss sein Opfer beinahe angesprungen haben, und bei dieser Gelegenheit müssen die Kontaktlinsen herausgefallen sein. Wo die zweite Kontaktlinse ist, wird sich weisen. Vielleicht können zwei Beamte da noch einmal unter den Pflanzen nachsehen.« Pachulke holte einmal Luft und legte die Finger mit den Spitzen aneinander.

Zabriskie räusperte sich. »Ich dachte, es könnte sich lohnen, die Kontaktlinse genauer untersuchen zu lassen.«

»Tenbrink hat die DNA von Adomeit darauf bereits nachgewiesen.«

»Ich dachte eigentlich an einen ausgewiesenen Augenexperten.«

Das Wort *Augenexperte* hing zwischen den beiden in der Luft, dann verfärbte sich Pachulkes Gesicht dunkel. »O nein, auf gar keinen Fall Haeckel. Dieser Stümper soll nicht noch einmal die Gelegenheit haben, etwas zu verpfuschen. Du wirst ihn da auf keinen Fall mit reinziehen.«

Das war ungefähr die Reaktion, die Zabriskie befürchtet hatte.

Aber Pachulke war noch nicht fertig. »Ich muss jeden Tag die Blicke von Speckler und Nothoff ertragen, wenn ich ins Haus komme oder mir einen Kaffee holen will. Das ist keine gute Idee. Wenn Haeckel es wieder verpfuscht, platzt uns am Ende der Fall. Als Gutachter wird er vor keinem Gericht der Welt bestehen, und wenn er etwas herausfindet, wird er hochtrabend und auftrumpfend hier antanzen.«

Pachulke hatte nicht ganz unrecht. Haeckel war, gelinde gesagt, sehr von sich überzeugt. Trotzdem sagte Zabriskie: »Es war nicht allein Haeckels Schuld, dass die Sache damals so schiefgelaufen ist. Die Verwaltung hat zu früh grünes Licht gegeben, weil man einen Erfolg präsentieren wollte. Haeckel wollte noch eine weitere Reihe von Tests durchführen …«

Pachulke starrte auf die Arbeitsplatte seines Schreibtischs und schüttelte den Kopf. »… und Nothoff und Speckler haben förmlich darauf gedrängt, die Versuchspersonen zu sein.«

»Haeckel als Wissenschaftler hatte die Verantwortung.«

»Die hat er ja auch übernommen. Er hat seine Stelle hier aufgegeben und seine wissenschaftliche Laufbahn beendet.«

»Was blieb ihm anderes übrig?«

»Ach komm, Pachulke, du weißt genau, dass er nicht hätte gehen müssen. Dafür war er viel zu gut. Eine großzügige Abfindung für Speckler und Nothoff, und niemand hätte Haeckel einen Strick daraus gedreht.«

»Also gut, was willst du von mir?«

»Ich will Haeckel diese Linse zeigen und hören, was er dazu zu sagen hat, mehr nicht.«

»Hängs bitte nicht an die große Glocke«, knurrte Pachulke. »Weißt du überhaupt, wo er ist?«

Zabriskie nickte. »Auf der Treptower Halde«, sagte sie.

Als Stiesel nach der Lagebesprechung in sein Büro ging, fand er eine Plastiktüte auf seinem Schreibtisch. Sie kam von Löffelholz und enthielt das Smartphone von Verena Adomeit mit dem handschriftlichen Vermerk: *Bitte Kontakte prüfen, Verbindungsübersicht beim Provider angefordert, vorauss. Freitag. P. hat Schwester informiert.*

Stiesel nickte zweimal. Es war ihm recht, dass Pachulke die nächste (und einzige?) Verwandte bereits informiert hatte. Er holte das Handy heraus und scrollte durch das Kontaktverzeichnis. Die vielen englischen Namen waren auffällig. Firmen wie Get Real Estate in Dublin oder Gorgeous Homes in Manchester, Shelly Chambers und Malcolm Gardener in London. Das hätte sich Zabriskie anschauen sollen, die war doch halbe Amerikanerin und sprach viel besser Englisch als er.

Weil er die knapp dreitausend abgespeicherten Adressen irgendwie strukturieren musste und nicht bei A wie ADAC-Pannenservice beginnen wollte, beschloss er, mit den örtlichen Kontakten zu beginnen. Dankenswerterweise konnte man sich auf dem Smartphone der Toten eine Liste mit den zwanzig am häufigsten kontaktierten Personen vorsortieren lassen. Adomeits Schwester war genauso wenig darunter wie Ms. Chambers und Mr. Gardener.

Stiesel rief als Erstes bei der Sparkasse an. Dort hatte die Tote ein Konto gehabt. Er fragte sich zum Filialleiter durch. Der maulte pro forma ein bisschen herum und berief sich auf das Bankgeheimnis, aber als er Mord und Kapitalverbrechen hörte und Stiesel sagte: »Der richterliche Beschluss liegt hier bei mir auf dem Fax«, gab er klein bei. Für die Banker brauchte man in den seltensten Fällen einen Gerichtsbeschluss. Die nahmen es als persönlichen Angriff, wenn einer ihrer Kunden zum Opfer eines Verbrechens geworden war. In ihrer Empörung zeigten sie sich sehr kooperativ, auch wenn das nicht unbedingt so in den Allgemeinen Geschäftsbedingungen stand. Blöd war nur, wenn ein Verteidiger die so beschafften Beweismittel in der Hauptverhandlung infrage stellte, vor allem, wenn es um Insolvenzbetrug oder Geldwäsche ging. Die Kollegen von der Staatsanwaltschaft waren *not amused,* wenn ihnen ein Ermittler kleinlaut erklären musste, sie hätten sich die Unterlagen *auf Kulanz* verschafft.

Die gleiche Prozedur – Bördensen und Stiesel nannten dies das Mord-geht-vor-Gambit, man gab ein bisschen von der Strafprozessordnung preis und erwarb einen immensen Positionsvorteil – vollführte Stiesel dann mit einem Filialleiter von der Commerzbank. Das ewig junge Ritual, der balzende Ermittler und der Banker, der sich ziert, kam auch hier zum guten Ende. Sie paarten sich nicht, aber sie einigten sich.

Das Fitnessstudio hatte Bördensen erledigt. Stiesel probierte es bei einer Rendita Hausverwaltung. Die Sekretärin erinnerte sich an Frau Adomeit und war fassungslos. »So eine reizende junge Frau.« Ihr Boss war ebenfalls geschockt. Ja, Frau Adomeit hatte viele Verträge angebahnt für die Rendita, häufig für Kunden aus dem angelsächsischen Sprachraum, da sei sie sehr gut vernetzt gewesen, und ihre guten Sprachkenntnisse hätten die Dinge wesentlich erleichtert. Er, der Geschäftsführer der Rendita, habe selbst in der Schule nur sieben Jahre Russisch gelernt, das sei aber auch nützlich, für die russische Kundschaft. Und unzufriedene Mieter abwimmeln, das habe er als Vernehmer beim Ministerium für Staatssicherheit gelernt. Er erwähnte kurz, Frau Adomeit habe sich vergangene Woche erkundigt, ob eine bestimmte Wohnung, die sie bereits mehrfach vergeblich versucht habe zu vermitteln, zum Verkauf stünde.

Stiesel fand, eine Maklerin, die eine Wohnung kaufen

wollte, war wie ein Beerdigungsunternehmer, der sich sein eigenes Grab schaufelte. Irgendwie redundant. Die fragliche Wohnung befand sich im Bayerischen Viertel. Zusammen mit der Anfrage für das Spinning-Bike war das schon der zweite Hinweis, dass die Tote offenbar vorgehabt hatte, Geld in die Hand zu nehmen. Was sich nicht unbedingt mit den Aussagen ihrer Bürokollegin Kemmling deckte, die von Adomeits Ärger mit enttäuschten Kunden berichtet hatte.

Nach dem Telefonat ging Stiesel in den Raum nebenan. Der war ursprünglich einmal sein Büro gewesen, aber auch wenn er unter Bördensens Schlamperei zu leiden hatte, die Entscheidung für ein überfülltes, beengtes und unaufgeräumtes Büro, wo man sich gegenübersaß, hatte sich gelohnt. In dem frei gewordenen Raum hatten Stiesel und Bördensen einen Fußballtisch der Extraklasse aufgestellt. Nicht nur, dass die Männchen handlackierte Hertha- und Union-Trikots trugen, die Hertha-Spieler sogar gestreifte. Es war ihnen auch gelungen, den Tisch als Konferenzausstattung zu deklarieren und über die allgemeinen Sachmittel zu finanzieren. Niemand außer Stiesel und Bördensen wusste das, nicht einmal Pachulke, der für die Ausstattung der Baracke das eine oder andere Extra herausgeschlagen hatte.

Stiesel hatte zwei Wochen keinen Kickertisch gesehen. Er wollte wenigstens ein bisschen Torschusstraining machen und seinen Männchen von Union guten Tag sagen. An den Wänden hingen Schals und Mannschaftsposter, Autogrammkarten und diverse Kicker-Stecktabellen der letzten Spielzeiten.

Er trat an den Tisch und ächzte laut auf. Dieser … dieses Ferkel Bördensen. Da lag einer seiner Kräuterbonbons halb angelutscht auf dem Rand des Kickertischs. Stiesel berührte ihn mit spitzen Fingern. Trocken und festgebacken. Vermutlich hatte der Kollege eine Solorunde eingelegt und den Bonbon rausgenommen, damit er sich nicht verschluckte. Stiesel brach den Würfel ab und warf ihn in den Papierkorb. Den braunen Zuckerstumpf beseitigte er mit heißem Wasser und

Papierhandtüchern aus der Toilette. Bördensens Lieblingsmarke. Sie waren überall im Büro, allerdings normalerweise in dem markanten Gelb verpackt, das die Werbung prägte.

Nach zwanzig Minuten Schusstraining kam Stiesel ins Schwitzen, und er brach ab. Er ging zurück zum Schreibtisch. Inzwischen hatte die Sparkasse die angeforderten Dokumente geschickt. Die Kontoauszüge von Verena Adomeit seit Jahresanfang.

Während Stiesel gekickert hatte, hatte jemand auf dem Handy von Verena Adomeit angerufen. Big Mini, eine Autowerkstatt. Sie war eingespeichert.

»Tag, Frau Adomeit. Köhler, von Big Mini. Ich wollte Ihnen nur sagen, der Wagen läuft wieder. Alles einwandfrei. Können Sie heute abholen, wir sind bis neunzehn Uhr da. Bisschen Öl haben wir noch reingefüllt und gewaschen, wie abgemacht. Tut mir leid, dass es so lange gedauert hat, aber mit Originalteilen ist es manchmal so 'ne Sache. Ich hoffe, die BVG war kein Alptraum für Sie.«

Stiesel drückte auf Rückruf. Köhler war am Apparat. Als er von Verena Adomeits Tod hörte, war er ehrlich erschrocken. »Was meinten Sie eben mit der BVG?«, fragte Stiesel.

»Wenn ein Kunde seinen Wagen bei uns lässt, bieten wir ihm Ersatz an: Entweder er kriegt kostenlos ein Fahrrad oder Tagestickets für die BVG. So lange, bis er sein Auto wiederbekommt.«

»Und Frau Adomeit hat sich für die BVG entschieden?«

»Ja, das machen die meisten. Viele haben Angst, in der Stadt Rad zu fahren, dazu das unzuverlässige Wetter. Was wird denn aus dem Auto?«, fragte Köhler.

Stiesel sagte, die Schwester würde sich melden.

»Falls sie das Auto nicht will, wir haben immer Interessenten«, sagte Köhler.

Stiesel griff sich Bördensens Bericht über die Wohnung von Verena Adomeit. Da waren sie, die abgestempelten Tagestickets. In der großen Klammer, wo auch das Programm von The Harp gewesen war.

Hatte Verena Adomeit ihren Mörder im Bus getroffen? Wenn vor zwölf Jahren eine Verbindung zwischen den beiden toten Frauen bestanden hatte, dann sollte man sich das Jahr 2001 noch näher ansehen.

17

Bei jedem Schritt, den Pachulke in seiner Wohnung machte, ächzten die Dielen. Er hatte den ganzen Tag unter Strom gestanden, und kaum war die Lagebesprechung vorbei, war er nach Hause an den Lietzensee geeilt.

Erst räumte er Kerzenhalter und Tischtuch ab, dann zog er den ovalen Tisch, an dem er seine Mahlzeiten einnahm, quer durch das Zimmer bis ans Fenster. Der Schreiner sollte Platz haben. Außerdem legte er einen Zollstock, eine Wasserwaage und einen weichen Bleistift bereit. Das war natürlich ein kleines bisschen albern. Der Mann war Profi und hatte in der Wohnung bereits Schreinerarbeiten durchgeführt. Aber wann, wenn nicht heute war der Tag, um ein bisschen albern zu sein.

Nachdem das Wohnzimmer vorbereitet war, setzte sich Pachulke an den Rechner und rief die beiden Rubinstein-Fansites auf, die die Ranglisten für die Studio Sessions führten. Er war noch nicht eingegeben, aber er würde einen Platz unter den ersten fünf bekommen. In einem Forum hieß es lapidar: *German collector becomes a Rubinstein heavyweight champion.* Ausnahmsweise gefiel Pachulke diese Anspielung auf seine Gewichtsprobleme. Gewichtig würden auch die Platten in dem Regal stehen, Stoff für endlose fachkundige Gespräche und ebensolche Bewunderung.

Pünktlich klingelte es an der Tür.

»Guten Abend, Herr Menz.«

»Guten Abend, Herr Pachulke.«

»Kommen Sie doch rein.«

»Danke sehr.« Der Schreiner trat ins Wohnzimmer. Die

erste Ladung Regalbretter für das neue Regal hatte er gleich mitgebracht. Er lehnte sie vorsichtig gegen die Wand und besah sich die mit Schallplatten vollgestopften Regale. »Na, hier hat sich ja einiges getan, seitdem ich das letzte Mal hier war.«

»Ach, Sie übertreiben«, sagte Pachulke. »Hie und da die eine oder andere Akquisition. Zweihundertachtzig laufende Regalmeter mit Schallplatten sind doch wirklich nicht der Rede wert.«

Der Schreiner wiegte sein Haupt und machte sich an seinem Werkzeugkasten zu schaffen. »Hier soll es hin, wie besprochen?« Er zeigte auf die letzte freie Wand im Wohnzimmer.

»Genau da. Walten Sie Ihres Amtes«, sagte Pachulke. »Ich werde erst mal Kaffee kochen. Sie trinken doch ein Tässchen mit?«

»Tee wäre mir lieber«, sagte der Schreiner.

»Ich habe nur Beuteltee«, sagte Pachulke »Australischen Beuteltee.« Summend ging er in der Küche. Etwas von Chopin.

Pachulke warf den Wasserkocher an. Er holte zwei Tassen und einen Teebeutel aus dem Hängeschrank. Während das Wasser heiß wurde, brühte er den Kaffee. Dann goss er den Tee auf und ging mit beiden Tassen zurück ins Wohnzimmer. Schreiner Menz lag auf dem Boden und spähte mit zugekniffenen Augen hinüber zu der Wand, wo das große Plattenregal stand.

»Junge, Junge«, murmelte er und schüttelte den Kopf. Er drehte sich um neunzig Grad und blickte über die Dielen hinweg. »Nicht zu fassen.«

»Nehmen Sie Milch und Zucker?«, fragte Pachulke.

»Haben Sie mal eine Erbse?«, fragte der Schreiner.

»Sie nehmen Ihren Kaffee mit Erbse?«

»Einfach nur eine Erbse«, sagte der Schreiner. Er ging in die Knie und federte zweimal ganz langsam auf und ab. »Oder etwas, das man rollen kann.«

Pachulke überlegte einen Moment, dann ging er in die Kleiderkammer und holte aus seinem Boule-Set die Zielkugel heraus. *Cochonnet* nannten sie die Franzosen, Schweinchen.

Der Schreiner stellte sich in die Zimmertür und rollte das Schweinchen der Länge nach über die Dielen. Erst rollte die kleine Kugel geradeaus, aber dann zog sie unwiderstehlich nach rechts auf die große Regalwand zu. Menz stellte sich vor das Fenster und wiederholte den Versuch. Auch diesmal wurde das Schweinchen von den Regalwänden mit den Schallplatten wie magisch angezogen. Schreiner Menz legte die Stirn in Falten.

Er ging in den benachbarten Raum. Pachulke folgte ihm auf dem Fuß. Auch hier gab es ein riesiges Plattenregal. Menz rollte die Kugel ein drittes Mal, und auch hier blieb sie nicht in der Spur.

Menz ging zurück ins Wohnzimmer, wo Pachulke den Tee bereitgestellt hatte. Der Schreiner setzte sich an den Tisch und nippte an seiner Tasse. »Federn die Dielen?«, fragte er.

»Nun ja, wenn ich darüber laufe«, sagte Pachulke.

»Ich weiß, dass Ihnen das jetzt nicht gefallen wird«, sagte Menz. »Aber ich kann es nicht verantworten, in diese Wohnung ein weiteres Regal hineinzubauen. Die Dielen sind durch die einseitige Belastung völlig verzogen. Zusätzliches Gewicht kann dazu führen, dass die Böden durchbrechen. Dann rauschen Sie hier eine Etage nach unten, vielleicht auch zwei.«

Pachulkes Kaffeetasse klirrte, als er sie auf die Untertasse stellte. »Aber ich habe doch neue Platten ersteigert. Die brauchen doch ein Zuhause.«

»Wenn Sie in diese Wohnung noch mehr reinschleppen, dann haben nicht nur Ihre Platten, sondern auch Sie bald kein Zuhause mehr.«

»Nur weil diese Boule-Kugel ein wenig schräg gelaufen ist?« Pachulke rührte in seiner Tasse, obwohl er den Kaffee schwarz und ohne Zucker trank.

»Nein, mir ist das schon aufgefallen, als ich reinkam. Das ganze Zimmer hier steht auf der Kippe, der Boden ist völlig verzogen.«

»Aber was wird denn jetzt aus meiner Plattensammlung?«

Schreiner Menz zuckte mit den Schultern. »Verkaufen, würde ich sagen. Wenn Sie das verhökern, was hier rumsteht, können Sie sich ein Ferienhäuschen kaufen von dem Geld oder eine Weltreise machen.«

»Verkaufen? Haben Sie verkaufen gesagt?«

»Und vorher digitalisieren lassen, das …«

»Niemals, digital kommt mir nicht ins Haus. Das ist diese Krüppelkieferakustik, verschrumpelt und verzwergt. Das habe ich vor Jahren gehört, das geht gar nicht.«

»Ist aber schon viel besser geworden, die Digitalisierungstechnik für Schallplatten.«

»Völlig ausgeschlossen.«

»Oder Sie ziehen um, kaufen sich ein Einfamilienhäuschen mit einem großen, trockenen Keller, da können Sie alles einlagern, ohne dass die Dielen brechen. Aber denken Sie daran: Ihre Verwandten werden Sie verfluchen, wenn Sie ihnen diese Sammlung hinterlassen.«

»Ich habe keine Verwandten.« Pachulke trank mit Nachdruck. »Und diese Sammlung wird mich überdauern und irgendwann in einer musikwissenschaftlichen Bibliothek aufgehen.«

»Wie Sie meinen, ich habs ja nicht böse gemeint.« Menz stand auf.

»Sie wollen schon gehen?« Pachulke fuhr auf.

»Hier darf nichts mehr rein. Nichts.«

»Nicht mal eine Single? Ach kommen Sie, so ein paar Singles vom Flohmarkt …«

»Das Risiko würde ich nicht eingehen.« Menz überflog die Regale. »Vielleicht gibt es ja die eine oder andere Platte, die nicht so wichtig ist. Wenn Sie die Dielen allmählich entlasten, regenerieren die sich wieder. Holz ist ein natürliches Produkt, das hält was aus.«

»Alle sind wichtig«, schnappte Pachulke. »Denn alle sind die Sammlung.«

Menz zückte eine Visitenkarte. »Hier, da hat mein Bruder seine Sammlung digitalisieren lassen, lauter alte Bluesplatten. Er ist sehr zufrieden.«

Pachulke schnaubte durch die Nase, steckte die Karte aber ein. Zwischen den Zähnen murmelte er ein »Danke«.

Als der Schreiner gegangen war, musste Pachulke die beiden Tassen separat in die Küche tragen, so sehr zitterten ihm die Hände. Er warf den Teebeutel in den Müll und stellte die Tassen in die Spülmaschine. Dann lief er auf Zehenspitzen zurück ins Wohnzimmer. Er setzte sich an den Tisch. Das mit den Singles vom Flohmarkt konnte er verschmerzen, morgen war eh die Geburtstagsparty von Tenbrink. Aber was sollte jetzt aus Rubinstein werden? Er musste die Schallplatten beim Auktionshaus abholen. Und dann? Sollte er auf seine alten Tage noch einmal umziehen? Zusammen mit einigen zehntausend Schallplatten? Gar in einen anderen Bezirk? Aber wie war die Akustik in einem anderen Bezirk? Reinickendorf war sehr hallig, sagte man. Das war nicht gut. Tegel klang zu flach, Neukölln hatte zu viele Nebengeräusche.

Die Wand, an die das Regal hätte hingebaut werden sollen, war kahl und leer. Auch Pachulkes Kopf war leer. Kahl war er nicht, aber das war im Moment kein wirklicher Trost.

Zabriskie konnte nicht schlafen. Den ganzen Abend hatte sie sich Webseiten angesehen, auf denen Wohnungen angeboten wurden. Sie war sich wie ein Dorftrampel vorgekommen. Als sie das letzte Mal eine Wohnung gesucht hatte, sah man zu, dass man die neue Zeitung am Vorabend ergatterte, an einem Bahnhof oder bei einem Handverkäufer, der durch die Kneipen zog. Dann eilte man nach Hause, arbeitete in der U-Bahn den Immobilienteil durch und klemmte sich am nächsten Morgen früh, aber nicht zu früh, hinters Telefon. Hinter das Festnetztelefon, das in der Küche oder auf einem Beistelltisch in der Diele stand. Eine frühere Mitbewohnerin von Zabriskie war dabei immer sehr methodisch vorgegangen. Sie hatte alle interessanten Anzeigen ausgeschnitten und aufgeklebt. Auf diese Weise hatte sie bei jeder Anzeige genug Platz gehabt, Anschrift und besondere Hinweise zu notieren. Zabriskie hatte das immer als ein wenig streberhaft empfunden. Sie war da wesentlich unstrukturierter.

Die Wohnung, in der sie jetzt wohnte, hatte sie gefunden, weil sie die Hausnummer verwechselt hatte. Statt in der 43 war sie in der 34 aufgelaufen. Sie war sehr misstrauisch gewesen, weil nicht die übliche halbe Hundertschaft von Interessenten im Treppenhaus stand. War das die totale Bruchbude? Oder eine Sexfalle für junge Frauen? Weder noch. Sie war durch das ganze Haus gelaufen, Vorderhaus, Hinterhaus, das aufgehübscht meist Gartenhaus hieß in den Anzeigen, und den Seitenflügel. Schließlich war ihr im Hof eine Frau begegnet.

»Ich komme wegen der Wohnung«, sagte Zabriskie.

»Na, Sie haben sich aber beeilt«, sagte die Frau. »Die Anzeige sollte doch erst am Montag drin stehen.« Sie war die Hausmeistersgattin und klimperte mit dem Schlüsselbund. Zabriskie war ihr gefolgt, hoffnungsfroh und neugierig wie ein junges Kätzchen. Und dann hatte Frau Gersunke ihr die Tür zu einem Drei-Zimmer-Palast geöffnet und ihr gesagt, Zabriskie möge noch am gleichen Tag zur Hausverwaltung laufen und sagen, sie, die Gersunke, habe die Kandidatin für gut befunden.

Vor drei Jahren war Frau Gersunke dement geworden und in ein Altersheim nach Staaken gekommen, in der Nähe ihrer Enkeltochter.

Hier und heute gab es im Internet jede Wohnung vorab zu sehen. Mit Adresse und Lageplan und Blick vom Balkon und Blick auf den Balkon und allem, was man früher gar nicht zu fragen gewagt hätte. Den Mietpreis zum Beispiel. Zabriskie hatte sich optimistisch ans Werk gemacht. Bevor sie Tusse Stolze aufs Kreuz legte, wollte sie sich einen Plan B zurechtlegen. Dazu gehörte auch ein Probelauf bei der Wohnungssuche.

Ihrem optimistischen Naturell folgend, hatte Zabriskie sich

bei den Suchkriterien an ihrer jetzigen Wohnung orientiert und bei der Umkreissuche einen Kilometer eingegeben. Diese Suche brachte kein Ergebnis, und sie erweiterte den Radius sukzessive auf zwei und fünf Kilometer. Schließlich spuckte die Suchmaschine drei Wohnungen aus. Als Zabriskie den Preis sah, hielt sie ihn für einen Druckfehler. Aber das war kein Kleinanzeigenmagazin, das war das Netz. Und die Preise stimmten, wie eine Gegenrecherche im Mietspiegel ergab.

Jetzt fing Zabriskie an zu experimentieren. Ließ ein Zimmer weg, ließ zwei Zimmer weg. Ließ den Balkon weg. Addierte ein Zimmer und erhöhte ihre persönliche Mietobergrenze. Wanderte in einer spiralenförmigen Bewegung immer weiter weg von ihrem jetzigen Kiez, bis sie schließlich vier Wohnungen in vier verschiedenen Ecken der Stadt gefunden hatte, die keine sofortigen Streichkandidaten waren.

In Tempelhof in der Albrechtstraße gab es eine mit Balkon. Die wollte sie morgen als Erstes besichtigen.

18

Die Mitarbeiterin der Zeitschriftenabteilung der Staatsbibliothek rollte ein Wägelchen an Stiesels Arbeitsplatz heran. Ohne mit der Wimper zu zucken, wuchtete sie einen großen Folianten hoch und knallte ihn so kräftig auf den Tisch, dass andere Benutzer im Lesesaal herumfuhren.

»Das hier ist das erste Halbjahr 2001 der linksliberalen Tageszeitung, Profil ›erlebnishungrig-hauptstädtisch‹.« Sie klopfte sich den Staub von den Händen und deutete auf die zwei anderen Folianten, die noch auf dem Wägelchen lagen. »Als Garant für eine pluralistische Medienlandschaft haben wir außerdem eine spätbürgerliche Tageszeitung im Angebot, Profil ›bräsig-beliebig‹. Und zur sozialhistorischen Vertiefung die meinungsführende Tendenzpostille für Muttis, Muslimenhasser und Mantafahrer mit dem Profil ›Ohne Großhirn lebt sichs leichter‹. Wenn Sie irgendwelche Fragen haben, kommen Sie gerne zu mir.«

Stiesel murmelte ein Dankeschön und nickte, um sich selbst anzuspornen. Es war Samstagvormittag, und er ermittelte. Manchmal war es ein großer Vorteil, Single zu sein und eine Mutter zu haben, die tagsüber gut mit sich allein zurechtkam.

Verführerisch und appetitlich lag dieses zwölf Kilo Megabrikett Altpapier vor ihm und barg so viele Geheimnisse. Vielleicht war darin auch mehr über die zwei ermordeten Frauen zu finden. Er schlug den Deckel des Folianten auf und senkte ihn behutsam nach links, wie eine Zugbrücke. Hereinspaziert in ein brandneues Jahr, willkommen zur Ausgabe vom 2. Januar 2001, einem Dienstag. Stiesel überflog die Schlagzeilen der Titelseite und blätterte dann zum Lokalteil weiter. Die Weltpolitik würde zur Lösung dieses Falls nichts beitragen. Die Welt zu Gast in Gestalt von Touristen vielleicht schon eher. Nachdem er die erste Woche des Jahres überflogen hatte, wälzte er den riesigen Mittelteil um und blätterte einige Tage zurück. Den Juni 2001 wollte er sich genau ansehen.

Tag für Tag gewann der Frühling an Boden. In Mitte kämpfte eine Baustadträtin dafür, dass die alte Bevölkerung nicht vollständig vertrieben wurde. Kein Totalaustausch der Bevölkerung, soziale Strukturen erhalten. Fast jeden Tag wurde sie im Lokalteil erwähnt, manchmal stand sie auch auf der Titelseite. Wie ein Grundrauschen lief im Hintergrund das kulturelle Angebot mit: Open Air Classic, Filmpremieren, Theaterfestivals, szenische Lesungen, Abschlussprüfungen in der Hochschule für Musik Ernst Busch, Eintritt frei. Auf dem Gelände des Tierheims in Lankwitz wurde mit dem Bau von Eigenheimen begonnen. Es herrschte Abschiedsstimmung, als die Hunde ihre Kunststücke vorführten. Die Brachen verschwanden, eine um die andere.

In Potsdam war Bundesgartenschau, zur selben Zeit als Melanie Schwarz ermordet worden war. Vielleicht hatte Dorfner ja im Prinzip doch recht, von seinem homophoben Quatsch einmal abgesehen. Die Stadt war voll mit Fremden an diesem Wochenende. Und einer von den Hunderttausenden war in der Lage, mit Schminke und Lippenstift umzugehen. War ja auch keine Geheimwissenschaft. Union hatte einen Monat zuvor im Pokalfinale gegen Schalke zwar verloren, war aber in die Zweite Liga aufgestiegen und spielte im UEFA-Cup. Du liebe Güte, war das lange her.

Immer am Donnerstag brachte die Zeitung ein Foto von zwei jungen Leuten. Die Serie hieß »Generation 21«. Jeder Beitrag begann mit dem Vorspann: *Das 21. Jahrhundert hat begonnen, und wir porträtieren zwei junge Menschen, bei der Arbeit oder in der Ausbildung. Was tun sie? Was gefällt ihnen an der Arbeit? Was nicht? Wo sehen sie sich beruflich in zehn Jahren? Was erhoffen sie sich vom neuen Jahrhundert?*

Am 21. Juni waren es zwei Landwirtschaftsstudenten der Humboldt-Universität. Heiko, 22, wollte nach dem Studium zurück nach Mecklenburg-Vorpommern und dort den elterlichen Hof auf ökologische Bewirtschaftung umstellen. Nwankwo, 24, aus Nigeria, würde nach der Rückkehr in sein Heimatland in der Kakaoproduktion arbeiten. Er wünschte sich, dass der neue Staatspräsident Obasanjo die Korruption erfolgreich besiegen konnte.

Ein amerikanischer Staatsbürger stand vor Gericht, weil er übersehen hatte, seine Aufenthaltserlaubnisverlängerung zu beantragen. Eine Podiumsdiskussion widmete sich den Fragen: *Wer baut eigentlich die Städte? Die Investoren, die Stadtplaner oder die Nutzer?*

Stiesel blätterte rückwärts. Die Regierung der Stadt trat zurück, und das war auch gut so. Der neue Regierende Bürgermeister war schwul, und man spekulierte, ob er den Christopher Street Day besuchen würde. Ein dreijähriger Junge war allein in einem Bus fast eine Stunde durch die Gegend gefahren. Es gab öffentliche Proteste, weil ein Denkmal für die Bücherverbrennung am Bebelplatz durch eine Tiefgarage umbaut werden sollte.

Die Baufirmen warnten den Senat vor Investitionskürzungen. Der gesamten Branche drohe die Verarmung. Stiesel musste grinsen. Er kannte so viele verarmte Bauunternehmer wie Polizeibeamte mit einer Villa im Tessin. Zehn Tage vor dem Mord, am 14. Juni stellte die Zeitung zwei Azubis bei BMW in Spandau vor. Birte, 16, machte eine Ausbildung zur Kraftfahrzeugmechatronikerin. Sie träumte davon, später einmal in einem Rennstall zu arbeiten, *am liebsten für BMW.* Helge, 19, wurde Verfahrensmechaniker für Beschichtungstechnik. Er hatte bereits ein eigenes Motorrad (eine Honda, eine BMW war noch zu teuer) und wollte sich auf anspruchsvolle Lackarbeiten spezialisieren.

In einem Bericht über arme Familien hieß es, 1921 konnte jemandem die Sozialhilfe gestrichen werden, wenn er im Kino erwischt wurde.

Stiesel wurde müde. Die vielen Details, die einen Hinweis liefern sollten, aber nur ein Mosaik von zu Recht vergessenen Alltäglichkeiten lieferten, wurden immer beliebiger. Um wieder in Stimmung zu kommen, griff er sich den Halbjahresband der Boulevardzeitung. Da herrschte gleich ein anderer Ton in den Schlagzeilen: *Bestechlicher Fahrlehrer flieht mit 14 Millionen in die Türkei und stiftet seinem Heimatdorf eine Moschee.* Oder: *Meine schöne blonde Frau ist mir entlaufen.* Oder ein Stammbaum von Knautschke, dem berühmtesten Nilpferd der Stadt. Stiesel gab sich seit fünfzehn Jahren alle Mühe, in diesem Mikrokosmos heimisch zu werden, aber es gab Grade des Wahnsinns in diesem Biotop, die konnte er weder nachvollziehen noch nachahmen. Auch die Lüsternheit durfte natürlich nicht fehlen. *Wilde Partys am Teufelssee machen FKK-Wiese zur Müllhalde. Wo sonst die Hüllen fallen, türmt sich jetzt der Verpackungsmüll.* Sex und Schmutz gehörten eben zusammen. In diese Zeit musste auch der Beginn der wilden Müllkippen gefallen sein.

Stiesel kehrte wieder zu dem ersten Folianten zurück. Er hatte die *Generation 21* vom 7. Juni gefunden. Diesmal waren es zwei Kellnerinnen aus einem Irish Pub am Hackeschen Markt: *Melanie Schwarz, 19, und Lenka Husakova, 23, freuen sich darauf, Gäste aus aller Welt in The Swan am Hackeschen Markt zu bewirten. Melanie aus Spantekow bei Anklam überbrückt die Zeit bis zum Beginn des Studiums mit einem Sommerjob. Lenka aus Ústí nad Labem will den Sommer in der Stadt verbringen, um ihre Deutschkenntnisse zu verbessern. Sie möchte später Deutschlehrerin in Tschechien werden.*

Stiesel klatschte in die Hände. Die Bibliothekarin auf ihrem Beobachtungsplatz runzelte die Stirn und drohte ihm mit dem Finger.

Er senkte den Blick und ballte ganz leise die Faust unter dem Tisch. Melanie Schwarz war sehr hübsch gewesen, als sie noch lebte. Sie hatte dem Fotografen zugezwinkert und die Hand kess in die Seite gestützt. Lenka aus Tschechien trug eine Brille und zeigte die Andeutung eines Lächelns.

War sie nicht vernommen worden? Er schlug die Akte auf, die Pachulke aus dem Archiv geholt hatte. Wenn Stiesel nicht auf sie achtgab, würde Pachulke wahrscheinlich zwischen zwei Archivschränken zermalmt werden. Auch schon 2001 hatten beinahe zwanzig verschiedene Kellnerinnen und Kellner in dem irischen Pub gearbeitet. Man hatte sich auf diejenigen beschränkt, die Melanie am Abend ihrer letzten Schicht gesehen oder privat mit ihr zu tun gehabt hatten. So privat wie man sich eben kannte, wenn man in einem Sommer Geld für die nächsten acht Monate verdienen musste. Stiesel schüttelte den Kopf. Man hatte sich sehr früh auf den Pub festgelegt. Wenn Melanie in The Swan gejobbt hatte, dann musste der Mörder in dem Pub verkehrt haben. Entweder er war ein Stammgast oder ein Mitarbeiter, der beide Frauen gekannt hatte. So lautete unausgesprochen die Arbeitshypothese. Stiesel schlug die Akte wieder zu. So einfach musste es nicht gewesen sein.

19

Die Kosmetikabteilung im KaDeWe war im Erdgeschoss. Pachulke bahnte sich einen Weg durch die Menschenmenge. An diesem Samstag hatte die halbe Stadt den Entschluss gefasst, mal so richtig schön shoppen zu gehen. Erst das Frühshoppen, später das Umtauschen, und danach das Zweitshoppen. Ein erfüllter Samstag in drei Akten. Pachulke traf auf eine Verkäuferin, die in affenartiger Geschwindigkeit Tuben in ein Regalfach sortierte. Sie war jung und hatte einen winzigen Brillanten auf dem rechten Nasenflügel. Außerdem trug sie weinroten Lippenstift und etwas zu viel Augen-Make-up. Auf den Tuben stand Moisturizer. Das klang sehr medizinisch.

»Entschuldigen Sie, ich hätte eine Frage«, sagte Pachulke zu der Verkäuferin.

»Men's Beauty Care, hinten links in der Ecke«, sagte sie, ohne aufzusehen. Dabei malmte sie emsig auf einem Kaugummi herum.

Pachulke räusperte sich. »Es geht nicht um mich, bei mir ist ja eh nicht mehr viel zu machen.«

Die Verkäuferin musterte ihn von oben bis unten. »Man soll die Hoffnung nie aufgeben, da hatten wir schon ganz andere Visagen in der Mache. Bisschen Nachtcreme, bisschen was gegen die Krähenfüße, einmal im Monat 'n Peeling. Die Ohren sollten Sie sich mal ausrasieren lassen. Das sind Hörorgane und keine hängenden Kleingärten. Wollen Sie nicht mal rüberschauen in die Männerabteilung? Wir haben grade Starterpakete im Angebot. Jeden Abend und jeden Morgen zehn Minuten Körperpflege und die Frauen werden auf Sie fliegen. Die, die es mollig mögen, auf jeden Fall. 'n interessantes Gesicht haben Sie ja. Zeigen Sie mal Ihre Hände.«

Pachulke hob die Hände über den Kopf. Die Verkäuferin

schüttelte den Kopf. »Doch nicht so. Das hier ist keine Razzia. Gib Pfötchen.« Pachulke streckte die Hände aus. Die Verkäuferin berührte seine Hände. »Gar nicht mal so übel. Schön weich. Ausdrucksstarke Finger.« Sie schnüffelte an Pachulkes Fingern. »Nichtraucher, sehr schön. Und heute Morgen schon die Hände gewaschen.« Sie blickte auf. »Irgend so eine Flüssigseife mit Aloe Vera, stimmts?«

Pachulke nickte. »Vielen Dank, aber es geht wirklich nicht um mich. Ich bin wegen einer Frau hier.«

»Verstehe.« Die Verkäuferin verschob den Kaugummi mit einer schnellen Zungenbewegung von der linken in die rechte Backentasche. »Wer ist es denn? Ehefrau, Geliebte, Exehefrau, Exgeliebte, erwachsene Tochter, Tochter im Teenageralter, Mutter, Blumenverkäuferin, in die Sie heimlich verknallt sind, Kollegin, in die Sie heimlich verknallt sind, Nachbarin, in die Sie heimlich verknallt sind, Lieblingshure, der Sie einen Heiratsantrag machen wollen, Ehefrau des Kirchenvorstands, Bundestagsabgeordnete aus Ihrem Wahlkreis, Sohn, der gerade sein Coming-out verkündet hat? Und wie viel wollen Sie ausgeben?«

»Nein, kein Geschenk. Die Frau, um die es geht, ist tot.«

Die Verkäuferin riss den Mund auf, der Kaugummi klebte gerade an ihrem rechten Eckzahn im Oberkiefer. »O nein, bitte sagen Sie mir jetzt nicht, dass Sie Ihre Mutter umgebracht haben und zu Hause ihre alten Kleider auftragen, da kriege ich gleich eine Gänsehaut.«

»Meine Mutter hatte eine ganz andere Kleidergröße als ich.« Die Verkäuferin trat einen Schritt zurück und wurde sehr blass unter ihrer Tönungscreme.

Pachulke zückte seinen Dienstausweis. »Bitte machen Sie sich keine Gedanken. Pachulke, Kriminalpolizei. Ich habe niemanden umgebracht. Ich möchte jemanden finden, der zwei Frauen ermordet hat, das ist alles.«

In das Gesicht der Verkäuferin kehrte wieder ein klein wenig Farbe zurück. »Sagen Sie das doch gleich. Haben Sie mir einen Schrecken eingejagt.« Die Verkäuferin ging zu einer Verkaufsinsel. Diese präsentierte an drei Seiten Produkte vom Toten Meer und gewährte an der vierten Seite Zugang für das Personal. Sie warf den Karton, in dem die Tuben gewesen waren, in eine Box für Altpapier, wickelte den Kaugummi in ein Kleenex und warf ihn hinterher. Dann trank sie einen Schluck Wasser aus einer Halbliter-PET-Flasche und stellte sie zurück in den Bereich unterhalb des Tresens, in dem die Verkäuferinnen offenbar ihre privaten Dinge ablegten. Dann wandte sie sich Pachulke zu und schenkte ihm ein strahlendes Lächeln. Sofort fühlte er sich jünger und straffer, ganz ohne Faltencreme und Abtöner.

»Ihr Lächeln hat die gleiche Wirkung auf mich wie Botox«, sagte er. *Das ist bestimmt ein schönes Kompliment für eine Frau, die Kosmetika verkauft,* dachte er. Aber die Verkäuferin wurde schon wieder blass und griff zur Flasche. Schnell schob Pachulke ein schelmisches Kichern nach, das er extra einstudiert hatte, um die krassesten Folgen seiner missverständlichen Aussagen abzumildern, und schickte ein Augenzwinkern hinterher.

Sie zwinkerte zurück. »Tut mir leid, wenn ich so kurz angebunden war, aber wir müssen uns fragen: Wozu und zu welchem Ende kaufen Männer Kosmetika?«

»Genau«, sagte Pachulke. »Das frage ich mich schon seit zwölf Jahren.«

»Seit zwölf Jahren?«

»Ja, da haben wir die erste geschminkte Leiche gefunden.«

»Eine geschminkte Leiche, der Hammer. Bleiben wir zuerst einmal bei den Lebenden«, sagte die Verkäuferin. Ihre Stimme hatte jetzt einen resoluten, dozierenden Ton bekommen. »Siebzig Prozent aller Männer kaufen überhaupt keine Kosmetika. Für siebzig Prozent von denen, die keine Kosmetika kaufen, kaufen die Frauen oder Lebenspartnerinnen Zahnpasta und Duschgel und Deoroller. Zwanzig Prozent holen sich Pröbchen aus Drogerien und reißen sich das Zeug aus

Frauenzeitschriften heraus. Außerdem hamstern sie das, was sie bei Hotelaufenthalten finden. Zehn Prozent benutzen gar keine Kosmetika. Von den dreißig Prozent der Männer, die Kosmetika kaufen, tun das siebzig Prozent für Frauen, dreißig Prozent für sich selbst. Von denjenigen, die Kosmetika für sich selbst kaufen, haben siebzig Prozent Angst, deswegen für schwul gehalten zu werden, die anderen dreißig Prozent sind schwul. Von denjenigen Männern, die keine Kosmetika benutzen, glauben ebenfalls siebzig Prozent, schwul zu sein, weil sie niemals Kontakt zu einer Frau bekommen. Den anderen dreißig Prozent sind Frauen, Menschen ganz allgemein, vollkommen egal.«

»Dreißig Prozent von siebzig Prozent von dreißig Prozent? Ich fürchte, ich kann Ihnen nicht ganz folgen.«

»Das macht nichts, Zahlen sind im Grunde gar nicht so wichtig.« Sie nahm einen weiteren Schluck aus der Flasche.

Eine Frau pirschte sich vorsichtig an, um in einem passenden Moment ihr Anliegen vorzutragen. »Gehen Sie zu einer Kollegin«, sagte die Verkäuferin zu ihr. »Sie sehen doch, dass ich beschäftigt bin. Der Kunde hier hat erhöhten Beratungsbedarf.«

Pachulke zückte ein Foto. »Wie würden Sie diese Frau schminken?«, fragte er.

Sie riss den Mund auf. »Ist das eine von den Toten?«

»Ja, aber auf dem Foto hat sie noch gelebt. Ich habe aber auch ein Foto vom Tatort dabei, wenn Sie mal vergleichen wollen.«

»Nee, danke, ist schon in Ordnung.« Die Verkäuferin nahm das Foto von Verena Adomeit, das Pachulke auf ihrer Website gefunden hatte. Auf dem Foto hatte sie noch braune Haare gehabt.

»Irgendwas nicht ganz so Helles würde ich nehmen«, sagte die Verkäuferin. »Zu den Haaren passen weiche Brauntöne. Sie hat … hatte ja auch einen eher kräftigen Teint.«

»Sehen Sie, genau das hat sich der Mörder auch gedacht.

Nur war die Frau am Tag vor ihrer Ermordung beim Friseur und hat sich die Haare blond färben lassen.«

»Dann passte das Make-up nicht mehr?«, fragte die Verkäuferin.

»So ist es«, sagte Pachulke.

»Das heißt, er hat sie sich vorher ausgekuckt.«

»Wieder richtig. Noch eine richtige Antwort, und Sie können bei uns anfangen.«

»Muss ich mir dann Tatortfotos ansehen?«

»Unbedingt.«

»Dann lieber nicht.«

»Eine Frage habe ich noch.«

»Die zweite Leiche?«

»Nein. Ganz allgemein: Wie fühlt es sich an, jemanden zu schminken?«

»Mann, Sie stellen Fragen. Es ist halt ein Job. Allen wird eingeredet, sie könnten wie ein Supermodel aussehen, aber das stimmt nicht. Make-up und Schönheitspflege machen aus niemandem einen anderen Menschen. Ein versautes Make-up kann einen auch entstellen. Man hat schon eine Menge Verantwortung.«

»Macht … Würden Sie sagen, Sie haben Macht, wenn Sie jemanden schminken?«

»Wenn ich gerade schminke, habe ich sicherlich Macht. Aber letztendlich sitzt die Kundin am längeren Hebel. Wenn sie sich bei meiner Chefin beschwert, habe ich ein Problem.«

»Aber eine Tote, die geschminkt wurde, beschwert sich nicht mehr«, sagte Pachulke. »Haben Sie schon mal eine Kundin mit Absicht versaut?«

Die Verkäuferin wurde knallrot. »Was soll denn das jetzt? Sie sind gar kein Polizist? Testkunde oder was?«

»Nein, ich bin ein echter Kriminalbeamter, wirklich. Wir wollen verstehen, warum der Mörder seine Opfer schminkt, und Sie sind eine Expertin. Also, bitte beantworten Sie meine Frage.«

Die Verkäuferin holte tief Luft. »Ja, es gibt Kundinnen, die sind mit nichts zufrieden. Kann sein, dass die eine oder andere mal mit einem schiefen Mund hier raus ist.«

»Oder mit einem blauen Auge?«, fragte Pachulke.

Die Verkäuferin musste lachen. »Ein bisschen blutunterlaufen sah es aus, manchmal.«

Pachulke zeigte zur Men's Beauty Care hinüber. »Was machen Sie eigentlich mit Männern, die sich pflegen lassen und lästig werden?«

»Da müssten Sie meine Kolleginnen fragen. Aber der Klassiker ist ja, der Mann hat die Augen zu, entspannt sich, die Hand fällt von der Armlehne und streift wie zufällig den Oberschenkel.«

»Und?«, fragte Pachulke. »Dafür gibts dann den Q-Tip etwas zu tief ins Ohr zusammen mit einer tiefempfundenen Entschuldigung.«

»Man ist im Grunde völlig ausgeliefert, wenn man sich schminken lässt«, sagte Pachulke.

»Ja, wie bei einer Massage oder beim Friseur.«

20

Zabriskie erreichte die bezahlbare Wohnung mit Balkon in Tempelhof zu Fuß vom nächstgelegenen U-Bahnhof, dessen Namen sie bis heute nur vom Übersichtsplan der Verkehrsbetriebe gekannt hatte. Natürlich hatte sie den falschen Ausgang genommen und natürlich war sie etwas spät dran. Die Wohnungsanzeige hatte ein Gewitter von Abkürzungen enthalten. Neben der Einbauküche – EBK – und dem Wannenbad – WB – hatte es auch noch eine Reihe anderer Eigenschaften gegeben, die wohl so exklusiv waren, dass sie in der Liste gängiger Abkürzungen nirgendwo auftauchten, HdA und BaP zum Beispiel. Sie eilte in den dritten Stock, während der Aufzug an ihr vorbei nach unten fuhr. Ein Aufzug. War sie schon so alt, dass sie in einem Haus mit Aufzug leben musste? Die Maklerin trug ein braunes Kostüm und eine Vintage-Brille aus den siebziger Jahren mit braunem Gestell.

»Ich habe eine Frage zu den Abkürzungen in der Anzeige«, sagte Zabriskie.

»Sehr gerne, fragen Sie.«

»Was heißt HdA?«

»Häufig defekter Aufzug«, sagte die Maklerin. »Wäre das ein Problem?«

»Nein, im Gegenteil, ich bin ja sehr sportlich und bewege mich gern, trage auch gerne den Wochenendeinkauf drei Treppen zu Fuß nach oben. Gar kein Problem. Ich sehe das als Plus«, sagte Zabriskie. »Und was heißt BaP?«

»Bevorzugt an Paare«, sagte die Maklerin. »Ist das ein Problem?«

Zabriskie sah sich um. Durch die Wohnung schlichen die anderen Interessenten, die meisten waren zu zweit gekommen, zwei Frauen waren schwanger.

»Nein, überhaupt kein Problem. Ich bin ein Paar, das sehen Sie doch«, sagte Zabriskie. »Wir teilen uns die Besichtigungen auf.«

»Ihr Mann und Sie?«, fragte die Maklerin.

»Ja, genau«, sagte Zabriskie. »Mein Mann und ich. Ich und mein Mann. Wir beide, das Paar.« Stiesel. Stiesel musste als ihr Mann herhalten. Das konnte er schon mal machen. Und dann, trotz der neuen Wohnung, würde die Ehe in eine schwere Krise geraten und ratzfatz in die Trennung münden. Aber erst einmal den Mietvertrag klarmachen. Zabriskie drehte ihre Runde. Die Einbauküche war in Ordnung, das Bad war größer als erwartet und weiß gekachelt. Der Balkon war winzig, ging aber auf einen kleinen Park.

»Wirklich sehr schön«, sagte Zabriskie, als sie der Maklerin wieder über den Weg lief.

»Wir haben noch einen voll ausgebauten Keller«, sagte die Maklerin. »Der ist ganz praktisch für die Urlaubssachen oder

Kinderspielzeug.« Sie schenkte Zabriskie ein Lächeln, das wohl Geheimwissen von Frau zu Frau beinhalten sollte.

Zabriskie lächelte zurück. Ein Kind, kein Problem. Sie würde sich einen von Bördensens Blagen ausleihen und zur Vertragsunterzeichnung mitbringen.

21

»Ich habe ja selten einen Käufer gesehen, der so glücklich war wie Sie am letzten Mittwoch«, sagte die Mitarbeiterin im Empfangsbereich des Auktionshauses zu Pachulke. Sie zwinkerte ihm zu. »Da haben Sie ein echtes Schnäppchen gemacht. Dadurch dass noch so ein paar andere Spitzenangebote an diesem Tag aufgerufen wurden, haben sich einige der wichtigen Sammler zurückgehalten. Sie können es bestimmt kaum erwarten, Ihren Schatz nach Hause zu tragen und sich ein wenig einzuhören.«

»Wer? Ich?«, fragte Pachulke. »Meinen Sie mich?« Er fixierte einen Punkt, der hinter der jungen Frau zu liegen schien.

Die Frau warf Pachulke einen vorsichtigen Blick zu. »Ja, äh, ich meine Sie. Sie sind doch Herr Pachulke, der die Box mit den *Studio Sessions* von Artur Rubinstein ersteigert hat?« Sie blätterte in ihren Unterlagen. »Katalognummer 256.«

»Ja, 256, das bin ich. Ich meine, das ist mein Schatz. Meine ersteigerten Schallplatten. Und ich kann es kaum erwarten, die Platten zu sehen, sie zu berühren, an ihnen zu schnuppern und ihre delikaten zarten Rillen zu betrachten, wenn das Licht drauffällt.«

»Und anhören, nicht wahr?« Die Stimme der Mitarbeiterin klang jetzt ein wenig streng. »Anhören werden Sie sie sicherlich auch.«

»Wer weiß, wer weiß.« Pachulke nahm zum ersten Mal Augenkontakt mit der Frau auf. »Wie viel wiegen die Platten denn?«

»Äh, wie bitte?«

»Das Gewicht der Schallplatten. Das steht doch bestimmt in Ihren Unterlagen, falls Sie die *Studio Sessions* irgendwo hinschicken hätten müssen. Wenn zum Beispiel der Besitzer einer Burg an der Saale hellem Strande mit massiven, festen Steinböden diese Kompilation jetzt sein Eigen nennen würde.«

»Ja, Moment, ich kann mal nachsehen. Augenblick, bitte.«

Sie öffnete eine Tür, hinter der sich ein Gang befand, von dem weitere Türen abgingen. Das sah nach dem Bürotrakt aus. Und in einem der Räume war vermutlich die Schallplattenwaage. Pachulke stand allein im Eingangsbereich. Der Eingangsbereich wurde aufgelockert durch zwei Schauvitrinen, die durch mildes Licht indirekt ausgeleuchtet wurden. In der einen standen verschiedene Tonfigürchen, die etruskischen Ursprungs waren, wie ein kleines Hinweisschild verriet. Dass die Figürchen unverkäuflich waren, sagte das Schild auch.

In der anderen Vitrine befanden sich filigrane Glasskulpturen von einer tschechischen Glaskünstlerin. Eine Tafel nannte ihren Namen und wies darauf hin, dass sich die Details der Darstellung in ihrer ganzen Fülle erst mit einer Lupe erschlössen. Diese stellten die Mitarbeiter gern zur Verfügung. Aber gerade waren keine Mitarbeiter zugegen.

Pachulke sprang ein kleines Stück in die Luft und beobachtete die Tonfigürchen und Glasskulpturen in den Schauvitrinen. Nichts. Keine Bewegung. Er sprang ein bisschen höher. Wieder nichts. Jetzt stellte er sich so nah an die Vitrine mit den etruskischen Figürchen, wie er konnte, und sprang dann dreimal ganz schnell hintereinander. Wieder nichts. Die Etrusker zuckten nicht einmal.

Am Fenster standen zwei Stühle neben einem Tisch, auf dem verschiedene Kunstzeitschriften auslagen. Pachulke trug einen der Stühle neben die Vitrine mit den Glasskulpturen. Dann stieg er auf den Stuhl. Er ging in die Knie und holte mit den Armen Schwung. Aus den Augenwinkeln beobachtete er die Glasskulpturen, die im Licht leise schimmerten. Er holte mit den Armen Schwung. Und eins, und zwei …

»Was machen Sie denn da auf dem Stuhl? Kommen Sie bitte sofort herunter.« Die Mitarbeiterin stand, die Hände in die Hüften gestemmt, in der Tür. Sie schüttelte den Kopf.

»Entschuldigung, Ihre Böden, die sind«, Pachulke wischte sich über die Stirn, »die sind erstaunlich massiv. Und geben Erschütterungen kaum weiter.«

»Allerdings. Und Sie können froh darüber sein. Wenn einem unserer etruskischen Reiter auch nur ein Ohrläppchen fehlt, dann kostet Sie das mehr als alle Rubinstein-Platten zusammen.« Sie trat an die Vitrine heran und hielt eine Lupe vor ihr Auge. Wortlos überprüfte sie alle ausgestellten Objekte.

Pachulke kletterte vom Stuhl, strich mit der flachen Hand ein paarmal über die Sitzfläche und stellte den Stuhl zurück. Er räusperte sich. »Dieser Boden ist beeindruckend. Wie ist der denn gebaut worden?«

Die Frau presste die Lippen zusammen. »Da müssen Sie den Stahlschrank-Fabrikanten fragen, der sich das Häuschen hier vor hunderundzwanzig Jahren als Stadtvilla hat bauen lassen.«

»Ein Safehersteller?«

»Ganz recht, und in seiner Freizeit hat er Safes gesammelt. Und sie in seinem ganzen Haus aufgestellt.« Pachulke kratzte sich am Kopf. Und er hatte gedacht, seine Sammelleidenschaft wäre merkwürdig.

»Die Vitrinen sind so ausgefedert, dass hier ein Nashorn durchlaufen kann, ohne dass etwas passiert, wobei Sie …«, sie musterte Pachulke von oben bis unten, dann fiel ihr offenbar ein, dass der Mann, der auf den Stuhl gestiegen war, ein zahlender Kunde war, »… sich wirklich etwas haben einfallen lassen.« Sie trat hinter den Tresen und winkte Pachulke zu sich heran. »Also, Ihre Schallplatten wiegen zusammen etwa sechzig Kilo.«

»Sechzig Kilo!«

Die Frau nickte. »Sind Sie mit dem Auto da? Sie können direkt bis zum Auslieferungstor auf den Hof fahren und einladen. Der Kollege unten hilft Ihnen gern.«

Pachulke schüttelte unmerklich den Kopf, trat einen Schritt

auf die Frau zu und starrte sie an. »Sagen Sie mal, Sie sind ja geschminkt.«

Die Mitarbeiterin des Auktionshauses trat einen Schritt zurück. »Ja. Ein angenehmes und gepflegtes Äußeres ist Pflicht während der Arbeitszeiten. Stimmt etwas nicht?«

»Doch, sehr schön sogar, sehr geschmackvoll.«

Die Frau lächelte. »Vielen Dank für das Kompliment.«

»Das ist Ihnen ohne Zweifel gelungen«, sagte Pachulke. »Wie lange brauchen Sie denn für so ein Make-up, und was fühlen Sie, wenn Sie es auflegen?«

»Für das, was ich an einem Arbeitstag anlege, brauche ich vielleicht zehn Minuten. Ich habe mich zum ersten Mal geschminkt, da war ich fünf. Und regelmäßiges Make-up dann mit zwölf, da ging das richtig los bei mir in der Schule. Und was ich fühle? Ich werde selbstsicher, wenn ich mir gefalle. Ich kann etwas ausstrahlen. Ich kann mich ausprobieren. Ich versuche jeden Morgen, gut auszusehen. Aber wieso fragen Sie?«

»Ich bin bei der Polizei, und wir suchen einen Frauenmörder, der seine Opfer schminkt, nachdem er sie umgebracht hat.«

»Und Sie denken, dass ich …?« Die Frau schniefte und holte ein Taschentuch unter dem Tresen hervor.

»Nein, überhaupt nicht. Wir sind uns sicher, dass der Täter ein Mann ist. Wir kommen bloß mit dem Schminken nicht klar. Das ergibt kein Motiv. Habe ich Sie richtig verstanden, dass Sie sich mit dem Schminken etwas Gutes tun und dass Sie sich dadurch verwandeln?«

»Könnte man so sagen.« Sie putzte sich ganz vorsichtig die Nase.

»Ich hoffe, das kommt jetzt nicht ungelegen, diese Fragerei.«

»Nein, gar nicht. Wir sind ja schließlich dazu da, die beruflichen Probleme unserer Kunden anzuhören, nicht wahr? Darf ich Ihnen jetzt ein Taxi rufen?« Sie griff zum Hörer, wählte eine Kurzwahl und bestellte einen Wagen zum Auktionshaus. »Sie können mit dem Aufzug mit mir nach unten fahren.«

»Zum Bahnhof Südkreuz, die Seite Naumannstraße, aber der Hintereingang.«

»Hintereingang?« Der Taxifahrer kratzte sich am Kopf.

»Lassen Sie mich nur machen.«

Am Südkreuz ließ Pachulke das Taxi an der separaten Einfahrt halten, die zur Polizeiwache im Bahnhof führte. Gleich nebenan, das wusste Pachulke, waren die Schließfächer. Dem diensthabenden Beamten erklärte er, er müsse für ein paar Tage Beweismaterial hier einlagern, für das er in seinem Büro keinen Platz mehr habe. Die Raumnot, er werde das sicher verstehen.

»Sie können das auch sehr gerne hier bei uns abstellen«, sagte der Beamte.

»Bedaure, das ist nicht möglich«, sagte Pachulke. »Zu brisant.«

Mit dem Taxifahrer wuchtete er die sechs Plattenkisten in drei große Schließfächer. Er beorderte einen Beamten dazu ab, die Schließfächer zu bewachen und ließ sich einen Fünfzig-Euro-Schein in Münzen wechseln. Als er alle drei Schließfächer für die nächsten zweiundsiebzig Stunden mit Münzen versehen hatte, war er beinahe pleite. Aber wer brauchte schon Quark, wenn es Knäckebrot in so vielen leckeren Geschmacksrichtungen gab. Die *Studio Sessions* waren für die nächsten drei Tage in Sicherheit, das, und nur das zählte.

22

Dorfner war überpünktlich zu der angegebenen Adresse in Tempelhof gekommen. Er war der erste und behielt diese Position auch inne, als ein oder zwei Leute versuchten, sich an ihm vorbeizudrängeln. Dorfner rollte zweimal mit den Schultern, und dann war Ruhe. Schließlich kamen die Makler, sie waren zu zweit. Ein kleiner, drahtiger Typ in einer teuren Jeans und einem blauen Hemd. In der Brusttasche steckte ein Kugelschreiber, und einige blaue Striche an der Brusttasche zeugten davon, dass er beim Einstecken des Stiftes ein paarmal daneben gezielt hatte. Die Maklerin trug ein braunes Kostüm und eine riesige Brille mit einem breiten braunen Rahmen. Sie musterte jeden der Bewerber, als könnte sie mit Röntgenaugen die Solvenz und die Zahlungsmoral ablesen. Dorfner stiefelte dem Makler hinterher die Treppen nach oben.

Die Wohnung war in Ordnung. Es war ein Nachkriegsbau in einer kleinen Seitenstraße des Tempelhofer Damms, genau zwischen zwei U-Bahnhöfen. Sie war kleiner als Dorfners jetzige Wohnung. Sie hatte ein sinnlos großes Bad und einen winzigen Balkon, aber das war egal. Dorfner beobachtete die Mitbewerber. Es waren einige Paare, eines hatte ein kleines Kind dabei. Ihn interessierte vor allem der *ausgeb. Keller*, der in der Anzeige erwähnt worden war. »Und er ist trocken, sagen Sie?«, fragte Dorfner. »Und abschließbar?«

»Voll ausgebaut«, erwiderte der Makler, während er schon Bewerbungsbogen verteilte. »Feuerschutztür mit Zylinderschloss.« Zu allen Interessenten gewandt sagte er: »Ich gehe jetzt mit Ihnen in den Keller. Bitte schicken Sie die Bewerbungsbogen bis spätestens kommenden Dienstag an unsere Adresse, und vergessen Sie nicht die Mietschuldenfreiheitsbescheinigung Ihres jetzigen Vermieters und die Verdienstbescheinigung.«

Der drahtige Typ setzte sich in Bewegung, und Dorfner und die meisten Interessenten folgten ihm nach unten. Als sie in die Durchfahrt traten, verließen einige Leute die Besichtigungstour. Es waren nur noch zwei, die den Keller sehen wollten, Dorfner und ein anderer Mann in einem Straßenanzug und einer schwarzen Lederkrawatte. Der Makler schloss die Kellertür auf und knipste das Licht an. Es roch kühl, aber nicht modrig. Dorfner lief neben dem Makler und konnte sein Aftershave riechen. »Und was machen Sie beruflich, wenn ich fragen darf?«, fragte der Makler.

Dorfner räusperte sich: »Ich bin Polizist, Kriminalassistent zur besonderen Verwendung.« Der Mann knurrte: »Oh, wenigstens einer, der sich darum kümmert, dass wir Anständigen auch anständig leben können.«

»Wir tun, was wir können«, sagte Dorfner. »Schauen Sie mal, das ist der Arm des Gesetzes.« Er spannte seinen Bizeps an.

Der Makler nickte. »Da können Sie Ihre Frau ja auf Händen tragen.«

Ich lebe allein, wollte Dorfner sagen, aber da waren sie an dem Keller angekommen, der zur Wohnung gehörte.

»Wissen Sie«, sagte der Makler, »wir würden am liebsten an ein Paar vermieten.«

Sie betraten einen weißgekachelten Raum mit einem sauber ausgegossenen Betonboden. Er war nicht so groß wie das Bootcamp, aber es würde reichen. Und darunter wohnte niemand, der sich beschweren konnte. Dorfner nickte. »Sieht super aus.«

»Wofür brauchen Sie den Keller?«, fragte der Makler.

Dorfner hatte beschlossen, mit offenen Karten zu spielen. Lieber suchte er ein bisschen länger, als dass er mit seiner Ausrüstung gleich wieder umziehen musste. Er versuchte ein verschwörerisches Lächeln. »Der Arm des Gesetzes muss trainiert werden. Der Keller soll mein Fitnessstudio werden.«

Der Makler zuckte mit den Schultern. »Ach, hier unten sollte das kein Problem sein. Im Vertrauen«, er senkte die Stimme. »In einem anderen Haus mussten wir einer Familie kündigen, weil sie ein Trampolin im Wohnzimmer aufgestellt hatten. Da ist der Putz bei den Mietern in der Etage darunter in die Suppe gerieselt.«

»So etwas Rücksichtsloses«, entfuhr es Dorfner.

»Und was machen Sie?«, fragte der Makler den anderen Bewerber.

»Ich bin Bankangestellter«, sagte der Mann. »Kurz davor, zum Filialleiter befördert zu werden.«

»Und den Keller brauchen Sie wofür?«

Dorfner merkte, dass er dem Makler sympathischer war als der andere Mann, aber bei dem Wort *Filialleiter* hatte er die Augen aufgerissen.

»Meine Weinsammlung.«

»Oh, ein Gourmet.« Der Makler nickte. »Ein schönes Hobby. Haben Sie Familie?«

»Noch nicht«, sagte der Bankangestellte.

Als sie aus dem Hof in den Durchgang traten, kam die Maklerin mit der großen Brille gerade die Treppe herunter. Im Schlepptau hatte sie die restlichen Interessenten, darunter auch eine Frau mit dunklen Haaren, einem wohlproportionierten Körper und einem tätowierten Panther auf der Schulter, der gerade mit aufgerichtetem Kopf lang ausgestreckt dalag.

»Zabriskie!«, rief Dorfner.

»Dorfner, du bist ja auch da«, sagte Zabriskie.

»Ach, Ihre Frau ist auch gekommen«, sagte der Makler.

»Oben hats ihr gefallen«, sagte die Maklerin. »Nicht wahr, Frau Zabriskie?«

Dorfner sah den Bewerbungsbogen in Zabriskies Hand.

»Wir würden natürlich viel lieber an ein Paar vermieten«, sagte die Maklerin und starrte auf den Bankangestellten, als wollte sie ihn verscheuchen. »Die Keimzelle eines jungen Glücks, das soll diese Wohnung sein.«

»Ich geh mit den anderen noch mal kurz den Keller anschauen«, sagte die Maklerin zu ihrem Kollegen. »Sie können Ihrem Mann dann den isotonischen Durstlöscher bringen«, wandte sich der Makler an Zabriskie und nickte ihr zu.

»Was?«, fragte Zabriskie. Zu Dorfner sagte sie: »Du wartest doch auf mich, Schatz.« Der Panther auf ihrer Schulter fletschte die Zähne.

»Ich kann Ihren Mann so gut verstehen, dass ihm dieser Keller wichtig ist. Eine gute Ehe braucht ihre Rückzugsmöglichkeiten, wenn das Feuer der Leidenschaft nicht mehr so heftig lodert wie in den ersten Jahren«, sagte die Maklerin. »Was hat Ihr Mann denn hier vor?«

»Fitness, das hier soll sein Fitnessstudio werden«, sagte Zabriskie. Oder Dorfners Folterkammer?

»Ach wie schön. Und wenn Sie oben mit dem Essen fertig sind, sagen Sie Ihrem Mann einfach über das Babyfon Bescheid. Ich finde es toll, dass der Keller nicht nur ein Abstellraum sein soll. Wir haben ihn extra ausbauen lassen, damit er benutzt werden kann. Oben ist ja nicht so viel Platz. Und wenn dann erst mal Kinder da sind. Sie wollen doch Kinder? Mit so einem gutaussehenden Mann muss man doch Kinder wollen.«

Zabriskie nagte an ihrer Unterlippe. »Sie stehen auf Muskeln?« Sie versuchte, schwesterliche Verständnisinnigkeit in ihre Stimme zu legen. Von Frau zu Frau. Von Wohnungssuchender zu Maklerin.

»Sie nicht?« Die Maklerin sah Zabriskie in die Augen.

Zabriskie stand auf Ausdauer, Knackärsche und noch zwei, drei andere Sachen, die sie hier jetzt nicht erörtern wollte. »Doch, natürlich. Dorfner hat einen süßen rectus femoris«, sagte sie schnell. Lügen, betrügen, morden, hatte sie sich vorgenommen, und schon war sie mitten drin.

»Wie bitte?« Die Maklerin lächelte nicht mehr verschwörerisch. »Rectus was, sagen Sie?«

»Der vordere Oberschenkelmuskel«, sagte Zabriskie. Das hatte sie von Tenbrink gelernt. Sie gingen zurück nach oben. Zabriskie verstand nicht, warum sie so wütend auf Dorfner war. Es war klar, dass er hier auftauchen würde, er hatte sich den Termin im Immobilienteil angekreuzt. Aber trotzdem kam er ihr wie ein Eindringling vor.

»Wenn Sie wollen, haben Sie die Wohnung«, sagte die Maklerin, als sie vor dem Haus auf dem Bürgersteig standen, und ihr Kollege nickte zum Abschied.

Dorfner und Zabriskie starrten sich an.

»Wieso suchst du überhaupt eine Wohnung?«, fragte Zabriskie.

»Fristlos gekündigt«, sagte Dorfner schmallippig. »Die wollen nicht, dass ich Hanteltraining mache.«

»Gewichte stemmen in einer Etagenwohnung, auf so einen Blödsinn kannst auch nur du kommen. Und hier hättest du einen Folterkeller ganz für dich allein.«

»Bootcamp, es ist mein Bootcamp. Aber wieso kreuzt du ausgerechnet hier auf? Ich denke, du hast so einen supernetten Vermieter, und alles ist nett, und du schreibst ihm Weihnachtskarten und tralala.«

Zabriskie sah zu Boden. »Bin auch gekündigt worden. Eigenbedarf, aber nicht sofort, erst in sechs Monaten. Er hat eine erwachsene Tochter.«

Ein Geistesblitz zuckte über Dorfners Gesicht. »Könnte ich bei dir vielleicht … nur kurz.«

»Völlig ausgeschlossen, dass du auch nur einen Fuß in meine Wohnung setzt.«

»Ich verstehe, die Anwesenheit eines Mannes könnte die lesbische Nestwärme zerstören.«

»Die was? Dorfner, ich bin nicht lesbisch. Ich bin weniger lesbisch, als du schwul bist. Ich habe bloß an dir, an dir ganz persönlich, kein Interesse. Du bist ein wandelnder Albtraum.«

»Ich hätte nie gedacht, dass es einmal so weit kommen würde zwischen uns beiden.«

»Ich hätte nie gedacht, dass du noch wirrer daherreden könntest als sonst.«

»Du hast meinen Schreibtisch durchwühlt, gib es zu. Sonst wärst du gar nicht erst hier aufgekreuzt.«

Touché, dachte Zabriskie. Dorfner war gar nicht so blöd, wie er aussah. Obwohl, sah er blöd aus? Er war stockblöd, das war das Problem, da konnten auch die kleine Kerbe im Kinn und die tatsächlich nicht übel geformten Beine nichts daran ändern.

»Ja, das habe ich, tut mir leid.« Zabriskie tat es nicht die Bohne leid, aber sie wollte hier weg. »Weil Pachulke mir deine Bewachung aufs Auge gedrückt hat. Du liest sonst nie Zeitung. Ich dachte, du führst auf eigene Faust Ermittlungen durch.«

»Du darfst das Kreuzworträtsel in *Legal Torture* lösen, wenn wir zusammenwohnen. Das mache ich nie«, sagte Dorfner. »Dein Englisch ist viel besser als meins.«

»Dorfner, nun denk doch mal nach. Wenn wir zusammen wohnen, gäbe es nach vierundzwanzig Stunden zwei Tote.«

»Ich brauche ein Fitnessstudio, Zabriskie.«

»Aber nicht mit mir.« Sie sah an der Hausfassade hoch. »Außerdem hat mir die Einbauküche nicht gefallen. Und der Balkon war zu klein.«

»Es kommt nicht auf die Größe an.«

»Beim Balkon schon.«

In dem kleinen Reihenhaus in Rudow lag immer noch ein Berg Zeitungen im Zimmer, aber die Mäuse tanzten nicht auf dem Tisch und über den Boden huschten sie auch nicht mehr.

»Ist das alles?«, fragte Victor Sherman seinen Vater.

Vincent zuckte mit den Schultern. »Man kann ein ganzes Leben nicht so schnell auflösen. Ich habe in der Küche angefangen, weil ihr alles habt, was ihr braucht in eurem Haushalt.«

Auf dem Küchentisch standen drei Kartons. Victor warf einen Blick hinein: Teller, Tassen, Untertassen, Gläser, alles in Zeitungspapier verpackt und den Karton mit Zeitungspapier ausgestopft. »Wieso hast du das denn verpackt? Das nimmst du doch gerade nicht mit.« Victor wollte seinem Vater keine Vorschriften machen, aber er hatte das Gefühl, dass er alles in die Hand und deshalb seinem Vater aus den Händen nehmen musste, sollte es kein schlimmes Ende mit diesem Hausstand nehmen.

Vincent drehte Däumchen, ein Zeichen dafür, dass ihm etwas peinlich war. »Ich dachte, wir können das vielleicht an Oxfam oder Humana geben. Die Sachen sind doch noch völlig in Ordnung. Ich mag es nicht, Sachen wegzuwerfen.«

»Ja, ich weiß«, seufzte Victor.

»Ich meine Sachen, die noch in Ordnung sind.«

»Ich verstehe dich ja, Vater, aber wir haben für Feinheiten keine Zeit. Wir können nicht deinen ganzen Hausrat zu Oxfam geben.«

»Natürlich nicht alles.« Vincent hob die Hand. Die Geste war halbbeschwörend, halbbeschützend. »Ich werde einiges mitnehmen.«

»Was denn?«, fragte Victor.

»Die gerahmten Werbeplakate. Den Chevy, den Rolls, den Ford Mustang und die anderen.«

»Hm«, sagte Victor. Die Werbeplakate waren tatsächlich mit das Beste, was sein Vater aus den frühen Jahren von Vincent's Vintage Cars aufgehoben hatte. Jetzt hieß der Laden Victor's Vintage Cars, und Victor verdächtigte seinen Vater, bei der Wahl des Vornamens für ihn die innerbetriebliche Nachfolgeregelung im Blick gehabt zu haben. »Wie viele sind das denn?«

»Insgesamt zehn: Die Corvette, der Mercedes 230 SL Roadster ...«

»Okay, okay, die kommen mit, die hängen wir in den neuen Showroom.« Victor's Vintage Cars befand sich seit sechs Jahren am Spandauer Damm. Das Grundstück hatten sie schon ein paar Jahre früher in weiser Voraussicht gekauft. Als die offenen Vermögensfragen gerichtlich endgültig geklärt waren, mussten sie ihren alten Standort, ein unbebautes Grundstück in der Oranienburger Straße, aufgeben. Letzten Winter hatten sie am Spandauer Damm einen neuen Showroom eröffnet, speziell für Autos aus der Zeit vor 1970. Da würden die großen Poster gut hineinpassen.

»Danke, Victor.«

Dass sein Vater sich bedankte, war sehr zwiespältig für Victor. Er hatte sich sein ganzes Leben nicht bedankt, bei niemandem, und jetzt stand das kleine Wort *Danke* für die zunehmende Hinfälligkeit und Wehrlosigkeit des Alten. Gleichzeitig ging es Victor runter wie Öl, dass ihn der Alte endlich ernst nehmen musste.

»Gerne Vater, aber das Geschirr und die Töpfe, die kommen, so wie sie sind, zur Müllhostess.«

»Ich gehe nicht zur Müllhostess.« Vincent setzte sich kerzengerade. »Ich bin nicht zweiundachtzig Jahre alt geworden, um mich in aller Öffentlichkeit zur Sau machen zu lassen.«

Das war ein typischer Spruch seines Vaters. Sein Alter als Ultima Ratio: *Ich bin nicht* zweiundachtzig *Jahre alt geworden, damit mir so ein Typ zwischen den Beinen rumfummelt,* wenn er nicht zum Urologen wollte. *Ich bin nicht* zweiundachtzig *Jahre alt geworden, damit ich nicht mehr essen kann, was ich will,* wenn er seinen immensen Konsum an Süßigkeiten reduzieren sollte. Heute war es die Müllhostess. Aber diesmal, fand Victor, hatte sein Vater recht. »Was ist mit deinen CDs?«, fragte er. »Können die weg?«

»Die hat mir Valentin alle überspielt«, sagte Vincent. Valentin war sein siebzehnjähriger Enkel, die beiden waren richtig dick miteinander. »Valentin meint, bei Ebay …«

»Ja, und wer soll die denn alle zum Verkauf einstellen? Valentin macht Abitur dieses Jahr.«

»Na gut, dann kommen die auch weg«, sagte Vincent.

»Hast du auch noch Videos? Ich meine, alte Videokassetten?«

»Videofilme und DVDs und außerdem die ganzen CDs vom alten Gelände.«

Victor schüttelte den Kopf. »Du hast die alten CDs von unserer Überwachungskamera aufgehoben? Warum in aller Welt.«

»Victor, dieser Laden war mein Leben. Und auf den Kameras ist alles aufgezeichnet. Ich kann mich an alles erinnern, wenn ich die Autos Nacht für Nacht bei uns auf dem alten Gelände stehen sehe. Ich erinnere mich an jeden Wagen. Ich weiß, von wem ich ihn gekauft und an wen ich ihn weiterverkauft habe. Ich weiß, wie es sich anfühlte, den ersten Rolls Royce Silver Shadow in meinem Leben zu fahren. Dreihundert Stunden Arbeit habe ich in den reingesteckt.« Vincent schüttelte den Kopf. »Hast du mal gesehen, was für eine Scheiße im Fernsehen läuft. Für dich sind auf diesen CDs Stunden, in denen nichts passiert. Ich sehe alle meine Autos noch einmal.«

»Kann denn wenigstens der ganze Technikkram weg draußen im Gang? Die Toaster und Kassettenrekorder und die Kamera?«

»Die Kamera funktioniert einwandfrei, man müsste sie nur …«

»Sie kann weg?«

Vincent seufzte. »Ja, sie kann weg.«

23

Die Dinge und die Menschen. Die Dinge kann man kaufen, aber wenn die Menschen nicht machen, was man will, was dann? Mir hilft da oft die Demut, die Situation so zu nehmen, wie sie ist. Auch jetzt, mitten im Unrat, reicht das, was die Gäste vom Sushi übrig gelassen haben, als Inspiration für eine Miniatur über die Fragilität des Lebens.

Der rote Thunfisch
So zart kann rohes Fleisch sein
Alge umhüllt dich

So wie ich Sushi auf meinem Teller vorfinden möchte, wünsche ich mir die Bewohner einer Stadt. Jeder für sich allein, frei verfügbar für die Zusammenstellung nach meinen individuellen Bedürfnissen. Bitte nichts mit Käse über- und zusammengebacken, da muss man erst mühsam mit dem Messer dreinfahren und sich sein Stück zurechtschneiden.

Das vor zwölf Jahren, das war kein Mord, das war ein Unfall. Ein schreckliches Unglück. Und das mit dieser Verena war Notwehr. Das wüsste ich, wenn es Mord gewesen wäre. Wenn man Jura studiert, muss man den Mordparagrafen in sich hineinfressen. Und als Nachschlag gibt es Totschlag. Und den besonders schweren Fall des Diebstahls. Und die acht Theorien zum Erlaubnistatbestandsirrtum, die alle rein akademische

Bedeutung haben, weil der Bundesgerichtshof es anders sieht. Strafrecht ist mir viel zu destruktiv. Ich war immer der Typ, der etwas erschaffen wollte, nachhaltige Wertschöpfung betreiben. Vielleicht kam ich deswegen besser mit dem Zivilrecht klar. Trotzdem war die Materie so trocken, ich wäre fast verdurstet im Studium und wollte lieber etwas ganz anderes machen.

Jemand, der Jura studiert und schon weiß, dass er eigentlich etwas ganz anderes machen will, ist wie jemand, der sich eine Echthaarverlängerung machen lässt, obwohl er Skinhead werden möchte. Oder bei einem Yul-Brynner-Ähnlichkeitswettbewerb gewinnen. Völlige Zeit- und Geldverschwendung. Yul Brynner, toller Schauspieler übrigens. *Die glorreichen Sieben,* so ein bisschen wie *Sieben Zwerge allein im Wald,* bloß ohne Til Schweiger.

Ohne Theaterspielen wäre ich im Studium nicht über die Runden gekommen. In der studentischen Theatergruppe waren lauter Leute, die studiert haben, aber eigentlich etwas anderes machen wollten. Gut, bei Geografie oder Kirgisisch auf Lehramt ist klar, dass man später etwas anderes macht. Ich aber war der einzige Jurist. Arrabal haben wir gespielt. *Und sie legen den Blumen Handschellen an* hat zum Glück mit dem Strafvollzugsgesetz nicht das Geringste zu tun. Der Geist findet aus einem spanischen Gefängnis den Weg ins Freie. Oder *Der zerbrochene Krug.* Der erbrochene Krug. Erbrochen, erbrach, erbrecht. Erbrecht. Wer will noch die Befähigung zum Richteramt erwerben, wenn er sich die Figur dieses zutiefst peinlichen Dorfrichters erarbeitet hat? Dario Fo, Sarah Kane, Beckett, Jelinek, Brecht. Klar war ich auch wegen der Frauen in der Theatergruppe, wie jeder Mann, der nicht homosexuell war.

Irgendwann fand nämlich immer ein Theaterworkshop statt, zum Beispiel hundertfünfzig Kilometer weit weg in einer Jugendbegegnungsstätte im Schwarzwald. Und man lernte viele tolle Leute kennen, und mit einer knutschte man dann ein bisschen rum, und eine Woche hatte das Leben den Refrain: Hey Baby, alles geht!

Und dann wurde die Gruppe eingeladen zu einem Gastspiel, und beim geselligen Teil konnte man dann mit einer ein bisschen rumfummeln und ihr den Rock hochschieben. Sie trug einen Schlüpfer mit einer Eiswaffel darauf. Diese Eiswaffel fand ich extrem unerotisch, Retro-Pin-up-Stil der fünfziger Jahre. Aber ich konnte ja schlecht sagen: *Zieh dir bitte einen anderen Schlüpfer an,* oder gar: *Zieh ihn aus, weil er so hässlich ist.* Zieh ihn aus, weil du so schön bist, das wäre etwas anderes gewesen, das wäre sozialadäquat gewesen. Eine Frau geht einfach, wenn ihr der Schlüpfer eines Mannes nicht gefällt. Geht einfach zum nächsten, wenn ihr der Mann nicht gefällt. Aber als Mann nimmt man, was da ist. Und als der Workshop vorbei und die Erfolgsmomente verblasst waren, stopfte man sich in den prall gefüllten Kopf vor jeder Prüfung noch ein bisschen mehr hinein und fütterte sein sattes Hirn und nicht sein hungriges Herz.

Das Schwierige am Jurastudium war die Sorge um sich selbst, inmitten dieser lebensfeindlichen Materie. Das Schwierige an Frauen ist, dass sie nicht wissen, was sie wollen. Zum Beispiel: Bei diesen Workshops hatten wir natürlich auch Vorstellungsrunden, und einmal saß eine zierliche Frau mit Kräusellocken und einem Tanktop neben mir. Jeder sollte sagen, was er erreichen wollte in diesem Workshop. Ich frage mich noch heute, und sicherlich fragen sich das alle, die dabei waren: Warum hat sie nicht einfach gesagt, *Ich möchte gerne die Ophelia spielen und dabei so sehr schielen, dass ich auf der Bühne ohnmächtig werde.* Denn genau das hat sie getan. Erst hat sie alle anderen Frauen weggezickt von der Rolle. Das ganze Programm: schmachten, schmollen, schleimen, schluchzen, stänkern. Und als sie sich die Rolle gekrallt hatte, war sie so nervös, dass sie schielend und mit Äh und Ach angewurzelt dastand und bei der Abschlussprobe in Ohnmacht fiel. Sie wusste nicht, was sie wollte, und bei Maeve war das nicht anders. Meine Lehren aus dieser Episode: Erstens darf man nicht nervös sein, wenn man Großes vorhat. Das gilt für den Abriss eines denkmalgeschützten

Wohnblocks ebenso wie für das klärende Gespräch mit dieser Verena. Zweitens passieren die wichtigsten Dinge dann, wenn man am wenigstens damit rechnet. Beides galt für meine erste Reise in die große Stadt und für meine Begegnung mit Maeve.

Eigentlich hieß sie Melanie, glaube ich, aber ich finde, Maeve passte viel besser zu ihr. Ich bin mir fast sicher, dass sie Maeve hieß. In solchen Situationen wäre es gut, man hätte ein Tagebuch geführt, aber mir fehlt die innere Ruhe, und den Drang zur privaten Selbstdarstellung habe ich auch nicht. Mir reicht die monatliche Abrechnung meiner MasterCard. Da sind die wichtigen Ereignisse tabellarisch zusammengefasst. Maeve. Sie war Kellnerin in einem Irish Pub am Hackeschen Markt. Wir wollten heiraten. Sie hatte rote Haare: *Fair Erin's Daughter.*

Im Juni 2001 fuhr unsere Theatergruppe zu einem internationalen Studenten-Theaterfestival, einmal quer durch die Republik vom lieblichen Südwesten in den trutzigen Rest von Preußen, diese atemberaubende, halbverrottete Stadt. Erst wollte ich unbedingt mal hin, dann wollte ich nicht mehr weg, jetzt bin ich schon eine Weile hier. Ein Generationenschicksal.

Das Theaterfestival fand in der Hochschule der Künste statt, und ich mit meinem Schminkkoffer im Rucksack immer mittenmang dabei. Eine kleine Rolle habe ich auf der Bühne auch gespielt, nicht der Rede wert. Vor allem war ich der Mann für die Maske.

Die Abschlussparty fand im Garten der HdK und den Räumen im Erdgeschoss statt. Da spielten Bands mitten zwischen Bäumen und Hecken, da wurden Kurzfilme gezeigt, Plakate und Skulpturen waren ausgestellt, die Zeit wurde einem nicht lang. Es gab Wein, WLAN und Gesang. Das WLAN-Lan war eine Sensation gewesen damals, eine ganze Hochschule *wireless.*

Ein Professor für Medientheorie stand am Grill und versengte sich die buschigen grauen Augenbrauen, während er Würstchen, Nackensteaks und Zucchini wendete. Die Würstchen waren alle ein wenig verbrannt und die Zucchini alle ein wenig versalzen. Schon damals war mir die asiatische Küche lieber als die italienische: filigraner, delikater. Manchmal frage ich mich, wie mein Leben wohl verlaufen wäre, wenn mich die versalzenen Zucchini nicht zu jenem Getränkestand geführt hätten. Dort habe ich Maeve zum ersten Mal gesehen. Sie stand vor mir in der Schlange und redete mit einer anderen Frau. Ich hörte ihre Stimme, bevor ich ihr Gesicht sah. Von hinten sah ich ihr kurzgeschnittenes Haar, das in einem seltsamen Wirbel auslief, der bei jeder ihrer Kopfbewegungen wippte wie ein Entenschwänzchen. Ihre Schultern, die sich unter den Spaghettiträgern ihres leichten Sommerkleides mit Blumendruck hoben und senkten – ich war hingerissen. Die beiden Frauen kamen an die Reihe, und ich sah sie im Profil, ihre Wangenknochen, ihren Mund, der Worte formte, die den Bierverkäufer lächeln ließen. Sie zahlten und gingen.

»Ein Bier, bitte«, sagte ich und gab dem Mann am Getränkestand einen Fünfzig-Mark-Schein. Maeve drehte sich kurz um. Unsere Blicke trafen sich. Sie hob ihre Flasche zum Gruß und sagte: »Ich hoffe, der lange Weg hierher hat sich gelohnt für dich. Ich hoffe, du erlebst eine unvergessliche Zeit.« Ich wollte etwas sagen, aber der Wicht, der den Bierstand machte, lenkte mich ab. Er fragte: »Hast dus nicht ein bisschen kleiner?«

Ich sagte: »Wenn du hier Bier verkaufen willst, musst du dich um dein Wechselgeld selbst kümmern.« Also ging der Wicht davon, und als ich aufsah, war Maeve verschwunden.

Eine unvergessliche Zeit. Ich fragte mich, wie sie das gemeint haben könnte. In der Stadt? Auf dem Fest? Mit ihr? Der Kerl vom Bierstand blieb lange weg, und als er wiederkam, zählte er mir mühsam und umständlich das Wechselgeld in die Hand. Ich stopfte die vielen Münzen in meinen Rucksack, in dem ich auch mein Schminkzeug, meinen Pullover und den Schlüssel von unserer Unterkunft hatte. Mit prall gefüllten Hosentaschen wollte ich nicht unterwegs sein. Dann suchte ich Maeve.

Aber sie und ihre Begleiterin waren unauffindbar. Ich suchte überall, vor der Bühne, im improvisierten Kino, wo einige Pärchen schon miteinander knutschten, auf den Wiesen, in den Nischen zwischen den Büschen. Maeve mit ihrer sexy Entenbürzelfrisur war wie vom Erdboden verschluckt. Das war nicht weiter schlimm, mir liefen ständig Leute aus meiner und den anderen Schauspieltruppen über den Weg. Wir gratulierten uns, umarmten uns, fachsimpelten über die besten Momente und lobten die Aufführungen der anderen.

Dann kam jemand von unseren Gastgebern und flüsterte mir ins Ohr: »Heute Nacht ab eins, Party am Teufelssee, aber das ist ein Insidertipp.«

Jeder bekam diesen Insidertipp. Spät in der Nacht also. Am Teufelssee im Grunewald. Schick, schick. Man musste mit der S-Bahn fahren und ein Stück durch den Wald laufen. Lauschig, lauschig. In einer stillgelegten Abhörstation der CIA. Wie abgefahren. Gleich beim Nacktbadestrand. Hihi. Unter dem Siegel der Verschwiegenheit gingen diese Informationen von Mund zu Mund. Dabei sein und die warme Sommernacht genießen. Bier zum Selbstkostenpreis. Ein fahrbares Soundsystem mit zwei DJs. Kondome und Drogen musste man selbst mitbringen. Und dann tanzen, bis der Morgen kommt oder die Polizei. Für einen kurzen Moment sprach die eine Party über die nächste Party, nur der Professor der Medientheorie kriegte nichts mit, weil er auf der Suche nach dem perfekten Nackensteak war.

Viele sagten: *Kann man ja mal hingehen. Einige sagten: Och nö, nicht schon wieder 'ne stillgelegte Geheimdienstliegenschaft. Nicht schon wieder Stasi und CIA. Das ist ja so was von Achtziger. Abhörstation, das kommt uns schon zu den Ohren raus.*

Ich war wild entschlossen, dieses Wochenende bis zum Anschlag auszukosten und setzte mich gegen Mitternacht mit einer Gruppe von Leuten in Richtung Teufelssee ab. Wie ich dort hinkam, weiß ich nicht mehr, ich hielt mich an die Ortskundigen. Als wir ein Stück durch den Wald getappt waren, hörten wir erst die Bässe und nach einer Weile auch die Höhen. Man hört immer als Erstes die Bässe. Wenn man in einer Nacht auf mehrere Partys geht, und es werden dieselben Stücke gespielt, entsteht im Kopf allmählich eine einzige Party. Eine einzige lange Nacht mit einem durchgehenden Soundtrack.

Jetzt, hier in meinem Koben, gibt es keine Party und keine Musik. Ich muss still sein. Draußen höre ich Polizeisirenen und Sprechfunk. Sie suchen nach mir und ich halte den Atem an, grabe mich tiefer hinein in den Unrat, der mich schützt und verbirgt.

24

Kurz nach neun Uhr am Sonntag floss in The Harp das Guinness noch nicht in Strömen. Nur ein frühes Touristenpaar saß draußen vor den S-Bahn-Bögen. Sie studierten den Reiseführer auf Koreanisch und tranken Milchkaffee. Stiesel betrat den Schankraum und schloss die Augen, um sich an die Dunkelheit zu gewöhnen, die ihn umfing.

»Hallo, Kleiner«, sagte die rothaarige Frau hinter dem Tresen. »Kommst du wegen dem Vorstellungsgespräch? Das ist erst morgen um elf, und du musst volljährig sein.«

Stiesel seufzte und zeigte seine Polizeimarke. Die Frau hinter dem Tresen wrang das Spültuch aus und schüttelte den Kopf. »Von euch war doch schon einer hier, groß, blond, mit 'nem Pferdeschwanz.«

»Mein Kollege Bördensen, richtig«, sagte Stiesel. »Ich bin über den Inhalt Ihres Gesprächs informiert. Sie sind Frau Söhnen.«

»Bin ich. Und ich habe alles erzählt, was ich weiß. Möchtest du … möchten Sie einen Kaffee?«

»Sehr gerne. Aber ich bin nicht in erster Linie wegen Verena Adomeit hier. Es geht um Melanie Schwarz.«

»Nie gehört. Wer soll das sein?«

»Sie hat 2001 hier gearbeitet, als der Pub noch The Swan hieß. Sie wurde am 24. Juni ermordet.« Er zeigte Dagmar Söhnen eine Farbkopie vom Foto von Melanie Schwarz und Lenka Husakova aus der Zeitung vom 7.Juni 2001, das er gefunden hatte.

»Ist das bitter, so ein junges Mädchen.« Sie reichte das Bild zurück und schüttelte den Kopf. »Ich hätte nie gedacht, dass dieser Laden zwei jungen Frauen den Tod bringt. Für die meisten, die hier jobben, ist das die erste Station. Die Arbeit ist hart, aber es ist der Job, den sie sich ausgesucht haben.« Söhnen schüttelte sich.

»Der oder die Täter haben die Morde begangen, nicht Ihr Laden. Die Morde können mit den Lokalitäten hier zu tun haben, das muss aber nicht so sein. Dass Verena Adomeit als Studentin hier gearbeitet hat, ist nur eine Vermutung.«

»Und deswegen unser Programm zugeschickt bekommen hat, auch«, sagte Dagmar Söhnen. »Hat sie das andere Opfer, diese Schwarz, gekannt?«

»Das ist möglich«, sagte Stiesel. »Diese Frau Husakova kennen Sie wahrscheinlich auch nicht?«

Dagmar Söhnen schüttelte den Kopf. »Wie gesagt, lang vor meiner Zeit hier.«

»Wir müssen Kontakt zu den Vorbesitzern aufnehmen.«

»Mein Mann schläft noch, der hatte gestern die Spätschicht.«

»Es ist wirklich sehr eilig. Haben Sie die Unterlagen nicht hier?«

»Die sind alle zu Hause oder bei unserem Steuerberater.«

»Wie heißt der Steuerberater? Würden Sie uns eine Vollmacht erteilen, um dort Personalunterlagen einzusehen?«

»Ich muss mit meinem Mann reden. Bei Sommerfeld könnten Sie Glück haben. Wir haben ihn von unseren Vorgängern sozusagen geerbt. Vielleicht hat er die alten Unterlagen noch.« Dagmar Söhnen zückte ihr Handy. Ihr Mann ging tatsächlich auch ran, und es entspann sich ein kurzes Gespräch auf Englisch.

Danach hieß es warten. Stiesel setzte sich nach draußen, wo der Sonntagvormittag allmählich in Tritt kam. Eine Reisegruppe mit Trolleys rannte über den Hackeschen Markt. Die wollten sicher zum Hauptbahnhof oder nach Tegel. Zwei Flaschensammler kamen nacheinander vorbei. Ein Punk pinkelte an den Eingang eines Juweliergeschäfts, sein Hund pinkelte daneben. Beide zuckelten weiter Richtung Spree.

Stiesel trank einen zweiten Kaffee und wollte gerade einen dritten bestellen, als Dagmar Söhnen mit einem Zettel an seinen Tisch trat. Darauf standen die Kontaktdaten der Vorbesitzer: *Michael und Frieda Lambert,* die E-Mail-Adresse hatte das Kürzel mt für Malta. Der Steuerberater wohnte in Frohnau im Norden. Das war günstig. Dann hatte Stiesel es nicht so weit zu Tenbrinks Party zum Fünfzigsten in Tegelort. Er zahlte seine beiden Kaffee und spazierte einmal über den Hackeschen Markt. Gegenüber von The Harp öffnete gerade ein Internet-Café seine Pforten. Stiesel würde von seiner Privatadresse an die Lamberts schreiben. Sie waren jetzt die Einzigen, die Verena Adomeits Verbindung zu The Harp aufklären konnten. Und wer war Lenka Husakova?

Pachulke wollte den Müll wegbringen, bevor er zu Tenbrink fuhr. Mittlerweile neigte er zur Ansicht, dass es sich um zwei Beziehungstaten von zwei verschiedenen Tätern handelte. Gut, es gab die Schminke, aber eben auch gravierende Unterschiede. Melanie Schwarz war erschlagen worden, Verena Adomeit hatte man erwürgt. Melanie Schwarz war früh gegen zwei Uhr auf einem unbebauten Grundstück ermordet worden, Verena Adomeit am helllichten Tag auf einem Friedhof inmitten einer belebten Wohngegend. Außerdem lagen zwölf Jahre zwischen den Taten, das war zu lang für jeden Serientäter. Sie mussten sich noch einmal intensiv mit dem Umfeld der beiden toten Frauen beschäftigen. Außerdem ließ ihm Stralau keine Ruhe. Er hatte die Protokolle der Haustürbefragungen alle noch einmal durchgelesen. Da war noch was, das ihm im Moment aber nicht einfallen wollte.

Jetzt waren erst einmal Haushaltpflichten zu erledigen. Er besah sich sein Gepäck: eine Papiertüte für das Altpapier, eine Plastiktüte für die Verpackungen. Außerdem eine biologisch abbaubare Plastiktüte für den Hausmüll, eine Plastiktüte für das Altglas. Die Batterien hatte er in der Jackentasche. Zwei CDs hatte er auch mitgenommen. Er wollte das üben. Wie es sich anfühlte, CDs wegzuschmeißen. Tonträger ganz allgemein. Später vielleicht auch mal eine Schallplatte. Ein stechender Schmerz durchzuckte ihn bei diesem Gedanken. Er musste sich Zeit dafür nehmen. Hier und heute gingen der *Ballermann 6 Mix 2009,* den er bei einem Julklapp gewonnen hatte, und *Nightmare on Bourbon Street,* die erste und wohl auch letzte Platte aus dem Genre Dixieland Punk (Schlagzeug, Gitarre, Klarinette), in den Plastikschredder der Müsam, wie Müllsammelstelle allgemein hieß.

Die Müsam war nur drei Blocks die Straße runter und hatte auch am Sonntagvormittag geöffnet. Pachulke musste eine Nummer ziehen und warten. Währenddessen ging er im Kopf noch einmal den Fragenkanon der Müsam durch. Mit zügigen Antworten konnte man punkten. Schließlich stellte er seine Tüten auf den Tisch. Eine junge Frau mit einem blonden Pferdeschwanz trat an ihn heran. Sie trug eine figurbetonte grüne Uniform mit kurzen Hosen und grüne Gummistiefel. Der Pferdeschwanz wurde von einem grünen Haarband zusammengehalten. In der Hand hatte sie ein grünes Klemmbrett. Sie umkreiste Pachulkes Mitbringsel und machte sich auf dem grünen Vordruck, der in dem Klemmbrett befestigt war, Notizen. Schließlich fixierte sie Pachulke mit smaragdgrünen Augen. »Na, dann wollen wir mal anfangen«, sagte die Müllhostess. »Papier entheftet?«, fragte sie.

»Ja«, sagte Pachulke.

»Zerrissen?«

»Ja.«

»Pappe in Stückchen zerrissen, nicht größer als zehn mal zehn Zentimeter?«

»Ja.«

»Bäckereitüten geglättet und ebenfalls zerrissen?«

»Ja.«

»Sehr schön.« Sie schenkte ihrem Klemmbrett ein Lächeln.

Pachulke stieß einen lautlosen Seufzer der Erleichterung aus.

»Und nun zu den Verpackungen. Joghurtdeckel gewaschen?«

»Ja.«

»Joghurtbecher gewaschen?«

»Ja.«

»Joghurtbecher in Stückchen geschnitten, nicht größer als drei mal drei Zentimeter?«

»Ja.«

»Klarsichtfolie und Alufolie von Essensresten befreit?«

»Ja.«

»Na, da hat sich aber jemand Mühe gegeben«, sagte die Frau und machte ein weiteres Häkchen auf den Vordruck.

Pachulke holte die Batterien und die CDs aus der Jackentasche.

»Sie wissen, wo die hingehören. Batterien lila Tonne, CDs in den Schredder. Immer nur eine CD auf einmal, sonst blockiert das Gerät. Doch nun zum Hausmüll.«

Die Königsdisziplin. Pachulke hielt den Atem an. Mit den Grünen war nicht zu spaßen.

»Kaffeefilter leer gekratzt und den Filter zum Altpapier?«

»Ja.«

Die Müllhostess fixierte die Mülltüte. »Aufmachen.«

»Ja, aber es ist doch alles in Ordnung.«

»Aufmachen, hab ich gesagt. Wir machen eine Stichprobe.«

Die Müllhostess griff unter den Tresen und zog einen grünen Plastikhandschuh hervor, den sie sich überstreifte. »Und wissen Sie auch, warum? Weil Sie so betont unschuldig tun.«

Sie griff in die Tüte mit dem Hausmüll und wühlte darin herum. Der grüne Handschuh quietschte. Langsam zog die junge Frau etwas in die Höhe. »Und was ist das, wenn ich fragen darf?«

Pachulke traute seinen Augen nicht. Das konnte nicht wahr sein. Er schluckte.

»Na, was ist das?«

»Das ist ein … ein Teebeutel.«

»Ganz recht. Ein Teebeutel.« Sie musterte ihren Fund. »Grüner Tee«, sagte sie wie zu sich selbst und dann wieder zu Pachulke: »Und woraus besteht ein Teebeutel?«

»Aus der Gazekammer, aus dem Schnürchen und aus dem Blatt Papier, das man über den Rand der Tasse legt, um den Teebeutel herauszuziehen.«

»Das wir üblicherweise wie abkürzen?«

»BlaPadam üdeRadeT ludeTehezuz.«

»Na bitte. Vielleicht ist bei Ihnen doch noch nicht alles verloren.«

Pachulke schloss die Augen. Der Nachmittag am Freitag mit dem Schreiner hatte sein Leben ruiniert. Hinter ihm holte jemand scharf Luft. Pachulke verstand das nur zu gut. Wer an der Müsam warten musste, war immer von zwei Gefühlen beherrscht: Ärger, weil es so lange dauerte, und Erleichterung, dass der den Anpfiff bekam, der gerade an der Reihe war.

»Und wie verfahren wir also vorschriftsmäßig mit einem Teebeutel?«, fragte die Müllhostess. Jemand hinter Pachulke in der Warteschlange schnippte mit dem Finger.

»Der Gazebeutel wird aufgeschnitten und kommt zum Altpapier. Die Schnur kommt in den Container mit den Schnüren.« Pachulke deutete auf einen großen grünen Container, auf dem SCHNÜRE stand.

»Und weiter?«

»Das BlaPadam üdeRadeT ludeTehezuz kommt auch ins

Altpapier. Nur die Teeblätter kommen in den Hausmüll.« Dann schwieg Pachulke. Er hoffte darauf, dass die Müllhostess ein Häkchen machte, um ihm zu signalisieren, dass er alles richtig gemacht hatte. Aber nichts geschah.

»Und? Ist das alles?«, fragte die Müllhostess schließlich.

»Ja, das ist alles.« Pachulke taten die Beine weh.

»Das ist nicht alles!«, brüllte die Frau und schlug mit dem behandschuhten Arm so heftig auf den Tisch, dass eine Kartoffelschale durch die Luft flog. »Wie ist denn das BlaPadam üdeRadeT ludeTehezuz bitteschön am Schnürchen befestigt?«

Oje. Pachulke blickte zu Boden. »Mit einer … mit einer Heftklammer.«

»Mit einer was? Lauter bitte, ich kann Sie nicht hören.«

»Mit einer Heftklammer«, rief Pachulke. Die Leute hinter ihm in der Schlange nickten einander zu. Gemurmel kam auf.

»Und wo gehört die Heftklammer hin?«

»Zum Altmetall.«

»Genau, zum Altmetall.« Die Müllhostess deutete auf Pachulkes Plastiktüte. »Ist das hier Altmetall?«

»Nein, das ist Hausmüll.«

»Warum, zum Donnerwetter, finde ich dann hier eine Heftklammer?«

»Ich war unaufmerksam, ich habe einen Fehler gemacht. Bitte geben Sie mir die Chance, meinen Fehler wieder gutzumachen.«

Hinter Pachulke wurden Rufe laut. »Bitte, ja bitte. Der Mann hat eine zweite Chance verdient. Nicht wegen einer Heftklammer, bitte, Müllhostess, bitte.«

»Na ja, wir wollen ja mal nicht so sein.« Die Müllhostess deutete auf einen Tisch, auf dem eine Plastikwanne mit alten Teebeuteln stand. Daneben lag ein Entklammerer, der aussah wie der in Pachulkes Schreibtisch, nur etwas kleiner. »Entklammern und trennen Sie zwanzig von den Dingern, und die Angelegenheit ist für mich erledigt.« Sie warf Pachulkes Tüten in die dafür vorgesehenen Container. »Der Nächste.«

25

Die Ringbahn fuhr im Schritttempo über die Elsenbrücke. Zabriskie saß am Fenster. Zwischen den Graffiti und den Kratzern blickte sie flussaufwärts auf die Spree. Links lag im wolkenverhangenen Mittagslicht die Stralauer Halbinsel, wo Verena Adomeit ermordet worden war. Am anderen Ufer wohnte der Mann, den sie suchte. Zumindest hatte sein letztes Lebenszeichen auf die Treptower Halde verwiesen. Schlosshalde Charlottenburg, Görlitzer Halde Kreuzberg, Rehhalde Wedding – die wilden Müllkippen wuchsen und wucherten stetig weiter. Und von Anfang an waren sie auch bewohnt gewesen.

Der Kommunalverwaltung war das recht. Sie hatte den Kampf gegen die illegalen Mülldeponien schon lange aufgegeben. Früher hatte die Wasserschutzpolizei das Spreeufer noch gesichert, aber es waren zu viele Schmuggler, die rund um die Uhr in das Stadtgebiet einsickerten. Ob mit Ruderboot oder Lastkahn, ob mit dem Auto oder zu Fuß mit Rentnerchoppern, pausenlos schleppten die Menschen aus Brandenburg ihren Müll in die Stadt. Zur Treptower Halde kamen sie mit Booten und Schiffen aus dem gesamten Umland. Mittlerweile zog sich die größte Endmoräne der Überflussgesellschaft von den verlassenen Anlegern der Stern- und Kreisschifffahrt, die im Schatten des S-Bahnhofs vor sich hinbröckelten, bis zum Neuköllner Schifffahrtskanal. Am Horizont ragte das alte Riesenrad im Plänterwald in den Himmel, dessen untere Hälfte im Müll verschwunden war.

Zabriskie stieg aus und roch den süßlichen Dunst des Zerfalls. Über den Müllbergen kreisten die Möwen, und ihr schrilles Kreischen hallte tausendfach über das Wasser. Ein paar Flaschensammler huschten an ihr vorbei, die blauen Taschen bis zum Platzen gefüllt. Zabriskie fragte sich, warum sie die Flaschen nicht in die Supermärkte brachten, sondern auf die Halde schleppten.

Durch den Fußgängertunnel betrat sie den kleinen Vorplatz. Kein Bonbonpapier, kein Pappbecher und keine Kippe lagen hier. Hier also lebten Menschen. Vielleicht müsste sie auch bald hierherziehen. Das wäre auf jeden Fall besser, als mit Dorfner zu wohnen. Seit ihrer ersten Wohnungsbesichtigung in fast zwei Jahrzehnten merkte sie, wie sehr sie an ihrer jetzigen Bleibe hing. Sie wollte da nicht weg.

Ein Schiebetor aus Metall stand weit offen, und Bagger und Laster fuhren rein und raus. Ein Schild mit einem kleinen Männchen im roten Kreis bedeutete den Fußgängern, dass sie die Autotrassen nicht benutzen durften. Das war wahrscheinlich besser so. Gerade raste ein Laster hinunter zu den Kais. Seine Ladefläche war leer, und es klapperte ohrenbetäubend. Aus dem Auspuff kam eine schwarze Rauchschwade. Zabriskie musste husten.

Für die Fußgänger war eine schmale Tür etwas abseits vorgesehen. Zabriskie trat ein und stand auf einem Trampelpfad aus Plastik. Das Plastik war gepresst und festgestampft, federte aber trotzdem unter ihren Füßen. Sie bekam weiche Knie und stolperte über einen Kleiderbügel, der ein paar Zentimeter aus dem Untergrund herausragte.

Links und rechts vom Weg waren Vertiefungen im Plastik mit Absperrband gesichert. VORSICHT PULPE stand auf selbstgemalten Schildern und KINDER NICHT SPIELEN, LEBENSGEFAHR. Der Boden war buntgesprenkelt, vorwiegend aber in blassen Blautönen gefärbt. Rot und Gelb bleichten schneller aus, übrig blieben das speckige Weiß von Einkaufstüten und Wasserkanistern sowie Blau in allen Schattierungen. Zabriskie erreichte eine Hügelkuppe und sah hinab. Ein Tal lag vor ihr, einige hundert Meter breit und mehr als zwei Kilometer lang: Hier war früher einmal der Treptower Park gewesen.

Sie hatten hier oft beim Picknick gesessen. Wie lange war das her? Es hatte Grillwürstchen und Bier gegeben, und sie hatten gelacht und geredet und auf den mitgebrachten Decken herumgeknutscht und gedöst. Es hatte Leute gegeben, die Fußball gespielt hatten oder Volleyball, jemand hatte Gitarre gespielt, die Menschen hatten gelesen oder Schach gespielt.

Irgendwann war jemand auf die Idee gekommen, die Müllentsorgung in Brandenburg zu privatisieren, weil Wettbewerb effizienter war für die Durchführung öffentlicher Aufgaben. Die Ausschreibung hatte ein Dienstleister für sich entschieden. Der war wegen diverser Bilanzierungstricks pleitegegangen, und der Geschäftsführer hatte sich abgesetzt. Danach hatte sich kein neuer Anbieter gefunden, der im menschenleeren Umland bereit gewesen wäre, eine Infrastruktur für die Müllentsorgung aufrechtzuerhalten. Um den Staat zu verschlanken, war die öffentliche Müllentsorgung bereits abgewickelt worden. Sehr bald hatten die Brandenburger zur Selbsthilfe gegriffen und ihren Müll in die Stadt gebracht, wo die Müllentsorgung noch funktionierte. Erst stopften sie die Mülltonnen in den Außenbezirken wie Rudow, Staaken und Frohnau voll. Dann tauchte der Müll bergeweise auf den innerstädtischen Autobahnparkplätzen auf. Schließlich waren wilde Müllkippen in den Parks entstanden. Sie waren mit rasender Geschwindigkeit angewachsen und hatten die Bäume und Grünflächen verschluckt.

Am anderen Ende des Tals zog sich eine zerklüftete lange Mauer von hoch aufgetürmten weißen Kisten entlang. Wenn Haeckel wirklich im hinteren Bereich der Halde lebte, musste Zabriskie da durch, nachdem sie das Tal durchquert hatte.

Bis zu seinem unrühmlichen Abgang hatten Zabriskie und Haeckel ein rein kollegiales Verhältnis zueinander gehabt. Sie hatte zwei oder drei seiner Schulungskurse besucht, einmal waren sie sich in der Kantine begegnet und hatten zusammen Mittag gegessen. Das Gespräch hatte sich um berufliche Fragen gedreht, unter anderem die Schwierigkeiten einer präventiven

Identifikation. Kein noch so ausgetüfteltes Gerät, ob Scanner oder Kamera, konnte die Arbeit der Ermittler ersetzen. Vielleicht hatte Haeckel über diese fachlichen Fragen hinaus eine Art väterlichen Narren an Zabriskie gefressen. Er hatte sie oft gelobt und schien Wert auf ihre Meinung zu legen. Zabriskie litt nicht an zu wenig Selbstbewusstsein, aber wenn der Mann mit dem zerfurchten Gesicht vor versammelter Seminargruppe gefragt hatte: *Und, was meint die Kollegin Zabriskie dazu?,* war sie mit sich und der Welt im Reinen gewesen. Sie hatte ihren Traumberuf gewählt, sie war eine gute Polizistin. Und von einer absoluten Koryphäe um ihre Meinung gebeten zu werden, ging ihr runter wie Öl. Wenn sie demnächst obdachlos war, und nicht mit einem Mausestall in Heiligensee oder Gropiusstadt vorliebnahm, würde sie vielleicht hier leben. Dann könnte sie mit Haeckel Kaffee trinken, und er konnte seine Theorie vom Auge als Erinnerungsspeicher noch einmal erläutern. Falls er wirklich hier lebte.

Ihre Augen hatten sich an den Dunst gewöhnt, der über dem Tal lag. Obwohl es früh am Nachmittag war, war die Sicht eingeschränkt. Über dem Wasser wurde die Wolkendecke dünner. Die Sonne würde noch herauskommen im Lauf des Tages. Die Fläche vor ihr war auf eine sehr systematische Art und Weise zoniert. Überall waren Menschen zugange. Rechts von ihrem Trampelpfad endete der Plastikuntergrund, der Boden ging in Holzsplitter und Sägespäne über. Ein paar Meter weiter standen Gebäude aus Altholz. Aus einer einfachen Hütte kam ein beständiges Krachen und Malmen. Ein schräg abgesägtes Rohr ragte aus dem Fenster. Das Rohr spuckte ständig kleine Stücke in einen Plastiksack. Hier wurden offenbar Holzpellets hergestellt. Gerade kam eine alte Frau hinter der Hütte hervor. Sie trug eine geblümte Kittelschürze und ein rotes Stirnband. Auf den Schultern hatte sie sich einen der Plastiksäcke geschnallt. Tief gebückt, mit zwei Skistöcken, fand sie Halt im Plastikuntergrund. Schritt für Schritt ging sie voran und überquerte den Hauptweg, der sie rechts zu dem weißen Gebirgszug und links zu Zabriskie geführt hätte. Nach ein paar Schritten bog sie jedoch scharf ab, stieg nach unten, in das Plastik hinein und war verschwunden.

Hinter der winzigen Pelletfabrik erstreckte sich eine ganze Reihe von wild arrangierten Holzhäusern. Sie ragten über drei Etagen auf, die oberen Stockwerke waren durch Brücken verbunden. Es gab schmale, schlangenförmige Balkone, die Fenster und Türen hatten keine rechten Winkel, sondern sahen verzerrt und verzogen aus. Die Häuser standen auf Stelzen, man konnte sie nur über Leitern erreichen. Ebenerdig waren Zäune um sie herumgezogen. Im Halbdunkel erkannte Zabriskie sich bewegende Schatten, vermutlich Ziegen oder Schafe.

Auf den Dächern wiegten sich Blumen und andere Pflanzen im Wind. In der Ferne rauschte der Autoverkehr Richtung Köpenick vorbei.

Hinter Zabriskie klingelte es. Sie fuhr herum und machte einen Schritt zur Seite. Auf einem Fahrrad quälte sich ein alter Mann den Berg hinauf. Er trug einen Ohrstecker, der im Sonnenlicht aufblitzte. Sein Gefährt war doppelt so hoch wie ein Fahrrad und hatte auch nicht die üblichen Reifen, sondern fuhr auf zwei Autoschläuchen. An seinem Gepäckträger hingen keine Fahrradtaschen, sondern ein gelber und ein orangefarbener Kanister aus Metall. Drei weitere Kanister waren zu einem festen Bündel verschnürt und auf dem Gepäckträger festgebunden. Wenn die Zeichen auf den Kanistern stimmten, war der Inhalt ätzend und sehr giftig.

»Woher, wohin, schöne Frau?«, fragte der Mann, als er die Anhöhe erreicht hatte, und sprang vom Sattel. Das Fahrrad hatte keine Querstange. Der Mann hielt das Rad mit gespreizten Beinen aufrecht.

»Ich suche einen Bekannten«, sagte Zabriskie. »Er heißt Haeckel.«

»Na hoffentlich hat er Ihnen eine Karte gezeichnet. Hier gibt es nämlich keine Hausnummern. Und abseits der Hauptwege kann man nicht vorsichtig genug sein.«

Zabriskie schüttelte den Kopf. »Ich habe keine Karte. Es ist … ein Notfall. Ich brauche Haeckels Rat.«

»Um was geht es denn?«, fragte der Mann.

»Um eine Kontaktlinse.«

»Ah, sagen Sie das doch gleich. Der Alte, der alles über Augen weiß.«

Zabriskie nickte. »Sie kennen ihn?«

»Nur vom Sehen. Er steht gerne an den Kais und hofft, dass etwas für ihn abfällt. Der Augenmann. Aber wo er wohnt, weiß ich nicht. Irgendwo beim Kopf in der Nähe.«

»Beim Kopf?« Zabriskie zuckte die Schultern.

»Durch die Weißen Berge durch, und dann noch ein ganzes Stück weiter. Am Kopf noch mal fragen. Halten Sie sich nach den Weißen Bergen möglichst weit rechts, im Gebiet links sind noch nicht alle Pulpelöcher gekennzeichnet.« Er schob sein Fahrrad an den Abhang. Bevor er aufsprang, drehte er sich noch einmal um. »Und ich hoffe, Sie haben eine Sonnenbrille dabei, schöne Frau.« Dann saß er im Sattel und rauschte wild klingelnd und mit scheppernden Kanistern den Trampelpfad hinunter.

Zabriskie durchquerte das Tal. Links schaukelten zwei Kinder auf alten Autoreifen. Dahinter standen Behausungen, die ebenfalls aus alten Autoreifen bestanden. Die Reifen waren in der Mitte auseinandergeschnitten, und immer drei Hälften waren mit Draht zusammengebunden. Drei dieser Päckchen waren übereinander gestapelt und mit Metallband zusammengezurrt. Das Haus sah aus wie eine fette schwarze Blume mit sechs Blütenblättern, neun Reifen hoch. Das Dach stand offen, und eine dünne Rauchsäule stieg auf. Zabriskie hoffte, dass es eine Konstruktion gab, die Regen und Schnee abhielt, aber so oder so hatte sie ein mulmiges Gefühl bei der Vorstellung, man könnte sein Leben in einem Iglu aus Gummi zubringen.

Die Kinder winkten ihr zu. Ihre Gesichter waren mit dunklen Schlieren überzogen, die Reifen färbten ab, aber sie schienen Spaß zu haben auf ihrer Schaukel. Zabriskie winkte nicht zurück. Mit Kindern, vor allem mit unehelichen, die aus dem Nichts plötzlich auftauchten und sie zur Obdachlosen machten, konnte sie nichts anfangen. Wer war so dummdreist, dieser Welt Kinder hinzuzufügen? Kinder seien eine so unglaubliche Bereicherung, hörte sie von allen dickbäuchigen Frauen aus ihrer Umgebung, die über Nacht anschwollen, bis sie so groß waren wie riesige Wassermelonen mit Armen und Beinchen und einem debilen Lächeln. Bereicherung, ja klar. Bereichert euch, fickt diesen Planeten in Grund und Boden.

Auch aus den PET-Flaschen ließen sich Häuser bauen. Deshalb wanderte das Leergut nicht in den Supermarkt. Die Flaschen wurden auf unsichtbare Weise zusammengehalten, mit Perlonschnur oder mit Kleber. Sie sahen aus wie kleine Gewächshäuser. Man konnte den Menschen in die Wohnstube schauen. In einer der Hütten stand eine Frau am Bügelbrett. Ob sie nackt war oder ob sie enganliegende Unterwäsche trug, war nicht zu erkennen. Aber sie machte mit dem rechten Arm die typischen Bügelbewegungen. Entweder sie hatte halbkugelförmige Ohren, die so groß waren wie Pampelmusen, oder sie trug Kopfhörer. Die PET-Flaschen brachen und verzerrten den Blick. Mehr Privatheit schien die Frau nicht zu brauchen. Und nebenan wohnten die Spanner? In den anderen PET-Hütten bewegte sich niemand. Gab es hier keine Einbrüche? Überfälle? Wahrscheinlich hatten die Leute hier nichts, was man stehlen konnte. Außerdem hatten sie keine Zeit für Straftaten, weil sie der Müllkippe jeden Tag das Lebensnotwendige abringen mussten. In diesem Tal hatten sich Tausende häuslich eingerichtet. Von einem Wigwam aus Plastiktüten bis hin zum Iglu aus gepressten Plastikwürfeln gab es nichts, was es nicht gab. Einige hatten Einkaufswagen zerlegt, die Metallgitter auseinandergesägt und sich daraus große Käfige gebaut. An den Gittern hatten sie Schuhsohlen befestigt, ein Patchwork von Leder- und Gummisohlen, vom riesigen Gummistiefel bis zum Kinderschuh.

Andere Hütten waren aus Ästen und Zweigen errichtet. Darüber lagen große Folien, die mit Keramikfliesen und Kacheln beklebt waren, um die Folie am Wegfliegen zu hindern. Immer wieder tauchten Menschen aus dem Boden auf oder verschwanden abrupt, offenbar gab es unterirdische Behausungen. Zabriskie hatte im Tal einen guten Blick auf den Fluss, wo die Motoren der Schiffe im Leerlauf stampften, während sie auf einem Platz zum Anlanden warteten. Die Talsohle lag zwölf Meter über dem Wasser, vier Etagen unter ihr war der alte Rasen des Treptower Parks.

Sie erreichte die Weißen Berge, aufgestapelt aus ausrangierter Weißer Ware. Tausende ineinander verkeilte Kühlschränke, Waschmaschinen und Tiefkühltruhen ragten mit rostigen Kanten spitz in den Himmel. Ganz oben stand die runde Klappe einer Waschmaschine offen. Ein Vogel landete auf der Waschmaschine, die mächtigen Krallen voran. Er brachte einen anderen Vogel, der klein und schlaff im Schnabel hing und ließ seine Beute in die Luke fallen. In der alten Trommel gab es wohl Nachwuchs. Das war ein Raubvogel, viel größer als die Möwen, mit einem scharf gebogenen Schnabel.

Kurz vor der scharfkantigen Wand aus rostenden Produkten der Gebrauchsgüterindustrie verästelte sich der Weg. Gleich fünf Pfade führten in das Gebirge hinein. Zabriskie erinnerte sich an den Rat des Mannes mit dem Fahrrad und wählte den Weg ganz rechts. Sie musste sich zwischen zwei mannshohen Kühl-Gefrier-Kombinationen durchquetschen. Dahinter wurde der Weg wieder breiter. Sie stand in einem schmalen Canyon, der sich quer zu ihrem Weg erstreckte. Es war ein enges Tal zwischen zwei parallel verlaufenden weißen Gebirgszügen. Der Boden war mit hellen, fast weißen Splittern bedeckt. Ab und zu ragte ein alter Herd wie ein Findling aus dem groben Bodenbelag heraus. Die Splitter waren – Zabriskie strich mit der Schuhspitze darüber – geschredderte CDs. Die eine oder andere halbe Scheibe lag auch noch auf der Erde.

In diesem Moment riss die Wolkendecke auf und die Sonne kam heraus. Das enge Tal leuchtete auf wie ein riesiger Flächenblitz. Nur dass ein Blitz schnell wieder vorbei war. Dieses

Leuchten blieb und stach in Zabriskies Augen. Sie kniff die Lider zusammen und taumelte. Verfluchte Scheiße, deswegen hatte der Mann auf dem Fahrrad die Sonnenbrille erwähnt. Sie blinzelte, aber sie sah nur einen riesigen Block glühendweißen Lichts. Ihr wurde schwindlig, und sie ging in die Knie. Als sie sich auf den Händen abstützte, schnitt sie sich an den scharfen CD-Splittern. Sie biss auf die Zähne und verfluchte sich selbst, weil sie diese Idee mit Haeckel gehabt hatte. Vorsichtig kroch sie auf den Knien über den knusprigen Untergrund. Ihre Hände hatte sie zu Fäusten geballt, sie bewegte sich auf den Knöcheln fort, wie ein Gorilla. Sie knallte mit dem Kopf gegen eine scharfe Kante, das musste einer dieser Herde sein, die einzeln herumlagen. Sie befühlte ihre Stirn, auch da gab es jetzt eine blutende Wunde. Hier stellte keiner ein Warnschild auf. Typisch, über ihre blöden Gören machten sie sich Gedanken, von wegen Pulpelöcher, aber diese Falle hier schien niemand zu interessieren.

Sie kroch vorwärts, irgendwohin, nur raus aus diesem Tal des Todes. Das Sonnenlicht pochte hinter ihrer Stirn, ihr war schlecht. Ihr Tempo hatte sie so verlangsamt, dass sie den nächsten Herd oder Wäschetrockner mit der Stirn nicht rammte, sondern nur berührte. Sie streckte den rechten Arm aus. Hurra, das war kein Findling, das waren mehrere Geräte am Stück. Sie hatte es geschafft. Sie hatte den zweiten Gebirgszug erreicht.

Sie kroch weiter, die Augen zugekniffen, den Kopf gesenkt, damit sie sich nicht auch noch die Nase brach. Mit dem rechten Arm berührte sie die Gebirgswand. Schließlich fand sie einen Abzweig und kroch hinaus. Sie lehnte sich an und berührte die glatte Metalloberfläche mit den Fingerkuppen. Es tat gut, sich anzulehnen. Hier im Durchgang drang die Sonne nicht bis zum Boden durch. Sie riskierte wieder ein Blinzeln. Vor ihr führte der Weg aus den Weißen Bergen heraus. Hier irgendwo wohnte Haeckel.

Als Zabriskie wieder stand, sah sie den Raubvogel, der sein Nest in der alten Waschmaschine hatte, noch einmal. Er schlug im Flug einen Salto und raste weg von den Weißen Bergen in Richtung Fluss.

In diesem Moment fiel eine Möwe senkrecht vom Himmel, sie schlug mit gespreizten Flügeln auf dem Boden auf und lag mit verdrehtem Kopf da, tot. Von irgendwoher ertönte ein schrilles Geheul. Dann sprang ein Junge, er mochte zwölf, dreizehn Jahre alt sein, behände quer über das Plastik auf die Möwe zu. In dem Gürtel seiner zerfetzten Jeans steckte eine Schleuder. Gerade als Zabriskie ihn anrufen und nach Haeckel fragen wollte, gab der Boden unter dem Jungen nach, und mit einem gurgelnden Schrei versank er im Plastik.

Zabriskie rannte los und warf sich auf den Bauch. Der Junge war in ein Pulpeloch gefallen. Sein Gesicht war mit dem grauen Morast verschmiert, er schlug wild um sich.

»Gib mir die Hand«, schrie Zabriskie.

Der Junge schien sie nicht zu hören, er schlug weiter um sich, aber bei einer dieser verzweifelten Bewegungen berührte er Zabriskies Hand, und das reichte ihr. Sie griff zu und riss den Jungen aus dem Pulpeloch.

In der kleinen Wohnstraße in Frohnau parkten die Autos dicht an dicht, aber die Einfahrt zum Grundstück des Steuerberaters von Dagmar Söhnen stand offen. Stiesel und seine Mutter teilten sich einen Renault Twingo. Weil er heute am Ende der Welt bei Tenbrink eingeladen war, hatte er das Auto. Er fuhr in die Einfahrt.

Er warf einen Blick auf die Uhr, er hatte noch Zeit, bis es bei Tenbrink losging. Zwei Mädchen mit Badmintonschlägern rannten um die Ecke des Hauses zum Auto. »Wer bist du?«, fragte die Kleinere der beiden. Sie war vielleicht sechs Jahre alt.

»Ich bin Polizist und will gerne mit deinem Vater sprechen. Er weiß, dass ich komme.«

»Komm mit«, sagte die Ältere, aber da kam auch schon ein Mann um die Ecke. Er trug Jeans und ein altes T-Shirt und hatte eine Gartenschere in der Hand.

»Vielen Dank, Herr Sommerfeld, dass ich Ihren Sonntag über den Haufen werfen darf«, sagte Stiesel, während der Hausherr ihn zur Vordertür hineingeleitete.

»Das Büro ist im Keller.«

Sommerfeld legte die Gartenschere draußen auf das Fensterbrett, dann reichte er Stiesel die Vollmacht, die der Mann von Dagmar Söhnen unterschrieben und gefaxt hatte.

»Wenn Sie mir das bitte lesbar unterschreiben würden«, sagte er. »Damit wir uns für den Fall der Fälle an dieses Gespräch erinnern können.«

Stiesel unterschrieb, und bevor er eine Frage stellen konnte, begann Sommerfeld. »Dagmar ... Frau Söhnen hat mich auch noch einmal angerufen. Ihr ist sehr daran gelegen, dass ich Ihnen jede erdenkliche Hilfe zukommen lasse. Aber um es gleich zu sagen: Aus dem Jahr 2001 haben wir gar nichts mehr.« Er faltete die Hände. »Wir betreuen hier etwa dreißig Mandanten und sind froh über jedes Dokument, das wir wegschmeißen können. Mord verjährt nicht, im Steuerrecht ist das glücklicherweise anders.«

»Können Sie sich an eine der drei Frauen erinnern: Verena Adomeit, Melanie Schwarz oder Lenka Husakova?«

Sommerfeld schüttelte den Kopf. »Tut mir leid, ich bin den Frauen nie begegnet. Ihre Gehälter waren Rechnungsgrößen in der Personalbuchhaltung.«

»Mal auf ein Bier im Pub gewesen?«, fragte Stiesel.

»Ja, bestimmt, aber das kann auch 1999 oder 2003 gewesen sein. Unser Jahresgespräch haben wir meistens im Pub geführt, aber im Herbst. In der Hauptsaison haben die keinen Kopf für die Steuer, da wird Umsatz gemacht.«

Stiesel kratzte sich am Kopf. Das war kein ergiebiges Gespräch.

Sommerfeld sagte: »Es ist eben schon eine ganze Weile her.«

»Wo waren Sie denn am 23.Juni 2001?«, fragte Stiesel, um überhaupt etwas zu sagen.

»Warten Sie mal.« Er lächelte. »Auf Korsika. Mit dem Rad

unterwegs. Das war der Urlaub, in dem ich Saskia kennengelernt habe. Gleich am ersten Urlaubstag. Die war auch mit dem Rad unterwegs, mit einer anderen Gruppe. Und auf einem Campingplatz haben sich unsere Wege gekreuzt. Es hat gefunkt.«

»Dann war der 23. Juni 2001 der wichtigste Tag Ihres Lebens?«, fragte Stiesel.

»Das würde ich auch so sehen, zusammen mit der Hochzeit und den Geburtstagen meiner Kinder«, sagte Sommerfeld.

»Ein Tag, den Sie nie vergessen werden?«

»Wenn ich nicht Alzheimer bekomme, nein«, sagte Sommerfeld. »Es war herrliches Wetter den ganzen Tag. Wir wollten eigentlich noch einen Campingplatz weiterfahren, aber dann hatten drei Leute in unserer Gruppe im Abstand von zwanzig Minuten drei Platten, und wir haben unsere Pläne geändert.«

»Zu Ihrem Vorteil«, sagte Stiesel.

»Zu meinem Lebensglück«, korrigierte Sommerfeld.

Stiesel zückte wieder sein Smartphone. »Ich will nicht unhöflich sein«, sagte er, »aber ich habe den Vorbesitzern von The Harp eine Mail zu den drei Frauen geschrieben.« Er rechnete nicht damit, dass jemand, der auf Malta lebte, eine Anfrage beantwortete, die am Sonntag von einem Polizisten geschickt wurde, der sich per E-Mail nicht einmal ausweisen konnte. Aber er hatte keine Lust, mit leeren Händen zu Tenbrink zu kommen.

»Selbstverständlich«, sagte Sommerfeld. Stiesel loggte sich ein, und siehe da: Er hatte eine neue E-Mail, die er laut vorlas:

Sehr geehrter Mr. Stiesel,
vielen Dank für Ihre Nachricht. Der Tod von Melanie Schwarz hat uns damals sehr traurig gemacht. Wenn es eine neue Spur gibt, helfen wir gerne. Wir haben beim Polizeipräsidium angerufen, und der Pförtner, Mr. Speckler, hat gesagt, es gibt einen Beamten Stiesel dort, der den Mörder

von zwei toten Frauen finden will. Das ist gut, dass Sie noch einmal suchen, obwohl Melanie schon so lange tot ist.
Ja, Verena Adomeit hat auch bei uns gearbeitet im Sommer 2000 und 2001. Was sie danach gemacht hat, wissen wir nicht. Sie hat das Programm vom Swan immer per Post erhalten, aber vorbeigekommen ist sie nie. Sie war nicht unfreundlich, aber sehr für sich. Keine Freundin von Melanie oder Lenka. Lenka hat oft bei uns gearbeitet, vier oder fünf Sommer. Sie schreibt uns immer eine Weihnachtskarte. Sie wohnt in Ústí nad Labem und spricht sehr gut Deutsch.

Es folgten die Kontaktdaten von Lenka Husakova. Stiesel merkte, dass Sommerfeld hinter seinem Rücken auf- und abspazierte. Offenbar hatte sich seine Anspannung auch auf ihn übertragen.

Rufen Sie Lenka an, Sie kann von Melanie erzählen. Wir können nicht sagen, dass es kein Gast war von uns. Wir hatten an manchen Abenden mehr als 5000 Gäste. Und Melanie hat gerne geflirtet. Sie mochte die Männer und die Männer mochten sie. Es ist so ein Jammer. Sie war gerade mit der Schule fertig und wollte anfangen mit ihrem Studium. Etwas mit Medien. Am Abend vor ihrem Tod wollte sie auf ein Sommerfest, sie hat sich freigenommen dafür, aber mehr wissen wir nicht. Fragen Sie Lenka. Und fragen Sie uns wieder, Mr. Stiesel, wenn etwas Neues passiert.
Grüße aus Malta
Die Lamberts

Stiesel steckte sein Smartphone weg und warf Sommerfeld einen Blick zu: »Und? Ist Ihnen etwas eingefallen?«

Sommerfeld schüttelte den Kopf. »In zehn Jahren wird meine Älteste neunzehn sein. Was für ein kurzes Leben.«

Wieder im Auto wählte Stiesel die Nummer in Tschechien. Es mochte sein, dass Lenka sehr gut Deutsch sprach, aber ihr

Anrufbeantworter sprach Tschechisch. Trotzdem hinterließ Stiesel seine Telefonnummer und sein Anliegen. Er beendete seine Nachricht mit: »Bitte rufen Sie mich zurück.«

26

»Und du, was machst du hier?«, fragte der Junge. »Du lebst nicht auf der Halde.«

Noch nicht, dachte Zabriskie. »Ich suche einen Mann«, sagte sie. Sie sprach langsam und überdeutlich zu dem Jungen. Meine Güte, das ist doch kein Wilder, der könnte auch bei mir in der Straße wohnen, wenn alles etwas anders gelaufen wäre. »Er hat weiße Haare und ein kaputtes Bein.«

Der Junge zitterte wie Espenlaub. »Der Augenmann.« Er nickte. »Er geht zum Hafen jeden Tag.«

Zabriskie zog ihre Jacke aus. Sie reichte sie dem Jungen, dessen Augen aufleuchteten. Dann fiel ihr die Kontaktlinse ein, und sie zog die Jacke wieder zurück. Der Junge fletschte die Zähne.

»Keine Sorge, du bekommst die Jacke, ich brauche nur das hier.« Sie holte die Ziploc-Tüte aus der Innentasche, faltete sie zweimal und steckte sie in die vordere Hosentasche. Dann reichte sie dem Jungen die Jacke zurück. »Zieh sie an, bis dir warm ist.«

Der Junge zog die Jacke an, prüfte die Passform, hob und senkte die Schultern. Er stieß ein trillerndes Geheul aus, dann rannte er auf die andere Seite des Wasserlochs und holte die Möwe, die er erlegt hatte. Er band ein Stück Draht zwischen den Beinen des Vogels fest, das andere Ende bog er zu einem Haken und hängte ihn in einen Metallring, den er über der Schulter trug. Dann machte er auf dem Absatz kehrt und lief stetig bergan.

Zabriskie folgte ihm. Jeder Schritt quietschte leise. Links und rechts von dem Pfad erstreckten sich Halden aus gepresstem Plastik, buntgescheckt. Das Plastik war terrassiert, und die Terrassen zogen sich über vier oder fünf Ebenen nach unten. Zabriskie und der Junge liefen auf einem Höhenpfad, links und rechts von ihnen tauchten ständig Menschen aus dem Plastik auf oder verschwanden in ihren Behausungen, die in den Müllberg hineingegraben waren. Schließlich näherten sie sich einem großen Metallklumpen. Zabriskie erkannte, dass es ein menschlicher Kopf aus Bronze war. Ein junger Mann mit gerader Nase, die Haare nach hinten zu einer kleinen Tolle gekämmt, die Stirn glatt mit einem kleinen Schnurrbart und vollen, sinnlichen Lippen. Jedes Detail war dem Metall im Guss entlockt worden, die buschigen Augenbrauen, die Einkerbung zwischen Nase und Oberlippe, die Andeutung der Wangenknochen, ein Anflug von Grübchen. Ein sowjetischer Soldat. Hier war früher das Ehrenmal gewesen. *Die Befreiung sieht dich an,* dachte Zabriskie. Gleichzeitig dachte sie an ihren toten Vater, einen US-Soldaten, der im Vietnamkrieg gefallen war. Die Sowjetunion hatte den Vietcong unterstützt.

»Unser Wegweiser«, sagte der Junge. Ihm schien der Fußweg nichts auszumachen. Zabriskie war in keiner schlechten körperlichen Verfassung, aber der weiche Untergrund, der bei jedem Schritt einige Millimeter nachgab, machte sie müde. Der Junge war leichter als sie und bewegte sich auf dem Plastik ohne einzusinken.

Er stand hinter dem Soldatenkopf, sah Zabriskie über die bronzenen Haare hinweg an und streckte den rechten Arm aus. »Hier, rechts vom Kopf. Hier«, er hob den linken Arm, »links vom Kopf. Wo ich stehe: hinter dem Kopf. Wo du stehst: vor dem Kopf.«

»Und wo wohnt der Augenmann?«, fragte Zabriskie.

»Unter dem Kopf«, sagte der Junge. »Komm mit.« Er folgte einer schmalen Treppe, die im Zickzack steil nach unten führte. Am Ende der Treppe wartete er auf Zabriskie. In der einen Richtung reichte der Weg bis ans Ende der Terrassen in

Richtung Spree. In der anderen Richtung führte er in den Plastikberg hinein.

Dorthin ging der Junge jetzt, Zabriskie blieb dichter hinter ihm. In der von Plastikausdünstungen gesättigten Luft in dem Gang wurde ihr schummrig. So ähnlich hatte es gerochen, wenn sie als Kind die Nase in einen leeren Joghurtbecher gesteckt hatte. So ähnlich hatte es auch gerochen, als sie sich einmal eine Einkaufstüte aus Plastik über den Kopf gezogen hatte. Sie hatte zugesehen, wie ihr Atem die Tüte steuern konnte, die sich zusammenzog und weitete, je nachdem ob sie Luft holte oder aus ihrem Mund entweichen ließ. Es war sehr schnell warm geworden in dieser Tüte, bis die Mutter sie ihr vom Kopf gerissen und mit knallrotem Kopf abwechselnd angebrüllt, umarmt und am Ohr gezogen hatte. Hier war es nicht so heiß und stickig wie in der Tüte, aber es roch säuerlich und nach Geronnenem. Der Gang war vielleicht ein Meter achtzig hoch und so schmal, dass zwei Leute aneinander vorbeipassten, wenn sie mit dem Rücken an die Wand gepresst liefen. Zwei Pachulkes hätten nicht aneinander vorbeigepasst. Alle paar Meter hing eine fluoreszierende Kugel in dem Winkel zwischen Wand und Decke. Es ging steil bergab und immer im Kreis herum wie auf einer Wendeltreppe.

Schließlich kamen sie zu einer Wand aus Metall. Der Junge machte sich an einem Mechanismus zu schaffen, und eine Tür, mannshoch und halbkreisförmig gebogen wie die Klappe eines Kanonenofens, öffnete sich. Dahinter war es heller als in dem gewendelten Gang. Zabriskie und der Junge stiegen ein. Zabriskie wurde klar, dass sie über den Stiefel des Soldaten in das Denkmal hineingeklettert waren.

Der Junge sagte: »Hier vorne kommt eine Leiter. Da musst du hoch. Dort wohnt der Augenmann.«

»Kommst du nicht mit?«, fragte Zabriskie.

Der Junge klopfte mit seiner Schleuder auf die tote Möwe. »Wir sind alle hungrig, ich muss weiterjagen.« Er zog die Jacke aus und gab sie Zabriskie zurück. »Jetzt ist mir warm.«

Er stieg aus dem Metallstiefel zurück in den Gang. Bevor er die Tür verschloss, sagte er: »Keine Sorge, viele Wege führen wieder ins Freie. Der alte Mann kennt sie alle.«

Zabriskie war allein. Sie schloss die Augen, um sich für das Halbdunkel zu sensibilisieren und die leichte Übelkeit loszuwerden. Sie tastete nach einer Leitersprosse und stieg nach oben. Sie kletterte aus dem Leiterschacht und stand auf einem Metallgitter. An einem Tisch ihr gegenüber saß der Mann, den sie suchte, und las.

»Professor Haeckel«, sagte Zabriskie. Ihre Stimme verschwamm im Echo der Metallskulptur.

Haeckel drehte sich um, starrte auf den Leiterschacht und sagte: »Wer ist da?« Er stand auf und kam auf sie zu. Mit dem einen Bein schlurfte er, mit dem anderen knallte er seine Prothese auf das Metallgitter. Fünfmal schlurf und fünfmal klack, dann standen sie einander gegenüber. »Zabriskie, sind Sie das? Wie in aller Welt haben Sie mich gefunden?«

Zabriskie blickte auf den künstlichen Fuß, und er folgte ihrem Blick. Er seufzte. »Der Unfall, nicht wahr? Ich habe meine Krankenversicherung noch. Ein Krankenwagen hat mich nach der Reha bis zum Eingang der Halde gefahren. Und Sie haben die Aufzeichnungen im Krankenhaus gefunden. Sie sind eben eine gute Polizistin. Sind Sie über den Haupteingang gekommen?«

Zabriskie nickte.

»Lang und beschwerlich, junge Frau.« Er musterte Zabriskies Kleidung. »Sie sind ja ganz nass. Ich hoffe, Sie sind nicht in ein Pulpeloch gefallen.«

»Nur beinahe«, sagte Zabriskie. »Ich habe einen Jungen gerettet, der im Plastik eingebrochen ist.«

»Beim Jagen vermutlich«, murmelte Haeckel. »Die Tümpel mit verquollenem Altpapier sind gefährliche Fallen, vor allem für die Kinder. Wenn sie jagen, vergessen sie alles andere. Hier leben Tausende.«

»Gehen sie nicht zur Schule?«, hörte Zabriskie sich fragen. Was ging sie das an?

»Auf den Halden gibt es keine Schulen, aber jeder Erwachsene hat die Pflicht, jedem Kind jede Frage zu beantworten oder wenigstens über seine Unwissenheit offen zu sprechen. Wenn dem Kind die Antwort gefällt, fragt es weiter, oder es stellt anderen Leuten andere Fragen.« Haeckel schlurfte zurück zu seinem Stuhl und ließ sich hineinsinken. Es war ein großer Bürostuhl aus schwarzem Kunstleder. Über seinem Kopf baumelten zwei Schläuche, einer rot, der andere blau. »Der Frischluftkreislauf«, sagte er, als er Zabriskies Blick bemerkte. »Hier drin ist es ganz ordentlich, es stinkt nicht so nach Plastik wie in den Wohnungen, die in den Berg hineingegraben wurden.«

Zabriskie sah nach oben. Haeckel lebte im Rumpf der Soldatenskulptur. Soweit sie erkennen konnte, gab es drei Metallgitterböden, die über flache Treppen miteinander verbunden waren.

»Hier arbeite ich«, sagte Haeckel und klopfte mit der Prothese auf das Gitter. »Eine Ebene weiter oben sind Küche und Wohnbereich, und ganz oben schlafe ich.«

Zabriskie sah Bücherregale, verschiedene Arbeitstische, Lampen und andere technische Apparaturen. Hinter Haeckel lag ein riesiges Modell eines Augenlängsschnitts auf einer Vitrine: Linse, Pupille, Augapfel, Sehnerv, Blutgefäße. Vom Metallgitter über ihren Köpfen, quasi dem Küchenfußboden, hing ein Mobile aus gläsernen Augäpfeln herunter, alle so groß wie Pflaumen. »Es tut mir leid, dass Sie nicht mehr bei uns sind«, sagte sie.

Haeckel schüttelte den Kopf. »Aber deswegen sind Sie nicht hier. Außerdem habe ich mich selbst dazu entschlossen. Ich habe mich zu einem Menschenversuch hinreißen lassen. Mit katastrophalem Ausgang.«

»Aber alle wollten, dass Sie diesen Irisscanner einsetzen. Nothoff und Speckler hatten sich freiwillig gemeldet.«

»Trotzdem. Ich hätte mich nie dazu hinreißen lassen dürfen. Auch nicht durch Druck von außen, auch nicht weil die Sache eine gute war. Wir haben zusammen im Sicherheitsbereich gearbeitet, Zabriskie, und Sie tun es noch. Lassen Sie sich nie in Versuchung führen, aus Ihren Möglichkeiten mehr zu machen, als Sie verantworten können. Mir hat es an Demut gefehlt, und zwei Menschen haben ein Auge verloren.«

»Aber man hätte …«

»Hätte was?« Haeckel wurde laut, und die Worte hallten zwischen den Gitterböden und Bronzewänden wider. »Hätte die beiden abfinden können? Hätte mich aus der Schusslinie nehmen können? Hätte Zeit vergehen lassen können, um den wertvollen Experten nicht zu verlieren?.« Er schüttelte den Kopf. »Glauben Sie mir, es ist besser, dass ich raus bin aus dem Laden. Aber Sie wollen mir doch bestimmt nicht einreden, dass ich damals einen Fehler gemacht habe. Sie schätzen mich, und ich habe Sie auch geschätzt als Schülerin in meinen Veranstaltungen, aber im Ergebnis geben Sie mir recht. Ich habe gepfuscht. Und wissen Sie, warum? Wegen des Ruhmes, der zu erwarten war. Unverzeihlich. Also …« Er stampfte mit seiner Prothese zweimal auf den Boden. »Was liegt an? Warum sind Sie hier?«

»Es geht um einen Mord, einen Mord an einer Frau. Sie wurde erwürgt, hier ganz in der Nähe, auf der anderen Seite des Flusses, auf Stralau.«

Haeckel verzog keine Miene, aber Zabriskie wusste: Das bedeutete nicht, dass er kein Interesse hatte.

»Sie trug Kontaktlinsen.« Sie griff in ihre Hosentasche. »Eine der Linsen haben wir am Tatort gefunden.« Sie rollte die Plastiktüte auf und hielt sie in die Höhe. Haeckel rückte den Kopf ein Stück nach vorn. *Ich habe ihn,* dachte Zabriskie, und hielt die Tüte reglos in die Höhe. *Und er hat etwas für mich.* »Die andere Kontaktlinse ist verschwunden.«

»Woher wissen Sie, dass es sich um die Kontaktlinse der Toten handelt?«, fragte Haeckel.

»Wir haben einen DNA-Abgleich mit der Tränenflüssigkeit auf der Linse und der Toten gemacht. Das Ergebnis ist eindeutig.«

»Und jetzt hätten Sie gerne einen eindeutigen Hinweis, der Ihnen weiterhilft.« Haeckel schob den gesunden Fuß über das Metallgitter, dass es knirschte.

»Ja. Sie sind der Mensch, der am meisten über Augen weiß, den ich kenne. Irgendetwas muss es doch geben, das uns weiterhilft.«

Haeckel schwieg und sah auf das Gitter zu seinen Füßen. »Was sagt denn Ihr Vorgesetzter Pachulke dazu, dass Sie mich aufsuchen?«

Zabriskie presste die Lippen zusammen. Sie mochte es nicht, wenn jemand auf die formale Hierarchie hinwies, die zwischen ihr und Pachulke existierte. Pachulke mochte das auch nicht, was die Arbeit immens erleichterte. Er ließ sich überreden, überzeugen, manchmal auch überrumpeln. Bei Haeckel hatte keine dieser Strategien bis jetzt funktioniert. Es war ihm offensichtlich nicht recht, dass sie hier war. Wenn sie ihn jetzt kränkte, würde er sie rausschmeißen.

»Pachulke war dagegen, dass ich Sie suche«, sagte Zabriskie. Haeckels Mundwinkel zuckte. »Er meint, es wäre besser, wenn Sie so wenig wie möglich mit der Polizei zu tun haben und die Polizei mit Ihnen.«

»Aber Sie sehen das anders.«

Zabriskie nickte. »Ich sehe das anders, weil Sie anders sehen, weil Sie mir beigebracht haben, anders zu sehen. Außerdem …« Sie holte tief Luft. »Sie haben genug bezahlt. Die Probanden, die verletzt wurden, waren mindestens so scharf auf den Ruhm wie Sie. Die beiden haben Arbeit, sie leben in der Stadt, nicht hier. Sie dagegen sind abgetaucht, haben alles aufgegeben. Außerdem hatten Sie diesen Unfall.«

Haeckel lachte in sich hinein. »Und Sie meinen, damit könnte ich Nothoff und Speckler wieder ins Auge schauen. Inter pares quasi, von Krüppel zu Krüppel. Nicht doch.« Er starrte weiter auf den Boden. Schließlich seufzte er. »Sie sind ehrlich zu mir, Zabriskie, und deswegen werde ich auch ehrlich zu Ihnen sein.« Er drückte einen Knopf und hinter ihm leuchtete ein Regal auf. Darin standen viele kleine Glasbehälter, so groß wie Schnapsgläser, jeder mit einem Plastikdeckel und einem Etikett.

Zabriskie trat einen Schritt zurück.

»Ich kann es nicht dauernd beleuchten, der Strom ist immer knapp hier.« Haeckel erhob sich und ging zu dem Regal. »Ich nehme an, Sie wissen nicht, was das ist.«

Zabriskie trat näher. Sie kniff die Augen zusammen. In den Gläsern war Flüssigkeit, und in der Flüssigkeit lagen durchsichtige Objekte. Manchmal zwei in einem Glas, manchmal nur eins. »Kontaktlinsen?«

Haeckel nickte. »Mein Archiv des letzten Augenblicks.«

»Das heißt, das sind …«

»Das sind Kontaktlinsen, die Menschen im Augenblick ihres Todes getragen haben. Hier zum Beispiel ein junger Mann, Verkehrsunfall auf der Stadtautobahn vor zwei Jahren. Zu schnell an einem Novembernachmittag. Oder hier …« Er deutete auf ein anderes Glas. »Jemand in einem Krankenhaus. Gestorben im Bett.«

»Wie kommen Sie an diese Kontaktlinsen?« Zabriskie fröstelte.

Haeckel warf ihr einen durchdringenden Blick zu. »Haben Sie schon einmal gehört, dass ein Zauberkünstler darüber redet, wie seine Tricks funktionieren? Also fragen Sie mich bitte nicht, woher ich die Kontaktlinsen habe.« Sein Blick entspannte sich. »Ich gehe fast jeden Tag zum Hafen, zu den Anlegestellen, wo der Müll angelandet wird. Die Schauerleute kennen mich, und wenn sie eine Linse finden, reichen sie sie an mich weiter. Manchmal bekomme ich auch Post aus der Stadt. Sie sind nicht die Einzige, die sich an meine Arbeit erinnert.«

Zabriskie senkte den Kopf. Typisch Haeckel, immer am Limit und darüber hinaus. Welche krummen Touren er sich wohl geleistet hätte, wenn er weiter im Polizeidienst geblieben wäre? Sie verscheuchte den Gedanken ganz schnell wieder. Er redete mit ihr. Er würde helfen.

»Na, was ist? Wollen wir mal einen Blick riskieren?« Haeckel kicherte, und der Rumpf der Soldatenstatue gab das Echo zurück. Er nahm einen Glasbehälter und trug ihn zu einem Arbeitstisch aus Edelstahl. Darauf stand etwas, das aussah wie eine Buttonmaschine. Es gab einen langen Bügel, mit dem man Kraft auf zwei Sprungfedern übertragen konnte. Zabriskie erinnerte sich daran, dass sie an der Schule einmal mit so einem Ding Buttons produziert hatte. Es war um den Kampf gegen irgendwelche Lehrplanreformen gegangen. Eine mühsame Arbeit war es gewesen, mit diesem Pumpschwengel Hunderte von Buttons auszustoßen. Anders als bei der Buttonmaschine aus ihrer Kindheit hatte dieses Gerät hier zwei Erhöhungen, so groß wie zwei Braillepunkte für die Fingerkuppen eines Riesen. In der Mitte jeder Halbkugel gab es ein winziges Loch.

Haeckel schob den Plastikdeckel mit beiden Daumen vom Glasbehälter. Mit einer Pinzette, die an den Spitzen mit zwei Gummistopfen abgepolstert war, fischte er die erste Kontaktlinse aus der Flüssigkeit und platzierte sie auf einer der Erhöhungen. Als beide Kontaktlinsen lagen, wo Haeckel sie haben wollte, nickte er Zabriskie zu. »Wenn Sie mal bitte so freundlich wären, diesen Bügel herunterzudrücken, bis er einrastet.« Er beugte sich über einen Laptop, der auf einem Beistelltisch stand. Ein Kabel führte von der Buttonmaschine zum Laptop. Als Haeckel die Maus bewegte, wurde der Bildschirm hell. Zabriskie senkte den Bügel, und zwei Manschetten aus Metall umschlossen die Kontaktlinsen von oben. Haeckel tippte auf der Tastatur herum. »Treten Sie ein paar Schritte zurück, es wird gleich sehr viel Energie freigesetzt.« Er reichte Zabriskie eine Sonnenbrille und setzte selbst eine auf.

Zabriskie schob sie sich auf die Nase und trat neben Haeckel, der in diesem Moment die Enter-Taste drückte. Einen Augenblick geschah nichts, dann leuchteten die beiden Halbkugeln auf. Selbst die Sonnenbrille bot keinen vollständigen Schutz, und Zabriskie sah geblendet zur Seite. Aus den Augenwinkeln nahm sie ein Farbenfeuerwerk wahr. Wellen unterschiedlich gefärbten Lichts erleuchteten das Innere der Bronzeskulptur, wurden immer schwächer und verglommen schließlich zu zwei hellen Punkten, die über den Kontaktlinsen schwebten.

Als auch sie erloschen waren, nahm Haeckel die Sonnenbrille ab. »Leider ist es mir noch nicht gelungen, diese Energie zu speichern. Sagen Sie das bitte nicht weiter. Die Bewohner der Halde sind alle gehalten, nachhaltig zu wirtschaften. Dieses Spektakel ist nicht vorbildlich, was die Energiebilanz betrifft.« Er trat an die Buttonmaschine, drückte einen Knopf, und der Hebel schnappte nach oben. Die beiden Kontaktlinsen legte er zurück in die Flüssigkeit, verschloss das Gefäß und stellte es in das Regal zurück.

»Und jetzt?«, fragte Zabriskie.

»Jetzt warten wir«, sagte Haeckel. »Der Computer muss die Datenmengen verarbeiten und synchronisieren. Kommen Sie mit.« Er lief quer durch den Raum zu einem Drucker. Die Minuten verstrichen. Dann sprang ein grünes Lämpchen am Drucker an, und die Walze setzte sich in Bewegung. Einen Augenblick später starrten Zabriskie und Haeckel auf den Ausdruck im Format DIN A4. Das obere Drittel war dunkel, dann folgte eine hellere Fläche, deren Ecken abgerundet waren. Rechts war eine fahlblaue Fläche zu sehen, die mit weißen Zeichen überzogen war. Von links schob sich ein graues Rechteck auf Stelzen in das Bild hinein.

»Erkennen Sie, was es ist?«, fragte Haeckel. »Warten Sie, es schärft sich noch nach.«

Das Blatt in Zabriskies Hand zitterte. Vor ihren Augen wurde aus dem schemenhaften Umriss ein leidlich scharfes Bild, beinahe monochrom in den Farben, bis auf die blaue Fläche rechts und zwei rote Flecken in der Mitte des Bildes.

»Ein Autobahnwegweiser«, sagte Zabriskie. »Zumindest die obere Hälfte. Das hier links ist die Spandauer Brücke. Und die runden Ecken …«

»Sind die Umrisse der Windschutzscheibe des Autos«, sagte Haeckel. »Das Letzte, was der junge Mann gesehen hat.«

Zabriskie schüttelte den Kopf. »Die Bildqualität ist gar nicht schlecht. Nur die Schrift kann man nicht lesen.«

Haeckel kicherte. »Nun, ich habe ein bisschen experimentiert und ausprobiert, was passiert, wenn man Polaroidpapier und einen Farblaserdrucker miteinander bekanntmacht. Hat mich einige Drucker gekostet, aber hier auf der Halde sitze ich an der Quelle. Wer im Müll lebt, lebt im Überfluss. Mir wird an nichts mangeln.«

Zabriskie legte das Foto auf den Tisch.

»Je öfter Sie einen Ausdruck machen, desto schlechter wird die Qualität. Beim ersten Mal war das ganze Bild farbig. Jetzt sind es nur noch der Autobahnwegweiser, den er jeden Werktag gesehen hat, und die beiden roten Würfel aus Plüsch, die am Rückspiegel hingen. Seine Glücksbringer, vielleicht von seiner Frau.«

»Die ihm kein Glück gebracht haben«, sagte Zabriskie.

»Was ist schon Glück?«, sagte Haeckel. »Es war seine stärkste Erinnerung, als er starb.«

»Woran erinnern sich Demenzkranke?«, fragte Zabriskie.

Haeckel räusperte sich. »Immer noch schnell mit den Fragen, wie ich sehe. Aber eine gute Frage, trotzdem. Das Licht, das ist das Letzte, was sie sehen. Die Lampe an der Decke ihres Krankenhauszimmers. Den Sonnenaufgang vor dem Fenster.« Er streckte die Hand aus und nahm die Plastiktüte mit Adomeits Kontaktlinse. »Wollen wir mal nachsehen, was in Ihrem Mitbringsel gespeichert ist?«

Zabriskie nickte. Haeckel hob die Kontaktlinse mit der Pinzette heraus und hielt sie gegen das Licht. »Bitte mal die Sprühflasche«, sagte er zu Zabriskie.

Sie gab ihm eine Flasche, die aussah, als könnte man damit die Topfpflanzen befeuchten, nur dass es hier keine Pflanzen gab.

Haeckel sprühte die Kontaktlinse ausgiebig ein. »Dadurch werden sie weicher und schmiegen sich besser an die Kontakte. Auch die Datenübertragungsrate steigt.« Er legte Verena Adomeits Kontaktlinse in das Lesegerät.

Ein paar Minuten später standen sie wieder vor dem Drucker und spielten mit ihren Sonnenbrillen. Diesmal dauerte es nicht so lange, bis das grüne Licht blinkte.

Auf dem Abzug war ein Mann zu sehen. Er streckte seinen rechten Arm aus, seine Hand war durch den unteren Bildrand abgeschnitten. Die Hand lag auf dem Hals von Verena Adomeit, im toten Winkel. Den linken Arm hielt der Mann ausgestreckt an seiner Seite. Am unteren Bildrand war gerade noch der Saum eines grauen Handschuhs zu sehen. Der Mann trug einen schwarzen Sakko, ein weißes Hemd und eine dunkle Krawatte mit einem geometrischen Muster. Er hatte kleine, enganliegende Ohren, die Stirn zeigte tiefe Falten, als würde er sich sehr anstrengen oder intensiv über etwas nachdenken. Er war hellhäutig und hatte einen sorgfältig gebräunten Teint. Im Hintergrund waren verwischte grüne Formen zu erkennen, die Bäume und Büsche der Grünfläche auf Stralau. Auf diesem Bild war noch viel mehr Farbe erhalten als bei dem Ausdruck von dem Verkehrsunfall.

Immer mehr Details bildeten sich heraus. Zabriskie erkannte die Knöpfe und Knopflöcher des Sakkos und die feinen Verästelungen auf dem Krawattendesign. Nur zwischen den Ohren des Mannes blieb das Papier weiß. »Wo ist sein Gesicht?«, fragte Zabriskie.

Haeckel schüttelte den Kopf. »Das hatte ich befürchtet.« Er deutete auf das Längsschnittmodell. »Sie wissen, wie ein Auge funktioniert?«

»In groben Zügen«, sagte Zabriskie und starrte auf den Farbausdruck. Das durfte nicht wahr sein.

»Wissen Sie, was der blinde Fleck ist?«, sagte Haeckel.

»Nein«, sagte Zabriskie.

»Das, was man mit einem einzigen Auge sehen kann, nennt man Gesichtsfeld. Hinten am Auge setzt der Sehnerv an. Dort, wo der Nerv in das Auge hineinwächst, gibt es keine Bildrezeptoren. Diesen Bereich nennt man den blinden Fleck. Die visuellen Daten, die dort auftreffen, werden nicht verarbeitet.«

»Aber warum sehe ich dann ein vollständiges Bild?«

»Weil die blinden Flecken Ihres linken und rechten Auges versetzt angeordnet sind. Was Sie mit dem einen Auge nicht sehen, sehen Sie mit dem anderen. Im Gehirn werden die beiden Bilder übereinandergeschoben und zu einem vollständigen Bild verschaltet.«

Zabriskie starrte auf den Ausdruck von Verena Adomeits Kontaktlinse. Mittlerweile konnte sie die Kragenknöpfe erkennen und die Stirnfalten ihres Mörders zählen. »Und hier …«

»Hier haben wir nur die Aufzeichnung von einem Auge. Das Bild ist deshalb unvollständig.«

»Und das Gesicht des Mörders …« Zabriskie spürte, wie die Wut in ihr hochstieg.

»Ist auf der anderen Kontaktlinse gespeichert. Die Tote hat ihn mit dem anderen Auge direkt gesehen.«

»Das gibts doch nicht.«

»Doch, das gibt es immer. Das ist die Natur des Menschen.«

»Ich meine, warum haben wir nicht die Linse mit dem Gesicht gefunden?«

»Der Mann, den Sie suchen, hat Glück gehabt.«

27

Pachulke griff über den Zaun und drückte den kugelrunden Griff der Gartentür herunter. Tenbrink wohnte am Waldrand in einem großen freistehenden Einfamilienhaus, und auf dem Weg von der Bushaltestelle hierher hatte Pachulke keinen einzigen Autofahrer gesehen. Tenbrinks Haus war weißgestrichen und sah solide gebaut aus. Es gab drei Briefkästen, vielleicht lebten die Schwiegereltern mit ihm unter einem Dach. Bestimmt hatte das Haus auch einen Keller.

Er lief über die gekieste Einfahrt zum größeren Teil des Gartens, der hinter dem Haus lag.

Tenbrink stand am Grill. Ausnahmsweise schnitt er mal

keine Leichen auf, sondern piekte fachmännisch in grobe Bratwürste hinein, damit das Fett besser abtropfen konnte.

Pachulke trat auf die Terrasse und gab Tenbrink die rechte Hand, die in einem Arbeitshandschuh steckte.

»Hallo, Herr Hauptkommissar«, sagte Tenbrink und winkte mit der Gabel. »Schön, dass Sie es geschafft haben. Was wollen Sie haben, Bier, Wein oder einen Prosecco?«

»Ein Glas Rotwein, sehr gerne.«

Eine junge Frau, oder war sie noch ein Mädchen?, die Tenbrinks buschige Augenbrauen und sein markantes Kinn geerbt hatte, stand hinter einem Biertisch. Sie winkte Pachulke zu sich heran. »Spanien oder Österreich?« Sie musste Tenbrinks älteste Tochter sein, von der er ein Familienfoto auf dem Schreibtisch stehen hatte.

»Vom Blauen Zweigelt, bitte.«

»Den trinkt Papa auch immer.« Sie schenkte ein. »Sehr zum Wohl, Herr Kommissar.« Anders als ihr Vater sprach Tenbrinks Tochter – sie hieß Frigga oder Freya oder so – nicht mit dem norddeutsch gedehnten Zungenschlag. Sie redete im lokalen Idiom, war auch hier geboren, genau wie ihre beiden jüngeren Geschwister, die gerade Fackeln in den Rasen bohrten.

Bei dem Wort *Kommissar* drehten sich ein paar der Gäste um, die nicht aus Pachulkes Dezernat oder aus dem Polizeipräsidium kamen. Sie musterten ihn und wandten sich dann wieder ihrem Gesprächspartner oder ihrem Lammkotelett zu. Pachulke kannte diesen Blick: *Bei dem darf ich mich nicht verplappern. Bei dem darf ich nicht Bulle sagen. Der sieht mir an der Nasenspitze an, dass ich was auf dem Kerbholz habe.*

Entsprechend schleppend verliefen bisweilen die Gespräche auf solchen Festen. Jeder hatte etwas ausgefressen. Oder glaubte es zumindest. Hier ein bisschen besoffen Auto fahren, dort der Carport aus Schwarzarbeit, und natürlich häusliche Gewalt. Der Preis des Gürtels unterschied sich je nach Wohngegend, die Striemen sahen überall gleich aus. Die Frauen, die verzweifelt schwiegen, auch. War es das, was dazu führte, dass viele Polizisten allein, in kaputten Beziehungen, getrennt oder geschieden waren? Zabriskie genoss ihr Singledasein mit Leib und Seele und hatte eine Vorliebe für Single Malt, die größer geworden war in den letzten Jahren.

Stiesel hatte keine Lebenspartnerin, aber eine Mutter, die das letzte Damenorchester auf der Reeperbahn geleitet hatte und mehr Geständnisse in ihrem Leben gehört hatte als Pachulke und Zabriskie zusammen. Außerdem hatte Stiesel einen weitverzweigten Clan und konnte sich bei einer seiner Schwestern oder Cousinen ausquatschen oder mit seinen Schwagern einen draufmachen.

Bördensen war glücklich verheiratet und hatte mit Lilly eine Frau gefunden, die auf die Welt gekommen war, um Polizistenehefrau zu werden. Im Moment saß sie auf einer Decke auf der Wiese mitten in einem Berg Spielsachen. Bördensens kleine Tochter schlief auf einem Lammfell, der Sohn baute etwas aus großen Legosteinen und brabbelte vor sich hin.

Er, Pachulke, lebte allein mit einigen zehntausend Schallplatten und einer halbherzigen Sehnsucht für Engine Plink. Doch im Moment hätte er nicht einmal eine Balletttänzerin zu sich nach Hause einladen können, er saß auf einer tickenden Bombe. Heute hatte er ein paar Lebensmittel gekauft, aber nur leichte Kost.

Pachulke prostete den beiden Leuten zu, die den Blick noch nicht abgewendet hatten, und beide hoben das Glas. Der eine war Kümmerle, Tenbrinks Assistent. Eine blonde Frau in einem enganliegenden roten Kleid lächelte Pachulke sehr überzeugend an. Die schien seine Lage zu verstehen, vielleicht arbeitete sie beim Finanzamt.

Die Frau in dem roten Kleid trat an Pachulke heran und reichte ihm die Hand. »Ich bin Heidrun Tenbrink. Ludger freut sich ja so, dass Sie und Ihre Kollegen sich die Zeit genommen haben.«

»Vielen Dank für die Einladung. Ich bin sehr froh, dass Ihr Mann bei uns dabei ist. Er liegt immer richtig, das gibt uns die Sicherheit, um auch mal einer ausgefallenen Idee nachzugehen.«

»Das freut mich für Sie. Bei uns weiß er immer, wann er sich geirrt hat. Das macht unsere Ehe seit dreiundzwanzig Jahren sehr harmonisch.« Sie zwinkerte Pachulke zu und spazierte zu den nächsten Neuankömmlingen, offenbar Nachbarn, denn das Gespräch drehte sich bald um den nicht vorhandenen Regen an diesem Wochenende.

Pachulke ging zu Bördensen und Zabriskie. Bördensen hatte eine Bierflasche, Zabriskie ein Glas Mineralwasser in der Hand.

»Wo ist Dorfner?«, fragte Pachulke.

»Hinter der Hecke. Er hackt Holz«, sagte Zabriskie.

»Er hackt Holz?« Pachulke legte den Kopf schief.

»Er kann seine Muckibude zu Hause im Moment nicht nutzen. Kam im Trainingsanzug hier an, hackt jetzt seit einer Stunde Holz, danach darf er die Dusche in der Einliegerwohnung benutzen, und dann legt er Ausgehkleidung an.«

»Den anderen Trainingsanzug. Den Guten, für die Premieren mit Steven Seagal«, sagte Zabriskie. Sie prostete in Richtung Hecke.

»Und Stiesel? Er hat das Geschenk.« Pachulke stieß mit den beiden an.

»Stiesel müsste jede Sekunde hier sein«, sagte Bördensen. Er lachte und hob die Bierflasche. »Wenn man vom Teufel spricht.«

Stiesel kam über den Rasen gelaufen und hatte ein flaches, quadratisches Paket dabei. Er nickte in die Runde. »Wollen wir es ihm gleich geben? Es ist groß und sperrig.« Sie gingen gemeinsam zum Grill. Pachulke kam sich vor wie der Leiter einer diplomatischen Delegation. Gleich würden sie dem Oberhaupt dieses kleinen Gartenstaates ein Geschenk überreichen. Tenbrink zog den Arbeitshandschuh aus und reichte die Grillzange an den Mann weiter, der gerade mit Tenbrinks Frau über Niederschlagsmengen geredet hatte. Offenbar war er ein sehr enger Freund, wenn er gleich zur Arbeit verdonnert wurde.

Tenbrink bat die vier Ermittler ins Wohnzimmer und leitete sie zum Geschenketisch.

»Lieber Tenbrink«, sagte Pachulke und nahm das flache Paket von Stiesel entgegen. »Wir wissen, dass Sie hier der Vorposten der Zivilisation sind. Ohne Menschen wie Sie, die draußen im Nichts eine Existenz aufbauen, würden wir in Charlottenburg und Schöneberg und Hohenschönhausen nicht ruhig schlafen können. In der letzten Zeit hatten Sie gewisse Sonderopfer zu tragen und Härten zu erdulden, und daran möchten wir erinnern.« Er drückte Tenbrink das Paket in die Hand.

Tenbrink wog es in der Hand und klopfte mit dem Knöchel dagegen. Es klang metallisch. Er legte die Stirn in Falten. »Darf ich es gleich aufmachen?«

»Besser wäre es«, sagte Zabriskie. »Wer weiß, was heute noch passiert?«

Tenbrinks Falten wurden größer. Er löste sorgfältig die Klebestreifen, faltete das Papier auseinander und legte es auf das Sofa. Pachulke kannte diese langsame Sorgfalt zur Genüge. So wie Tenbrink eine Bauchhöhle aufklappte, packte er auch ein Geschenk aus.

Er hielt das Geschenk mit ausgestreckten Armen vor sich und lachte schallend. »Das ist ja großartig, vielen Dank. Dass Sie sich daran noch erinnern. Wessen Idee war das?«

Zabriskie piekste Stiesel in die Seite. »Stiesel, hervorragend, gute Arbeit.«

Der bekam rote Flecken im Gesicht. Sonst wurde er mit Komplimenten nicht gerade überhäuft.

Tenbrink stellte die Metallplatte ganz hinten auf den Geschenktisch. Sie stand auf der Spitze, wie es sich gehörte. Im letzten Herbst war der Garten der Tenbrinks von einer Rotte Wildschweine heimgesucht worden. Die Tiere hatten den Rasen aufgewühlt und die Beete verwüstet. Das Geschenk war ein Verkehrsschild, das australischen Schildern nachempfunden war, die darauf hinwiesen, dass Kängurus die Straße überquerten. Allerdings gab es für Tenbrink kein Känguru, sondern ein Wildschwein mit einem hoch erhobenen Pinselschwänzchen. Wie die Antenne einer ferngesteuerten Maschine sah das Schwänzchen aus, und das Wildschwein rannte, was das Zeug hielt.

»Das kommt auf die Terrasse«, sagte Tenbrink.

Stiesel, Bördensen und Zabriskie nahmen ihre Gläser und gingen wieder ins Freie, Pachulke und Tenbrink setzten sich.

Tenbrink zündete sich eine Zigarette an. »Heute darf ich, heute zieht der Grillrauch eh durch die Tür.« Er stieß den Rauch durch die Nasenlöcher aus.

»Schönes Haus haben Sie.«

»Vielen Dank, ja. Die Schwiegermutter wohnt auch hier, die hat sich hingelegt und kommt später runter.«

»Und einen trockenen Keller haben Sie doch sicher auch?« Pachulke nippte an seinem Glas und beobachtete Tenbrink aus den Augenwinkeln.

»Ja, sicher. Das ist alles voll unterkellert. Insgesamt haben wir siebzig Quadratmeter Kellerfläche, allein der Hobbykeller hat vierzig. Steht im Moment leider leer, aber jetzt ...«

In diesem Moment kam Dorfner zur Tür herein, Schweiß stand ihm auf der Stirn.

»Mann, Dorfner, ganze Arbeit. Das nenne ich mal praktisch denken, Freude schenken.« Tenbrink streckte den Arm aus. »Hier durch die Tür und dann eine halbe Treppe nach oben. Schmeißen Sie Ihre Klamotten in die Waschmaschine und drücken Sie auf Start. Wir stecken die Sachen später in den Trockner, der Tag ist ja noch jung.«

Dorfner tippte zwei Finger an die Stirn und verschwand.

»Und, gibts was Neues vom Schminker?«, fragte Tenbrink.

Pachulke schüttelte den Kopf. »Ich weiß jetzt einiges über Schminke, ich war gestern im KaDeWe in der Kosmetikabteilung. Aber was den Täter betrifft, tappen wir immer noch völlig im Dunkeln.«

Tenbrink nickte und blies einen Rauchring, eine Aufforderung weiterzureden.

»Wir sind uns sicher, dass es *ein* Täter ist. Dafür ist der Modus Operandi zu charakteristisch.«

»Kein Kopierer?«

»Nein, Kopierer ahmen Menschen nach, die zweimal oder öfter gemordet haben. Und bis letzten Mittwoch gab es nur einen Mord. Wir hatten das mit der Schminke damals auch nicht an die große Glocke gehängt.«

Tenbrink blies noch einen Ring gegen die Decke.

»Es ist aber auch kein Serienkiller. Das heißt, Mord und Schminken stehen nicht in einem notwendigen Zusammenhang. Er mordet nicht, um zu schminken.«

»Vielleicht suchen Sie ja doch zwei Täter«, sagte Tenbrink. »Einen Mann, aber zwei Täter.«

»Sie meinen, der Täter ist schizophren? Nicht ganz knusper ist er bestimmt, wenn er tote Frauen schminkt.«

»Nein, nicht schizophren. Der Mann ist nicht krank im Sinne von Devianz. Er will es, glaube ich, einfach zu gut machen in diesem Leben.« Tenbrink hatte ein Bein übergeschlagen und lehnte sich mit dem Nacken ins Sofa. »In dieser Stadt gibt es Quartiere, da tauscht sich die Bevölkerung innerhalb von fünf Jahren nahezu vollständig aus. Ihre Haut braucht dagegen nur siebenundzwanzig Tage, um sich vollständig zu erneuern«, sagte er zur Zimmerdecke. »Aber nicht nur Quartiere verändern sich. Auch die Menschen werden im Lauf der Jahre zu anderen. Schauen Sie mich an. Glauben Sie, es war mein Plan, als ich ein junger Forensiker und neu in der Stadt war, dass ich hier einmal ein Haus bauen und gegen Wildschweine kämpfen würde?«

Pachulke rutschte tiefer in das Sofa hinein. Es war unglaublich gemütlich.

»Ich bereue nichts, mein Leben ist sehr gut verlaufen. Ich bin glücklicher, als ich es mir jemals hätte vorstellen können. Aber wenn Sie ein Foto von mir heute und von mir vor zwanzig Jahren nebeneinander halten, gibt es nur körperliche Äußerlichkeiten – unser Familienkinn – und die DNA, die Ihnen klarmachen, es ist ein und derselbe Mensch.«

»Wir haben keine DNA des Täters, in beiden Fällen nicht.«

»Das weiß ich doch. Ich meine nur: Was stellt in einem Leben Kontinuität her? Ihre DNA ist immer dieselbe, trotzdem können Sie ein anderer Mensch geworden sein. Die Suche nach einer DNA-Spur ist sehr mechanisch, und dazu brauchen Sie erst einmal eine Probe. Wenn Sie aber nach einem Motiv suchen, müssen Sie verstehen, dass sich Menschen komplett verändern.«

»Sie meinen, der Mörder war ein anderer, als er zum ersten Mal gemordet hat? Er war jung?«

»Ich meine, er war beim ersten Mord zwanzig und ist jetzt Anfang dreißig, nicht heute fünfundfünfzig und beim ersten Mord Mitte vierzig. Die beiden Morde umfassen die Zeitspanne, in der man sich als Erwachsener am stärksten verändert.«

»Und das Schminken?«

»Das Schminken war beim ersten Mord ein wichtiger Teil seines Lebens. Beim zweiten Mord war auch Sentimentalität im Spiel, als er wieder geschminkt hat.«

»Er hat seine Jugend wieder aufleben lassen?«, fragte Pachulke. Er schubberte sich den Rücken am Sofakissen. »Das Opfer von letzter Woche, was hat sie zurzeit des ersten Mordes gemacht?«

»Sie hat studiert.«

»Eine Phase der Verpuppung, der Veränderung. Im ersten Lebensjahrzehnt verändert sich der Körper so radikal wie nie im Leben, im zweiten Lebensjahrzehnt ist es die Persönlichkeit und Psyche. Im dritten Jahrzehnt ist es was?«

Pachulke trank noch einen Schluck. »Der Beruf. Wir entscheiden, was wir werden.«

»Genau, wir stellen die Weichen. Und auch, wenn wir später umsatteln, wenn wir nicht schon einen Beruf erlernt haben, ist unsere Leben Anfang zwanzig voller Möglichkeiten und Ende zwanzig bereits bestimmt von einer Reihe getroffener Entscheidungen.« Tenbrink sah auf die Zigarettenglut, von der dünner Rauch nach oben stieg. »Wie ist der Wein? Sie trinken den Zweigelt, stimmts?«

»Der ist ausgezeichnet, vielen Dank.« Pachulke richtete sich im Sofa auf. »Hat auch die richtige Temperatur.«

»Nehmen Sie sich eine Flasche mit nach Hause. Wir trinken heute Abend niemals alles aus.«

»Vielen Dank. Um auf den Schminker zurückzukommen …«

»Der Schminker ist beim ersten Mord in einer völlig anderen Lebenssituation gewesen als beim zweiten Mord. Also sollte man das Motiv in seiner persönlichen Verfasstheit suchen. Was wollte er mit dem Mord erreichen oder vermeiden, als er zwanzig war und was mit zweiunddreißig? Hat das erste Opfer auch studiert?«

»Nein, aber sie hatte eine Zusage für das Wintersemester an der Hochschule der Künste.«

»Aha, und die zweite tote Frau hatte bereits mit dem Studium begonnen.«

»Das heißt, dass der Täter auch studiert hat?«

»Das heißt, dass die beiden Frauen gerade in der Phase waren, in der sich alles entwickeln sollte.«

»Alles?«

»Ja, alles: Studium, Partnerschaft, das Leben.«

»Und mit dreißig? Mit dreißig hat man vielleicht schon wieder etwas zu verlieren, weil man sich etwas erarbeitet hat.« Tenbrink drückte die Zigarette aus, nahm den Aschenbecher und stand auf. »Ich werde meinem Nachbarn mal wieder beim Grill zur Hand gehen. Schicken Sie Dorfner raus, ich werde ihm das schönste Steak raussuchen. Der arme Teufel ist quasi obdachlos, weil sich der Vermieter künstlich aufregt. Ich glaube, wenn ich zwischen Wildschweinen und Vermietern wählen muss, würde ich keine Sekunde zögern. Wildschweine darf man auch mal abknallen, wenn sie es zu toll treiben.« Er ging zur Terrassentür. »Schauen Sie sich ruhig um, wenn Sie das Haus interessiert. Und Sie kriegen natürlich auch Ihr Steak.«

Pachulke saß noch eine ganze Weile da und dachte über den Schminker nach, so wie Tenbrink ihn umrissen hatte. Tenbrink war kein Profiler, nicht einmal ein Psychologe, aber er dachte viel über die Menschen nach. Und es stimmte natürlich. Fritz Haarmann war Ende dreißig gewesen, als er mutmaßlich zum ersten Mal gemordet hatte, und Mitte vierzig, als er nach mehr als zwanzig Morden erwischt worden war.

De Salvo, der Boston Strangler, war Anfang dreißig gewesen, als er anfing zu morden. Er tötete seine dreizehn Opfer im Lauf von etwas mehr als zwei Jahren.

Pachulke dachte nach, wie er vor zwölf Jahren gewesen war und wie er mit Anfang zwanzig gefühlt und gedacht hatte. Er war ein anderer geworden. Beide Pachulkes waren übergewichtig, aber sonst gab es gravierende Unterschiede.

Dorfner kam hereinspaziert. Er trug keine Ballonseide, sondern Denim und dazu ein einfaches blaues T-Shirt. Zabriskie hatte sich geirrt. Dorfner hatte sich entwickelt, Zuckerbrot (Freigang) und Peitsche (Büroarbeit) schlugen langsam bei ihm an.

»Tenbrink wartet am Grill mit einem Steak auf Sie, Dorfner.«

Als Dorfner draußen Witterung aufgenommen hatte, stand Pachulke auf. Das eine Glas Rotwein war ihm zu Kopf gestiegen. Er fand eine Toilette und betrachtete sein Spiegelbild. Es sah so zerfurcht und zugleich aufgedunsen aus wie immer in den letzten Jahren. Langsam kroch das Depotfett auch unter seine Gesichtshaut. Wenn das so weiterging, würde man ihn nicht mehr als den Dicken titulieren, sondern als den mit den Schweinsäuglein. Das ging so nicht weiter. Und absaugen oder so ein Blödsinn kam nicht infrage.

Er warf sich eine Handvoll Wasser ins Gesicht und machte sich auf die Suche nach der Kellertreppe. Unten angekommen inspizierte er die Räume. Es gab einen Vorratskeller mit einer großen Kühl-Gefrier-Kombination, Holzregalen mit Konserven und den aufgestapelten Weinkisten. Tenbrink hatte mächtig eingekauft. Nebenan war der Wäschekeller, daneben brummte der Heizbrenner. Schließlich fand Pachulke den Hobbykeller. Er trat ein und durchmaß den Raum mit abgezirkelten Schritten. Dieser war etwa acht Meter lang und wohl fünf Meter breit. In der Mitte lag ein großer, dunkel gesprenkelter Naturstein. War das ein Gestaltungselement für Tenbrinks Garten? Wenn man Regale im Abstand von sechzig Zentimetern aufstellte und jedes Regal eine Tiefe von dreißig Zentimetern hatte … ach was, die Gänge mussten nicht breiter sein als fünfzig Zentimeter, er wollte ja abnehmen ab morgen. Pachulke zog ein Maßband hervor und kniete sich auf den Boden. Er konnte in der Einliegerwohnung wohnen, falls seine Wohnung am Lietzensee unrettbar dem Verfall anheimgegeben war. Notfalls würde er sich auch mit der Schwiegermutter arrangieren, wenn es gar nicht anders ging. Vielleicht interessierte sie sich für Lieder. Er hatte da ein paar schöne Einspielungen: Fischer-Dieskau, Quasthoff, Schreier. Er würde früh in den Keller gehen, das Musikprogramm für den gemeinsamen Kaffeeklatsch zusammenstellen. Nach zwei Jahren würden Tenbrinks jüngere Kinder ihn Onkel Pachulke nennen und …

»Darf ich fragen, was Sie hier machen?«

Pachulke fuhr herum und erkannte Tenbrinks Frau. Im Gegenlicht der Flurbeleuchtung wirkte ihr rotes Kleid beinahe schwarz.

»Oh, Sie sind es. Was machen Sie denn hier?«, fragte Pachulke.

»Das wollte ich eben von Ihnen wissen.« Frau Tenbrink klang weder sauer noch argwöhnisch, eher belustigt.

»Ich habe … Ihren Kellerraum bewundert. Er ist trocken und sehr geräumig. Der Keller in meinem Mietshaus ist leider feucht. Da kann man nichts … da kann man höchstens Farbreste einlagern.«

»Und weil er Ihnen so gut gefällt, messen Sie ihn aus.«

»Ach, so ein wenig Aufmessen ist doch eigentlich ein ganz

interessanter Zeitvertreib. Manchmal messe ich auch, ob die Autos nah genug am Bürgersteig geparkt haben. Früher war ich Streifenpolizist.«

»Soso.« Frau Tenbrink hatte ein Einkaufsnetz mit Weinflaschen in der Hand.

»Dieser Keller ...« Pachulke leckte sich die Oberlippe. »Steht er schon lange leer?«

»Lange genug«, sagte Frau Tenbrink, »aber damit ist jetzt bald Schluss.«

»Schluss? Ich verstehe nicht.«

»Unser Neffe wird in die Einliegerwohnung ziehen. Er hat eine Stelle bekommen am Geo-Forschungszentrum in Potsdam.«

»Aber wenn er in der Einliegerwohnung lebt ...«

»Er bringt seine private Gesteinssammlung mit.« Sie deutete auf den Brocken in der Mitte des Hobbykellers. »Das ist die erste Lieferung. Der Rest kommt auch hier rein.«

Pachulke ächzte leise. Wirklich? Für eine Handvoll Steine? Die konnten genauso gut draußen im Garten liegen, zur Geröllhalde aufgestapelt.

»Mit allem Drum und Dran. Regale, Beschriftungen, Kisten, bringt er alles mit. Zusammen wiegt das Zeug vier Tonnen. Aber die Kellerbodenplatte hält das aus, völlig unproblematisch. Er sagt, Steine kann man noch nicht digitalisieren, anders als Schallplatten zum Beispiel.« Sie lachte in sich hinein. »Ihr Kollege, der Herr Dorfner, hat sich auch nach dem Keller erkundigt. Der wollte da seine Gewichte einlagern. Wenn wir Fritz das nicht schon zugesagt hätten, dann wäre das möglich gewesen. Herr Dorfner macht ja einen sehr zuverlässigen Eindruck. Und warum soll man so viel Fläche sinnlos ungenutzt lassen?«

»Ja, genau. Warum?« Pachulke redete lauter als beabsichtigt. »Dorfner ist nicht ... Ach egal.« Er starrte auf den Boden, der vier Tonnen tragen konnte.

»Ist Ihnen nicht gut, Herr Kommissar?« Frau Tenbrink trat

in die Tür. »Kommen Sie doch mit nach oben. Sie können gerne ein paar geparkte Autos in der Straße abmessen, dann sind Sie wenigstens an der frischen Luft. Und ein Glas Blauer Zweigelt trinken Sie doch noch mit mir, oder?«

Pachulke warf einen letzten Blick auf den Kellerraum. So nah am Ziel und doch so fern. Er rollte das Maßband zusammen und folgte der Gastgeberin in den Garten.

28

Mittlerweile ist der Gestank hier in meine Kleider übergegangen. Hose und Jackett sind verschmiert und fleckig. Aber mein einziges Ziel im Moment ist es, nicht entdeckt zu werden. Und besudelte Oberbekleidung lässt sich ersetzen.

Es war eine einzige lange Party mit einem durchgehenden Soundtrack in jener Nacht im Juni. Wir liefen am Teufelssee vorbei den Berg hoch und krochen durch ein Loch im Zaun. Im Scheinwerferlicht glotzten wir auf die Gebäude der ehemaligen Militäranlage, die seit zehn Jahren leer standen. Erst hieß es, der Wachschutz sei bestochen, man habe den Leuten einen Hundert-Mark-Schein und einen Kasten Bier zukommen lassen, dann hieß es, die Wachschützer seien auf der Party und tanzten inkognito ohne Uniform.

»Biste zum Rumstehen hier oder was?«, sagte einer vom Empfangskomitee. »Du bist nicht auf 'ner Party, du bist die Party, also hol dir 'n Bier und beweg deinen Arsch.« Solchermaßen herzlich ermuntert, ging ich zur Theke und dann auf die Tanzfläche, die Bierflasche in der Hand. Ich ließ mich in den Rhythmus hineinfallen, folgte den Loops und Breaks, die Musik trug mich tiefer in die Nacht. Bis mich jemand auf die Schulter tippte. Es war Maeve. Sie tanzte, und ihr Kleid flog wie auf einem Dorfplatz, dabei war die Tanzfläche eine Betonplatte mitten im Wald. Sie zwinkerte mir zu. »Schön, dass du auch noch da bist.«

»Ich habe dich gesucht, an der HdK.«

»Meine Kollegin wollte nach Hause, der ging es nicht so gut. Ich bin aber noch eine Weile da gewesen. Warum hast du mich denn gesucht?«

Mir fehlt das Talent, mich zu verstellen. Deshalb war meine Karriere als Schauspieler auch nur kurz. Auf der Bühne starb ich tausend Tode, weil ich schüchtern bin. Also zog ich mich zurück. Ich habe es nicht nötig, mich in den Vordergrund zu spielen, wenn andere etwas besser können als ich. Auf der Bühne stehen und vorgeben, ich sei ein anderer, das ging nicht wirklich. Aber das mit dem Schminken, das war mein Ding. Es lag ganz allein an mir, ob das Gretchen aussieht, als sei ihre Seele mit Persil gewaschen worden, Tag für Tag, oder ob man denkt, die hat ja ein Ekzem. Ein scheußliches Ekzem am Hals. Kann man alles hinschminken. Und der Kritiker der Lokalzeitung in der Unistadt fragt: *Wieso hat Gretchen ein Ekzem an ihrem zarten Halsansatz?* Und gleich gibt er die Antwort: *Das ist die Scham.* Und gleich danach würde er eine ebenso steile Gegenthese aufstellen, verpackt in eine rhetorische Frage: *Oder ist es der Katholizismus, der sich wie schwärendes Grind in die reine Seele und in den Halsansatz dieser jungen Frau gefressen hat?* Grind, Katholizismus, Scham und Persil, alles war mein Werk. Was ich aus den Gesichtern machte, war mein Werk. Sie gehörten mir, wenn sie zurückgelehnt auf dem Stuhl in der Garderobe saßen, ihre Gesichter gehörten mir. Sie waren die Leinwand für meine Ideen.

»Du bist die Frau meines Lebens«, sagte ich und bekam einen Schluckauf.

Maeve lachte. »Das ist das schönste Kompliment, das ich seit langer Zeit gehört habe.« Sie prostete mir zu, auch sie tanzte mit einer Bierflasche in der Hand.

Und dann spazierten wir gleichzeitig von der Tanzfläche und sahen den Leibern zu, deren Bewegungen der Musik folgten. Dabei unterhielten wir uns über diese völlig irre Location und diesen völlig irren Zufall, dass wir uns noch einmal getroffen hatten und dass das wohl typisch war für diese völlig irre Stadt. Natürlich sagte ich, dass ich zu einer der Theatergruppen gehörte, und natürlich sagte sie: »Ui, toll.« Sie arbeitete als Kellnerin in einem Irish Pub am Hackeschen Markt und hatte ihren freien Abend. Dann erzählte sie, dass sie in ihrer Schulzeit auch Theater gespielt habe. In einem winzigen Kaff, dessen Namen ich sofort wieder vergaß, war sie aufgewachsen, und mit dem Bus war sie in die Schule gefahren und dort hatte es auch eine Theatergruppe gegeben. Vielleicht konnte sie das mal brauchen, denn sie wollte im Herbst studieren, was mit Medien. Und ich sagte: »Schade, dass wir am Sonntag schon zurückfahren«, und sie sagte: »Vielleicht kommst du ja wieder.« Als sie das mit dem Pub erzählte, dachte ich zum ersten Mal: *Fair Erin's Daughter.* Denn das war sie, zauberhaft mit ihrem Lachen und ihren Gesten in dieser längsten aller Nächte.

»Manchmal laufe ich einfach durch die Straßen und sehe mir die Häuser an«, sagte sie. »Es passiert so viel im Moment.«

Es passierte wirklich viel in diesen Jahren, die neuen Häuser schossen aus dem Boden wie Pilze. Überall wurden Sachen abgerissen, die niemand mehr brauchte, an jeder Ecke konnte mit dem richtigen Gebäude zur richtigen Zeit ein Vermögen verdient werden.

Wir schlenderten weg von der Tanzfläche hinunter zum Ende des Abhangs, so weit, bis wir die Musik nur noch als Klangteppich im Hintergrund hören konnten. Vor uns lag die Wasserfläche des Teufelssees.

Als wir unser Bier ausgetrunken hatten, legten wir uns nebeneinander ins Gras und sahen in den Sternenhimmel.

Und dann drehte sie sich zu mir und strich mir durchs Haar, und sie küsste mich und zog mich zu sich heran, und wir fielen übereinander her und liebten uns im Mondlicht. Ich war so laut, dass ich mich bis heute frage, ob uns niemand gehört hat.

Als ich erwachte, war es später Vormittag. Maeve war verschwunden. Aber allein war ich nicht. Die ersten FKK-Badegäste hatten sich auf der Wiese breitgemacht. Sie musterten mich vorsichtig, als ich nackt und verkatert auf allen Vieren zum See kroch und so lange im kalten Wasser saß und schwamm, bis ich wieder wach war.

Danach deckte ich mich notdürftig zu und schlief noch ein paar Stunden, bis mich der Regen weckte. Die Badegäste hatten sich unter die Bäume geflüchtet. Ich zog mich an und lief zur S-Bahn. Ich fuhr zum Alexanderplatz und kaufte mir Zahnpasta, Zahnbürste und eine Unterhose. In der Kaufhaustoilette machte ich mich frisch. Ich ging nicht zurück in unsere Unterkunft, weil ich keine Zeit hatte und niemandem begegnen wollte. Maeve gehörte mir, sie war mein Geheimnis und meine Eroberung. Ich wollte niemandem Rechenschaft ablegen und von niemandem seine Zweifel serviert bekommen. Ich war mir meiner Sache hundertprozentig sicher.

Dabei war alles ein großes Missverständnis, ein Zusammentreffen unglücklicher Umstände. Ich dachte, sie ist die Frau meines Lebens, aber dann wurde ich zu dem Mann, der ihr den Tod brachte. Es war ein Unfall. Ein trauriges Missgeschick, ein blödes, kleines Missverständnis. Es war kein Mord. Mörder, das klingt so blöd, so knapp und direkt. Das Leben ist voller Missverständnisse. Nicht gänzlich unvermeidbar, aber im Grunde vollkommen überraschend für alle Beteiligten. Vor allem für sie.

Während des Studiums war ich Praktikant in einer Kanzlei. Ich arbeitete für eine junge Rechtsanwältin, die Stress mit einem der beiden Chefs hatte. Er hatte sie auf dem Kieker, meinte sie, vor allem störte es sie, dass er dauernd über sein Auto redete und ihr regelmäßig den Rat gab, sich ein Fahrzeug der gleichen Marke zuzulegen. Wenn ich zum Aktenvortrag musste oder sie mit mir die Schriftsätze besprach, die ich für sie entworfen hatte, verwendete sie viel Zeit darauf, mir die Schandtaten ihres Chefs aufzuzählen und Rachedrohungen gegen ihn auszustoßen. Einerseits schmeichelte es mir, dass sie mich auf diese Weise ins Vertrauen zog, andererseits langweilten mich ihre Tiraden. Ich fand sie halbherzig und unentschlossen.

Eines Tages sagte ich: »Warum zerschneiden Sie ihm nicht

einfach die Reifen? Dann haben sie sich Luft verschafft und er ist nicht mehr auf dem hohen Ross.«

Sie wurde dann sehr wortkarg, besprach nur das Allernötigste mit mir und sagte, ich könnte bald nach Hause gehen.

Am nächsten Tag teilte mir die Sekretärin mit, dass mein Praktikum beendet sei, es gebe da dieses hässliche Gerücht und ja, ich könne das natürlich alles abstreiten, und es sei auch nichts zu beweisen, aber im Zweifel vertraue man da eher der Aussage der eigenen Angestellten als dem Praktikanten. Mir war das Verhalten der jungen Anwältin ein Rätsel und gleichzeitig egal, weil ich eine wohlwollend-neutrale Praktikumsbescheinigung über die volle Zeit bekam und ich mir dadurch einen Monat Praktikum ersparen konnte. So viel zum Thema Missverständnisse.

Ich saß dann eine ganze Weile in einem Café und dachte über mein Leben nach. Über unser zukünftiges Leben, Maeve und ich, ich und Maeve. Gegen einundzwanzig Uhr fuhr ich zum Hackeschen Markt und fand den Pub. Es war ein Höllenbetrieb, aber ich hatte Glück. Maeve arbeitete draußen, an den Tischen, die am weitesten weg vom Eingang standen. Ich stand im Halbdunkel und beobachtete sie. Sie rannte unablässig mit den Tabletts hin und her und war so adrett in ihrer schwarzen Kellnerinnenkleidung. Federleicht eilte sie von Tisch zu Tisch, wischte sauber, brachte Bier, immer wieder vor allem Bier, denn es war auch an diesem Abend sehr heiß. Nachdem zwei große Tische gleichzeitig gezahlt hatten, wurde es für einen Moment ruhiger. Ich trat zu ihr, während sie leere Gläser zusammenräumte, die Tische sauberfegte, neue Bierdeckel in die Halter stellte.

Als sie mich sah, hielt sie abrupt inne, dann zeigte sie mir ein wackeliges Lächeln. »Was machst du denn hier?«

»Ich wollte dich unbedingt wiedersehen.«

»Aber warum? Ich meine, gestern Nacht …«

»Unsere Nacht gestern war mehr als ein Traum. Es war ein Anfang, der Anfang unserer Geschichte.«

Sie schüttelte den Kopf. »Kein Anfang, von nichts. Es war eine Nacht, aber nicht mehr. Und jetzt geh bitte, hier ist die Hölle los.«

»Aber ich bin gekommen, um dir zu sagen …« Ich glaube, meine Stimme kippte, und mir wurde bewusst, dass ich merkwürdig ausgesehen haben muss in den Klamotten, auf denen ich geschlafen hatte, mit meinem kleinen Rucksack.

»Was immer du sagen willst, ich möchte es nicht hören.« Maeves Lippen wurden zu einem schmalen Strich, sie pustete sich eine Strähne aus der Stirn.

»Ich kann warten, bis du hier fertig bist, dann reden wir in Ruhe.«

»Nein, wir reden gar nicht. Nicht in Ruhe und nicht später. Vergiss es einfach, vergiss mich. Du gehst jetzt, sonst holt mein Chef die Polizei. Verschwinde.«

Wie in Trance lief ich quer über den Hackeschen Markt, dann die Oranienburger Straße entlang. Den Huren schenkte ich keine Beachtung. Ich ging ins Tacheles, das hatte ich mir sowieso anschauen wollen. Ich war verblüfft, dass es den Besetzern geglückt war, ihr Relikt so lange über die Zeit zu retten, und fragte mich, was danach kommen würde. Unterlag die Ruine dem Denkmalschutz? Wie groß war das Grundstück? Gab es etwas in dieser Gegend, was dringend gebraucht wurde?

Durch das Gebäude bewegte ich mich wie ein Geist. Ich lugte in viele Ateliers, staunte über die unglaubliche Verschmutzung, dann geriet ich in ein Konzert, aber ich hörte nichts. Ich trank ein Bier, aber ich schmeckte nichts.

Schließlich ging ich ein paar Straßen weiter und fand ein sehr gutes Sushi-Restaurant, das gar nicht teuer war. Beim Anblick der mit solcher Raffinesse zusammengestellten Köstlichkeiten kehrte mein Denkvermögen allmählich zurück. Sollte ich mich in Maeve so getäuscht haben? Wie konnte sie so abweisend sein, ohne mich überhaupt angehört zu haben?

So gegen zwei lief ich zurück zum Hackeschen Markt. Ich wollte mit dem Nachtbus nach Hause fahren, das dauerte zwar länger, aber der Bus würde mich direkt bis nach Moabit bringen. Als ich zum Hackeschen Markt kam, warteten viele Menschen in der Dunkelheit. Zur vollen Stunde tauchten dann wie abgesprochen sieben oder acht Busse aus dem Nichts auf. Ich sah die Endhaltestellen, die mir alle nichts sagten und alle furchtbar abgelegen klangen, und wühlte mich zu dem Bus durch, der zur Turmstraße fuhr.

Mein Wohnheim war ein paar Straßen weiter. Ich bemerkte erst gar nicht, dass Maeve und ich im selben Bus saßen, so sehr war ich in meinen Gedanken versunken. Und dieser Nachtbus war so voll, geradezu gestürmt hatten ihn die Passagiere am Hackeschen Markt. Maeve hat mich auch nachher nicht bemerkt, als ich ganz hinten im Bus saß, aber ich habe sie gesehen. Sie hatte den Kopf an die Scheibe gelehnt und sah hinaus in die Nacht.

Ich übte die kleine Rede, die ich ihr über unsere gemeinsame Zukunft halten wollte. Als sie ausstieg, folgte ich ihr.

Wir liefen über einen alten Spielplatz, und als sie in der Mitte des Geländes war, machte ich mich bemerkbar. Sie fuhr herum, und ich erschrak, weil sie so müde aussah. Diese Nachtschicht hatte sie ein paar Jahre älter gemacht. Und die Nacht davor war auch sehr kurz gewesen. Eine Woge aus Erinnerung und Erregung stieg in mir hoch.

»Ich bins«, sagte ich und trat einen Schritt vor.

Aber Maeve wollte sich nichts anhören, sich nicht anfassen lassen, nicht meine Hand nehmen, sie wollte nur ihre Ruhe. Und da, in dieser Situation, habe ich eine hastige Bewegung gemacht und sie irgendwie gestreift, sie hauchdünn touchiert. Sie verlor das Gleichgewicht und knallte mit dem Kopf auf eine Kante und war tot.

So liegenlassen konnte ich sie natürlich nicht, das hätte mir zu weh getan, also legte ich sie ordentlich hin und schminkte ihr Gesicht nach. Selbst im Licht der Straßenlaterne sah sie gleich viel entspannter aus. Die Härte um die Mundwinkel, die Schatten unter den Augen, die Blässe, die aus der Müdigkeit kam. Es war ein letzter Liebesdienst. Ich verließ den Spielplatz und ging zu meiner Unterkunft, und eine tiefe Traurigkeit befiel mich.

29

Zabriskie sah von der Spülmaschine auf, als Dorfner in die Küche trat. »Ich hätte nie gedacht, dass es so schön sein kann, unser Frühstücksgeschirr einzuräumen«, sagte sie.

Dorfners Stirn und Oberkörper glänzten vor Schweiß. Er legte einen Löffel in die Besteckschublade der Spülmaschine. »Ich hätte nie gedacht, dass es so schön sein kann, gemeinsam Verantwortung für den Haushalt zu übernehmen. Danke, dass du mir über das Babyfon Bescheid gesagt hast.«

Zabriskie trat an Dorfner heran und fuhr mit der Zunge über seinen Arm. »Ich hätte nie gedacht, dass es so schön sein kann, deinen schweißnassen Bizeps abzulecken.«

Dorfner machte sich am Wäscheständer zu schaffen. »Ich hätte nie gedacht, dass es so schön sein kann, deine Seidenslips bei neunzig Grad zu waschen und dann zum Trocknen aufzuhängen. Dir stehen diese engen Slips, Schatz.«

»Ich hätte nie gedacht, dass es so schön sein kann, einen Schoner für deinen Sandsack zu häkeln, damit das Leder nicht ausbleicht, während wir auf Mallorca im Urlaub sind, Liebling.« Zabriskie war aus der Küche ins Wohnzimmer getreten und stellte einen Handarbeitskorb neben das Sofa.

»Ich hätte nie gedacht, dass es so schön ist, das Badezimmer zu putzen, wenn du mal wieder einen Schluck Whiskey zu viel erwischt hast, Schatz«, sagte Dorfner und verstaute einen Eimer und einen Wischmopp in einem Wandschrank.

»Ich hätte nie gedacht, dass es so schön würde, eine Excel-Tabelle anzulegen, um alle deine Gewaltvideos zu verzeichnen.« Zabriskie stellte eine DVD ins DVD-Regal, *Ochsenfrosch 3 – Niemand hört dich schreien.*

»Ich hätte nie gedacht, dass es mich so glücklich macht, deine Haare aus der Badewanne zu fischen«, sagte Dorfner. »Obwohl ich viel seltener dusche als du.«

»Ich hätte nie gedacht, dass ich mich so geborgen fühle, wenn wir zusammen frühstücken und uns die ganze Zeit nur über Foltertechniken unterhalten.«

Zwei blonde Buben in Windelhöschen mit Leopardenmuster, offensichtlich Zwillinge, rannten mit wildem Geheul ins Wohnzimmer. Sie fegten die Blumentöpfe vom Fensterbrett. Einer schlitzte das Sofa mit einem Messer auf, der andere sprühte Farbe auf den Flachbildschirm.

Zabriskie sagte: »Ich hätte nie gedacht, dass ein Zwillingspaar gewalttätiger, hirnloser Jungs in Leopardenwindelhöschen mich so glücklich macht.«

Die Maklerin mit der schicken Brille und ihr Begleiter im blauen Hemd kamen zur Tür herein. »Wir hätten nie gedacht, dass Sie beide so glücklich miteinander werden und sich so schnell fortpflanzen.« Sie stellten vier Pakete Windeln auf das Sofa. Die Zwillinge versuchten, sie in Brand zu setzen.

Dorfner sagte: »Ich hätte nie gedacht, dass ich mich so umsorgt fühle, wenn du den Müll runterbringst.«

»Wieso, den bringst doch du runter«, sagte Zabriskie. Dann wachte sie auf.

Sie zitterte wie Espenlaub und war schweißgebadet. Sie hatte sich so in ihre Bettdecke hineinverknotet, dass sie sich erst einmal freistrampeln musste. Als sie das Wort *strampeln* dachte, fielen ihr die Strampelhöschen im Leopardenlook wieder ein, und sie bekam Herzrasen. Sie konnte den Schweiß von Dorfners Bizeps schmecken, und eine Welle der Übelkeit schwappte in ihr hoch. Sie stieg aus dem Bett, aber weil ihr Bein noch in der Bettdecke steckte, landete sie auf dem Boden ihres Schlafzimmers. Sie humpelte ins Bad und reiherte hingebungsvoll in das Waschbecken. Das hätte sie mit vier doppelten Whiskeys auch nicht bravouröser zustande gebracht.

Sie spülte sich den Mund aus, warf sich eine Weile abwechselnd heißes und kaltes Wasser ins Gesicht und stakste dann zum Küchentisch. Da lag immer noch der Brief von dieser Tusse von Tochter. Niemals, nie würde Zabriskie mit Dorfner unter einem Dach wohnen. Mit keinem Mann. Wenn sie diese kleine Schickse dafür umlegen musste, dann war das eben so. Auch im Knast würde sie eine Einzelzelle haben. Mit einem schicken kleinen Kapitalverbrechen an der Backe immer. Kein Frauen-gemeinsam-sind-wir-stark-Gewäsch, kein Frauenversteher und auch kein Dorfner. Der vor allem nicht.

Vielleicht musste es ja nicht zum Äußersten kommen, vielleicht konnte sie der Kleinen ja etwas anhängen oder ihr die Stadt vergraulen. Wo wollte sich Constanze Stolze die Luxushotels ansehen? In Schottland? Ließ sich da nicht eine kleine Drogengeschichte daraus basteln? Konnten die Kollegen am Frankfurter Flughafen sie nicht durch den Wolf drehen, ihr Gepäck zerpflücken? Irgendetwas musste diese Unschuld vom Land doch ausgefressen haben. Zabriskie klappte ihren Laptop auf und ging auf die interne Website des Polizeipräsidiums. Vielleicht war dieses Mäuschen ja schon mal in der Stadt gewesen. Hatte sich im Görli Gras besorgt und war erwischt worden.

Irgendetwas stimmte nicht an ihrem Traum. Es würgte sie. Nein, natürlich stimmte nichts an diesem Traum. Aber das war es nicht. Was hatte Dorfner, der Dorfner im Traum, Dorfner der Traum-Mann zum Schluss gesagt? Dass er sich gut umsorgt fühlte. Da konnte er seinen süßen Knackarsch drauf verwetten. Nein, nein. Dorfner war nicht süß, nicht einmal sein Arsch war süß. Er wollte den Müll runterbringen. Wie lieb von ihm. Nie wieder Buttermilch vor dem Einschlafen. Lieber würde sie in ihrem Erbrochenen in der Badewanne schlafen, als noch einmal so etwas zu träumen.

30

Auch am Montag war Stiesel wieder vor Bördensen im Büro. Unter der Nummer in Ústí nad Labem erreichte er diesmal ein Kind, das auf Tschechisch in den Hörer sprach. Im Hintergrund rief ein zweites Kind etwas durch die Wohnung.

»Guten Tag, hier spricht Hagen Stiesel. Ich bin ein Polizist aus Deutschland und möchte gerne mit Lenka Husakova sprechen. Ist Lenka Husakova zu sprechen, bitte? Prosim!«

Prosim hieß bitte, das einzige Wort auf Tschechisch, das Stiesel kannte.

Am anderen Ende der Leitung herrschte Schweigen. Dann wurde getuschelt, schließlich der Hörer weitergereicht.

»Lenka Husakova?«, fragte Stiesel.

»Ja, ich bin am Apparat«, sagte eine Frau. Sie sprach bedächtig, die Vokale leicht gedehnt.

»Mein Name ist Hagen Stiesel, ich bin Polizist.«

»Ja.«

Die Kinder brabbelten im Hintergrund.

»Wir rollen den Mord an Melanie Schwarz noch einmal auf. Sie haben mit ihr zusammen vor zwölf Jahren in dem Irish Pub am Hackeschen Markt gearbeitet.«

»Das ist richtig. Haben Sie Melanies Mörder endlich gefunden?«

»Nein, wir haben einen zweiten Mord. Das Opfer, Verena Adomeit, hat auch in dem Irish Pub gearbeitet. Wir glauben, dass die beiden Morde zusammenhängen.«

»Verena ist auch tot? So ein böses Ende hat sie nicht verdient«, sagte Lenka Husakova.

»Kannten Sie Melanie gut?«

»Eigentlich nicht sehr gut«, sagte Lenka. »Ich habe ihr den Platz im Wohnheim vermittelt, aber sonst hatten wir nichts weiter miteinander zu tun. Wir haben fast immer in verschiedenen Schichten gearbeitet, und meine freie Zeit habe ich mit meinem Mann verbracht, wenn er in der Stadt war.«

Stiesel schüttelte den Kopf. Schon wieder eine tote Spur. »Aber Sie waren zusammen auf einem Foto in der Zeitung abgebildet, Sie und Melanie. Am 7. Juni 2001.«

»Ja, ich weiß. Ich habe an diesem Tag Gehalt ausbezahlt bekommen, weil ich für ein langes Wochenende nach Ústí nad Labem gefahren bin. Alle zwei Wochen bin ich nach Hause. Ich wollte nur kurz mit Frau Lambert reden und mein Geld holen. Als der Fotograf auftauchte, brauchten sie eine zweite Frau. Es sollten zwei auf dem Foto sein. Da habe ich mich dazugestellt.«

»Haben Sie auch im Wohnheim gewohnt?«

»Nein, bei Verwandten. Eine Bekannte ging zurück nach Prag, als Melanie im The Swan anfing. Da wurde ein Zimmer frei. Das hat Melanie übernommen. Ich wusste fast nichts von ihr.«

»Kannten Sie Verena Adomeit?«

»Auch nur wenig. Sie war …«

»Abweisend?«

»Verena war gierig. Gierig aufs Geld. Sie hat manchmal Tische abkassiert, für die sie nicht eingeteilt war. Dann hat sie die Kasse ausgezahlt, aber das Trinkgeld eingesteckt.« Lenka Husakova räusperte sich. »Ich weiß, man soll nicht schlecht sprechen von den Toten, und es ist schrecklich, dass sie ermordet wurde. Aber damals hat uns das sehr gestört. Wir haben zehn Stunden und länger in einer Schicht gearbeitet, und diese fünfzig Pfennig und eine Mark, das war ganz wichtig für uns. Und Verena hat uns abgezogen.«

»Gab es Probleme mit Gästen? Attacken, Pöbeleien? Gegen Verena oder Melanie? Gegen Sie oder andere Frauen, die in The Swan gekellnert haben?«

»Nein, nichts Wichtiges. Manche Gäste wollten unsere Telefonnummer, manche haben uns Blumen gekauft von den

Rosenverkäufern. Aber alles ganz brav mit uns. Die Lamberts haben auf uns aufgepasst, wenn wir gearbeitet haben. Wenn Männer aggressiv wurden, dann haben sie es aneinander ausgelassen.«

»Und wie war Melanie?«

»Melanie war auch gierig. Gierig aufs Leben. Männer, Partys, Schaufenster anschauen. Die kam vom Dorf und hat es so geliebt, in der Stadt zu sein.«

»Hat sie viel Geld ausgegeben?«

»Nein, das nicht. Sie hat einfach gerne etwas Aufregendes erlebt.«

»Wann haben Sie Melanie zum letzten Mal gesehen?«

Lenka Husakova überlegte lange. Schließlich sagte sie: »Am Donnerstag vor ihrem Tod. Ich bin wieder nach Ústí nad Labem gefahren. Sie hatte Frühschicht.«

»Hat Melanie gesagt, was sie vorhat am Wochenende?«

»Ich glaube, am Freitag hatte sie frei. Sie war verabredet.«

»Mit einem Mann?«

»Nein, mit einer Freundin aus dem Wohnheim.«

»Und wo wollten die beiden hin?«

»Ins Theater.«

»In welches Theater?«

»Nein, nicht ins Theater, sie wollten auf eine Party.«

»Auf eine Party im Theater?«

»Nein, eine Party, die mit Theater zu tun hat.«

»Wo?«

»Das weiß ich nicht. Samstag musste sie ran. Niemand hat Freitag und Samstag freibekommen.«

»Nur Sie«, sagte Stiesel.

»Ja, alle zwei Wochen. Und dazwischen habe ich zehn Tage durchgearbeitet.«

»Waren Sie auch gierig?«, fragte Stiesel.

Lenka Husakova lachte. »Ja, und wie. Gierig nach meinen Kindern.«

»Danke, Zabriskie, sehr gute Arbeit«, sagte Pachulke und reichte Zabriskie den Ausdruck aus Haeckels Labor zurück. Das Bild des gesichtslosen Täters ging von Hand zu Hand.

»Dieser Haeckel ist schon eine besondere Nummer«, sagte Bördensen. Er saß auf der Badeleiter und hielt die Beine in den Pool. Die Lagebesprechung war aufgrund des schönen Wetters auf das Dach der Baracke verlegt worden.

»Nothoff und Speckler hilft das aber nichts«, sagte Dorfner. »Und wenn diese Maschine funktioniert, dann haben wir trotzdem erst einen Täter. Wir brauchen aber zwei.«

»Vielleicht nicht unbedingt«, sagte Pachulke. »Ich denke, wir suchen nur einen Mann, aber der hat sich in zwölf Jahren so verändert, dass wir kein einheitliches Täterprofil erstellen können.«

»Bis auf die Schminke«, sagte Zabriskie.

»Und den Pub«, sagte Bördensen. »In dem Adomeit und Schwarz aber nur beiläufig miteinander zu tun hatten.«

»Wenn du meinst, dass der Mann sich verändert hat«, sagte Bördensen, »dann heißt das, er kann 2001 ein Zufallsbesucher in der Stadt gewesen sein, und vergangene Woche war er einheimisch.«

»Richtig«, sagte Pachulke. »Vor zwölf Jahren war er Tourist, jetzt lebt er hier. Früher war er arm, heute ist er reich. Früher hat er den einen Beruf gehabt, heute hat er einen anderen.«

»Erst ein anonymes Zufallsopfer, dann eine simple Beziehungstat.«

»Diese Beziehungstat ist nicht simpel«, sagte Pachulke. »Der Täter hat mit beiden Frauen etwas zu tun, ist aber so gut wie unsichtbar.«

»Also müssen wir herausfinden, welche von den …«, Dorfner räusperte sich, »hunderttausend Schwuchteln, die vor zwölf Jahren in der Stadt waren, auch etwas gegen die Adomeit hatte.«

»Dorfner, nun sei doch nicht immer gleich so primitiv. Nicht jeder Mann, der etwas auf Körperpflege hält, ist deswegen gleich schwul«, sagte Zabriskie. Sie saß auf einem Gartenstuhl, den Kopf in den Nacken gelegt, und blinzelte in die Sonne.

Aber die meisten, hätte Pachulke beinahe gesagt. Die eindrucksvollen statistischen Daten aus dem KaDeWe hatte er noch im Ohr. Er wollte Zabriskie bei ihrer Erziehungsarbeit aber nicht sabotieren. Eines Tages würde Dorfner ein Polizist sein, der Beschuldigten nicht die Finger ausrenkte, sondern sie über ihre Rechte belehrte, ein Polizist, der nicht an Paranoia gegenüber allen erdenklichen Minderheiten litt und der in der Kantine mit Messer und Gabel aß, anstatt die Spaghetti mit den Händen auf dem Rücken vom Teller zu zutzeln, während er auf Beifallsbekundungen für diese artistische Meisterleistung wartete.

»Wir brauchen die zweite Kontaktlinse«, sagte Dorfner.

»Gut, dass du auch schon drauf gekommen bist«, sagte Zabriskie. »Und wo soll sie sein?«

Stiesel lag auf einer Luftmatratze mitten im Pool und hatte die Augen geschlossen. »Ich habe mir die Berichte aus Stralau noch einmal angesehen, Kollegen.« Seine Stimme trug weit über das Wasser. Er trug schwarze Boxershorts und paddelte mit beiden Händen träge in Richtung der schwimmenden Insel mit der aufblasbaren Palme. Dort war das eisgekühlte Mineralwasser. Alkohol im Dienst ging gar nicht, aber den Pool hatten sie mit List und Geduld bei der Verwaltung durchgesetzt. Ein Pool auf dem Dach könnte eine große Hilfe bei der Identifizierung von Wasserleichen sein, hatte Pachulke drüben bei der Verwaltung im Hauptgebäude erklärt. Außerdem sei es in einem Pool möglich, Festnahmen unter Wasser zu trainieren. Das war bisher noch nie vorgekommen, aber unter Berücksichtigung der ständig präsenten Gefahr eines terroristischen Angriffs und der Tatsache, dass Reichstag, Parlamentsgebäude, Innenministerium und Wirtschaftsministerium direkt am Wasser gebaut waren, musste man auf alles vorbereitet sein. Die Tauchübungen hatten sich bisher darauf beschränkt, Gummibärchentüten aus dem Pool zu fischen, die Stiesel mit Bleigewichten aus seinem Angelzubehör versenkt hatte.

Auch das Arbeitsklima würde davon profitieren, hatte Pachulke gegenüber der Verwaltung vorgebracht. Stiesel hatte ihn begleitet und immer genickt, wenn Pachulke etwas gesagt hatte. Pachulke war in die Offensive gegangen. »Sie sagen doch immer, dass bei mir im Dezernat die Schwierigen landen, die, die zu individuell sind und in keine andere Arbeitsgruppe passen. Dann geben Sie uns wenigstens die Chance, zueinander zu finden. Wir haben in diesem verdammten Container nicht einmal einen Aufenthaltsraum, nichts. Und im Winter sitzen wir sowieso drinnen. Wir haben einen Anspruch auf einen Aufenthaltsraum und ein Beratungszimmer. Was würde es denn kosten, die Baracke um eine Etage aufstocken zu lassen? Ein Pool kommt Sie bestimmt viel billiger.«

Also bekam die Siebte Mordkommission einen Pool auf dem Dach. Jeden Frühling, am 30. April oder dem Werktag davor, schloss Stiesel frühmorgens den langen Gartenschlauch an einer der Spülen in Engine Plinks Laboratorium an und ließ das Becken volllaufen. Ende Oktober verlegte Bördensen den Gartenschlauch hinunter zum Gully in der Ecke des Innenhofs, und das Wasser wurde abgelassen. Alle nutzten den Pool. Wenn Zabriskie im Bikini im Liegestuhl lag, um Berichte zu redigieren oder Tatortprotokolle zu studieren, hatten sich in den ersten Jahren immer Köpfe an den Fenstern des Hauptgebäudes versammelt und nach unten auf den Container gestarrt. Im Lauf der Zeit und weil sie im letzten Frühjahr den Poolbereich teilweise überdacht hatten, war das Interesse auf den üblichen Neid unter Kollegen zurückgegangen. Auch Pachulke hatte schon im Pool gebadet, hielt sich aber zurück. Stiesel hatte die Theorie, Pachulke befürchte, er könnte so viel Wasser verdrängen, dass das Dach geflutet und dadurch sein, Pachulkes Büro, überschwemmt werden könnte. Stiesel hätte gern eine Wendeltreppe vom Dach in Pachulkes Büro gelegt und es zu einer Sauna umgebaut, aber wo sollte Pachulke dann mit den Büroklammern arbeiten?

»Und?«, fragte Bördensen.

»Wäre es möglich, dass eine Elster diese zweite Kontaktlinse gemopst hat?«, sagte Stiesel. »Ich meine, sie glänzt in der Sonne, sie ist klein, und dieses Elsternest ist nicht so weit weg.«

»Das ist bestimmt nicht das einzige Elsternest auf Stralau«, sagte Bördensen. »Und wer soll bitteschön auf den Baum steigen und sich die Nester ansehen?«

Alle schwiegen. Bördensens Blick flog vom einen Kollegen zum anderen.

Schließlich sagte Pachulke: »Dafür würde sich ein Kollege anbieten, der in seiner Freizeit gerne Freiklettern betreibt ...«

»... der nicht an Höhenangst leidet und über einen sehr gut austrainierten Körper verfügt ...«, ergänzte Zabriskie.

»... dessen Nachname mit B beginnt«, ließ sich Stiesel von der Luftmatratze vernehmen.

»Sehr witzig«, knurrte Bördensen.

»Lass dir von der Feuerwehr ein Auto geben«, sagte Pachulke. Zu allen sagte er: »Wir brauchen eine Verbindung zwischen Adomeit und Schwarz außerhalb der Kneipe. Irgendetwas haben die beiden zusammen erlebt.«

»Das Wohnheim ist es nicht«, sagte Zabriskie.

»Das Freizeitverhalten ist es auch nicht«, sagte Dorfner. »Die eine hat Geld gehortet, die andere hat es krachen lassen.«

»Und wenn es doch die Kneipe war«, sagte Bördensen. »Die beiden Frauen waren Kolleginnen. Ein Gast von auswärts hatte beide auf dem Kieker.«

»Die Kneipe ist eine Touristenfalle, das stimmt«, sagte Pachulke. »Aber wir wissen nicht einmal, ob sie in einer Schicht gearbeitet haben am 23. Juni. Ein zufälliges Treffen mit einem Gast während der gleichen Schicht, das ist mir alles viel zu vage.«

»Also kam der Täter doch von außen«, sagte Dorfner. »Rein in die Stadt, Frau umgelegt, raus aus der Stadt.«

»Wir bewegen uns im Kreis«, sagte Bördensen.

Stiesel drehte die Luftmatratze um hundertachtzig Grad, um neben der Getränkeinsel längsseits gehen zu können. Er schenkte sich Wasser nach und stippte die Insel zum Rand des Pools, damit sich die Kollegen bedienen konnten. »Die beiden toten Frauen hatten den gleichen Arbeitsplatz, aber sie haben nicht vierundzwanzig Stunden am Tag als Kellnerinnen gearbeitet. Was haben sie in ihrer Freizeit gemacht? Waren sie im Kino? Waren sie tanzen? Im Museum? Haben sie ihre Freizeit zusammen verbracht? Haben sie zusammen jemanden kennengelernt?«

»War es eine einmalige Begegnung? Oder hatten sie einen gemeinsamen Bekannten?« Bördensen spritzte mit dem Fuß etwas Wasser nach Stiesel, der eilig davonpaddelte.

»Aber wenn es ein Eifersuchtsdrama war, wenn sie sich um denselben Mann gestritten haben, dann wird doch die eine nicht zwölf Jahre später ermordet.« Dorfner betrachtete seine Bauchmuskulatur, als würde sie gleich mit ihm reden. »Da ist doch eher der Mann tot als beide Frauen.«

»Das klingt logisch, obwohl du es sagst, Dorfner.« Zabriskie goss sich seufzend ein Glas Wasser ein. Auch gestern auf Tenbrinks Party hatte sie auf Alkohol verzichtet. Es hätte Paschulke gutgetan, wäre er beim Kartoffelsalat ähnlich konsequent geblieben.

»Also, wir suchen einen Mann, der beide auf dem Kieker hatte. Und der aus unerfindlichen Gründen Spaß daran hat, seine Opfer zu schminken.« Bördensen starrte auf ein kleines Wölkchen, das sich gerade vor die Sonne schob. Stiesel war außer Reichweite.

»Schminken ist ein gutes Stichwort«, sagte Pachulke. »Wer von euch war schon mal beim Visagisten?«, fragte er.

Zabriskie hob zögernd die Hand. »Ist schon 'ne Weile her.«

Stiesel hob die Hand auf seiner Luftmatratze, ohne die Augen zu öffnen.

Dorfner hüstelte.

Auch Pachulke hob die Hand. »Letzten Samstag im KaDeWe habe ich mir Schminktipps geben lassen. Ich habe versucht, mich empathisch in die Situation der Opfer einzufühlen. Die haben zwar nichts gespürt, aber ich habe mich ziemlich hilflos gefühlt, vor allem als ich die Lider schließen musste. Es war zwar nur ein weicher Pinsel mit etwas Farbe und Pigmentstaub, aber in dem Moment, in dem ich die Augen schloss, war ich der Schönheitsfachkraft vollkommen ausgeliefert. Sie konnte mir die Augenlider verätzen, mich tätowieren, mir ein Kissen ins Gesicht drücken. Sie konnte alles mit mir machen.«

»Jetzt wisst ihr, warum ich nicht zum Zahnarzt gehe«, sagte Dorfner.

»Du bist geschminkt durchs KaDeWe gelaufen?«, fragte Bördensen. »Man entdeckt immer neue Seiten an dir, Pachulke.«

»Das klingt jetzt dramatischer, als es war. Das Paket hieß *Knusprig und Viril* und beschränkte sich im Wesentlichen auf Ausbesserungsarbeiten.«

»Du siehst mindestens acht Wochen jünger aus«, sagte Bördensen.

»Es geht nicht um mich, Bördensen. Was sagt uns das über den Mörder?«

»Das er es genießt, totale Macht auszuüben«, sagte Dorfner. Er schüttelte den Kopf. »Aber er schlägt seine Opfer nicht zusammen.«

»Doch, das tut er sehr wohl«, sagte Zabriskie.

»Ich meine, er schlägt sie nicht zusammen, um Macht auszuüben. Er schlägt sie zusammen, um sich zu rächen, um sie zum Schweigen zu bringen. Und dann …«

»… lässt er Gnade walten«, ließ sich Stiesel von der Luftmatratze vernehmen. »Er tötet, und hinterher ist er nicht nur großzügig, sondern sogar fürsorglich.«

»Wenn die Frauen tot sind, fühlt er sich nicht mehr bedroht von ihnen. Er fängt an, sich um sie zu kümmern.«

»Er möchte als Menschenfreund gesehen werden«, sagte Pachulke. »Er könnte alles mit den Frauen machen, und er entscheidet sich dafür, sie schön zu machen.«

»Aber nicht bei Verena Adomeit. Die hat er verschminkt.« Zabriskie kraulte den schwarzen Panther auf ihrer Schulter am Bauch. Die Raubkatze lag auf dem Rücken und streckte die Beine von sich.

»Die hätte er genau richtig geschminkt, wenn sie nicht am Tag vor ihrer Ermordung zum Friseur gegangen wäre«, entgegnete Paschulke.

Zabriskie hob die Augenbrauen.

»Ich habe die Farbtöne, die der Mörder aufgetragen hat, mit ihrem Foto im Internet verglichen. Das heißt, ich habe das Foto von Adomeits Website der Kosmetikverkäuferin im KaDeWe vorgelegt, zusammen mit den Farbtönen. Für eine Frau mit brünetten Haaren hätte die Farbkombination gepasst, bei einer Blondine lag er glatt daneben.«

»So schnell endet die Fürsorge um die Opfer«, sagte Zabriskie.

»Das ist sekundär«, sagte Bördensen. »Er will vor sich selbst menschlich aussehen, aber er will vor allem eins.«

»Die Frauen schminken«, sagte Stiesel.

»Dafür riskiert er sogar, erwischt zu werden, während er sich an der Leiche zu schaffen macht.«

»Wie lange hat denn dein Paket gedauert, dein *Rüstig und Vital?*«, fragte Bördensen.

»Knusprig und Viril«, sagte Pachulke. »Etwa eine halbe Stunde. Aber da war noch eine Stilberatung dabei. Außerdem hat sie mir dauernd erklärt, was sie als Nächstes mit mir vorhat.«

»Und die eigentliche Schminkerei? Wie lange hattest du die Augen geschlossen? Wie lange warst du einer Frau, die geschätzt dreißig Jahre jünger war als du, vollkommen ausgeliefert?« Bördensen musterte Pachulke.

Pachulke verzog das Gesicht. »Zwischen fünf und zehn Minuten vielleicht.«

»Na bitte.« Bördensen nickte. »Mehr brauchte er nicht, um seine Macht auszuüben und dabei das Gefühl zu haben, ein besserer Mensch zu sein.«

»Und alle, die die Leiche finden oder mit ihr konfrontiert werden – Freunde, Angehörige, wir –, denken: Was hätte er nicht alles mit ihr machen *können*?« Das letzte Wort sagte Zabriskie so laut, dass Pachulke zusammenzuckte.

»Und jetzt?«, fragte Dorfner. »Ich meine, wenn es kein … kein homosexueller Mitbürger war.«

Zabriskie blies die Backen auf.

»Sind wir uns einig, dass es ein Mann war?«, fragte Pachulke.

Alle nickten.

»Kein Zickenkrieg, keine lodernde Eifersucht«, sagte Zabriskie.

»Keine lesbischen Mitbürgerinnen, die sich in ihrer verdrehten Parallelwelt hoffnungslos ineinander verstrickt haben«, murmelte Dorfner und studierte schnell wieder seine Bauchmuskeln, als er Zabriskies Blick auffing.

»Wir müssen drei Aspekte im Kopf behalten.« Stiesel lag noch immer auf dem Rücken und hatte die Augen geschlossen.

»Drei?«, fragte Bördensen.

»Jeder Mord hat ein eigenes Motiv. Was die Morde angeht, können wir fast so tun, als hätten wir es mit zwei verschiedenen Tätern zu tun.«

»Er hat nicht gemordet, um zu schminken«, sagte Pachulke.

»Genau, das ist sein Bonus, sein Beifang, seine Belohnung an sich selbst.«

»Was wir suchen, ist die Anomalie im täglichen Trott, die Laufmasche im Gewebe der Stadt«, sagte Pachulke. »Eine Anomalie ist, dass die Adomeit Bus gefahren ist. Das hat sie sonst nie gemacht. Sie hatte seit Jahren ein Auto.«

»Ist sie ihrem Mörder im Bus begegnet?«

»Das wäre möglich«, sagte Pachulke. »Deshalb werde ich heute die Linie 104 – die Linie, mit der die Adomeit ins Büro gefahren ist – und die Linie 347, mit der sie von Friedrichshain nach Stralau kam, abfahren. Wenn der Kontakt zum Mörder über den Bus zustande kam, finde ich das heraus.« Er hatte noch ein anderes Vorhaben, aber dass in seinem Büro eine Plastiktüte mit brisantem Inhalt bereitstand, mussten die anderen nicht wissen.

»Ich gehe zu diesem Wohnheim nach Moabit«, sagte Stiesel.

»Sehr gut«, sagte Pachulke. »Dann macht Dorfner die Nachrecherche zum 23. Juni 2001. Dorfner, Sie können den 22. Juni miteinbeziehen, achten Sie auf Partys, Theateraufführungen und andere Veranstaltungen, die Melanie Schwarz aufgesucht haben könnte. Zabriskie, du suchst bitte die Polizeiberichte von diesem Wochenende zusammen. Wir brauchen alles, jedes Detail, jeden häuslichen Streit, jede entlaufene Katze, jeden Blechschaden, jeden Schwarzfahrer zwischen Freitag 22. Juni, 8 Uhr und Sonntag 24. Juni, 22 Uhr. Wir brauchen die Anomalie.«

31

»Tut uns leid, wird sind ausgebucht«, sagte der junge Mann am Tresen.

»Vielen Dank, ich brauche kein Zimmer«, sagte Stiesel. »Ich bin von der Kripo. Vor zwölf Jahren ist ein paar Straßen weiter eine Frau ermordet worden, die hier im Haus gewohnt hat.«

»Kann sein«, sagte der Mann. »Damals war ich in der dritten Klasse der 3. Grundschule in Naumburg. Ich fürchte, ich kann Ihnen da nicht helfen.«

»Was mich interessiert ist Folgendes«, sagte Stiesel. »Ihre Gäste, die Backpacker und Low-Budget-Touristen, die haben ja vermutlich nicht so viel Geld.«

»Tendenziell nein«, sagte der Mann.

»Wo gehen die zum Frühstücken hin?«, fragte Stiesel.

»Man kann hier im Haus frühstücken. Das ist aber eher eine Notversorgung. Instantkaffee aus dem Tütchen, eine

Sorte Marmelade, aber die Schrippen sind frisch. Ansonsten gibt es hier in der Gegend einige Bäckereien, die machen um sechs Uhr auf, manche auch um fünf, da gibts alles vom Croissant bis zum Bauernfrühstück. Manche essen auch Döner zum Frühstück oder Minipizza.«

In diesem Moment kamen vier Leute mit schweren Rucksäcken durch die Tür. »Ay mate, have you got a room for us?«, fragte ein rotgesichtiger, untersetzter Mann, der ein weißes Sonnenhütchen trug.

»Sorry, we're full«, sagte der Mann am Tresen. »But there's another hostel down this way. The Night & Day.«

»Right, Night & Day. It's a chain, alright?« Der Besucher wedelte mit dem Reiseführer.

»Yes, a hostel chain. They have six or seven houses all over the city.« Zu Stiesel gewandt sagte er: »Night & Day ist die Konkurrenz, aber nette Konkurrenz. Die haben in den Neunzigern ihr erstes Haus eröffnet. Heute haben Sie in ihren sieben Filialen über sechshundert Betten.«

Stiesel lief einmal um den Block, aber eine Bäckerei oder ein Frühstückscafé fand er nicht. Erst auf der Beusselstraße wurde er fündig.

Hinter dem Tresen werkelte eine Verkäuferin. Sie war schon älter, trug eine Brille und hatte graue Haare. Stiesel wartete, bis sie frei war, und zückte seinen Dienstausweis. »Arbeiten Sie schon lange hier?«

Sie strahlte ihn an. »Fünfzehn Jahre, und keinen Tag bin ich krank gewesen.«

»Sie bieten auch Frühstück an?«

Sie nickte. »Frühstück ab 5.30 Uhr. Wollen Sie eine Karte?«

Stiesel schüttelte den Kopf. »Nein, danke. Wer kommt denn so zum Frühstück hierher?«

»Alle.« Sie lachte. »Handwerker, Taxifahrer, Bauarbeiter.«

»Touristen auch?«

»O ja, Touristen kommen auch zu uns. Hier um die Ecke wohnen viele.«

»Hier gibt es viele Unterkünfte für Touristen.«

»Ja, viele Hostels.«

»Vor zwölf Jahren gab es hier in der Waldenserstraße ein Wohnheim für junge Frauen, die in der Stadt gearbeitet haben.«

Sie lachte wieder. »Waldenserstraße, o ja. Das Dreimäderlhaus.«

»Dreimäderlhaus?«

»Das ist eine Operette.« Sie sang eine Liedzeile. »Dein ist mein Herz. Das haben wir gesehen im Theater des Westens. Wir haben das Wohnheim Dreimäderlhaus genannt, weil da so viele junge Frauen unter einem Dach waren.« Sie zwinkerte Stiesel zu.

»Das waren aber viel mehr als drei Mäderl, damals.« Vielleicht hätte Pachulke diese Befragung durchführen sollen. Der konnte bestimmt mitsingen.

Die Frau nickte. »Viele. Sehr viele.«

Stiesel zeigte der Verkäuferin das Bild von Melanie und Lenka, das er in der Zeitung gefunden hatte. »Können Sie sich erinnern, ob eine von diesen beiden bei Ihnen gefrühstückt hat?«

»O je. Das ist ja eine halbe Ewigkeit her.« Die Verkäuferin nahm den Ausschnitt und betrachtete ihn genau. Schließlich sagte sie: »Die da, nie.« Sie zeigte auf Lenka. »Die andere, ja …«

»Sie ist ermordet worden«, sagte Stiesel. »Ich ermittle in einem Mordfall.«

»Ui, o weh.« Sie riss die Augen auf und schlug die Hand vor den Mund. »Wann?«

»Vor zwölf Jahren, in der Nacht vom 23. auf den 24. Juni 2001.«

Die Frau senkte den Kopf und nickte. »Ich erinnere mich.«

»An was erinnern Sie sich?«

»Sie saß draußen, wenn es schön war.« Die Verkäuferin deutete auf ein paar Tische, die auf dem Bürgersteig standen.

»Haben Sie mit ihr geredet?«

»Ab und zu einen Schwatz. Sie war ganz neu, vom Land. Hat sich vorgestellt irgendwann.«

»Und dann?« Hinter Stiesel hatte sich eine kleine Menschenschlange gebildet. Die hatten alle Hunger.

»Haben mir die anderen Mädchen erzählt, dass sie tot ist. Sie saßen hier und haben nur über sie geredet.«

»Wie war sie?«

Die Verkäuferin dachte nach. »Sie war so … Ich denke, sie hat gern gelebt. Gerne gegessen, gerne geredet …«

»Gab es Männer in ihrem Leben?«

»Bestimmt. Sehen Sie das Foto. Sie war hübsch.«

»Aber keinen festen Freund?«, fragte Stiesel.

Sie zuckte mit den Schultern. »Glaube ich nicht. Weiß ich aber nicht mehr.«

»Der 23. Juni 2001 war ein Samstag. Haben Sie noch eine Erinnerung an diesen Tag?«

»Oh.« Die Frau nahm ihre Brille ab und rieb sich die Augen. »Das ist alles so weit weg in meinem Kopf.«

»Es war schönes Wetter. Christopher Street Day.«

Sie kaute auf ihrer Lippe. »Ich arbeite immer am Samstag. Warten Sie.«

Stiesel drehte sich zu zwei Männern um, die hinter ihm von einem Bein aufs andere traten und sich über seine Befragung unterhielten, und legte den Finger an den Mund.

»Sie war da«, sagte die Verkäuferin schließlich.

»Sie?« Stiesel deutete auf Melanie.

»Nein, nicht sie. Ihre Freundin.«

»Ihre Freundin?« Stiesel deutete auf Lenka. »Meinen Sie die hier? Waren die beiden ein Paar?«

Die Frau hob die Augenbrauen und schüttelte den Kopf. »Nein, nicht diese Frau. Eine andere Frau. Sie hatte dunkle Haare und war kleiner als die.« Sie zeigte auf Melanies Foto. »Die mit den dunklen Haaren hat auch hier gefrühstückt. Sie waren kein Paar, nur gute Freundinnen. Die Frau, die gestorben ist, hat die Männer gemocht.«

»Und ihre Freundin war da an diesem Samstag?«

»Ja, die war da, glaube ich. Allein. Am Sonntag ist mein Sohn achtzehn geworden. Wir haben gebacken für ihn, Johannisbeerschnitte. Die Freundin hat eine zum Frühstück gegessen.«

»Und dann? Hat sie später mit Ihnen gesprochen?«

»Nein. Sie war weg.«

»Wie, weg?«

»Die Freundin von der toten Frau war weg. Ich habe sie nicht mehr gesehen. Samstag war sie zuletzt hier in der Bäckerei.«

»Sind Sie sicher?«

Die Verkäuferin nickte.

»Wissen Sie noch, wie die beiden geheißen haben?«

Die Frau kratzte sich an der Nase. »Sie hat geheißen etwas mit M. Ihr Name fängt mit M an.«

»Richtig. Melanie Schwarz.«

»Olivia. Die andere hat Olivia geheißen.«

»Olivia. Und wie weiter?«

»Keine Ahnung. Melanie und Olivia.«

»Hat Olivia auch gekellnert? Im Restaurant gearbeitet?«

»Nein, die hat Haare geschnitten.« Sie hob die Hand an den Kopf. »Schnipp, schnipp.«

»Sie war Friseurin?«

»Sie hat Haare geschnitten.« Die Frau nickte mehrmals. »Das hat sie gemacht.«

»Und wo kam Olivia her?«

»Aus Mexiko.«

»Aus Mexiko. Und am 23. Juni war sie zum letzten Mal hier.«

Die Verkäuferin nickte.

»Haben Sie Johannisbeerschnitte da?«, fragte Stiesel.

Sie lachte und schüttelte den Kopf. »Die Saison beginnt erst in drei Wochen.«

Das Feuerwehrauto parkte vor dem Friedhof. Bördensen und der Techniker stiegen aus.

»Könnte hinhauen«, sagte der Techniker, als Bördensen ihm das Elsternest zeigte. »Und du willst alle durchsuchen?«

»Das war Pachulkes Idee«, sagte Bördensen. »Ich weiß gar nicht, ob es hier weitere Nester gibt.«

»Zehn Minuten wirds dauern, bis ich die Dame hier aufgebockt habe.« Der Techniker klopfte auf die Tür des Feuerwehrautos.

Bördensen ging so lange auf den Friedhof. Auf einer Bank saßen ein Mann und eine Frau. Beide waren alt. Sie hatte verweinte Augen, er versuchte sie zu trösten. Bördensen konnte nicht sehen, was auf dem Grabstein stand, vor dem die beiden saßen. »Mein herzliches Beileid«, sagte er und strebte dem Wasser zu.

»Am helllichten Tag«, sagte die Frau. »Vor unseren Augen.«

»Liebes, beruhige dich doch.«

»Wir haben alles gesehen. Es war so brutal.« Sie schluchzte einmal.

Bördensen machte auf dem Absatz kehrt. »Was haben Sie gesehen? Den Mord an der Frau vergangene Woche?«

»Nein, nein,« sagte der Mann. »Es ist nur, da oben in dem Elsternest waren drei Jungvögel. Die haben wir immer beobachtet. Und gestern hat er sich eins geholt.«

»Wer hat sich eins geholt?«, fragte Bördensen.

»Der Adler«, schrie die Frau. »Ich habe es gesehen. Das kleine Tier hing in seinem Schnabel, und er ist weggeflogen über das Wasser.« Sie deutete Richtung Treptower Halde.

»Ein Adler?« Bördensen wollte der Frau nicht zu nahetreten. Aber hier gab es keine Adler. »Vielleicht ein Bussard?«

Beide schüttelten wie auf Kommando den Kopf. »Viel größer als ein Bussard«, sagte der Mann.

»Schwarzer Schwanz, weißes Deckgefieder. Es war ein Adler.« Die Frau schniefte.

Bördensen betrachtete das Paar: Zwei alte Leute, die sich

an den Händen hielten, während sie auf der Bank saßen. Das waren die beiden, die auch schon mit Pachulke geredet hatten, als er mit Plink nach dem Diptam gesucht hatte. »Sie kennen sich aus mit Vögeln?«, fragte er.

Die Frau putzte sich die Nase. »Wir sind nicht blind. Das war ein Adler. Punktum.«

»Ich suche eigentlich Elstern«, sagte Bördensen. »Wie viele Nester gibt es denn hier auf Stralau?«

»Das hier.« Die beiden deuteten synchron nach oben.

»Das heißt, dieses Elsternpaar hat die ganze Halbinsel als Revier?«

»Kann man so sagen«, sagte der Mann. »Eigentlich wäre hier Platz für einige Brutpaare mehr. Aber die große Möwenkolonie macht es schwierig. Und dann gibt es ja auch noch ...«

»Den Adler«, sagte Bördensen. »Ganz recht.«

»Ich kenne Sie«, sagte die Frau. »Sie waren am Mittwoch schon hier, als die Frau entdeckt wurde. Sind Sie Polizist?«

Bördensen nickte. »Wir hoffen, dass wir in dem Elsternest etwas finden, was zur Klärung des Falles beiträgt.«

»Silberne Löffel?«, fragte die Frau. Sie steckte das Taschentuch weg und musterte Bördensen von oben bis unten.

»Lass ihn doch«, sagte ihr Mann.

»Eine Kontaktlinse«, sagte Bördensen. »Wir suchen die zweite Kontaktlinse der Toten.«

Der Techniker winkte, und Bördensen ging zurück zum Auto. Kurz darauf schwebte er über die Köpfe des Ehepaars hinweg dem Elsternest entgegen. Er trug einen richtigen Feuerwehrhelm mit Nackenschutz.

Bevor er in das Nest hineinblicken konnte, hörte er es schon leise fiepen. Zwei Jungvögel saßen im Nest. Das deckte sich mit dem Bericht der beiden Alten, die sich unten den Hals verrenkten, um ihm zuzusehen. Im Nest lagen auch die Eierschalen. Bördensen zog sich Plastikhandschuhe an und fing an die Eierschalen zusammenzufügen. Sehr schnell war klar, dass es einmal drei Eier gewesen sein mussten. Er machte Fotos vom Inhalt des Nests. Dabei sah er sich beständig um. Er hatte keine Lust, von einem der Altvögel angegriffen zu werden, mit oder ohne Helm. Die Geschichte der beiden alten Leute stimmte. Ein Jungvogel war weg. Aber wo war der Adler? Und wo war die Kontaktlinse?

»Mahlzeit.« Stiesel betrat die Abteilung *Abschiebungen* der Ausländerbehörde kurz nach zwölf Uhr. Die beiden Sachbearbeiter hatten ihre Stullen ausgepackt und tranken Cola aus PET-Flaschen.

Der eine hatte einen grauen Schnäuzer und trug ein blauschwarzweiß kariertes Hemd. »Sie sind noch nicht dran«, sagte er zu Stiesel. »Warten Sie bitte draußen, halb eins gehts weiter.«

Stiesel zeigte seinen Ausweis. »Tut mir leid, wenn ich euch stören muss, Kollegen, aber die Sache ist dringend. Ich ermittle in zwei Mordfällen. Ich suche eine Zeugin, die vor zwölf Jahren etwas überraschend verschwunden ist. Ich tippe, sie hatte Probleme, weil sie schwarz gearbeitet hat.«

»Vor zwölf Jahren«, sagte der andere Sachbearbeiter. Er trug ein AC/DC-T-Shirt und hatte ein keltisches Muster auf dem Unterarm tätowiert. »Und jetzt ist es eilig.« Er biss von seiner Stulle ab.

Stiesel ließ sich nicht aus der Ruhe bringen. »Derselbe Täter hat vermutlich letzte Woche wieder eine Frau ermordet. Deswegen graben wir den alten Fall noch einmal aus.«

»Wie hieß die Zeugin denn?«, fragte AC/DC.

»Olivia«, sagte Stiesel. »Olivia aus Mexiko.«

»Ach, Olivia«, sagte Schnauzbart. »Doch nicht etwa die Olivia aus Mexiko.« Schnauzbart stippte ein Wiener Würstchen in den Senf auf dem Pappteller vor ihm. »Sag mal, Kollege, weißt du eigentlich, wie viele Ausländer hierherkommen, legal und illegal?«

»Olivia aus Mexiko ist vermutlich am 23. Juni 2001 ausgereist. Sie wohnte in einem Wohnheim für junge Frauen in der Waldenserstraße in Moabit.«

»Ach so, Olivia aus der Waldenserstraße. Sag das doch gleich.« AC/DC nahm einen Schluck von seiner Cola.

»Einer Neunzehnjährigen ist vor zwölf Jahren der Schädel eingeschlagen worden. Olivia aus Mexiko war ihre Freundin. Wir müssen wissen, mit wem sich die Tote am Abend vor ihrer Ermordung getroffen hat. Dazu müssen wir mit Olivia reden.«

Schnauzbart legte seine Stulle beiseite und griff zum Telefonverzeichnis. »Na, dann wollen wir doch mal sehen. A …« Er blätterte in einem Verzeichnis. »Ausweisung, Aserbaidschanische Botschaft, Archiv.« Zu Stiesel sagte er: »Geburtsdatum, Nachname, Zweck des Aufenthalts – nix?«

Stiesel schüttelte den Kopf.

Schnauzbart tippte eine Nummer ein. »Tach, Kollegen«, sprach er in den Hörer. »Hier ist jemand von der Mordkommission, der sucht eine Frau, die am …« Er sah zu Stiesel.

»23. Juni 2001«, soufflierte Stiesel.

»… am 23. Juni 2001 abgeschoben wurde oder ausgereist ist.« Am anderen Ende der Leitung wurde gesprochen.

»Olivia aus Mexiko, zuletzt wohnhaft Waldenserstraße, Postleitzahl 10551.« Schnauzbart nickte. »Genau, mehr hat er nicht. Gut, ich schick ihn runter.« Er legte auf. Zu Stiesel sagte er: »Hier raus, zweimal rechts. Mit dem Lift in Etage Minus 2 fahren, im Zimmer Minus 27 bei Herrn Werner melden.«

In Zimmer Minus 27 saß Herr Werner in einem blauen, abgeschabten Arbeitsmäntelchen und las sein Horoskop. »Olivia?«, fragte er, und Stiesel nickte. »Na, dann kommen Se mal mit, junger Mann.«

Herr Werner schloss die Tür ab, durch die Stiesel gekommen war und öffnete eine andere Tür, die in einen Raum führte, in dem eine Notbeleuchtung brannte. Sie gingen durch eine schmale Regalreihe, links und rechts standen Aktenordner mit Datumsangaben, dann bogen sie rechts in einen größeren Gang ein und kurz darauf links ab in einen weiteren engen Gang.

Herr Werner knipste eine winzige Taschenlampe an und leuchtete über die Aktenordner. »Hier haben wir den 17. bis 31. Mai 2001. Hier den 1. Juni bis 15. Juni, und hier – jawollja – die zweite Junihälfte.« Er zog den Ordner heraus, ging bis ans Ende des schmalen Gangs und bog links ab. Stiesel folgte ihm.

Sie standen vor einem Schreibtisch. Herr Werner knipste eine Klemmlampe an. »Nehmen Sie sich die Zeit, die Sie brauchen. Wenn Sie wieder rauswollen, hier auf den Klingelknopf drücken.« Er zeigte auf einen kleinen weißen Knopf oben links in der Ecke des Schreibtischs. Dann ging er weg.

Stiesel war allein, mitten zwischen Regalen, die bis an die Decke reichten. Wenn die Klingel kaputt war, würden sie ihn hier nach Wochen finden, eingetrocknet und so klein, dass man ihn in eines der Regale legen könnte. Zu den anderen vergessenen Benutzern. *File under Stiesel* statt eines Grabsteins.

Er schlug den Ordner auf und suchte den 23. Juni. Und da war sie auch: Olivia Gutierrez, zweiundzwanzig Jahre alt. Nach Androhung der Abschiebung freiwillig ausgereist am 23. Juni 2001 um 10.35 Uhr ab Tegel über Frankfurt/Main nach Mexiko City. Grund der angedrohten Abschiebung: Schwarzarbeit als Friseurin. Jemand hatte Anzeige erstattet, eine Frau aus Friedenau. Drei Tage vor ihrer Ausreise. Die Kollegen von der Ausländerbehörde konnten auch anders, wenn nicht gerade Mittagspause war: Eiligkeit Unrecht Unfreiheit Blühe Deutsches Vaterland. Olivia Gutierrez hatte ein Studentenvisum gehabt. Und damit durfte man nur an der Uni arbeiten. Sie hatte Ingenieurwissenschaften an der Technischen Universität studiert. Zwei Semester lang waren vorgesehen gewesen, es waren vier geworden. Bevor das fünfte begann, das Wintersemester 2001/02, hatte sie das Land verlassen. Heimatuniversität war CUCEI, was immer das auch bedeutete.

Mehr war nicht da, der Vorgang umfasste ein Blatt. Der Nächste, der diese gastliche Stadt im Juni 2001 hatte verlassen müssen, war ein Mann aus Tunesien.

Stiesel drückte auf den weißen Knopf.

32

Im Schilf saß ein Frosch und quakte. Der Teich im Brixplatz war vollkommen vermoost. Er lag an der tiefsten Stelle des kleinen Parks, der in einer ehemaligen Kiesgrube angelegt worden war. Pachulke war die vier Stationen vom Sophie-Charlotte-Platz bis Neu-Westend gelaufen. Ein Bus war ihm gerade vor der Nase weggefahren, und er nutzte die Zeit und spazierte einmal durch den Park.

Hier am Brixplatz begann die Tour der Buslinie 104 quer durch die Stadt bis zur Tunnelstraße in Stralau, wo der Busfahrer Grellert Pause gemacht hatte, als die Zeugin Jurgeleit die Leiche von Verena Adomeit gefunden hatte. Weil Verena Adomeit in den Tagen vor ihrem Tod ausnahmsweise mit dem Bus gefahren war, hatte Pachulke beschlossen, die beiden Routen, die infrage kamen – den 104er und den 347er –, von Anfang bis Ende abzufahren. Sie fuhr am Morgen mit dem Bus 104 von der Haltestelle Columbiadamm in der Nähe der Fidicinstraße auf direktem Weg zum Büro in der Joachim-Friedrich-Straße und am Abend wieder zurück. Am Tag ihrer Ermordung war sie mit dem Bus 347 von der Besichtigung eines Hauses in der Simplonstraße in Friedrichshain nach Stralau gefahren. Außerdem war auch die Leiche von Melanie Schwarz im Juni 2001 in der Nähe einer Busendhaltestelle gefunden worden. Das war mehr als vage, aber da sie sonst nichts hatten außer der Tatsache, dass die beiden Frauen nach ihrem Tod geschminkt worden waren, sprach nichts dagegen, sich ein paar Stunden durch die Gegend schaukeln zu lassen.

Schroff erhoben sich vor ihm die künstlich angebrachten Felsen, die den Rüdersdorfer Kalksteinbruch symbolisierten. Die Pflanzen Brandenburgs wuchsen in dem Park, anschaulich und kompakt zusammengefasst auf zwei Hektar für den Städter der zwanziger Jahre. Neunzig Jahre später begnügte sich der Städter nicht mehr mit staatlich gestalteten Parkanlagen, sondern grub nachts die Erde an Straßenbäumen um, pflanzte Stiefmütterchen und Sonnenblumen und kämpfte gegen sinnlose Betonflächen und Tristesse. Garten-Guerilla hieß das.

Wenn sich hier nicht zufällig eine alte Kiesgrube befunden hätte, dann wäre der Park so flach wie das soziale Gefälle hier in der Stadt. Nichts mit: *Geh doch in die Oberstadt, machs wie deine Brüder.* Im Grunewald gab es Villen mit großen Gärten und breiten Auffahrten und Chauffeuren und illegal beschäftigten Dienstmädchen aus Peru oder Litauen. Und im Wedding kroch die Armut durch die Ritzen schlecht isolierter Sozialwohnungen. Aber hier im Westend standen vor allem Mietshäuser wie im Rest der Stadt, und Kleinwagen, keine Limousinen parkten am Straßenrand. Viele Anwohner fuhren mit dem Bus. Sonst hätte man die Linie 104 schon längst eingestellt oder verkürzt.

Pachulke hielt schnaufend oberhalb der Kalksteinwand und warf einen Blick zurück zu dem kleinen, vermoosten Tümpel, der vom kräftigen Grün ringsum fast verschluckt wurde. Wer hier hoch hinauswollte, der konnte den Berg aus Kriegsschutt im Volkspark Friedrichshain besteigen oder auf dem Fernsehturm einen Kaffee trinken. Die Stadt als solche war eine der besten Erfindungen in der Geschichte der Menschheit. Und diese Stadt hatte immer noch keine rechte Lust, reich zu werden. Lieber blieb sie bewohnbar.

Pachulke spazierte zur Haltestelle, genauer gesagt waren es zwei Haltestellen: eine Ruhehaltestelle, bei der ein Schild den potentiellen Fahrgast belehrte: *Bitte beachten Sie die Ruhezeiten des Fahrers;* zehn Meter weiter befand sich dann die eigentliche Haltestelle. Mit einem Wartehäuschen, das noch alle Scheiben hatte, und einem Fahrplan, der weder herausgerissen noch bis zur Unleserlichkeit angekokelt oder besprüht war. Grellert hatte noch zwei Minuten Pause. Obwohl er und Pachulke sich zu dieser Tour verabredet hatten, tat er so, als sei er allein mit seinem Bus. Die Pause war von allergrößter Bedeutung, selbst ein unwillkürlicher Augenkontakt mit dem wartenden Fahrgast konnte den Erholungseffekt komplett zerstören. Pachulke wartete als Einziger. Er hatte überlegt, um welche Zeit er fahren wollte. Das Publikum änderte sich mit jeder Stunde. Die Stadt änderte sich in jeder Stunde. Weil er keine Zeugenbefragungen im Sinn hatte, sondern sich auf die Route konzentrieren wollte, hatte er sich für eine Tour am Vormittag entschieden. Da war es nicht so voll. Es war 10.16 Uhr, und jetzt drehte Grellert den Schlüssel um. Mit einem leichten Husten startete der Motor.

»Guten Morgen, Herr Grellert.« Pachulke tippte zwei Finger an die Stirn und zeigte seine Monatskarte.

Grellert nickte ihm zu, und murmelte ebenfalls: »Guten Morgen.«

Der Bus war Werbeträger für eine Baumarktkette, die Fenster waren mit einer riesigen Bohrmaschine, Zangen und Brettern überklebt. Pachulke setzte sich in der unteren Etage auf den Platz im hinteren Bereich, der direkt an der mittleren Tür war. So saß er etwas erhöht und konnte aus dem Fenster schauen. Es war auch nicht so laut wie ganz hinten. Nach oben wollte er nicht, für den Fall, dass er eine heiße Spur entdeckte und sofort aus dem Bus steigen musste.

Eine Sache wollte Pachulke auf dieser Tour auch noch erledigen. Er hatte lange mit sich gerungen, aber die Krise seine häusliche Situation betreffend verlangte radikale Schritte. Er würde sich Schritt für Schritt von den weniger wichtigen Exemplaren in seiner Schallplattensammlung trennen. Mongolischer Obertongesang würde den Anfang machen. Da hatte er eine Platte doppelt. Einen Sampler mit den wichtigsten Interpreten dieses verkannten Genres. Eine Pressung stammte vom staatlichen Plattenlabel der UdSSR, *Melodija,* und genau die gleiche Platte besaß er noch einmal als Raubpressung aus der Kirgisischen Sozialistischen Sowjetrepublik. Diese Gegend hatte sich seit den siebziger Jahren zu einer Hochburg für Raubpressungen entwickelt und erfreute sich deswegen bei Sammlern, genauer gesagt bei dem sehr kleinen Kreis von Liebhabern des Obertongesangs, einer gewissen Beliebtheit. Aber Pachulke war mehr der Rubinstein-Typ und bereit, die Platte diskret im Bus zurückzulassen, um seine Dielen zu retten.

Die digitale Ansage im Bus rief den U-Bahnhof Neu-Westend aus, die letzte Silbe wurde betont. Jetzt stiegen einige Fahrgäste ein, drei Frauen zwischen vierzig und sechzig. Grellert winkte sie durch, ohne ihre Ausweise anzuschauen, es waren wohl Stammgäste.

An der Hessenallee die Botschaft der Republik Namibia. Butter-Lindner, ein Geschäft für Eishockeyausrüstung. Noch ein Butter-Lindner. Ein Geschäft für Wohndesign, seit 1939. War das arisiert worden? Der Pralinenladen Sawade, seit 1880. Ein Hapag-Lloyd-Reisebüro. Im Schaufenster eines Juweliers stand *Wir sind spezialisiert auf Zahngold.*

Kurz vor der Haltestelle Reichsstraße/Kastanienallee meldete sich Grellert per Lautsprecherdurchsage. »Wenn Sie mal so freundlich sein würden, die Rampe auszuklappen. An der nächsten Halte wartet eine Frau im Rollstuhl.«

Pachulke stand auf und nutzte die Gelegenheit, die Schallplatte zwei Sitzreihen hinter sich zu legen. An der Haltestelle öffnete sich die Tür, und Pachulke klappte die Rampe auf den Bürgersteig.

Die Frau war vielleicht vierzig und bediente ihren Rollstuhl mit großer Expertise. Sie rief ein Danke nach vorn und schenkte Pachulke ein Lächeln. »An der Blissestraße muss ich raus. Wenn Sie vielleicht wieder so freundlich wären.«

Pachulke nickte.

In der Grünanlage am Theodor-Heuss-Platz brannte die ewige Flamme: Freiheit Recht Friede. Feuer und Flamme für diesen Staat und seine Werte.

Das Haus des Rundfunks, die Zentrale der Kassenärztlichen Vereinigung. Messegelände und ICC. Am Funkturm vorbei ging es ein kurzes Stück auf die Autobahn. Und dann war man schon am Rathenauplatz. Cadillacs in Beton. Ihr Völker der Welt, schaut euch die Kunst im öffentlichen Raum hier nicht allzu genau an. Zabriskie war immer sehr schnell angefressen, wenn jemand etwas gegen die USA sagte. Manchmal auch, wenn jemand nur etwas *über* die USA sagte.

Eine Investmentfirma. Das Pflegewerk Seniorencentrum mit c. Hier begann der Coiffeurstendamm. Rechts eine riesige Baustelle, demnächst würde hier ein großer Baumarkt eröffnen, dann wohl auch mit eigener Bushaltestelle.

Die Ringbahn S-Bahnhof Halensee, jetzt wurde es voll. Noch eine knappe halbe Stunde bis elf Uhr. Pachulke musterte die Passagiere. Wer war ein Busprofi, wer fuhr nur gelegentlich, wer war Tourist? Die einen zeigten, wenn überhaupt, routiniert ihr Ticket, die zweite Gruppe suchte nach Wechselgeld. Die dritte belästigte Grellert mit Fragen. Jede Auskunft kostete Zeit und sorgte für Verspätung. Dann ging es rechts ab vom Boulevard des Alten Westens. Früher gab es Filmfestspiele und Luxus im Kempinski, heute Stützstrümpfe und als Eröffnungsschnäppchen Dübel und Schwingschleifer. Henriette die Eismeisterei, die Hofpfisterei, noch ein Butter-Lindner. D&G war kein Flagshipstore, sondern stand für Döner & Grill. Ein Asia Imbiss mit Lettern, die asiatisch aussahen, so unecht wie die Kulissen in einem Charlie-Chan-Film. Joachim-Friedrich-Straße/Westfälische Straße. Hier hatte Verena Adomeit ihr Büro gehabt. Ein großes Eckhaus, nur belegt mit Büros: Kanzleien, Investment, Real Estate. Als sie die Paulsborner Straße passierten, schlugen die Äste gegen das Oberdeck.

Dorfner blätterte durch den Stapel Zeitungen, die Pachulke ihm aufs Auge gedrückt hatte. Warum hatte Zabriskie ihn nur so durchdringend angestarrt bei der Lagebesprechung? Normalerweise sah sie immer an ihm vorbei? War etwas nicht in Ordnung? Der Hosenstall war zu, er trug passende Socken, er war frisch und rasiert, er war früh in einem Fitnessstudio zum Probetraining gewesen. Wo war ihr Problem?

Er sah auf seinen Notizzettel: *Schminke, Hackescher Markt, Theater, Freizeitverhalten junger Frauen.* Das waren die Kriterien. Es war so langweilig, dieses ganze Zeug durchzulesen. Was hatte Stiesel ihm mit auf den Weg gegeben? Bitte Feuilleton und Kulturteile noch einmal durchgehen. Dorfner schlug den Kulturteil auf und riss die Augen auf. *Steven Seagal kommt zur Deutschlandpremiere seines Films* Exit Wounds – Die Copjäger *zum Potsdamer Platz.* Warum war dieses welthistorische Ereignis nur in den Vermischten Kurzmeldungen erwähnt worden? Zusammen mit einer Vernissage und einem studentischen Theatertreffen. Abschlussparty am Samstag in der Hochschule der Künste. Moment mal. Dorfner las die Meldung genauer.

Mit einer Sommerparty in der Hochschule der Künste endet am heutigen Freitag das Bühne-frei!-Festival.
Eine Woche lang trafen sich Studentenbühnen aus Deutschland, Österreich und der Schweiz zum größten Treffen deutschsprachiger Studentenbühnen (wir berichteten am 19. Juni). Heute Abend öffnet die HdK ihren Sommergarten für Bands, Kurzfilme und Grillen. Der Eintritt ist frei.

Die Zeitung war vom 22. Juni 2001. Na bitte, das war es doch. Theater, Schminke, und diese Schwarz wollte an der HdK studieren. Die HdK hieß jetzt UdK. Dorfner würde sich das Programm dieses Theaterfestivals besorgen. Und dabei würde er ganz, ganz vorsichtig zu Werke gehen.

Um die Ecke von der Paulsborner Straße waren in der Tiefgarage Cicerostraße Stellplätze zu vermieten. Die Kirche am Hochmeisterplatz. Korsukéwitz Gastronomieausstattung seit 1902. Über Eck gebaute Etagenhäuser aus den siebziger Jahren mit zurückgesetzten Balkonen. Lidl – *Vielen Dank für Ihren Einkauf.* Die Feuersozietät seit 1718. Baker's Drive, eine Drivethru-Bäckerei mit Schrippe to go. Westliche Werte an jeder Ecke. Getränke Hoffmann. Der Hort der Katharina-Heinroth-Grundschule, die Direktorin des Zoos 1945–1956. Die Eisenzahnstraße, benannt nach Friedrich II. von Brandenburg 1413–1471. Die Johann-Georg-Straße, benannt nach einem alten Judenhasser. Cicero, der die Stadt zur Residenzstadt machte. Nestor. Albrecht Achilles. Das Land der falschen Griechen. Spree-Athen. Rom und Preußen. Die Brandenburgische Straße, der Kinderladen Maikäfer, ein Restaurant mit vier Kegelbahnen und dem imposanten Relief eines Ritterhelms. Der U-Bahnhof Fehrbelliner Platz, harmlos und rundlich wie ein rotes Gummitier, Fortschritt heischend inmitten von Nazibauten. In einem war jetzt das Amt für Wiedergutmachungsangelegenheiten. Ein rotes Flachdach, das einlud, im Schneegriesel und Starkregen zu warten, bis der Bus kam. Der 104er war schon da, und die Leute quetschten sich hinein, lasen die Zeitung, lasen ein Buch, hörten Musik, dösten, die Stirn an der Fensterscheibe. Der Tabakbeutel, eine Lottoannahmestelle. Blissestraße, vier Banken an einer Kreuzung: Sparda, Commerz, Sparkasse und Volksbank.

Die Frau im Rollstuhl nahm Blickkontakt mit ihm auf, und Pachulke waltete seines Amtes. Als er wieder einstieg, sah er, dass ein Mann zwei Reihen hinter ihm das Cover der Schallplatte mit den Obertongesängen intensiv studierte. Vielleicht ein Sammler, der Russisch lesen konnte?

Eine Hertha-Kneipe. Das Wirtshausschild in alten Lettern. Großer Kurfürst. Ein Schnäppchenladen. 1000 Dinge für Schule Büro Geschenke Haushalt Party, nicht jedoch für Raubüberfall Beerdigung und Schwarze Messe. Die M-Hairfactorylounge.de. Landhausstraße. Von einem Landhaus war nichts zu sehen, stattdessen erlesen triste Etagengebäude, Autohändler, Tonerfülldienst und der-billigbestatter.de: *leistungsstark und mit eigener Floristik.* Die Bundesallee. Eine Apotheke neben einer Esso-Tankstelle, glattpolierte Fassaden, die Sparkassenzentrale, ein riesiger Autotunnel, hässlich wie die Nacht. Es war immer wieder erstaunlich, wie man mit viel Geld eine Straße komplett versauen konnte.

Und weiter in die Badensche Straße: Thai Kitchen, Schuhreparatur/Nähservice, Santander Bank, an der Kufsteiner Straße vorbei. Sushi Saigon, Lieferservice, Zubehör. Die Fachhochschule Alice Salomon. Ein griechischer Supermarkt, hier kaufen Achilles und Nestor ihre gefüllten Weinblätter. Das Nordsternhaus. Das Rathaus Schöneberg: Turm, Glocke, Wochenmarkt. Ein Wägelchen mit Naturkäsespezialitäten. Die Dominicusstraße auf breiter Front aufgerissen, Ich bin ein Kennedy-Grill, Erotikkino Lustgarten, mit dem in Mitte nicht verwandt und nicht verschwägert. Dominicusstraße/Ecke Hauptstraße, das alte Kino Originalversion, die Jupol-Vollreinigung, das klang nach politischer Sekte, ein Kongress der Weißwäscher mit 24-Stunden-Service. Das Transparent der es-group: *Büros und Praxisräume in allen Bezirken.*

Hauptstraße. Polizeiabschnitt 42, Stadtbad Schöneberg, ein Bio-Supermarkt, noch ein Butter-Lindner. Eine Zahnarztpraxis mit einem lachenden aufblasbaren Zahn im Fenster. Ding Dong Original chinesische Spezialitäten, Döner mit allem Dürüm und Dran. Der Kaiser-Wilhelm-Platz: Passagen, Rossmann, Deko-Behrendt, hier deckte sich die Stadt für den Fasching ein, und neuerdings für Halloween. Die staubigen Fassaden der Kolonnenstraße, das Xenon Kino, klein und alt. Die Julius-Leber-Brücke. Die Robert-Blum-Schule. Ein Sportplatz, ein Haus gespickt mit Satellitenschüsseln wie Pickel im Gesicht eines Teenagers. Mitte Meer, *Gastronomiebedarf für höchste Ansprüche.* Jetzt auch für Privathaushalte. Über die S-Bahn-Trasse hinüber und hinunter von der Insel. Haltestelle Kolonnenbrücke, mit bunten kleinen Kacheln verzierte Hauseingänge. Das Katzbachstadion, ein Schachgeschäft. Die alte Brauerei. Eine Anwaltskanzlei warb mit strafzettel.de.

Wenn es niemand aus dem privaten Umfeld von Verena Adomeit gewesen war, dann aus dem beruflichen. Das Problem: Sie hatte offenbar kein privates Umfeld, keinen eifersüchtigen Liebhaber, keine Freundinnen, nichts.

Platz der Luftbrücke, Adomeits Fitnessstudio. Das Reichsadlerrelief an einem Nebengebäude des alten Flughafens. Eine Mutter mit Kinderwagen auf dem Weg zur Krippe nahm den Stellplatz ein, den die Frau im Rollstuhl an der Blissestraße geräumt hatte. *Zur Krippe her kommet.* Der ehemalige Flughafen, früher war hier ein Luxushotel für Lebensmüde mit angeschlossener Flugschule untergebracht gewesen, heute war das Rollfeld eine Edelmüllkippe, bizarr geformte Holzhäuser nach individuellen Wünschen gestaltet von Nachwuchsarchitekten. Haltestelle Columbiadamm/Friesenstraße, Adomeits Wohnung befand sich eine Straße weiter. Die große Moschee, der muslimische Friedhof. Menschen mit ernsten Gesichtern warteten auf den Beginn einer Trauerfeier, heute Abend würde der Leichnam schon in der Türkei beigesetzt sein. Das Sommerbad, eine kleine Skateboardanlage an der Hasenheide. Ecke Fontanestraße eine gesprühte Parole: *Weg mit der Gesinnungsjustiz.*

Jetzt also war Pachulke in Neukölln. Libanon Falafel mit einer kleinen Zeder im Logo. Woolworth seit 1879. Zeeman. Das Büro des Quartiersmanagements. *Der gemütliche Treffpunkt an der alten Brauerei.* Werbellinstraße, Falkplatz, Flächensanierung vor fast fünfzig Jahren. Weit und breit kein Butter-Lindner. In der Morusstraße das Haus des älteren Bürgers. Ein älterer Bürger stieg ein und setzte sich vorn auf den Platz, der mit einem kleinen Kreuz markiert war. Er röchelte und hustete Rotz aus den Tiefen seiner Nebenhöhlen und seiner Bronchien hervor.

Ihr Spezialist für Prepaid, Orchidee Nails. Das größte Bräunungscenter der Stadt. Platz der Stadt Hof, Anzengruberstraße. Exotisches Neukölln. Footlocker, Ria Money Transfer, totobet.de, Spätkauf. Vor dem Laden Queen-Brautkleider stand ein Mann auf einer Trittleiter und putzte den Schriftzug, der wie aus Gold im Morgenlicht glänzte. Die Wildenbruchstraße eng und mit Bäumen bestanden – die Busse quetschten sich aneinander vorbei, man konnte den Fahrgästen im anderen Bus in die Augen sehen. Haltestelle Heidelberger Straße, die Markierung für den Verlauf der Mauer im Asphalt. Elsenstraße/ Ecke Kiefholzstraße, ein Restaurant hieß unbescheiden *Welt des Essens,* die alte Brücke der Eisenbahngesellschaft seit 1906, heute ein Spazierweg. Das Gemeinsame Terrorismusabwehrzentrum, fünfhundert Millionen Daten in einem Monat, aber wenn ein türkischer Gemüsehändler vor den Augen seiner Familie ermordet wurde, grassierte acht Jahre lang die Unwissenheit. Die Blaue Apotheke mit Riesenblumen davor wie in einer Inszenierung von *Così fan tutte* in der Staatsoper im Schillertheater. S-Bahn Treptower Halde, schlagartig war der Bus fast leer. Graffiti auf der Elsenbrücke: *Stell dir vor, du wachst morgens auf und die Musik ist weg.*

Pachulke blickte sich um. Der Mann war verschwunden und mit ihm der Obertongesang. Er fühlte einen Stich in der Brust. War es das, was man den kleinen Tod nannte? Der Bus bog rechts ab. Glasbläserallee. Jetzt war Pachulke wieder der einzige Passagier im Unterdeck. Ein riesiges Schild: *River Residences Family Housing Urban Living – Musterwohnung zu besichtigen.* Links ein Trampolin, rechts ein Carport. Eine Tiefgarage, ein paar Baucontainer umgeben von Aushub. Tunnelstraße. Endstation.

Grellert sah Pachulke auffordernd an, aber der war kein Passagier wie jeder andere. »Ich hätte da noch ein paar Fragen an Sie.«

»Was wollen Sie denn hören?«, fragte Grellert. Er hatte seinen Bus abgeschlossen und stand mit Pachulke auf der Wiese am Fluss neben dem Friedhof. Ein paar Schritte weiter links war Verena Adomeit erwürgt worden.

»Es gab eine ganze Menge Leute auf dieser Tour, von denen Sie keinen Fahrschein sehen wollten«, sagte Pachulke.

Grellert nickte. »Ja, wenn ich die Tour in der Stunde zwischen zehn und elf unter der Woche fahre, gibt es viele bekannte Gesichter. Und wieso sollte ich die Leute stressen? Wieso sollte ich mir Stress machen? Wenn jemand am Dienstag seine Monatskarte dabeihat, hat er sie auch am Mittwoch dabei.«

»Und wenn nicht? Monatskarten sind übertragbar.«

»Ich kenne keinen Berufstätigen mit festen Arbeitszeiten, der seine Monatskarte verleiht. Aber das handhabt jeder Fahrer anders, und kein Fahrgast weiß, wer die Schicht fährt oder welchen Bus er erwischt.« Er sah aufs Wasser hinaus, wo die Möwen kreisten.

»Gibt es hier auch Raubvögel?«, fragte Pachulke.

»Eigentlich nein«, sagte Grellert. »Wieso fragen Sie?«

»Meine Kollegin war vor ein paar Tagen auf der Treptower Halde und hat einen Raubvogel gesehen, der einen Salto geschlagen hat.«

»Ein Gaukler – *terathopius ecaudatus*«, sagte Grellert. »Der lebt eigentlich in Afrika. Südlich der Sahara.«

»Wie hält er es hier aus?«

»Keine Ahnung, wie es ihn hierher verschlagen hat.«

»Und wieso heißt er Gaukler?«

»Weil er ein Kunstflieger ist. Die fliegen so, weil es ihnen Spaß macht.«

»Und was frisst so ein Gaukler?«

»Jedenfalls keine Möwen, sonst hat er die ganze Meute gegen sich. Eine einzelne Möwe wäre eine sichere Beute, aber mit einer Kolonie von einigen tausend Vögeln wird er sich nicht anlegen. Gegen einen Möwenschwarm zieht auch ein Adler den Kürzeren.«

»Ein Adler? Ich denke, er heißt Gaukler.«

»Der Gaukler gehört zu den Schlangenadlern.«

»Aber Schlangen wird er hier nicht finden.«

»Nein, aber Ratten, Mäuse, Frösche, andere Vögel, die nicht in Schwärmen leben. Vielleicht auch mal ein Kaninchen oder einen Maulwurf.«

»Dass die Frau mit dem Rollstuhl an der Haltestelle in Westend wartet, wussten Sie«, sagte er.

»Ja«, sagte Grellert, ohne Pachulke anzusehen. »Bei der bin ich mir absolut sicher. Die fährt zweimal die Woche zur Krankengymnastik. Und heute sind wir pünktlich losgefahren.«

»Wie hoch ist denn der Anteil an Stammgästen auf der Linie 104?«

»Hoch. Wir kommen an keinen wirklich wichtigen Sehenswürdigkeiten vorbei, vom Rathaus Schöneberg mal abgesehen. Auf den Linien, die durch Mitte fahren, sind zwischen neun und fünf fast nur Touristen unterwegs. In den Bussen, die zum Krankenhaus fahren, wechseln die Fahrgäste auch. Es gibt nur ganz wenige Leute, die jeden Tag immer zur selben Zeit einen Krankenhausbesuch machen. Auch das Personal arbeitet in unterschiedlichen Schichten.« Grellert wandte sich vom Wasser ab und spazierte zurück zum Bus.

»Sie haben bestimmt einiges erlebt. Wie lange fahren Sie schon Bus?«

»Für die BVG seit zwölf Jahren, aber die wirklich guten Geschichten habe ich auf den langen Strecken erlebt.«

»Haben Sie schon mal erlebt, dass sich Menschen im Bus ineinander verliebt haben?«

»Das kommt dauernd vor. Schüler, die für ein paar Stationen den gleichen Schulweg haben, aber auf verschiedene Schulen gehen. Sie sehen sich jeden Morgen, lange Zeit passiert nichts, und plötzlich steigen sie Hand in Hand ein.« Sie waren am Bus angekommen. »Fahren Sie wieder mit mir?«, fragte Grellert.

»Nein, ich nehme den 347er. Ich will die letzte Busfahrt der Toten nachvollziehen.«

Grellert nickte. »Einmal hat ein Mädchen mit einem Jungen Schluss gemacht. Sie haben sich gestritten, und sie ist ausgestiegen. Irgendwo, wo sie nie ausgestiegen ist sonst. Der Junge hat geheult bis zur Endhaltestelle und ist dann mit mir wieder zurückgefahren.«

»Und dann?«, fragte Pachulke.

»Stand sie an der Haltestelle und hatte es sich anders überlegt. Es tat ihr leid. Dann sind sie aufs Oberdeck und haben geknutscht.« Er zeigte zur Haltestelle, wo eine Frau mit einem Rentnerchopper ungeduldig zu ihnen herübersah. Die hatte offenbar einen größeren Einkauf vor. Vielleicht in den Neukölln-Arcaden.

Pachulke ging zu der Haltestelle für den 347er auf der anderen Straßenseite vor einem neuen Wohnblock.

Vincent Sherman achtete nicht auf den Lärm im Nebenzimmer. Er wusste, dort wütete sein Sohn Victor. Oder hätte er sagen sollen, sein wütender Sohn? Natürlich hatte er das mit dem Mäusenest gewusst, es war ja nicht zu überriechen und zu überhören gewesen. Aber immer wenn er eine der alten Zeitungen in die Hand nahm und den Gebrauchtwagenteil aufschlug, las er sich fest. Wenn er ein Auto fand, das er auch im Sortiment gehabt hatte, las er sich alles durch. Und wenn das Angebot günstig war, strich er es an. Ein Schnäppchen war und blieb ein Schnäppchen, auch wenn es vor zwanzig Jahren angeboten worden war.

Und jetzt schleppte Victor fluchend und schimpfend ein Wohnzimmer gefüllt mit Altpapier in einen Bulli draußen vor der Tür. Heute das Altpapier, jedes Fitzelchen Altpapier im ganzen Haus, morgen allen anderen Plunder, übermorgen das Mobiliar.

Am Samstag würde Vincent bei seinem Sohn und seiner Schwiegertochter einziehen. Er war froh, dass er das alles nicht mitnehmen musste, auch wenn er es nicht übers Herz brachte, die Sachen selbst wegzuwerfen. Im Moment besah er sich die Aufzeichnungen der Sicherheitskamera. Nicht wegen der Überfälle, es war fast nie etwas passiert auf dem alten Gelände. Eine Brache an der Oranienburger Straße zwischen Tacheles und der Synagoge. Vierundzwanzig Stunden am Tag Publikumsverkehr, Straßenstrich, Polizei. Eigentlich hätte er die Kamera nicht gebraucht, aber die Versicherung wollte das so. Draußen am Spandauer Damm, wo sie hinziehen mussten, nachdem die Eigentumsverhältnisse der Brache glücklich geklärt worden waren, war in sieben Jahren häufiger eingebrochen worden als in Mitte in fünfzehn. 1992 bis 2007, ein riesiger Stapel CDs, da hatte Victor recht. Aber gerade besah Vincent sich die Überwachungs-CDs aus dem Jahr 1999. Oktober 1999, da hatte der Horch auf dem Hof gestanden, gleich neben der Bürohütte, den hatte ein Sammlerehepaar aus Leipzig gekauft. Sehr nette Leute, die alte Autos wirklich liebten und nicht bloß eine Geldanlage suchten. Sie wollten den Horch reparieren und damit Rallyes fahren. Die Kamera sprang weiter, alle zwanzig Sekunden sprang sie weiter. Da war der Kübelwagen, den er in einer Scheune hinter Slubice entdeckt hatte. Aus Wehrmachtsbeständen. Nicht ganz legal hatte er den über die Grenze gebracht. Jetzt stand er in Hollywood im Fundus und war schon bei einem halben Dutzend Nazi-Filme dabei gewesen.

Sein Leben in Zwanzig-Sekunden-Sprüngen. Es war so schön gewesen. Er erinnerte sich an alles.

33

An der Bushaltestelle blühten Rosen in einem Vorgarten. Pachulke sah drei Bienen. Während er wartete, fuhr Grellert vorbei und hob grüßend die Hand. Er hatte zwei Passagiere, das alte Ehepaar, das die Elstern beobachtet hatte, fuhr in die Stadt. Natürlich saßen sie Seite an Seite.

Der Bus 347 hatte nur eine Etage, dafür war es ein Gelenkbus. Pachulke setzte sich hinter das Gelenk, er wollte wieder die Passagiere beobachten. Der Bus fuhr erst die Tunnelstraße hoch, die Pachulke schon mit dem 104er gekommen war, bog dann aber ab, in die Bootsbauerstraße. Entlang der neuen, höchstens fünf Jahre alten Häuserzeilen, ging es Richtung Osten hinüber zur Stralauer Bucht, und dann wieder nach links in eine Straße, die Fischzug hieß. Hier hatte Bördensen die Hausbefragung durchgeführt. An der Haltestelle warteten Opa und Oma mit dem Enkel und einem Buggy im Schlepptau. Einsteigen, Fahrscheine lösen, nach dem Weg fragen – also auswärtige Großeltern, die den Enkel besuchten –, Enkel auf Sitz wuchten, Buggy zusammenfalten, los gings. An der Krachtstraße lagen prachtvoll gepflegte Gärten. Der Bus fuhr zurück zur Glasbläserallee. Das Eiscafé Bäckerei 2000, daneben Physiotherapy and Osteopathy, da gingen die Wissenschaftler aus Asien hin, wenn sie sich im Labor krumm geschuftet hatten. Auf gewundenen Wegen ging es zum Ostkreuz, der pechschwarze Wasserturm rückte näher. Ein provisorischer Zaun umschloss eine Brache, darauf ein Poster für eine Tattoo Convention. Und noch eine Hauptstraße, die so ganz anders als die in Schöneberg aussah: sehr gemischter Straßenbelag, das Kopfsteinpflaster eingesunken von den Vierzig-Tonnern aus Lwiw oder Riga, die hier durchbretterten auf der Suche nach dem nächsten Autobahnzubringer. Ein Graffito verkündete *Viva La Vulva,* dann die Haltestelle Ostkreuz. Der Eingang zur S-Bahn wirkte wie ein Nebeneingang, der Bürgersteig am Bauzaun wurde noch enger durch Dutzende angeschlossener Fahrräder. Aber das Ostkreuz hatte nur Nebeneingänge. Oma und Opa auf dem Sprung, Buggy ausklappen, aussteigen, Enkel in den Buggy setzen, und dann zur S-Bahn. Nüscht wie raus zum Müggelsee. Nächster Halt Markgrafendamm. Anders als bei Cicero Eisenzahn Albrecht und Achilles genügte hier eine schlichte Sammelbezeichnung der adligen Namensgeber. Die Haltestelle war gleich neben Lidl, daneben ein Autohaus, also *Viva La Volvo,* und dann die Persiusstraße. Wenn der im zarten Alter von zweiundvierzig Jahren verstorbene preußische Hofarchitekt Ludwig Persius die Straßenführung am Ostkreuz gesehen hätte, wäre er noch früher gestorben – vor Gram, vor Scham. Ein altes Taxiunternehmen hatte sich hier angesiedelt, die waren von Kreuzberg ein Stück weiter rausgezogen, mehr Platz für den Fuhrpark, für die Werkstatt. Eine Suzukiwerkstatt, eine Fleischerei, erst die zweite auf der ganzen Strecke.

Der Bus fuhr vor zur Spree. Haltestelle Modersohnstraße, die Hafenanlagen rechts voraus. Ein junger Mann stieg ein, setzte sich eine Reihe vor Pachulke, versenkte die Nase in einem

Sprachlehrbuch und wiederholte, was ihm der Sprecher über die Kopfhörer vorsagte. Es ging die Stralauer Allee hinunter, rechts ein riesiges Lagerhaus: *Selfstorage*. Das war ja hochinteressant. Man konnte hier Sachen einlagern. Vielleicht war es vorschnell gewesen, eine seltene Platte mit mongolischen Obertongesängen einfach so preiszugeben. Von links grüßten die Bleistiftstummel der Oberbaumbrücke. Der Bus bog in die Warschauer Straße, auf der anderen Straßenseite befand sich eine Absteige für Rucksacktouristen. Und dann noch eine, und noch eine. Mehr Hostels an dieser Ecke als auf der ganzen Linie 104.

Der S- und U-Bahnhof Warschauer Straße. Nebenan wartete die Tram M10 in Richtung Prenzlauer Berg und Mitte. Eine Bierreklame: *Heiße Nächte erlebt man nie alleine.* Ichiban Karaoke seit 2007. Ein veganer Supermarkt, seit 2012. Die Revaler Straße mit dem Hauptquartier von Antigen, wo der unglückliche Torsten sein Unwesen getrieben hatte. Eine Spielhalle, 23 Stunden geöffnet, ein Kaiser's Supermarkt, rund um die Uhr geöffnet außer am Sonntag. Die Tramlinie M13 startete hier und fuhr eine große Runde bis zum Virchowklinikum. In den sechziger Jahren hatte man alle Straßenbahnlinien im Westen stillgelegt, die Gleise rausgerissen. Die autogerechte Stadt, die selbstgerechte Verkehrspolitik. Ein Kontaktbüro für Ökostrom. Ein T-Shirt-Laden, seit letzter Woche. Rechts überkreuzten sich die Passantenströme. Bergauf Richtung S-Bahn zogen die Anzug- und Kostümträger, sie stürmten ihrem Zug entgegen, der sie nach Pasewalk, Stuttgart oder Spandau bringen sollte. Ihnen entgegen kamen die späten Vögel, die schrägen, bunten Vögel und die Tänzer, die die Nacht durchgemacht hatten. Neben den Gleisen pulste die elektronische Musik. Pachulke begriff, wie sehr die Stadt einem vorgegebenen Rhythmus folgte, und wie klein in dieser riesigen Ansammlung von Menschen die Fenster von Ort und Zeit waren, um bestimmte Dinge zu erledigen. Als Kriminalbeamter hatte er äußerst unregelmäßige Arbeitszeiten. Als alleinstehender Mensch musste er weder auf Schicht- noch Stundenpläne Rücksicht nehmen. Aber alle anderen folgten dem inneren Rhythmus der Stadt. Wer in Köpenick wohnte und um zehn Uhr früh ins Berghain zum Tanzen wollte, der musste zeitig aus den Federn. Wer auf Stralau eine Frau erwürgen und schminken wollte, hatte höchstens zehn Minuten Zeit dafür. Das Zeitfenster für den Mord wurde entscheidend.

An der nächsten Kreuzung bog der Bus links ab. Ein 240er Bus kam ihnen gerade entgegen. Der 240er fuhr quer durch Lichtenberg. Pachulke wurde schwindlig. Er hatte vergessen, was er aus den Busfahrplänen hatte herauslesen wollen. In der Grünberger stand eine ehemalige Zweigstelle der Volksbücherei leer, daneben hatte der attac-Treff sein Büro. Ein Laden verkaufte Bücher CDs Faustkeile. In der Wedekindstraße stand ein großes Polizeigebäude, gleich gegenüber bog der Bus ab in die Marchlewskistraße und fuhr vor zum U-Bahnhof Weberwiese. Ein Maklerbüro warb in seinem Schaufenster: *Wohnen in der Stalinallee.* Über die Hildegard-Jadamowitz-Straße zum Franz-Mehring-Platz. Schon fast am Ostbahnhof-Netto, links zum Baumarkt Hellweg und zur Metro, am Zaun warb die Insolvenzkiste mit einem Banner: *Ware zu Insolvenzpreisen.* In dieses gewachsene Idyll war die O2-Arena eingebrochen und hatte alles zerstört, kein Wunder, dass die Gentrifizierungsgegner dagegen aufbegehrten. Und dann kam der Ostbahnhof. Uniformierte Polizei. Endstation, bitte alle aussteigen.

Pachulke stand auf dem Vorplatz, auch hier herrschte ein Kommen und Gehen. In der Haupthalle des Bahnhofs gab es Speiseeis. Er holte sich eine Kugel Vanille und eine Kugel Erdbeer-Minze und setzte sich in den Wartebereich. Von Rathenau bis Jadamowitz, so viele Menschen waren von Faschisten ermordet worden. Auch eine Silvio-Meier-Straße in Friedrichshain, an der U5. Sogar an Kennedy hatte man gedacht am Rathaus Schöneberg, obwohl der gar nicht von Deutschen ermordet worden war.

Die pausenlose Bewegung: Pendler, die aus dem Umland kamen – gerade spazierte wieder ein ganzer Schwung Menschen quer durch die Bahnhofshalle, die alle so aussahen, als seien sie mit dem Regionalzug angekommen. Jeder hatte seine wohlbekannten Trampelpfade zum Arbeitsplatz, zur Universität, in die Lieblingskneipe, zum Friseur oder Therapeuten, auf den Friedhof, wo die Eltern begraben waren. Nur Pachulke ging, wohin der Tod ihn rief, planlos. Es gab Bahnhöfe, wo sich die Ströme der Umsteiger in schlafwandlerischer Sicherheit durchkreuzten, ohne dass einer dem anderen im Weg war. Es gab Baustellen, die der Ortskundige vermied, geschlossene U-Bahn-Ausgänge, Engstellen im Straßennetz. Mit einem Ausfallschritt konnte man auf eine andere Bahnlinie oder auf einen Bus ausweichen. Die Schwungräder beim großen Kommen und Gehen, die Drehkreuze waren die Bahnhöfe. Der Hauptbahnhof, im Niemandsland zwischen Regierungsviertel und den alten Backsteinmietskasernen Moabits. Und vor zwölf Jahren der Bahnhof Zoo, früher das Tor zur westlichen Welt, heute degradiert zu einem Regionalbahnhof. Und dann die Flughäfen, die die Kegelclubs, Einkäufer und Junggesellenabschiede aus Glasgow, Malmö und Valencia ausspuckten. Überall gab es Fahrpläne, Slots, Verspätungen, geschätzte Ankunftszeiten. Nur der Tod schaute ganz überraschend vorbei.

Früher hatten sich wie auf ein geheimes Zeichen für wenige Sekunden ein Dutzend Busse am Hackeschen Markt eingefunden, um mit ihren Passagieren heim in die Vororte oder zum nächsten Club zu entschweben. Heute fuhren S- und U-Bahnen am Wochenende durch.

Verena Adomeit und ihr Mörder mussten sich begegnet sein, außerplanmäßig. Ein Gesicht in der Menge, bekannt, aber längst vergessen, war unerwartet aufgetaucht. Das Wiedererkennen endete tödlich. Verena Adomeit fuhr niemals Bus. Sie hatte ein Auto, doch das musste in die Werkstatt. War ihr Mörder ein regulärer Passagier der Linie 104, oder hatte auch er einen Grund gehabt, warum er auf den Bus ausweichen musste? Und wo waren sie sich begegnet? Irgendwo zwischen dem Büro von Verena Adomeit, Joachim-Friedrich-Straße im tiefsten Wilmersdorf, und ihrer Wohnung mitten im schicken Teil von Kreuzberg hatten sich ihre Wege gekreuzt.

Eine Schallplatte war Pachulke losgeworden im Bus, aber das konnte natürlich nur ein Anfang sein. In der Plastiktüte waren noch zwei weitere Schallplatten. Er musste sich von ihnen trennen, aber das hieß nicht, dass er auf die Musik verzichten würde. Er lief durch den Ostbahnhof und stand bald an einer kleinen hässlichen Grünanlage, die alles hatte, was es brauchte, um zur kleinsten hässlichsten Grünanlage des Jahres gewählt zu werden. Gegenüber vom Bahnhofsgebäude stand ein Kaufhaus, und links davon zog sich eine Ladenzeile mit Geschäften, die technische Gerätschaften und Dienstleistungen anboten.

Pachulke steuerte zielstrebig auf Ye Olde Internetcafé zu und trat ein. Im schummrigen Dämmerschein der Bildschirme saßen die Menschen beim Chat. Pachulke trat an den Tresen. »Guter Mann«, sagte er, »mir wurde hinterbracht, dass Sie auch Schallplatten digitalisieren.«

»Machen wir, stimmt«, sagte der Dienstleister ohne aufzusehen. Er saß hinter dem Tresen, und seine Spielfigur, ein blonder Hüne mit einem Doppelhornhelm, war gerade dabei, ein paar Riesen niederzumetzeln. Die Handlung des Computerspiels wurde mit Kampfschreien und Waffengeklirr untermalt.

»Und was würde das kosten?«

»Kommt ganz drauf an, was Sie möchten. Wir bieten Sicherungsdigitalisate für Sprechaufnahmen für vier Euro pro LP-Seite.« Der blonde Hüne spaltete einen Schädel. »Eine fast professionelle Digitalisierung für den Hausgebrauch für zehn Euro.« Der Hüne nahm einen Morgenstern und schlug einen dreiköpfigen Drachen zu Brei. »Und die Variante Snob für den High-End-Sesselfurzer, der meint, seine Plattensammlung wäre etwas Besonderes, für fünfzehn Euro pro LP-Seite.«

Pachulke nickte. »Perfekt, das Verfahren für den Snob hätte ich gerne, und zwar für diese beiden Aufnahmen.«

»Was ist es denn?«, fragte der Dienstleister. Der blonde Hüne tauchte den bluttriefenden Morgenstern in einen reißenden Bach, während sich von hinten ein Troll anschlich.

»Haydn Streichquartette, mal einfach so zum Testen. Und ein Doppelalbum Große Wagnerarien, eine Kompilation, nicht wirklich gut, aber mir geht es um die Stimmen.«

»Wagner war 'ne coole Sau«, sagte der Dienstleister. »Zettel ausfüllen, morgen um zehn Uhr Vormittag ist es fertig.«

»Was spielen Sie denn da?«, fragte Pachulke.

»Grand Theft Nibelungenhort 5. Wagner war einfach geil.«

Pachulke brauchte einen Kaffee. Er hatte zwei seiner Schallplatten einem wildfremden Menschen anvertraut, dem womöglich die sittliche Reife fehlte, um die kulturelle Bedeutung klassischer Musik auf Langspielplatten vollständig zu erfassen.

In einem Laden mit dem einladenden Namen Futterluke fand er einen freien Tisch und dachte nach. Die Dinge hatten sich verselbständigt. Natürlich hatte er sich immer für Schallplatten interessiert, aber dieses Obsessive war erst vor acht Jahren … aufgetaucht.

Vor acht Jahren hatte er bei seinem Vorgesetzten gesessen und sein Jahresgespräch absolviert. Der kleine Mann hinter dem großen Schreibtisch hatte sich die Hände gerieben. »Es sieht sehr gut aus für Sie, Pachulke. Die Verwaltung kann einen erfahrenen Praktiker gebrauchen. Und warten Sie mal ab, Sie sind noch im richtigen Alter für diesen Schritt, um in ein paar Jahren ganz nach oben zu kommen.« Er zwinkerte Pachulke zu. »Sie können sich nur selbst stoppen.«

Also stoppte Pachulke sich selbst. Er wurde verschroben genug, um nicht ganz nach oben zu müssen. Er machte früher Schluss und vergaß nicht den Hinweis, dass er Opernkarten hatte. Erst spielte er mit Büroklammern, um sich zu verstellen. Doch dann wurde die Verstellung zu seiner zweiten Natur, und es gefiel ihm wirklich, im Büro zu sitzen und etwas zu basteln, damit der Tag verging. Eine seiner früheren Arbeiten hieß *Sieben Würmer.* Inzwischen wählte er Titel wie *Spaghetti.* Eine Doppelhelix hatte er auch schon gebaut.

Und anstatt die Wochenenden dranzugeben und rund um die Uhr zu ermitteln, tummelte er sich auf Flohmärkten und war froh, dass in den oberen Etagen sein Name nur noch mit einem Anflug von Enttäuschung erwähnt wurde.

Dabei brauchte er das. Früh um vier in einem Waldstück stehen und bei einer unbekannten Leiche mit Plink über Tierfraßspuren fachsimpeln. Einen weinenden Mann im Vernehmungsraum gegenübersitzen, der im Suff seine Lebensgefährtin erschlagen hatte, nach dem einen Schluck, nach dem einen Streit zu viel. Dafür war er dabei. Die Fälle lösen. Die einfachen und die schwierigen. Auftragskiller, die er weichgekocht, Betrügerinnen, die er getröstet hatte. Er wollte nicht aufsteigen, nicht als Bürokrat enden. Doch jetzt war sein Versteck baufällig geworden und drohte ihm unter den Füßen einzustürzen. Und ein Mörder, der ihm schon mal durch die Lappen gegangen war, war wieder vom Erdboden verschwunden.

Er holte das Handy von Verena Adomeit heraus. Das Adressenverzeichnis hatte nichts geholfen. Es gab keine unidentifizierten Männer, es gab kein Liebesnest, keine dunkle Seite in diesem Leben. Pachulke zog seine ausgedruckten Notizen hervor. Die Leiche auf dem Friedhof, die Wohnung der Toten, der Pub, das Handy. Das zweite Handy, das billige Zweithandy, das so gar nicht zu diesem sorgfältigen Leben passte. Zu diesem Handy hatte Bördensen lediglich die Rechnung gefunden. Hier stand die Nummer. Pachulke nahm das Smartphone von Verena Adomeit und tippte eine Botschaft ein.

Wo steckst du denn? Ich war ein paar Tage nicht in der Stadt, aber wir sollten uns treffen. Wann und wo überlasse ich dir. Gruß Verena.

Pachulke drückte auf Senden und rührte in seinem Kaffee,

obwohl er ihn schwarz trank. Dann summte Verenas Smartphone. Das Billighandy hatte geantwortet. Pachulke las: *Verena ist tot, und Sie werden mich niemals finden.*

34

Eine tiefe Trauer befiel mich nach dem Tod von Maeve und währte wenigstens drei Stunden.

Und dann? Dann bin ich Jurist geworden, kein Neonazi. Der Yul-Brynner-Ähnlichkeitswettbewerb hat ohne mich stattgefunden, die Echthaarverlängerung wurde zum Symbol für langfristige Karriereplanung. Gerade weil sich alles immer ändert, muss man planen. Maeves ungeplanter Tod hatte alles verändert. Ich war zur falschen Zeit am falschen Ort gewesen und hatte es gleich doppelt zu büßen. Zum einen waren da Schuldgefühle, die erst im Lauf der Zeit allmählich abklangen. Geholfen hat mir da vor allem die Promotion, die ich über Körperverletzung mit Todesfolge verfasst habe. Körperverletzung mit Todesfolge, das klingt schon ganz anders als Mord. Oder Mörder. Kein Mensch sagt: Du bist ein Körperverletzer mit Todesfolge. Ich war ein Opfer der Verhältnisse an jenem Abend, vor allem der Geschlechterverhältnisse. Einmal hingelangt, einmal ausgeholt und dann so etwas. Kippt einfach weg und fällt auf eine Steinkante. Sie hatte das letzte Wort in unserer Beziehung, aber den ersten Schlag hatte ich gehabt. Wäre Maeve nicht durch meine Hand zu Tode gekommen, hätte ich das Studium wahrscheinlich nie zu Ende gebracht. Das hat mir einen Ruck gegeben. Alles hat seine zwei Seiten. Maeve ist tot, ich lebe. Das klingt banal, doch für mich ist es existentiell. Ihr Tod hellt die Studienabbrecherstatistik nur geringfügig auf, aber meinem Leben gab er eine frische, neue Perspektive. Man darf nicht alles schlechtreden.

Ich war erstaunt, dass ich nicht erwischt wurde. Bestimmt habe ich am Ufer des Teufelssees Spuren hinterlassen, Körperflüssigkeiten, Fasern meiner Kleidung. Gab es keine Zeugen? Hat niemand mich gesehen? Hat es keinen einzigen Menschen interessiert, dass ich in etwas mehr als vierundzwanzig Stunden die große Liebe meines Lebens fand und wieder verlor? Die Leute sind alle zu sehr mit sich selbst beschäftigt. Nur die Polizei interessiert sich jetzt für mich, wegen dieser Verena. Ich hätte nicht auf diese SMS antworten dürfen, da war ich zu spontan. Ich habe keine Lust, entdeckt zu werden. So wie es ist, ist es gut. Im Lauf der Jahre wurde es zur Normalität, das Unentdecktbleiben.

Der Preis dafür ist, dass ich nach dem Scheitern meiner Ehe keine neue Verbindung eingegangen bin. Dem Glück zu zweit habe ich schon lange entsagt. Ich habe entsagt, ich entsage, ich werde entsagen. Das Einzige, was ich mir noch gönne, sind anonyme Geschenke an Frauen, die meine Begeisterung für Sushi teilen. Ich will keinen Dank, ich will auch keine romantische Verbindung. Ich bereite Sushi für mich allein zu, um mich zu entspannen, um zur Ruhe zu kommen. Andere Leute machen Kreuzworträtsel. Aber die Ergebnisse meiner kulinarischen Kreativität kann ich unmöglich alle selbst essen. Deshalb suche ich mir Frauen, die es verdient haben, von mir beschenkt zu werden. Ein Fisch sagt mehr als tausend Worte, aber die kleinen Pakete, die ich mit den richtigen Initialen versehen verteile, sollen nicht das Feuer der Leidenschaft entfachen. Sie zeigen meine Zuneigung vollkommen diskret.

Kalte Muschi ist für mich ein Cocktail mit einem pubertärwitzigen Namen, aber keine erotische Herausforderung mehr. Kein Ort mehr, um die Hände zu wärmen. Kalte Muschi, das soll die Stimmung lockern, das Niveau ins Bodenlose stürzen, zu kühnen Bemerkungen ermuntern, die man sich sonst nicht trauen würde, das Kneipengespräch in Gang bringen. Oder gar einen Flirt: *Kalte Muschi, hey, superlustig.* Und als Nächstes: *Hallo ficken.* Viele halten das für einen Flirt hierzulande. Der Flirt, das unbekannte Wesen. Aber kann man ja lernen. Kann man einen Kurs machen. Man kann für alles einen Kurs machen. Sushi für Anfänger. Flirten für Anfänger. Flirten für Fortgeschrittene. Flirten für frisch Geschiedene.

Noch bin ich nicht geschieden, aber die Frau, die ich geheiratet habe, war nicht die richtige für mich. Die Richtige habe ich ja verletzt, mit Todesfolge. Sie hat mir das Herz gebrochen, ich ihr den Schläfenknochen. Wir sind quitt, sozusagen.

Dass meine Exfrau nicht die Richtige war, das wusste ich sofort. Es war wie ein Kneipenabsturz. Man weiß, man soll nicht trinken, und tut es doch. Man weiß, man soll keinen Kontakt suchen, und tut es doch. Und schon gibt es jemanden, der einen beim Vornamen ruft und dessen Vornamen man sich merken muss, und dann ist man verheiratet und hat ein Kind.

Es ist eigentlich gar nicht so schwer, Frauen zu verstehen. Wenn sie *Vertrauen* sagen, meinen sie Geld, wenn sie Partnerschaft sagen, meinen sie Geld. Wenn sie *Liebe* sagen, meinen sie Geld. Oder sie meinen Kinder. Wenn sie *Liebe* sagen, meinen sie manchmal auch Kinder. Also im Grunde noch mehr Geld. Eine Schwangerschaft, das kann eine Frau ganz schön verändern. Man sollte sich niemals über den Kinderwagen einer jungen Mutter beugen und sagen: *Na, das muss ja ein äußerst betrüblicher Zeugungsakt gewesen sein, nach dem, was da drin liegt.* Einmal und nie wieder habe ich mir damit den Mund verbrannt.

Überhaupt wiegt jedes Wort schwer. Jedes Wort kann den Unterschied ausmachen. Zum Beispiel *Filetgrundstück.* Die Leute wissen nicht, wovon sie reden, weil sie noch nie einen Schlachthof von innen gesehen haben.

Filetgrundstück – was für ein gedankenloses Wort. Ja, die Gedankenlosigkeit ist es wohl, die uns einander das größte Leid zufügen lässt. So viel Gewalttätigkeit in einem Wort. Jeder will Filet, aber keiner mag Haut und Knochen wegschneiden. Alle gehen ins Fischgeschäft, aber niemand will eine Fischfachverkäuferin zur Schwiegertochter.

Man kauft einen Steinbutt, ein Zwei-Kilo-Prachtexemplar für fünfzig Euro, und mein erster Gedanke ist immer: Was könnte man daraus alles machen. Und dann filetiert man ihn, schneidet den Kopf ab und zieht den Eingeweidesack heraus, Herz, Galle, Darm. Die Gallenblase nicht verletzen, sonst wird das Fleisch bitter. Dann macht man einen Einschnitt entlang der Hauptgräte, geht mit einem Wellenschliffmesser unter das Fleisch und schneidet so knapp wie möglich über den Hauptgräten ab. Dann muss man den Bauchlappen wegschneiden. Dazu braucht man ein biegsames Messer, das die leichte Rundung des Filets mit vollziehen kann. Zum Schluss muss man noch die Haut abziehen. Der Steinbutt hat als Plattfisch vier Filets, zwei oben und zwei unten, aber trotzdem, man legt den Abfall auf die Waage und sieht, dass ein Kilo übrig bleibt. Für Fischsuppe ist das eine exzellente Grundlage, wenn man die Knochen vorher wässert. Nur den Kopf darf man nicht mitkochen, weil da das Hirn drin ist. Aber für Sushi sind nur die Filets zu gebrauchen. Das lernt man alles auch in einem Sushi-Kurs, und dort finde ich die passenden Frauen für meine kleinen Aufmerksamkeiten. Ich besuche einen Sushi-Kurs und komme als Letzter. Während die anderen schon in der Küche arbeiten, sehe ich mir in aller Ruhe die Teilnehmerliste durch und notiere die Frauennamen. Ich zahle bar, unterschreibe die Anwesenheitsliste unleserlich und habe ein oder zwei Frauen gefunden. Und die meisten sind Single. Wenn sie allein zu einem Sushi-Kurs gehen, sind sie meistens auch allein.

Und dann liegen sie da, die vier Filets. Und man hat Mühe, die satt zu bekommen, die für den Fisch bezahlt haben. Es ist immer die Frage: Wo den Schnitt machen? Ist man zu großzügig, sinkt sofort die Qualität, ist man zu sparsam, wird die Zahl derer, die es sich leisten können, zu klein. Es ist, wie so oft im Leben, ein Verteilungsproblem.

Ich bin einer, der für andere ihr Verteilungsproblem löst. Ich bringe einer Frau, die seit siebenundfünfzig Jahren in derselben Wohnung wohnt, bei, dass sie unappetitlich geworden ist. Dass sie verschwinden muss, damit es Filet gibt. Ihr seid der Sud, der Fonds, die Brühe, sage ich den Leuten. Es wird Zeit für euch zu gehen. Der Tisch ist gedeckt, aber nicht für euch.

Herz, Galle, Darm. Man sollte Innereien nicht mit Innerlichkeit verwechseln, aber man muss seinem Herzen vertrauen im Immobiliengeschäft. Wer ein Haus kauft, wird dort den Rest seines Lebens zubringen, wenn er sich nicht scheiden lässt. Eine Lebensanschaffung, eine Investition. Neulich habe ich ein Graffito gesehen: *The city is no longer. We can leave the theatre now.* So ein Blödsinn, sage ich da. Und ob es die Stadt noch gibt. Und wir richten sie her, machen sie schick und fein. Also nicht irgendwo kaufen, sondern am besten im Herzen der Stadt.

Im Herzen Charlottenburgs, im Herzen von hier und im Herzen von da. Aber wo ist denn bitteschön die Gallenblase der Stadt? Die Niere? Der After? Die Leber? Gut, die Leber ist in Neukölln. In Neukölln bekommen die kleinen Kinder keine Milchzähne, sondern Bierzähne. Und mit Kümmerling, Kleiner Feigling und Berentzen geht es durchs Leben, bis das Sprachzentrum futsch ist. Futschi.

Sammeln Sie Treueherzen? Treueherzen sammeln im Herzen von Charlottenburg. Im Herzen von Marzahn. So viele Herzen, so viel Herzlosigkeit. Wenn man einem Fisch das Herz rausreißen muss, damit man ihn zum Filet machen kann, gilt das dann auch für eine Stadt? Müssen wir die Stadt schlachten, damit es Filetgrundstücke gibt? Vielleicht stimmt das Graffito ja doch.

Ich bin verwirrt, aber das mag auch an meiner unvorteilhaften Situation liegen, ganz allein, und nur eine dünne Wand verzinktes Blech zwischen mir und denen, die nach mir suchen.

Die Stadt ist eine Waffenstillstandszone. Zum Beispiel, wenn man zum Geldautomaten geht. Da lagern Obdachlose auf dem Boden mit ihren fettigen Haaren, ihren schwarzen Fingernägeln, ihren dreckigen Händen und ihrem salzverkrusteten Genitalbereich. Der Schmutz bringt die Papillarlinien zum Vorschein wie die Marmorierung in Tee-Eiern. Alles an den Obdachlosen ist sichtbar und riechbar. Und man kann wegsehen, aber nicht wegriechen. Die Obdachlosen wollen in die Wärme des Alkovens, in die kleine Nische in der Fassade, in die Einbuchtung, in der der Geldautomat steht. Hinter die Tür, die die kleine Nische von der Kälte einer Winternacht lebenssichernd schützt. Sie schlagen niemanden tot und sie nehmen auch kein Geld. Man hält die Luft an und steigt über die leeren Bierflaschen und über ihre Füße, die in aufgeplatzten zu engen Schuhen stecken, aus denen Socken hervorquellen. Und holt sein Geld und ist froh, wenn man wieder draußen ist und dass man die Obdachlosen nicht in ein Lager schaffen muss oder raus aus der Stadt irgendwohin. Wie schnell kann sich das ändern. Und natürlich kann man auch in einer Waffenstillstandszone blendend über die Runden kommen, wenn man nicht gerade auf eine Mine tritt.

35

Kurt Speckler rieb sich die Augenklappe. Darunter juckte das Auge, weil es tränte. Jeden Morgen träufelte er zwanzig Tropfen hinein, in der Mittagspause legte er sich auf die Liege im Ruheraum für die Pförtner und wiederholte die Prozedur, abends vor dem Schlafen gab es eine dritte Portion. Er war nicht völlig blind auf dem rechten Auge, aber wenn er die Klappe herunternahm, sah er doppelt und ihm wurde schwindlig. Im Moment war er allein in der Pförtnerloge des Polizeipräsidiums. Der Kollege war mal kurz pinkeln, und Speckler grüßte die Beamten, die ein und aus spazierten wie in einem Taubenschlag. Wenn ein Besucher kam, drückte er den Knopf für die Wechselsprechanlage und fragte: *Kann ich helfen?* Egal, wie freundlich er sich gab, die Sprechanlage ließ ihn immer wie den Verwalter einer Strafkolonie klingen: *Zimmer 3112, dritte Etage. Zum Aufzug hier rechts um die Ecke, du Wurm.*

Speckler war lange genug dabei, um zu erkennen, ob jemand auf Krawall gebürstet war. Als er die Frau die Treppe zur

Pförtnerloge hocheilen sah, wusste er, dass er sich gleich einiges würde anhören müssen.

»Ich möchte gerne eine Anzeige erstatten«, sagte sie. Sie war korpulent und schnaufte, wobei es wohl vor allem die Empörung war, die ihr den Atem raubte.

»Weswegen?«

»Wegen dem hier.« Sie hielt eine Styroporschachtel vor das Fenster.

Speckler wich zurück. Bitte keine Bombe oder abgeschnittenen Gliedmaßen. »Was ist da drin?«, fragte er, und seine Stimme klang nicht besorgt, sondern schnarrte militärisch.

»Roher Fisch in Röllchen, auch Sushi genannt.« Sie klappte den Deckel auf.

»Und der ist vergiftet oder verdorben? Vielleicht sollten Sie damit zum Gesundheitsamt gehen.«

»Der Fisch ist völlig in Ordnung, genau wie die anderen drei Lieferungen, die ich erhalten habe.«

»Sie haben ihn bestellt, und er ist in Ordnung. Wo ist das Problem?«

»Junger Mann, das Problem ist, dass ich dieses Sushi nicht bestellt habe. Ein unbekannter Verehrer stellt es auf meine Türschwelle, während ich früh beim Bäcker bin.«

»Ein Stalker?«, fragte Speckler.

»Ein krankhaft schüchterner Mann, der seine Zuneigung zum Ausdruck bringt, indem er mir rohen Fisch schenkt.«

»Also, wenn Sie mich fragen«, sagte Speckler, »da wäre mir ein Stalker fast lieber.«

»Ich frage Sie aber nicht«, fauchte die Frau. »Von mir aus kann er mir auch Rote Grütze vor die Tür stellen, aber das hier geht zu weit.« Sie deutete mit zitternden Fingern auf das papierene Sonnenschirmchen, das in einer grünlichen Paste steckte. Sah aus wie die Scheiße von Specklers Aquarienfischen, bloß kam die nicht in Häufchen, sondern in Fäden.

Speckler las laut vor: *»Für AK, guten Appetit.«* Er sah die Frau an. »Ja, und?«

Die Frau schnaufte, dann schlug sie sich mit der flachen Hand vor die Stirn. »Ach, wie dumm von mir, ich habe mich ja gar nicht vorgestellt. Hilde Mattuschek mein Name. Na, dämmerts jetzt bei Ihnen?«

Speckler starrte auf die Styroporpackung.

»Die Initialen sind falsch. HM stand immer auf dem Schirmchen, jetzt steht da AK. Das ist eine unglaubliche Unverschämtheit. Das ist Bigamie, Sushi-Bigamie.«

Speckler nickte langsam. »Eine Frechheit«, sagte er.

»Das ist, als ob Sie mit einer Frau im Bett sind und den Namen einer anderen sagen. Ist Ihnen das schon einmal passiert?«

Speckler schüttelte den Kopf. Er war seit mehr als dreißig Jahren verheiratet. Seine Frau kam aus demselben Dorf im Spreewald wie er. Erster Kuss mit vierzehn, erster Sex mit sechzehn, erstes Kind mit achtzehn, fertig war die Laube. In Specklers Bett gab es nur einen Namen: Roswitha.

»Ist ja auch egal«, sagte Frau Mattuschek. »Ich verlange, dass dieser Perversling zur Strecke gebracht wird.«

»Tja ...« Speckler rieb sich das Kinn. »Ich schick Sie mal zur Abteilung von Hauptkommissar Pachulke. Der ist zwar in erster Linie bei der Mordkommission, aber dem schicken wir immer die Anzeigen, die sich vollkommen bekloppt anhören.«

»Ich bin nicht bekloppt«, sagte Hilde Mattuschek.

»Nicht Sie, der Sushi-Bigamist«, sagte Speckler und erklärte Hilde Mattuschek den Weg zur Baracke.

»Gabs was Besonderes?«, fragte Specklers Kollege, als er wenig später von der Toilette zurückkam.

»Da war eine Frau da, die hat Sushi mitgebracht. Ich hab sie zu Pachulke geschickt.«

»So, so, Sushi essen die da hinten in ihrem Containerpalast«, sagte Specklers Kollege. »Wahrscheinlich auf der Dachterrasse. Vornehm geht die Welt zugrunde.«

Stiesel stieg aus der Dusche und griff sich ein sauberes Handtuch. Er hatte die Nacht über in der Baracke durchgearbeitet, auch wenn das seiner Mutter bei dem gestrigen Telefonat gar nicht gefallen hatte. Jetzt sehnte er sich nach einem Bett. CUCEI war die Abkürzung für University Center of Exact Sciences and Engineering in Guadalajara, Mexiko. Dort hatte Olivia Gutierrez ihr Ingenieurstudium fortgesetzt, das ihr an der Technischen Universität verwehrt worden war, weil sie nebenbei Leuten die Haare geschnitten hatte. Heute war sie eine leitende Ingenieurin am Chapalasee. Die Laguna de Chapala war einer der größten Süßwasserseen Mexikos und versorgte die 1,5 Millionenstadt Guadalajara mit Wasser. Jetzt, um halb zehn Uhr Stiesels Ortszeit, war es am Chapalasee halb drei Uhr früh. Olivia Gutierrez schlief. Aber in sechs Stunden würde sie aufstehen und nach Guadalajara fahren. In Guadalajara gab es ein deutsches Generalkonsulat mit einer Dolmetscherin. Den Skype-Anschluss hatte Stiesel um drei Uhr morgens seiner Zeit getestet, als die Kollegen in Mexiko eigentlich schon im Feierabend waren. Das alles war nur möglich gewesen, weil ihn eine Mitarbeiterin aus dem Auswärtigen Amt in vielen Dreier-Telefonkonferenzen durch die Bürokratie einer mexikanischen Universität gelotst hatte. Jemand im Konsulat hatte schon mit Olivia Gutierrez gesprochen und bestätigt, dass sie sich an Melanie Schwarz erinnerte. Stiesel würde jetzt beim Frühstück jeden Luxus auskosten, den die Kantine zu bieten hatte, und sich dann auf dem Feldbett neben dem Kicker ablegen. Mit dem Handtuch um die Hüften spazierte er zurück ins Büro, wo er Wäsche zum Wechseln aufbewahrte.

Als er eintrat, saß eine korpulente Frau an seinem Schreibtisch. Sie hielt eine Dose aus Styropor in der Hand und fragte: »Sind Sie der diensthabende Beamte?«

Stiesel setzte sich auf Bördensens Stuhl und versuchte, sich nichts anmerken zu lassen. »Womit kann ich helfen?«

»Ein Perversling stellt mir öfter rohen Fisch vor die Tür, Sushi, um genau zu sein.«

»Wo wohnen Sie denn?«, fragte Stiesel. »Ich bin Hagen Stiesel von der Siebten Mordkommission.«

»Hilde Mattuschek, Akazienstraße 17, Schöneberg.«

Stiesel griff sich den Vermerk, den Pachulke von seiner Bustour verfasst hatte. »Kommt da der Bus 104 vorbei?«

»So ist es, junger Mann.«

»Dann darf ich Sie bitten, eine Etage höher zu meinem Kollegen Pachulke zu gehen. Der ist bei uns für alles zuständig, was die Linie 104 betrifft.« Er erhob sich und öffnete formvollendet die Tür.

Nachdem Pachulke die SMS erhalten hatte, hatte er sofort Löffelholz angerufen. Das Zweithandy von Verena Adomeit war in Benutzung, vermutlich war es im Besitz des Mörders. Löffelholz sollte eine Vierundzwanzig-Stunden-Beobachtung organisieren, damit sie das Handy sofort orten konnten, wenn sich der Täter meldete. Er hatte getan, wie ihm geheißen, berichtete aber am Morgen, das Handy sei die Nacht über stumm geblieben. Dann meldete er sich ab und übergab die Überwachung an einen Kollegen.

Draußen sagte eine fremde Frauenstimme: »Ich möchte gerne den Beamten sprechen, der für die Buslinie 104 zuständig ist.«

»Um was geht es denn?«, hörte Pachulke Zabriskie fragen.

»Um das hier«, sagte die Besucherin.

»Sushi?«, fragte Zabriskie.

»So ist es.«

»Nun, das ist in jedem Fall etwas für unseren Hauptkommissar Pachulke. Niemand in unserem Dezernat kennt sich mit Essen besser aus als er.«

Zabriskie, du alte Ratte, dachte Pachulke, aber da kam die Besucherin auch schon zur Tür herein und stellte eine Plastikdose auf seinen Tisch.

»Ich bin Hilde Mattuschek, wohne Akazienstraße 17 in Schöneberg und bekomme von einem Unbekannten Sushi vor die Tür gestellt.« Frau Mattuschek war einen Kopf größer als Pachulke und verwendete kein Make-up.

»Wann ist das zum ersten Mal passiert?«

»Vor vier Monaten, an einem Donnerstag.«

»Ein Donnerstag im Februar«, sagte Pachulke. »Der siebte, der vierzehnte?«

»Später, nach den Filmfestspielen.«

»Der einundzwanzigste oder der achtundzwanzigste.«

»Der achtundzwanzigste.«

»Und danach?«

»Im April, an einem Montag, das war der achte, der 8. April. Und dann noch einmal im Mai, an einem Mittwoch. Am 15. Mai.«

Pachulke machte sich Notizen und ließ Frau Mattuschek sich warmreden.

»Auf dem Schirmchen waren immer meine Initialen, aber in dieser Lieferung sind es die falschen Initialen. Das finde ich nicht nett. Da hat man schon mal einen anonymen Verehrer, und dann hat er auch gleich noch eine andere.«

»Wir sind eigentlich eine Mordkommission«, sagte Pachulke.

»Das hat mir der Pförtner auch gesagt. Aber er meinte, Sie sind für alle bekloppten Fälle zuständig.«

Pachulke schrieb: *Atmen, du musst atmen* auf seinen Notizzettel. Das waren mehr Anomalien, als er je gehofft hatte. Er nickte Frau Mattuschek zu. »Was können Sie mir über die Buslinie 104 erzählen? Und wie ist Ihre Beziehung zu Sushi?«

Zabriskies Verhältnis zu Sushi war so, dass sie es nicht unbedingt früh um halb zehn auf ihrem Schreibtisch haben wollte. Sie war froh, dass die Besucherin mit ihrem Fischpaket in Pachulkes Büro blieb.

Dorfner war nicht wiederzuerkennen. Er hatte sich tatsächlich ein Programm des Theatertreffens von 2001 aus der Bibliothek der Universität der Künste verschafft, ohne die Töpferwerkstatt zu verwüsten. Jetzt suchte er nach Leuten, die vor zwölf Jahren für die Maske in den verschiedenen Gruppen zuständig gewesen waren. Das war lobenswert, leider teilte er jeden seiner Schritte im Detail mit Zabriskie.

»Schau mal, Zabriskie«, sagte Dorfner. »Erst habe ich eine Liste gemacht von allen Theatergruppen nach Städten. Insgesamt sind es fünfzehn Gruppen, davon eine aus der Schweiz und eine aus Österreich.«

»Super, Dorfner, gute Arbeit«, murmelte Zabriskie.

»Also quasi international«, sagte Dorfner.

Zabriskie musste allen Dezernaten in den Hintern treten, damit sie ihre Berichte und Meldungen zu dem Wochenende im Juni 2001 ablieferten. Keiner hatte richtig Zeit oder Lust. Außerdem belastete sie ihr Traum. Je normaler Dorfner wurde, desto schrecklicher wurde der Traum. Vor einer Woche noch hatte Zabriskie Dorfner gemieden, wo immer es ging. Gestern hätte sie ihn beinahe aufgefordert, mit ihr Mittagessen zu gehen. Was kam als Nächstes? Leopardenwindelhöschen? Am Ende waren sie sich nicht einig gewesen, wer den Müll runterbringt. *Den bringst doch du runter. Das Zeug fängt ja schon nach einem Tag dermaßen an zu stinken. Und es wurde immer mehr. Ich ekel mich so vor Fisch. Wir hätten es verschenken können.* Es. Das Fisch. Das Fischfilet. Das Sushi. Zabriskie blätterte in ihren Unterlagen. Die Nummer von der Frau in der Parterrewohnung, Müller hatte sie geheißen. Nein, Meier. Hier war sie schon. Ines Meier. Zabriskie wählte.

»Und dann habe ich eine Liste gemacht mit fünf Spalten«, sagte Dorfner. »Und habe für jede Gruppe die Namen der Leiter und – das ist ganz wichtig – die Namen der Maskenbildner eingetragen, aber nur, wenn sie im Programm standen.«

»Dorfner, das ist brillant«, sagte Zabriskie. »Aber ich habe eine wichtige Zeugin in der Leitung.«

Am anderen Ende der Leitung meldete sich Ines Meier.

»Guten Morgen, Frau Meier, hier Zabriskie von der Kriminalpolizei. Die Hausbefragung, erinnern Sie sich?«

»Ich erinnere mich«, sagte Meier.

»Sie haben mir doch erzählt, Ihr Mann hätte dauernd Abfälle produziert und deswegen den Müll selbst rausgebracht.«

»Ja, das ist richtig.«

»Was hat er denn gekocht? Fischsuppe?«

»Fischsuppe wäre ja noch gegangen. Pausenlos Sushi hat er zubereitet. Wir hatten einen ganzen Kühlschrank voll. Roher Fisch, filetierter Fisch, fertige Sushi, Röllchen, Kissen, alles roh. Es war grauenhaft.«

»Und das hat er alles gegessen?«

»Das ist es ja. Er hat es nur zubereitet. Das entspannt ihn, hat er gesagt.«

»Und dann?«

»Erst hat er es verschenkt. Einmal hat er für alle Kinder im Kindergarten Sushi mitgebracht. Roher Fisch und Algen. Die Kinder haben geweint, als sie den rohen Fisch sahen.« Ines Meier lachte kurz auf.

»Und als keiner das Sushi wollte?«

»Hat er es so lange aufgehoben, bis es schlecht wurde. Ich hatte im letzten Jahr meiner Ehe jeden Tag verdorbenen Fisch in der Wohnung. Jeden Tag.«

»Gibt es Dinge Ihres Mannes, die noch bei Ihnen sind. Oder ein Foto von ihm?«

»Nur die Sachen, die er unserem Sohn geschenkt hat, Krimskrams. Den Kühlschrank hat er zum Glück mitgenommen. Und ein Foto, ja, eins von den frühen ist hier bestimmt noch irgendwo.«

»Ich würde mir das gerne für ein, zwei Tage ausleihen«, sagte Zabriskie. »Darf ich bald vorbeikommen?«

»Von mir aus können Sie gleich kommen. Ich bin zu Hause.«

Eine halbe Stunde später stand Zabriskie im Wohnzimmer von Ines Meier.

»Ist denn etwas passiert?« Ines Meier schob Kinderkleidung beiseite, um einen Sitzplatz für Zabriskie zu organisieren.

Das war eine knifflige Frage. Meier schien ihrem Mann

nicht mehr besonders nahezustehen. Aber wenn sie erfuhr, dass er unter Mordverdacht stand, kam sie vielleicht auf die Idee, ihn zu warnen.

»Wir würden Ihren Mann gerne einmal zu seinen Sushi-Kenntnissen befragen. Könnte sein, dass er uns weiterhelfen kann. Wissen Sie, wo er ist?«

»Ich habe von ihm nur die Kanzleiadresse.«

»Er ist Rechtsanwalt?«, fragte Zabriskie.

»Eine Art Berater im Immobilienbereich. Entwickler nennt er sich. Carsten Meier in der Nestorstraße 17, Wilmersdorf, Nähe Ku'damm.«

»Und Ihr Sohn? Wo treffen sie sich, wenn er seinen Vater besucht?«

»Das tut er nicht. Sie haben sich seit der Trennung nicht gesehen.«

»Die Sachen im Regal, die sind von Ihrem Mann?«

»Ja, das ist von ihm. Am Anfang hat er regelmäßig Postkarten geschrieben, aber das ist weniger geworden«, sagte Frau Meier. »Hier ist ein Foto von ihm.«

Ein junger Mann im T-Shirt und Jeans, der schulterlange Haare hatte. Er lächelte leicht schmallippig. Das Foto war in der prallen Sonne an einem Strand aufgenommen worden. Zabriskie konnte nicht erkennen, ob das der Mann im Sakko und mit Krawatte gewesen sein könnte. Trotzdem zeigte sie Frau Meier das Bild ohne Gesicht aus Haeckels Labor.

»Keine Ahnung, ob das Carsten ist. Von mir ist die Krawatte jedenfalls nicht. Er wollte nicht, dass ich ihm Krawatten schenke.«

Zabriskie ging zum Regal und besah sich die kleinen Geschenke, die Carsten Meier seinem Sohn gemacht hatte. Wieder rumorte etwas in ihrem Hinterkopf, aber diesmal war es nicht der Müll aus ihrem Traum. Sie zückte eine große Plastiktüte. »Das müsste alles mit ins Präsidium.«

»Hat Carsten Ärger?« Frau Meier packte den Mercedesstern ein.

Zabriskie packte die Automodelle, die Formel-1-Sammelbilder und die Postkarten dazu. »Schwer zu sagen. Je eher wir Ihren Mann sprechen können, desto besser.«

36

Als Löffelholz am Nachmittag wieder auf seinen Wachposten zurückkehrte, war die Lage unverändert. Auch in seiner Abwesenheit hatte das Handy kein einziges Signal gesendet. Vermutlich hatte der Täter es nach der spontanen SMS an Pachulke schon zerstört oder weggeworfen. Während er wartete, dass das Handy doch noch ansprang, informierte sich Löffelholz per Internet über das Modell. Offenbar war es eine Fehlkonstruktion. Auch wenn man das Gerät abstellte, ging es immer wieder an, es hatte einen Wackelkontakt. Die Rezensionen auf den Bewertungsplattformen waren wenig schmeichelhaft. Wenn sie Glück hatten, schaltete sich das Handy des Täters von selbst an und sie konnten das Signal orten. Dann hatten sie ihn.

Da hatte die preisbewusste Frau Adomeit wohl am falschen Ende gespart. Der Hersteller hatte sogar eine Rückholaktion für dieses Modell gestartet. Die Tote musste eines der letzten Exemplare gekauft haben, das noch im Umlauf gewesen war.

Um kurz nach drei trafen sich Zabriskie, Bördensen und Pachulke vor dem Haus Nestorstraße 17. An der Hauswand hing das Kanzleischild von Carsten Meier. In einer Nebenstraße wartete ein Streifenwagen.

»Seid bitte vorsichtig«, sagte Pachulke. »Carsten Meier hat sehr wahrscheinlich schon zwei Leute auf dem Gewissen.«

»Wenn er eins hat«, sagte Zabriskie.

Sie schlichen mit gezückten Waffen die Steintreppe hinauf, Zabriskie zuerst, dann kam Pachulke. Diese Reihenfolge hatten sie vor Jahren eingeübt, weil es für Pachulke leichter war, an Zabriskie vorbeizuschießen als umgekehrt. Bördensen folgte und sicherte nach hinten. Die uniformierten Beamten sicherten die beiden Ausgänge, hielten sich dabei aber zurück.

Da Dorfner nicht zugegen war, drückte Pachulke die Tür ein. Sie standen in einem penibel aufgeräumten Büro. Carsten Meier hatte offenbar keine Schreibkraft angestellt, sondern erledigte alles allein. Im größten Raum stand am Fenster ein Schreibtisch. Auf einem kleinen Beistelltisch befand sich ein Farblaserdrucker, Computer war keiner da, vermutlich hatte Carsten Meier seinen Laptop immer dabei. An der seitlichen Wand stand ein großes Regal mit Aktenordnern. Die meisten waren nach Adressen sortiert, es gab aber auch zwei, die als Aufschrift Ärzte und Baugutachter trugen. Eine weitere Reihe Ordner enthielt Gerichtsentscheidungen sortiert nach *Haustiere, Lärm, Gerüche, Illegale Untervermietung* und noch ein paar Themen.

Pachulke überflog die Ordner mit den Adressen: Bei einigen wusste er sofort, um was es sich handelte. Es waren einige der umstrittensten privaten Bauvorhaben der letzten Jahre in der Stadt. Die Presse hatte ausführlich darüber berichtet.

Auf zwei separat stehenden Ordnern stand *Unterhalt Kind* und *Unterhalt Kindsmutter.*

Was in diesem Büro fehlte, waren Kleider, private Dokumente, ein Bett oder Küchenzubehör. In dem kleinen Kühlschrank befand sich eine angebrochene Flasche Orangensaft und eine Dose Studentenfutter. Im Bad lagen eine Zahnbürste, Zahnpasta und ein Deoroller. Ansonsten gab es keine Hinweise darauf, dass sich hier ein Mensch regelmäßig aufhielt.

Pachulke nahm einen Aktenordner aus dem Regal. Ackerstraße 140 stand auf dem Rückenschild. Eine Adresse in Mitte. Er schlug ihn auf. Das erste Blatt war eine Aufstellung: *Aktuelle Rechtsprechung zur Lärmbelästigung durch übertriebene Benutzung von Küchenmaschinen.*

»Was machen wir jetzt?«, fragte Bördensen, als er und Zabriskie das ganze Büro durchsucht hatten. »Der hat das genauso gemacht wie die Adomeit. Büro hier, Wohnung dort.«

»Aber wir wissen nicht, wo dort ist«, sagte Zabriskie.

»Irgendwo an der Buslinie 104.« Pachulke winkte die beiden ans Fenster. Ein Doppeldeckerbus fuhr gerade an der Nestorstraße vorbei. Bis zu Haltestelle waren es vielleicht hundert Meter. »Hier ist Carsten Meier ausnahmsweise in den Bus gestiegen. Und Verena Adomeit ist drei Stationen früher eingestiegen, weil ihr Auto in der Werkstatt war.«

»Und vorher haben sie quasi Tür an Tür gearbeitet, ohne dass sie einander jemals begegnet sind«, sagte Zabriskie.

»Wir müssen alle Adressen hier mit der Buslinie 104 abgleichen. Meier war kein regelmäßiger Busfahrer. Er hatte vermutlich wenig Lust zu laufen. Die Wohnung ist also eher nah an der Bushaltestelle als weiter weg.«

Sie griffen sich jeder einen Ordner, aber schnell stellte sich heraus, dass die Adresse auf dem Rückenschild nur die erste Adresse von mehreren war, zu denen Unterlagen im jeweiligen Ordner abgeheftet waren. Zu einer Adresse, einem Haus in Schöneberg aus den fünfziger Jahren, gab es zwei Ordner. Meier hatte Jahre gebraucht, um alle Mieter dort rauszubekommen. Heute befanden sich an dieser Stelle die Bayerischen Höfe.

Als sie allmählich die Lust verließ, klingelte Pachulkes Handy. Es war Löffelholz. »Hallo Pachulke, ich hatte gerade ein Signal von dem Handy. Es kam aus dem Bereich Julius-Leber-Brücke.«

Pachulke wollte schon auf dem Absatz kehrtmachen und die Kanzlei Richtung Schöneberg verlassen, als ihn Bördensen zurückhielt. Er durchsuchte gerade den Ordner mit Liegenschaften in Straßen mit dem Buchstaben C: Coubertinplatz, wo es um die Errichtung eines Merchandising-Kiosks im Schatten des denkmalgeschützten Olympiastadions gegangen war. Crellestraße, wo ein Wohnprojekt für Drogenabhängige verjagt worden war. Und Czeminskistraße auf der Schöneberger Insel. Dorthin hatte sich Meier einen Kühlschrank liefern lassen.

»Czeminskistraße 3«, sagte Bördensen. »Direkt an der Julius-Leber-Brücke.«

»Bus 104«, sagte Pachulke nur.

Czeminskistraße 3 war ein schicker Neubau mit einem Eingangsbereich aus Glas. Carsten Meiers Wohnung lag in der zweiten Etage. Dort stand ein großer Kühlschrank in der Küche. Er enthielt rohen Fisch, einen ganzen Steinbutt, mehrere Aale und Makrelen. Anhand der selbstklebenden Bons auf den Verpackungen konnten sie feststellen, dass er in den letzten drei Tagen gekauft worden war. Zuletzt der rohe Aal, am heutigen Vormittag um 11.17 Uhr in einem Fischgeschäft in Charlottenburg. In dem Kühlschrank waren außerdem filetierter Fisch, Flugfisch- und Lachsrogen sowie geschnittener Rettich und Gurken.

Außerdem fanden sie in der Küche einen Satz scharfer Fischmesser, mehrere Tuben Wasabi, einen großen Container eingelegten Ingwer, einen Wandschrank voll mit Styropordosen und Papiersonnenschirmchen. Es roch nach frischen Fischabfällen. Als Pachulke den Deckel des Mülleimers hob, blickte ihm ein Fischkopf entgegen.

»Hier ist auch noch einer«, rief Bördensen aus dem Schlafzimmer.

»Was ist da noch?«, fragte Pachulke. Er ging zu einem Schreibtisch und studierte die Notizen auf einer Schreibunterlage. »Er schreibt Haikus«, sagte er zu Zabriskie. »Er schreibt Haikus über Sushi.«

Zabriskie schlich durch die Wohnung wie in Trance und wurde von Minute zu Minute grüner im Gesicht.

Bördensen trat aus dem Schlafzimmer. »Das sieht gar nicht gut aus.« Er wühlte ein Taschentuch aus der Hosentasche und hielt es sich unter die Nase.

»In der Speisekammer ist auch noch einer«, stieß Zabriskie hervor.

Insgesamt fanden sie vier Kühlschränke in der Wohnung.

Die anderen drei Kühlschränke enthielten alle selbstzubereitete Sushi-Menüs in Plastikschälchen, die sich in unterschiedlichen Phasen des Verfalls befanden. Zu jedem Sushi-Menü gab es einen Sonnenschirm mit Initialen oder einem zusammengerollten Haiku.

»Ich wusste gar nicht, dass Fisch im Kühlschrank schlecht werden kann«, sagte Bördensen, als er aus dem Bad kam. Er trug Latexhandschuhe. »Hier stehen ein paar Dosen Frischluftspray und Schminkzeug.« Er hielt eine Dose und einen Pinsel in die Höhe.

Pachulke besah sich den Farbton. »Das ist der Lidschatten für Adomeit.«

Auf dem Schreibtisch fand Pachulke ein kleines Notizbuch. Er blätterte es oberflächlich durch und fand darin Name und Anschrift von Hilde Mattuschek und etwa zwanzig weitere Namen. Alles Frauen. Neben jedem Namen war eine Liste von Daten notiert. Pachulke verglich die Daten bei Mattuschek mit ihren Angaben aus der Zeugenaussage, und sie stimmten überein. Er fand auch den Namen Amelie Keller, dessen Initialen AK mit denen auf dem Schirm übereinstimmten, den Hilde Mattuschek fälschlicherweise erhalten hatte. Die Frau wohnte drei Straßen weiter.

Pachulke ließ über die Zentrale die Telefonnummer von Amelie Keller ermitteln und rief dort an. Ein Mann ging an den Apparat. »Hat Ihre Frau heute Morgen Sushi erhalten?«

»Lassen Sie meine Schwester in Ruhe, Sie Widerling«, sagte der Mann.

Pachulke klärte den Irrtum auf. Wie Hilde Mattuschek war die Frau alleinstehend.

»Dieser Carsten hat zwar nicht mehr alle Tassen im Schrank, und ich frage mich, wie es seine Frau mit ihm ausgehalten hat …«, sagte Zabriskie.

»Aber wir haben nichts gefunden, was ihn mit den Morden an Melanie Schwarz und Verena Adomeit in Verbindung bringt …«, sagte Bördensen.

»Mit Ausnahme des Schminkzeugs«, sagte Pachulke. »Das Schminkzeug und die Sachen von Meiers Sohn müssen ins Labor. Dieses Haus wird beschattet, falls er zurückkommt.«

»Moment mal«, sagte Zabriskie. Sie ging ins Schlafzimmer und kehrte mit einer dunklen Krawatte mit einem geometrischen Muster zurück. »Die war im Wäschekorb«, sagte sie. »Und auf dem Ausdruck bei Haeckel.«

Wieder in der Baracke brachte Zabriskie zuerst die Sachen von Meiers Sohn und die Krawatte zu Engine Plink.

»Na wunderbar«, sagte Plink und presste die Lippen zusammen. »Erst verschleppt mir Pachulke meinen Assistenten zum Handy-Dauerdienst, und jetzt schneien Sie kurz vor Feierabend mit einem Berg Beweismaterial herein.« Dann zwinkerte sie Zabriskie zu. »Organisieren Sie einen Beamten, der Löffelholz ablöst, dann legen wir los.«

Löffelholz saß vor seinem Computer im Erdgeschoss der Baracke. Vor ihm lag eine leere Tüte Studentenfutter. Er war sehr froh, als ihn Zabriskie erlöste, allerdings erschien in diesem Augenblick ein Signal auf dem Bildschirm. Die Karte, die die ganze Stadt im Überblick gezeigt hatte, zoomte automatisch auf den Ausschnitt, in dem ein pulsierender Kreis erschien.

»Da«, sagte Zabriskie, »da ist was.«

Pachulke betrat das Labor der Spurensicherung. Er hatte Dorfner im Schlepptau, der unablässig auf ihn einredete. »Und dann«, sagte Dorfner gerade, »klicke ich auf eine Spalte, und alles wird alphabetisch sortiert. So A, B, C und so weiter.«

»Ausgezeichnete Arbeit, mein lieber Dorfner. Weiter so.«

Löffelholz zoomte näher ran. »Das ist irgendwo an der Karl-Marx-Allee, Höhe U-Bahnhof Schillingstraße.«

Das Signal verschwand wieder.

»Ist er in der U-Bahn?«, fragte Zabriskie.

»Kann sein«, sagte Löffelholz, »aber das Ding geht immerzu an und aus. Außerdem kann er es jeden Moment zerstören. Dann gibt es kein Signal mehr.«

»Wir haben kurz ein Signal Nähe Schillingstraße bekommen«, sagte Zabriskie.

Pachulke kratzte sich am Kopf. »Schillingstraße, Moment mal.« Er ballte die Faust. »Das Café Tokio, der Sushi-Tempel dieser Stadt.« Zu Dorfner sagte er: »Sie kommen mit. Bördensen ist nach Hause, und Stiesel macht gleich die Vernehmung von Olivia Gutierrez.«

»Danke, Pachulke.« Dorfner wärmte sich mit ein bisschen Schattenboxen auf. »Darf ich vorne sitzen?«

»Nein«, sagte Zabriskie.

37

Ich mag es wirklich nicht, wenn man mich beim Essen stört, vor allem, wenn es Sushi gibt. Wenn ich gehetzt aufstehen muss, ist der ganze meditative Effekt dahin:

Auf kleinen Tellern
Gleitet es stetig herbei
Rolling Sushi Yo!

Aber ich weiß genau, wie viele Streifenwagen hier an einem normalen Abend vorbeifahren, und als der dritte binnen zehn Minuten über die Karl-Marx-Allee brauste, wusste ich, dass dieses Mahl ein abruptes Ende nehmen würde. Ein Paket mit Ikura noch, dann war es Zeit zu gehen.

Beim Café Tokio war ich ein Stück weit egoistisch, obwohl mir Eigennutz sonst zutiefst fremd ist. Aber früher gab es hier nur Italiener. Man ging zum Italiener. Und zum Griechen, zum Jugoslawen, zum Inder. Und das Zeug dort brachte ich kaum runter.

In der Karl-Marx-Allee gab es das Café Moskau, eine echte Institution. Mit Russendisco und geschmackvoll aufgebrezelten jungen Frauen aus Petersburg oder Omsk. Und natürlich

Moskau. Da war der Name Programm. Und dann die Frage: Muss das so bleiben? Da kann man doch mehr daraus machen. Dann mal abklappern, ob jemand Dreck am Stecken hat: War einer der beteiligten Künstler und Architekten des Gebäudes bei der NSDAP gewesen? Oder beim Ministerium für Staatssicherheit? Und dann einen ersten Artikel lancieren: Wie kann es in dieser Stadt ausgerechnet in der Straße, von der der Volksaufstand ausging, ein Café geben, das nach der Hauptstadt des unterdrückerischen Regimes benannt ist, das den Aufstand niederschlug? Ein Schlag in die Gesichter der Opfer, ein Schandfleck im Antlitz einer demokratischen und weltoffenen Stadt. Das wird man ja wohl sagen dürfen. Dann der nächste Schritt – ein Zeitzeuge des 17. Juni klagt an: Dieses Gebäude wurde geschaffen, um die Spuren der Verbrechen zu vertuschen. Wie kann man in einem Gebäude abtanzen bis in die frühen Morgenstunden, wenn hier die Freiheit mit Füßen getreten wurde? Und man hat Glück. Die Bezirkslinke redet von Pogromstimmung gegen Baudenkmäler des anderen deutschen Staates. Jemand nennt das eine Bagatellisierung der Reichskristallnacht. Dabei kommt Pogrom aus dem Russischen, hätte sogar gepasst in diesem Fall. Jedenfalls, mittlerweile ist die Sache so heiß, dass sich keiner mehr die Finger daran verbrennen möchte. Eine Kommission soll entscheiden, aber erst nach den nächsten Wahlen zum Abgeordnetenhaus. Dem Käufer, der sein Konzept gern weiterentwickelt hätte, geht in der Zwischenzeit finanziell die Puste aus, zumal dieses hässliche Gerücht aufkommt, er hätte was mit Geldwäsche zu tun. Das bestätigt sich letztendlich nicht, aber er steigt aus. Vielleicht ist er auch klug und will seinem ranzig gewordenen Geld kein gutes mehr nachschießen.

Und plötzlich suchen alle händeringend nach einem Konzept. Nichts leichter als das: Es liegt in meiner Schublade, seit der Artikel über den 17. Juni lanciert wurde. *Café Tokio.* Mit Büros für die wichtigsten japanischen Wirtschaftsverbände, einer Galerie, einem Buchladen mit einer Manga-Abteilung.

Dazu ein Studio für Animationsfilme mit der Möglichkeit, dass Videokünstler dort für einige Monate arbeiten. Videokünstler sind genügsame Menschen, das zahlt der Investor aus der Portokasse. Aber nur die ersten zwei Jahre, dann hat der Senat die Stipendien an der Backe. Außerdem gibt es eine typische japanische Bar. Mit diesem übermenschlichen Sinn für Raumaufteilung und Sake, den Liter für tausend Euro. Und ein Sushi-Restaurant, ein Rolling-Sushi-Restaurant. Das dann quasi mein zweiter Wohnsitz wurde. Aber deswegen habe ich das nicht alles veranstaltet. Die Gegend wurde aufgewertet, die Bar ist eine Drehscheibe für Geschäftskontakte geworden, und die russischen Mädchen gehen einfach woanders tanzen.

Dann kam der Moment zu gehen. Ohne Hast lief ich hinaus in den Hof, als wollte ich dort eine rauchen. Ich wollte das Gelände schon verlassen, als links und rechts zwei Streifenwagen vorfuhren. Also ging ich dorthin, wo mich keiner suchen würde. Ich stieg in eine der großen Mülltonnen und vergrub mich in Fischabfällen. In so eine fahrbare Tonne passen tausendeinhundert Liter, genug Platz für eine kleine Rast.

Und jetzt liege ich hier seit sieben Stunden und arrangiere mich mit den Verhältnissen. Mein Geruchssinn nimmt schon lange nichts mehr wahr. Ein Polizist hat in die Mülltonne hineingesehen, als sie den Hof durchsucht haben. Ein Kraftpaket mit einem erstaunlich tumben Gesichtsausdruck. Natürlich hat er die Fischabfälle nicht durchwühlt. Der Umstand, dass er sich dort nicht hineinbegeben würde, reicht ihm aus, um die Mülltonne als Versteck auszuschließen. Aber er musste ja auch nicht kürzlich einen rechtswidrigen Angriff auf seine berufliche Existenz abwehren.

Was man aus so einer Mülltonne alles machen könnte. Kleine gemütliche Einraumwohnung für Bastler. Schnäppchen für die handwerklich begabte Mutti. Perfekt für Alleinerziehende mit einem Kind mit Lichtallergie.

Nach dieser Nacht könnte ich bei *Wetten, dass …?* auftreten. Wetten, dass ich verdorbenen Fisch am Geruch erkennen kann. Live vom Hamburger Fischmarkt. Gottschalk lässt sich reaktivieren und kommt aus L. A. vorbei, um diese Sensationswette persönlich zu moderieren. Das ZDF-Aufnahmeteam geht an seine olfaktorischen Grenzen. Und mittendrin ich, schlagfertig und witzig. Dabei bin ich gar nicht so der redselige Typ. Ich muss mich ausruhen, mein Weg in die Freiheit ist noch nicht zu Ende.

Pachulke, Zabriskie und Dorfner waren in das Rolling Sushi gestürmt, während zeitgleich Streifenwagen das Gelände umzingelt hatten.

Sie sprachen mit dem Oberkellner. Ja, ein Mann, auf den die Beschreibung von Carsten Meier zutraf, sei hier gewesen. Ja, er komme oft, mehrmals in der Woche. Nein, er sei immer allein. Nein, wann er gegangen sei, wisse er nicht. Er deutete auf den Gastraum, der dicht besetzt war. Auch die anderen Kellner wussten nicht, wann Carsten Meier gegangen war. Er war seit Jahren Stammgast und hatte nie seinen Namen genannt, nie einen Tisch reserviert, war immer allein gekommen.

Sie traten auf den Hof. Rechts standen vier große verzinkte Mülltonnen, gegenüber war der Hintereingang zu einem mehrstöckigen Wohnhaus. Pachulke forderte Verstärkung an, und sie durchsuchten das ganze Gelände. Dorfner sah in die Mülltonnen, was Zabriskie als Übereifer eines Anfängers abtat. Er war überglücklich, dass er dabei sein durfte, das merkte man ihm an.

Sie ging zurück nach innen und befragte die Stammgäste, das heißt, alle, die zum ersten Mal da waren an dem Abend, befragte sie nicht. Die Japaner ließ sie auch weg, wenn sie kein Deutsch sprachen. Carsten Meier hatte direkt am Beginn des Laufbands gesessen mit Blick auf die große Fensterfassade. Irgendwann hatte er einen Schein auf seinen Platz gelegt und war gegangen. Wohin, war nicht klar. Zwei Drittel der Befragten sagten: auf den Hof. Das andere Drittel sagte: nach vorn auf die Straße.

Pachulke fragte bei den Beschattern in der Czeminskistraße nach. Carsten Meier hatte sich nicht sehen lassen. »Vielleicht hat er ja noch eine zweite Wohnung und ist längst zu Hause«, sagte Zabriskie.

Schließlich brachen sie ab. Zabriskie fuhr nach Hause. Noch hatte sie eine Wohnung. Pachulke und Dorfner fuhren zurück zur Baracke.

Diesmal durfte Dorfner vorn sitzen.

»Mein Name ist Olivia Gutierrez. Ich möchte gerne aussagen, wie sich meine letzte Begegnung mit Melanie Schwarz am 23. Juni 2001 zugetragen hat.«

Die Worte kamen aus dem Mund von Frau Ezquivel, der Dolmetscherin des Konsulats in Guadalajara. Frau Ezquivel trug ein dunkelblaues Kleid mit weißen Knöpfen und eine Brille mit einem schmalen weißen Rahmen. Neben ihr saß die Zeugin, mit kurzen Haaren und einem sonnenverbrannten Gesicht. Sie trug einen roten Overall. Sie war viel draußen unterwegs, das sah man ihr an. Außerdem befanden sich im Zimmer ein Vertreter des Konsulats und ein mexikanischer Polizist. Eigentlich wollte die mexikanische Polizei Olivia Gutierrez selbst vernehmen, aber als sie hörten, dass die Sache zwölf Jahre zurücklag und sehr kompliziert war, gaben sie nach.

»Ich bin damit einverstanden, dass diese Kommunikation über Skype aufgezeichnet wird«, sagte die Dolmetscherin. Das hatte Löffelholz noch hingekriegt. Stiesel hätte am liebsten gesungen, weil das mit der Technik so gut klappte, aber das hätte die vier Menschen in Mexiko wohl irritiert.

»Frau Gutierrez«, fragte Stiesel, »was war der Grund Ihres Aufenthalts in Deutschland?«

Die Dolmetscherin beugte sich leicht vor und sagte etwas auf Spanisch.

»Ich habe Wasseringenieur studiert an der Technischen Universität.«

»Und wie haben Sie Melanie Schwarz kennengelernt?«

»Wir wohnten beide in einem Wohnheim in Moabit.«

»Und Sie waren befreundet?«, fragte Stiesel.

»Sí«, sagte die Zeugin.

»Wir haben viel miteinander unternommen, wenn wir Zeit hatten«, sagte Frau Ezquivel.

»Warum haben Sie Deutschland verlassen?«

Die Miene von Olivia Gutierrez verfinsterte sich: »Auslenerbechörde, Scheiße!« Dann sprach sie eine Weile auf Spanisch.

Die Dolmetscherin sagte: »Ich habe Haare geschnitten, weil ich wenig Geld hatte. Am Mittwoch vor Melanies Tod hatte ich eine Kundin, die wollte Strähnchen. Sehr aufwendig. Ich habe alles besorgt, die Substanzen. Dann wollte sie den Preis drücken. Ich habe nein gesagt, weil ich sonst Geld verlieren würde. Da hat sie mich angezeigt. Am Samstag kam die Polizei und hat mir gesagt: Du gehst nach Hause. Und ich war weg.«

Olivia Gutierrez stieß einen Fluch aus.

»Mögen ihre Schwänze von Warzen übersät sein und im Feuer der Verdammnis schmoren«, übersetzte die Dolmetscherin.

Der Botschaftsvertreter und der Polizist sahen sich an.

»Haben Sie den Freitagabend vor Ihrer Abreise mit Melanie Schwarz verbracht?«

»Nein«, sagte die Dolmetscherin. »Mein Professor wollte etwas von mir, ich musste absagen.«

»Wo wollten Sie denn hin?«

»Zum Sommerfest an der Kunsthochschule«, übersetzte die Dolmetscherin.

»HdK«, sagte Olivia Gutierrez.

Stiesel nickte. »Ist Melanie alleine auf das Fest?«

»Nein, mit einer Kollegin«, sagte die Dolmetscherin. »Einer langweiligen Kollegin, die immer nur an die Arbeit dachte. Melanie wollte sie aufmuntern.«

»Haben Sie Melanie am Samstag noch einmal gesehen?«

»Ja, früh um neun Uhr. Wir trafen uns in der Dusche.«

»Hat sie etwas gesagt?«

»Sie hatte die Nacht im Freien verbracht? Am Teufelssee.«

Teufelssee sprach Olivia Gutierrez auf Deutsch aus.

»Mit einem Mann?«, fragte Stiesel.

»Sí«, sagte Gutierrez.

»Hat sie ihn in der HdK getroffen?«, fragte Stiesel.

»Sí.«

»Hatten die beiden miteinander Sex?«

»Sí.«

»Hat Melanie etwas über den Mann gesagt.«

»Er war ein lausiger Fick«, sagte die Dolmetscherin. »Das hat Melanie gesagt. Er war viel zu sehr mit sich selbst beschäftigt. Wie es Melanie ging, war ihm egal. Und was besonders schlimm war: Er hat geglaubt, er wäre in Melanie verknallt. Das sind die Schlimmsten, die sich das einreden, bloß um dich mit einem guten Gewissen flachzulegen. Und als Nächstes wollen sie dir einreden, *du* wärst auch in sie verliebt.«

»Warum hat sie mit ihm geschlafen, wenn er so ein lausiger Fick war?«

»Hinterher ist man immer schlauer. Melanie hatte Lust auf so etwas. Am See, ein fremder Mann. Manchmal hat man Glück, manchmal erwischt man eine Niete.«

»Hat sie den Mann beschrieben?«

»Er gehörte zu einer der Theatergruppen. Und er hatte einen Akzent. Er war ein …« Die Dolmetscherin musste nachfragen.

»Er war ein Rucola.«

Stiesel kratzte sich am Kopf. »Sie meinen, er hat gerne Rucola gegessen? Diese Bonbons?« Dann würde Bördensen auch als Mörder infrage gekommen. Stiesel griff in seine Schreibtischschublade und hielt einen Bonbon in die Höhe. »Rucola?«, fragte er.

»Sí«, sagte Olivia Gutierrez. Und dann folgten wieder einige rasend schnelle Sätze.

»Nein«, sagte die Dolmetscherin. »Er hat die Bonbons nicht gegessen, er *war* ein Rucola. Das war der Spitzname für Touristen aus der Schweiz in dem Pub, wo Melanie gearbeitet hat. Amerikaner waren Yankees, Österreicher waren Strudel.«

»Welchen Spitznamen hatten die Mexikaner?«, fragte Stiesel.

»Las Cucarachas.« Olivia Gutierrez lachte.

Der Botschaftsmitarbeiter räusperte sich.

»Sind Sie sicher, dass der Mann, den Melanie traf, Schweizer war?«

»Nein«, sagte die Dolmetscherin, »er hat nur so gesprochen. Der Dialekt. Und er kam aus dem Süden.«

»Wann haben Sie erfahren, dass Melanie tot ist?«

»Als ich in Mexiko ankam«, sagte die Dolmetscherin, »habe ich an das Wohnheim geschrieben und erklärt, dass sie mein Zimmer vermieten können. Da hat der Besitzer mir geantwortet, dass Melanie tot ist.«

»Haben Sie mit der deutschen Polizei Kontakt aufgenommen über das letzte Gespräch mit Melanie?«, fragte Stiesel.

»Deutsche Polizei«, sagte die Dolmetscherin. »Nie wieder.«

Zabriskie stapfte langsam die Treppe nach oben. Sie war todmüde, der Fischgestank hing ihr in der Nase, und sie hatte schrecklichen Durst.

Sie stand vor ihrer Tür und suchte den Schlüssel, als sie hinter sich ein Geräusch hörte. »Bist du Zabriskie? Ich bin Conny«, sagte eine weibliche Stimme.

Zabriskie fuhr herum. Auf dem Treppenabsatz saß eine blonde Frau in Nietenjeans und einem rosa Sweatshirt. Über ihrer Schulter hing eine große rosa Handtasche mit einem Hello-Kitty-Logo.

Zu ihren Füßen stand ein großer Hardcase-Trolley, die Außenhaut aus rotem Lack. Am Griff hing der Flughafencode TXL.

»Ach, du bist schon da«, sagte Zabriskie matt. »Willst du nicht reinkommen und dir deine zukünftige Wohnung anschauen.«

»Äußerst gerne. Ich freue mich sehr, dich kennenzulernen.«

Zabriskie sperrte auf und machte Licht. »Fühl dich ganz wie zu Hause.«

Conny spazierte an ihr vorbei in die Diele und sah sich nach allen Seiten um.

Wenn ich dich jetzt erwürge, bin ich nach neun Jahren wegen guter Führung wieder draußen, dachte Zabriskie. Sie ging voraus und machte Licht im Wohnzimmer.

»Das ist das Zimmer?«, fragte Conny. »Das ist ja riesig.«

»Es ist eines von drei Zimmern. Es ist eine Dreizimmerwohnung. Das hat dir dein Vater doch sicherlich gesagt.«

Conny nickte und sah aus dem Fenster, sagte aber nichts.

Ich könnte dich auch mit einem Bildband erschlagen, dachte Zabriskie. Sie öffnete die angelehnte Flügeltür. »Und hier, das Schlafzimmer.«

Conny riss die Augen auf. »Du hast ein Bett mit einem Metallrahmen.«

Zabriskie räusperte sich. »Ja, das ist sehr praktisch, wenn man mal etwas anketten möchte. Ein Fahrrad zum Beispiel.« *Oder ich ersticke dich mit einem Kissen.*

Als sie im Bad die große Badewanne entdeckte, sagte Conny: »Die reicht ja für drei Leute.«

»Du sagst es«, sagte Zabriskie. *Den Kopf unter Wasser halten, das dauert keine zwei Minuten. Das merkst du gar nicht.*

Schließlich standen sie wieder in der Diele. Conny drehte sich um. »Ich will die Wohnung nicht«, sagte sie. »Mein Vater wollte ewig nichts von mir wissen und jetzt überhäuft er mich mit Geschenken. Versteh mich nicht falsch, ich bin froh, dass wir in Kontakt sind, aber ich fange hier mein neues Leben an. Allein, auf eigene Faust. Ich brauche kein gemachtes Nest.«

»Ich kann dich so gut verstehen«, sagte Zabriskie. »Mir ging es damals auch so.«

»Außerdem, ich bitte dich! Drei Zimmer für eine Person, das ist so eine blödsinnige Platzverschwendung.«

»Verstehe«, sagte Zabriskie. »Das sagst du jetzt, weil du noch ein Kind bist.«

»Nicht für dich, meine ich. Du bist ja viel älter als ich«, sagte Conny.

»Verstehe.«

»Ich suche mir eine WG. Gibt es auf diesen Halden, von denen man überall liest, auch Einzimmerwohnungen?«

»Mit Sicherheit«, sagte Zabriskie. »Die Treptower Halde bietet für jeden etwas.«

»Ich bin eigentlich nur hier, weil ich für heute Nacht einen Schlafplatz brauche. Außerdem wollte ich mich für den Schreck entschuldigen, den ich dir mit meinem Brief eingejagt habe.«

Der erste vernünftige Satz von dir heute Abend, dachte Zabriskie. »Ist schon in Ordnung«, sagte sie. »Wohnungssuchen ist ein Teil des Lebens, wie Herpes oder Sterben.«

»Nachdem ich mir jetzt die gehobene Hotellerie in Schottland reingezogen habe, dachte ich, ich bringe dir etwas Landestypisches mit. Und da kam mir als Erstes natürlich Schottischer Räucherlachs in den Sinn.«

Zabriskie spürte ein Würgen in sich hochsteigen.

»Aber dann habe ich mich *dafür* entschieden, so von Frau zu Frau.« Conny griff in ihre rosa Handtasche und holte eine Flasche hervor. »Ein Auchentoshan 1974, neununddreißig Jahre alt. Ich hoffe, Toffee und Gingerbread Pudding ist dir nicht zu Girlie.«

»Ich liebe Girl's Day«, sagte Zabriskie.

38

»Das wird euch gefallen«, sagte Stiesel zu Dorfner.

Dorfner und Pachulke saßen bei Stiesel im Büro, um sich die Aufnahme der Vernehmung von Olivia Gutierrez anzusehen.

Gutierrez hilft uns weiter, hatte Stiesel an Pachulke gesimst. Dadurch hatte sich dessen Laune geringfügig gebessert. Carsten Meier war zur Fahndung ausgeschrieben, Flughäfen, Bahnhöfe und Tralala, das Übliche. Das ja häufig auch Erfolg hatte, aber bei Carsten Meier war sich Pachulke nicht sicher. Wenn er überschlagsmäßig berechnete, was bei dem in den Ordnern für Immobilienwerte abgeheftet waren, hatte der Herr vermutlich einen Privatjet mitsamt Piloten.

Stiesel hatte drei Stühle zurechtgerückt, und die drei Ermittler sahen auf den Bildschirm.

Als Olivia von Rucola sprach, knackte Dorfner seine Fingerknöchel. »Es gibt drei Theatergruppen aus dem Süden, die 2001 bei dem Theatertreffen dabei waren. München, Freiburg und Zürich.«

»Fangen Sie mit Zürich an«, sagte Pachulke.

»Kein Problem«, sagte Dorfner. »Man kann diese Tabellen auch alphabetisch absteigend sortieren. Dann steht Zürich automatisch ganz oben.«

Pachulke legte den Zeigefinger an den Mund und zeigte dann zur Decke. »Sie arbeiten oben weiter.«

Kaum war Dorfner gegangen, kam Löffelholz herein.

»Du hast ein Signal«, sagte Stiesel.

Löffelholz nickte. »Seit zwei Minuten, stetig und deutlich. Das Handy befindet sich noch in der Nähe des Café Tokio. Wahrscheinlich in einem Fahrzeug, das immer wieder Zwischenstopps einlegt. Meier scheint es nicht eilig zu haben.«

Pachulke stand auf, ging zum Treppenhaus und rief: »Dorfner, Sie dürfen vorne sitzen.«

Dorfner kam die Treppe heruntergestürzt. »Und wer findet dann den Maskenbildner von Zürich?«

»Stiesel übernimmt das jetzt. Ich brauche Sie, falls es zu körperlichen Auseinandersetzungen kommt.«

Diese Verena war zu gierig. Gier muss einem nicht peinlich sein, aber doch nicht so. Außerdem war sie zur falschen Zeit am falschen Ort, das geht gar nicht. Das darf einer Maklerin nicht passieren. Sie ist in die Falle gegangen wie ein fettes kleines Schweinchen. Ich korrigiere: wie ein figurbewusstes Schweinchen.

Sie war auch da auf dieser Party in der HdK. Ich hatte diese Verena gar nicht wahrgenommen. Sie hatte wirklich Pech. Beim ersten Mal war mein ganzes Herz von Maeve erfüllt, beim zweiten Mal musste ich sie umbringen. Es war kein Platz in meinem Leben für diese Verena. Sie hat mich lange genug angesehen auf dieser Party in der HdK, um zwölf Jahre später die falsche Idee zu haben.

Mein Fahrrad ist mir geklaut worden vorletzte Woche. Im Grunde hat der Fahrraddieb mir alles eingebrockt. Meine Fahrradhandschuhe mit Gelfüllung, die hatte ich noch. Perfekt, um jemanden zu erwürgen. Ich frage mich, ob der Anteil von Menschen, die andere erwürgen, unter Fahrradbesitzern größer ist als bei der Gesamtbevölkerung. Mit solchen Handschuhen kann man auf dumme Gedanken kommen. Diese Verena stieg aus dem Bus und ging den von mir empfohlenen Weg von der Bushaltestelle Richtung Fluss. Dort begrüßte ich sie. Sie hatte mich erkannt, als ich in den Bus 104 einstieg. An dem Tag, an dem mir das Fahrrad gestohlen wurde. Weil ich den gleichen Satz gesagt hatte wie vor zwölf Jahren. Mit meinem Akzent, den Maeve so sexy fand. Sexy für eine Nacht.

»Wenn Sie hier Bustickets verkaufen, müssen Sie sich um Wechselgeld selbst kümmern«, sagte ich, als ich in den Bus stieg und der Fahrer fünfzig Euro nicht wechseln konnte. Ich hatte schlechte Laune, weil mein Fahrrad weg war, und außerdem hatte ich recht. Hatte ich den gleichen Satz wirklich vor zwölf Jahren zu einem Bierverkäufer im Hof der HdK gesagt?

Als ich aus dem Bus stieg, völlig aufgewühlt vom Verlust meines Fahrrads, folgte mir diese Verena. Wie ein Schatten schlich sie mir nach bis zur Czeminskistraße. Sie spähte durch die Glasscheibe – so ein Neubau mit einer Glasfassade – und merkte sich den Briefkasten, dritter von rechts, aus dem ich den Werbemüll entfernte. Das ist der einzige Nachteil, wenn man inkognito wohnt. Man kriegt nie Post und muss immer den Werbemüll wegwerfen. Das erzählte sie mir alles in einem verschwörerisch-aufgekratzten Tonfall, als wir auf Stralau von der Bushaltestelle Richtung Friedhof spazierten. Als würde sie mit mir ihr süßestes Geheimnis teilen. Als würde sie mir anvertrauen, dass sie Katzenbabys mochte und Prosecco.

Einen Tag, nachdem sie mich im Bus gesehen hatte, rief sie bei mir an und erpresste mich. Und ich sagte: *Wir müssen uns unbedingt sehen,* als sei sie eine wiederentdeckte Jugendliebe von mir. Stralau war meine Idee. *Ich wohne auf Stralau.* Hat ja auch gestimmt für sechs Jahre. Wir liefen Seite an Seite, und ich nickte und sagte dauernd *Aha.* Ich konnte ihr ja schlecht sagen: *Gleich bist du tot.* Das hätte mir den Vorteil der Überraschung genommen.

Sie fragte: »Wieso gehen wir nicht auf der Straße?«

Und ich sagte: »Da wird gebaut. Wir wollen doch nicht, dass dein schönes blaues Kostüm ganz dreckig wird.«

»Ich habe mich ein wenig über dich erkundigt«, sagte sie. »Du bist wirklich gut vernetzt. Eine Empfehlung pro Monat möchte ich von dir, als Gegenleistung dafür, dass ich mich an nichts erinnere.«

Ich stellte mich dumm. »Eine Empfehlung?«

Sie nickte eifrig und lächelte in sich hinein. »Ja, einen Kontakt pro Monat zu jemandem, der eine Wohnung sucht, am besten jemand, der kaufen möchte. Das tut dir nicht weh. Ich habe wirklich einige schöne Objekte an der Hand, vor allem gut geschnittene Altbauwohnungen zum Kauf. Und du kennst so viele Leute, die etwas Exklusives suchen.«

Du hast keine Ahnung, was mir weh tut und wen ich kenne, dachte ich. *Und du wirst es nie erfahren. My network is my castle.* »Warum bist du denn damals nicht zur Polizei gegangen?«, fragte ich.

Diesmal lächelte sie nicht den Boden, sondern mich an. »Ich war mir ziemlich sicher, dass du es zu etwas bringst«, sagte sie. »Was hätte ich davon gehabt, wenn du ins Gefängnis kommst?«

Schließlich erreichten wir den kurzen Abschnitt des Weges, der blickdicht war. »Ach, du bist mit dem Fahrrad hier«, sagte sie noch, als sie die Handschuhe sah.

»Das nun gerade nicht«, sagte ich. Dann drückte ich zu. Fest und entschlossen, mit einer Hand. Es ging völlig reibungslos. Nicht so schnell wie bei Maeve, aber immer noch schnell genug. Ich schleppte sie auf den Friedhof. Sie war nicht besonders schwer, hatte immer brav trainiert ein Leben lang. Wir wollen alle gesund sterben. Erst als sie da auf den Steinen lag, merkte ich, das sie sich die Haare gefärbt hatte. Beinahe wäre ich wütend geworden. Das war gegen die Abmachung, dann wurde mir klar, das war ja eine Abmachung, die ich mit mir selbst getroffen hatte. Sie hatte ja gar nicht gewusst, dass ich sie schminken wollte. Das Schminken dauerte keine fünf Minuten, ich hatte nichts verlernt. Es tat gut, nach all den Jahren wieder einen weichen Pinsel in der Hand zu haben.

Wahrscheinlich habe ich sie auch deshalb geschminkt, weil sie mir leid tat. Ihre Bedürftigkeit hatte etwas Rührendes. Und da ist es wieder, dieses verdammte Mitleid mit der gepeinigten Kreatur. Meine Schwäche für Schwächlinge. Diese Verena hätte mich gebraucht. Sie war von mir angetan, ich von Maeve. Maeve brauchte mich kein bisschen. Zwei Frauenschicksale, und ich habe beide vollendet. Ich bin beiden zugestoßen. Das vor zwölf Jahren, das war Liebe. Aber diese Verena letzte Woche, das war Notwehr. Ich mag ja alles sein, aber ein Serienkiller bin ich nicht. *Two is company, but three is a crowd.* Das Verhältnismäßigkeitsprinzip hat einen hohen Stellenwert in meinem Wertesystem. Und dass diese Verena wegmusste, habe ich verhältnismäßig schnell entschieden, nämlich sofort.

Nun habe ich tatsächlich ein paar Stunden geschlafen. Ja, es ist schon nach sechs. Meine Zeit in dieser Stadt geht in wenigen Stunden zu Ende. Ich brauche einen Bankautomaten, einen Herrenausstatter und ein Reisebüro. Erst mal aufsetzen und den Kreislauf in Gang bringen. Autsch, was ist das? Die

Mülltonne bewegt sich, sie holpert über das Pflaster, sie wird angehoben, ich taumle und falle. Ich bin gestürzt, über mir prasseln die Fischabfälle nieder. Ich bin verwundet, ich blute. Wo ist das Handy von dieser Verena? Ich hätte es vernichten sollen, so wie ich sie vernichtet habe. Trophäen sind etwas für Sportler und Jäger. Meine Hand ist verletzt. Ich habe mich an einer Konservendose geschnitten. Um mich herum tost infernalischer Lärm. Ich bin in einem Müllauto. Ich muss dieses verdammte Handy finden.

Als sie im Hof des Polizeipräsidiums im Wagen saßen, klingelte Pachulkes Handy.

»Das Signal ist noch da«, sagte Löffelholz. »Aber das Fahrzeug hat seine Zwischenstopps unterbrochen. Es ist jetzt auf dem Mehringdamm und fährt Richtung Süden, circa vierzig bis fünfundvierzig Stundenkilometer.«

»Bleiben Sie dran Löffelholz, Sie müssen uns lotsen.« Pachulke schaltete den Lautsprecher ein und reichte das Handy an Dorfner weiter. Er jagte vom Hof und fädelte sich in den Morgenverkehr ein.

»Er ist auf die Stadtautobahn abgebogen«, sagte Löffelholz aus dem Handy. »Fährt gerade den Zubringer hoch.«

»Blaulicht?«, fragte Dorfner.

Pachulke schüttelte den Kopf. »Wir haben ihn schon einmal gewarnt.«

Sie waren auf der Stadtautobahn, der Verkehr nahm langsam zu.

»Haben Sie uns auch auf dem Bildschirm?«, fragte Pachulke.

»Ja«, sagte Löffelholz. »Das Handysignal ist zweihundert Meter vor Ihnen.«

»Da fährt ein Müllauto«, sagte Dorfner. »Drei Fahrzeuge vor uns.«

Pachulke ging auf die linke Spur und überholte das erste Auto. Am Steuer saß ein graubärtiger Mann mit einer Schirmmütze, auf dem Beifahrersitz lagen zwei Angeln. Fehlanzeige.

Pachulke gab wieder etwas Gas und zog auf gleiche Höhe mit dem zweiten Fahrzeug. Darin saß eine Frau am Steuer, die unablässig vor sich hinredete. Auf der Rückbank sah Pachulke zwei Kinder, die mit Armen und Beinen schlenkerten. Die Frau unterhielt sich mit ihren Kindern.

Der dritte Wagen hatte ein holländisches Kennzeichen. Am Steuer saß ein Mann, der auf das Lenkrad einschlug. Neben ihm versuchte eine Frau, einen Stadtplan auseinanderzufalten.

»Sie sind auf gleicher Höhe«, sagte Löffelholz durchs Handy.

»Neben uns ist der Müllwagen«, rief Dorfner.

»Vielleicht davor«, sagte Pachulke und überholte den Müllwagen. Der fuhr im gleichen Moment von der Autobahn ab. Aber vor dem Müllwagen war niemand. Sie hatten die Fahrspuren für sich allein.

»Er hat die Autobahn verlassen«, sagte Löffelholz. »Warum fahren Sie ihm nicht hinterher?«

»Wie heißt die nächste Ausfahrt, und wo fährt er hin?«, fragte Pachulke.

»Er ist immer noch auf der langen Autobahnabfahrt«, sagte Löffelholz. »Die nächste Ausfahrt kommt – jetzt.«

Pachulke trat so heftig auf die Bremse, dass das Fahrzeug ins Schlittern kam. Mit Ach und Krach erreichten sie die Abzweigung.

»Jetzt ist er links abgebogen in die Gradestraße. Wenn Sie auf dem Tempelhofer Weg bleiben und dann rechts abbiegen, kommt er Ihnen entgegen.«

Pachulke jagte den Tempelhofer Weg hinunter. An der Gradestraße bog er ab.

»Moment mal, er ist wieder rechts abgebogen. Und jetzt ist er nicht mehr auf der Straße. Er ist auf einem Grundstück. Das ist der Recyclinghof Gradestraße.«

Pachulke machte wieder eine Vollbremsung. Das Auto rutschte quer zur Fahrtrichtung, bis es fast stand, dann jagten sie nach links in den Recyclinghof hinein.

»War das unser Laster?«, fragte Pachulke.

»Ja, das ist die Kennnummer.« Dorfner deutete auf die schwarze Zahl auf dem orangefarbenen Untergrund.

Der Laster fuhr hinein in den Müll und erklomm unwiderstehlich und langsam wie ein Käfer das Hochplateau der Müllkippe. Pachulke folgte ihm im Dienstfahrzeug.

Dann blieb der Laster stehen.

»Vielleicht hat er sich als Fahrer verkleidet«, sagte Dorfner. »Es gibt einen Film mit Vin Diesel, wo sich Vin Diesel als Müllfahrer …«

Pachulke legte den Finger auf den Mund und deutete auf das Müllfahrzeug. Der Fahrer hatte die Ladefläche auf Kippen gestellt, sprang aus dem Fahrerhäuschen und begrüßte per Handschlag einen Kollegen, der eine breite Schaufel trug.

»Der Müllfahrer ist echt«, sagte er. Ein riesiger Berg Müll ergoss sich aus der Luke am Ende des Fahrzeugs. Dann wurde Pachulke klar, was los war.

»Verdammt, Dorfner«, sagte er. »Das Handy ist im Müll. Meier hat es weggeworfen.« Sie sahen sich an. Dorfner zeigte auf den Müllwagen.

In der Luke erschienen ein Kopf und dann ein Arm. Dann fiel ein Mann auf den Berg Müll, den das Auto soeben freigegeben hatte, und rannte los, als stünde der Boden unter seinen Füßen in Flammen.

Dorfner knackte seine Fingergelenke. »Zielperson sicherstellen und unschädlich machen. Ein Job für Dorfner.«

»Wir brauchen ihn lebend«, rief Pachulke ihm nach, aber Dorfner flog bereits den Müllberg empor.

Der Baggerführer Willibald saß in seinem Führerhäuschen bei der Frühstückspause. Ein großes Loch hatte er heute Morgen schon gegraben. Im Lauf des Tages würden viele Laster kommen und das Loch mit Müll aus der Stadt auffüllen. Er nahm gerade einen Schluck Kaffee aus der Thermoskanne, als aus der Ladeluke eines Müllwagens ein Mann kletterte. Erst kam der Kopf, der Mann blickte sich nach allen Richtungen um, dann sprang er heraus. Er trug Anzug und Krawatte, sah aber so aus, als habe er einige Zeit in einer Mülltonne zugebracht. Im nächsten Moment rannte der Mann haste was kannste quer über die Müllkippe. Das Jackett wehte, die Krawatte wehte, die Haare hingen ihm wirr ins Gesicht.

Eine Möwe strich knapp über dem Kopf des Mannes vorbei. Oje, das konnte gefährlich werden. Die Biester wussten immer genau, wenn im Müll etwas Leckeres verborgen war. Offenbar sahen sie nicht nur sehr genau, sie konnten es auch riechen, wenn in einem Müllsack Fisch oder Fleisch vergoren war. Die zweite Möwe strich über den Kopf des rennenden Mannes. Weiter oben am Himmel sammelte sich eine kleine Gruppe von Vögeln und stieß hinunter zu ihrem Opfer. Arbeitete der Mann in einer Fischfabrik? Aber warum trug er einen Anzug? War er teuer essen gewesen? Aber warum sah er dann aus, als hätte er im Müll geschlafen?

Der Mann verschwand kurzzeitig in einer Senke inmitten des Mülls. Der Baggerführer Willibald hörte erst den Schrei, dann tauchte der Mann wieder auf, umringt von Möwen, die alle an seinen Kleidern rissen und auf ihn einhackten. Nach ein paar Schritten brach der Mann zusammen. Über ihm hatten sich die Möwen zu einer kreischenden Wolke zusammengeballt.

Der Baggerführer Willibald griff zum Funkgerät. »Möwenangriff Sektor Sieben. Krankenwagen, bitte.« Er packte seine Schrotflinte und sprang aus dem Führerhäuschen. In diesem Moment kam ein zweiter Mann quer über die Müllhalde gerannt. Er war deutlich schneller als der erste Mann, hatte riesige Muskelpakete und hielt direkt auf die Möwen zu.

Dorfner lief im federnden Schritt der Wüstenläufer. Eine Sprinttechnik, bei der man sich in den Boden drückte, half hier nichts. Über den Sand gleiten wie der Adler über die Dünen, das war hier gefragt. Dorfner war leicht. Er war schwerelos. Er flog über alte Teppiche, Toilettendeckel, Schuhregale und Glasflaschen hinweg, ohne sie zu berühren. Und er kam der Zielperson unaufhaltsam näher. Die Zielperson war nicht ansatzweise austrainiert. Es war die reine Angst, die den Mann vorwärtstrieb. Eine Möwe strich an Dorfners Kopf vorbei und erreichte mit zwei Flügelschlägen den Flüchtenden. Von rechts kam eine zweite Möwe. Der Mann lief durch eine Senke, und Dorfner verlor ihn aus den Augen. Er folgte der Schar Möwen, die sich hinab in die Senke stürzte. Offenbar hatten auch sie es auf seine Zielperson abgesehen.

Dann sah Dorfner den Mann wieder, er hatte einen Bogen geschlagen. Dadurch war Dorfner ihm viel nähergekommen. Der Mann schrie und schlug um sich, aber unter den Schnabelhieben der Möwen brach er zusammen und lag ganz still. Die Möwen sprangen auf dem leblosen Körper herum und rissen ihm Haare aus, hackten ihm in Arme und Beine.

Wir brauchen ihn lebend. Pachulkes Auftrag, dafür würde er bis zum letzten Atemzug einstehen. Die Möwen kamen näher. Dorfner konnte das Gesicht der Zielperson erkennen, das sah gar nicht gut aus. *Wenn die Schar deiner Feinde unzählig ist, stehen sie sich im Weg.* Das hatte in Dorfners Abreißkalender gestanden. Wie weise der Meister doch war. Der Boden unter seinen Sohlen veränderte sich. Er lief auf trittfester Unterlage. Eine sehr lange Rolle Auslegware lag genau in Dorfners Laufrichtung. Das war Auslegware vom Flughafen, der wieder abgerissen worden war, grau und fest wie eine Startbahn. Dorfner beschleunigte, seine Füße gruben sich in die rutschfeste Unterseite der Auslegware. Dann sprang er los, seinen Kampfschrei auf den Lippen: »STEVEN SEAGULL!!«

Mit den Beinen voran sprang Dorfner in die Möwen hinein, seine Handkanten trafen zwei Vögel an ihren schwarzen Köpfen. Die Möwen flogen auf, sortierten sich nach einem ausgeklügelten Plan, flogen eine scharfe Kurve und hielten dann auf Dorfner und die Zielperson zu. Kleine kalte Augen, spitze Schnäbel, rasiermesserscharfe Krallen. Dorfner griff sich zwei Radkappen und hielt sie sich über den Kopf. Den ersten

Ansturm konnte er damit abwehren, aber dann traf ihn ein Schnabel über der Augenbraue. Zu seinen Füßen machten sich die ersten Möwen schon wieder an der Zielperson zu schaffen.

Dorfner schlug auf die Möwen ein, aber es waren zu viele.

Da fiel ein Schuss. Vier Möwen, die im Rüttelflug knapp über Dorfners Kopf auf einen günstigen Moment gewartet hatten, fielen mit blutigem Gefieder zu Boden. Dorfner sprang zur Seite und ließ sich flach in den Müll fallen. Wieder krachte ein Schuss. Dorfner sah auf. Ein Mann mit einer abgesägten Schrotflinte im Anschlag und einem Sicherheitshelm lief langsam auf ihn zu. Die Möwen zogen ab. Dorfner sprang auf und nahm Verteidigungshaltung ein.

Der Mann hob grüßend die Hand und sagte: »Der beste Showdown seit *Die Todeskralle schlägt wieder zu.*«

Dorfner hob die gefalteten Hände zur Stirn und verbeugte sich. »Namaste.«

Dann kam ein Krankenwagen angefahren. Pachulke saß auf dem Beifahrersitz. Der Sanitäter drehte die Zielperson auf den Rücken. Pachulke und Dorfner sahen sich an. Der Mann blutete aus mehreren Wunden im Gesicht, aber er atmete schwach.

39

Die Möwen kreisten über der Spree, flogen zwischen der Treptower Halde und der Halbinsel Stralau hin und her. Franz Grellert stand vor seinem Bus und spähte mit dem Fernglas an den Augen hinein in den Morgenhimmel. Dieser Polizist hatte erzählt, seine Kollegin hätte auf der Halde einen Raubvogel gesehen, der Saltos in der Luft schlug. *Terathopius ecaudatus* hier in diesen Breiten? Als er im Senegal gewesen war, hatte er viele Gaukler gesehen. Aber hier? Andererseits: Lachmöwen waren ursprünglich Küstenvögel, heute waren sie überall. Sie waren ihrem Futter gefolgt, das im Müll verborgen war. Weil die Halde ständig irgendwelche Gase ausdünstete, war es dort ganzjährig frostfrei. Nicht der schlechteste Platz für einen Vogel, der eigentlich aus Afrika stammte.

Jetzt hatte Grellert ihn entdeckt, es war ein Paar, sie brüteten, ganz oben in dem Gebirge aus Weißer Ware. Gerade hatte eines der beiden Alttiere Futter in der runden Luke abgeworfen, schon erhob sich der Vogel wieder und flog über das Wasser in Richtung Stralau. Über Grellerts Kopf schlug er einen Salto, dann drehte er ab zur Rummelsburger Bucht. Dort würde er einen Fisch oder einen Wasservogel finden.

Dann hatten die beiden alten Leute doch recht gehabt, die vor ein paar Tagen mit ihm bis zum Ärztehaus in Neukölln gefahren waren. Er kannte die beiden, sie fuhren einmal in der Woche in die Karl-Marx-Straße. Sie hatte ganz verweinte Augen gehabt, und der Mann hatte Grellert unaufgefordert ihre ganze Geschichte erzählt. Als die Rede auf einen Adler kam, war Grellert kurz davor gewesen, dem Alten eine Lektion in vogelkundlichem Fachwissen zu erteilen. Aber als sein Blick den der alten Frau kreuzte, ließ er es bleiben.

Der Polizist mit dem Pferdeschwanz, der Grellert als Zeugen vernommen hatte, war noch einmal da gewesen. Mit einem Feuerwehrauto hatte er das Elsternest durchsucht. Was hatte er gesucht? Eine Kontaktlinse. Das schien wichtig zu sein, wenn sie hier mit der Feuerwehr anrückten. Ob das vermisste Elsterküken im Brutplatz des Gauklers gelandet war? Und ob es die Kontaktlinse verschluckt hatte, als es noch am Leben war? Einen Versuch war es wert. Fiel der Bus 104 eben heute wieder aus.

Grellert stieg in seinen Bus, stellte die digitale Anzeige für die Endstation auf Weiße Berge ein und fuhr hinüber zum großen Tor der Treptower Halde. Er reihte sich ein in die lange Schlange der Laster, passierte das Tor und fuhr über die Piste, die quer durch die Halde führte, bis er auf Höhe der Weißen Berge war. Er parkte den Bus, stieg aus und kletterte den steilen Trampelpfad nach oben. Als er am Fuß des Gebirges stand, holte er seine Taschenlampe heraus. Eine Sonnenbrille würde er heute nicht brauchen, solide Wolkendecke. Er zog sich Arbeitshandschuhe an und kletterte ins Gebirge. Herd um Herd, Trockner um Trockner ließ er hinter sich, bis er ganz oben war.

Da war die Waschmaschine mit der offenen Luke. Er kroch näher und hielt die Stabtaschenlampe in die Öffnung. Die Gaukler hatten zwei Jungtiere, die Grellert von der Rückwand der Wäschetrommel aus mit großen Augen ansahen. Der Strahl der Taschenlampe leuchtete über Aasreste und kleine Äste und Zweige. Kein besonders wohnliches Nest, aber in Afrika brüteten die Gaukler sogar in Termitenhügeln, wenn sie hoch genug waren. Und da war die Kontaktlinse. Sie leuchtete auf, als sie der Strahl der Taschenlampe traf und klebte an einer Querstrebe der Wäschetrommel, wo sich früher Socken verfangen hatten. Glücklicherweise hackten die Jungvögel nicht nach ihm, als er in die Trommel griff und die Kontaktlinse sicherte. Die Alttiere konnten jederzeit von ihrem Beutezug zurückkehren. Er wollte ungern von den rasiermesserscharfen Fängen aufgespießt werden. Sorgsam legte er die Kontaktlinse in sein Portemonnaie und kletterte langsam nach unten. Im Bus änderte er den Fahrzielanzeiger. Die nächste Endhaltestelle lautete Polizeipräsidium.

Stiesel telefonierte gerade mit einem Kieferorthopäden aus Traunstein, der sich verzweifelt daran zu erinnern versuchte, wer vor zwölf Jahren der Maskenbildner gewesen war, als sie auf dem Studenten-Theaterfestival das *Käthchen von Heilbronn* aufgeführt hatten.

»Ich glaube, jeder ein bisschen und alle zusammen haben einander geschminkt«, sagte er schließlich. »Einen Maskenbildner in dem Sinne hatten wir nicht.«

»Waren Sie seitdem wieder mal hier?«, fragte Stiesel.

»Leider nein«, sagte der Mann. »Nächstes Jahr vielleicht, zum siebten Hochzeitstag vielleicht. Das verflixte siebte Jahr, Sie verstehen.«

Stiesel verstand und strich das Münchner Ensemble von der Liste.

Sein Computer gab ein Ping von sich. Er klickte auf seinen Eingangsordner. Die Liste mit den Sachbeschädigungen vom 22. bis 24. Juni 2001, die Zabriskie eingetrieben hatte, war eingetroffen. Sehr schön. Stiesel druckte sich die Liste aus und ging damit zur Karte. Darauf markiert waren der Pub am Hackeschen Markt, der Fundort der Leiche von Melanie Schwarz auf dem unbebauten Grundstück in Moabit, die heutige UdK (damals HdK) und der Teufelssee.

Er prüfte die Liste der Zwischenfälle, die nach Uhrzeiten geordnet war. Kurz vor Mitternacht am 23. Juni wurde er fündig. Jemand war bei einem Autohändler an der Oranienburger Straße eingestiegen und hatte von einem historisch wertvollen Mercedes den Stern abgebrochen. Vielleicht war das die Tatwaffe gewesen. *Dünner als ein Schlagring und gekrümmt,* stand im Obduktionsbericht zu Melanie Schwarz, den er in den letzten Tagen verinnerlicht hatte.

Stiesel trat zurück zum Rechner und rief sich die Details des Vorgangs auf. Geschädigter war ein Mann aus Hamburg, der in die Stadt gekommen war, um die kostbare Antiquität nach Hause zu holen. Die Anzeige hatte der Autohändler erstattet, ein Vincent Sherman. Der Laden hieß Vincent's Vintage Cars.

Stiesel suchte die Telefonnummer im Netz, fand aber nur Victor's Vintage Cars am Spandauer Damm. Das Grundstück in der Oranienburger Straße war wohl schon längst bebaut. Dann entdeckte er aber noch eine Privatnummer in Rudow. *Sherman, Vincent.* Stiesel ließ es lange läuten, dann meldete sich die Stimme eines alten Mannes.

»Vincent Sherman?«, fragte Stiesel.

»Am Apparat«, sagte der.

»Stiesel, Kriminalpolizei. Herr Sherman, wir ermitteln in einem Mordfall im Jahr 2001. Bei Ihnen wurde am 23. Juni dieses Jahres ein Mercedesstern abgebrochen.«

Für einen Moment war es still in der Leitung. Dann sagte

Sherman: »Ich erinnere mich genau. Der Wagen war unfallfrei, wir verkaufen nur unfallfreie Fahrzeuge. Aber der Stern hatte eine Unregelmäßigkeit, wohl schon ab Werk. Die Macke am Stern hat der Kunde sofort gesehen und tausend Mark Nachlass rausgehandelt. In der Nacht wurde der Stern abgebrochen, hat der Kunde noch einmal zweitausend Mark Nachlass gekriegt. Nicht mein bestes Geschäft. Was solls? Ist ja lange her.«

»Wie ich der Anzeige entnehme, ist der Täter von Ihren Überwachungskameras aufgezeichnet worden. Gibt es diese Aufzeichnungen noch?«

»Hätten Sie mal gestern angerufen, junger Mann. Die CDs bringt mein Sohn gerade auf den Müll, zwei große Koffer voll.«

»Wo ist Ihr Sohn?«

»Hier auf der Müsam nebenan. Goldammerstraße in Rudow gleich bei der Mühle.«

»Vielen Dank.«

Stiesel rief Bördensen zu Hause an. Mit Lilly und den beiden

Kindern hauste der Kollege in einer kleinen Zweiraumwohnung in der Juliusstraße in Neukölln südlich des S-Bahnrings. Von dort war es ein Katzensprung nach Rudow. Stiesel gab ihm die Zieladresse durch. »Wir brauchen die Überwachungs-CD vom 23. Juni 2001. Bitte beeil dich, die landet gleich im Schredder.«

»Vielleicht ist es Schicksal, Herr Kommissar, dass wir uns begegnet sind. Vielleicht sollte ich Ihnen dankbar sein, dass Sie mich aus meinem Alltagstrott herausgeholt haben. Ich bin dabei, mich neu zu erfinden, und ein paar Impulse – kritisch-empathisch versteht sich – kann ich gut brauchen.«

Carsten Meier – er war es tatsächlich, wie anhand seines Personalausweises festgestellt werden konnte – lag in einem Krankenhausbett und redete vor sich hin, als Pachulke ins Zimmer kam. Seine Augen waren bandagiert, Kopf und Hände auch, aber sein Mund war unablässig in Bewegung. Meiers Eltern waren mit ihrem Sohn von Frankfurt am Main nach Zürich gezogen. Dort war Meier aufgewachsen und hatte in Freiburg studiert. Pachulke hörte einen Hauch von Schwyzerdütsch.

»Vielleicht sollte ich meine Autobiografie schreiben: *Der Mann ohne Eigentumswohnung.* Wie gefällt Ihnen das? Ja, Sie verdächtigen mich, das ist Ihr Job. Irgendjemand muss es ja gewesen sein. Und irgendwo unter den Fettschichten ist auch bei Ihnen der Polizistenehrgeiz verborgen.«

Pachulke leckte sich die Lippen. Woher wusste Meier, dass er fett war?

»Woher ich weiß, dass Sie fett sind? Weil Sie schnaufen, wenn Sie zur Tür hereinkommen. Weil der Stuhl ächzt, wenn Sie sich darauf setzen. Weil Sie eine enge Stimme haben, eingeklemmt zwischen den Fettwülstchen an Ihrem Hals. Tun Sie, was Sie wollen, Sie können mir nichts beweisen.«

»Ihnen wird zur Last gelegt, die neunzehnjährige Melanie Schwarz ...«

»Ach ja, Melanie hat sie geheißen. Mein persönlicher Kosename war Maeve. Sie war rothaarig und hat in einem Irish Pub gearbeitet. Dazu passte Maeve einfach viel besser. *Fair Erin's Daughter.* Aber ich habe sie nicht getötet.«

»Sie sind ihr nach ihrem Feierabend nachts ums zwei Uhr gefolgt und haben sie erschlagen.«

»Nein, ich bin ihr nicht gefolgt. Unser Wohnheim war in Moabit, in der Wiclefstraße. Da waren wir eingebucht, unsere ganze Gruppe aus Freiburg. Ich saß vielleicht zufällig im gleichen Bus mit ihr.« Carsten wandte den Kopf zu Pachulke, obwohl er ihn unter seinen Bandagen nicht sehen konnte. »Mit was soll ich sie denn erschlagen haben, bitteschön. Ich kann keiner Fliege was zuleide tun.«

»Aber Verena Adomeit war keine Fliege, sie war ein Mensch.«

»Sie war Geschmeiß. Niemand wird ihr eine Träne nachweinen, am wenigsten ich.« Carsten wischte sich mit dem Handrücken über den Augenverband. »Aber auch das können Sie mir nicht beweisen. Wissen Sie, es gibt dieses Märchen.

Da wird ein Mann zum Tode verurteilt. Sein letzter Wunsch ist, dass sein Kopf, nachdem er ihm abgeschlagen wurde, in Gold aufgewogen wird. Er will, dass seine Witwe mit den Kindern versorgt ist. Der Mann wird hingerichtet, man legt seinen Kopf auf die eine Waagschale und schüttet Gold auf die andere. Nichts tut sich. Die Schale mit dem Kopf bleibt unten liegen. Erst als man die Augen schließt, steigt die Schale mit dem Kopf nach oben.«

Pachulkes Handy machte pling. Er zog es aus der Hosentasche und las eine SMS von Stiesel: *Tatwaffe Schwarz vermutlich Mercedesstern. Tenbrink gleicht Wunden an der Schläfe ab.*

»Wissen Sie, was die Moral von der Geschichte ist, Herr Kommissar?« Carsten Meier betätigte den Steuerungsmechanismus seines Betts und richtete sich ein wenig auf. »Das Auge des Menschen ist unersättlich. Diese Verena war auch unersättlich. Und im Moment bin ich deshalb gar nicht unfroh, hier zu sein und nichts zu sehen. Ihre Ratlosigkeit spüre ich auch so. Ich lasse meine bisherigen Erfolge an meinem inneren Auge vorbeiziehen, und wenn ich auskuriert bin, suche ich mir ein neues Betätigungsfeld.«

Pachulke räusperte sich. »Sehen Sie, so schnell geht das. Die Tatwaffe für den Mord an Melanie Schwarz haben wir schon. Ein Mercedesstern, den Sie in der Oranienburger Straße gestohlen haben. Und dann Ihrem Sohn geschenkt haben.«

Carsten drehte den Kopf zur Seite und hustete in seinen bandagierten Unterarm. Dann drehte er sich wieder zu Pachulke. »Kinder sind wirklich unschuldig, finden Sie nicht?«, sagte Carsten Meier. »Ich wollte ihm eine Freude machen mit dem Stern. Der ist vom Flohmarkt, nicht von einem Gebrauchtwagenhändler für Luxuskutschen.«

»Das mit dem Gebrauchtwarenhändler haben Sie gesagt, nicht ich«, sagte Pachulke. »Aber es ist genau so, wie Sie sagen. Haben Sie das auch aus meiner Stimmlage herausgehört?«

»Wissen Sie, ich hatte eine schwere Nacht. Eigentlich dürfen Sie mich gar nicht vernehmen. Was ich hier im traumatisierten Zustand von mir gebe, darf vor Gericht gar nicht verwendet werden.«

»Eine Freundin von Melanie Schwarz hat ausgesagt, Melanie hätte ihr erzählt, Sie seien ein lausiger Fick gewesen in der Nacht am Teufelssee. Ich wette, das hat an Ihnen genagt. Am Samstag waren Sie immer noch wütend. Und dann haben Sie die Angelegenheit in Ihrem Sinne geregelt.«

»Es war Liebe«, sagte Carsten Meier.

»Bestimmt«, sagte Pachulke. »Verletzte Eigenliebe.«

Er schrieb eine SMS an Stiesel: *Unterkunft Meier 2001 prüfen. Er sagt, er war in Moabit.* »Vielleicht ist es wirklich Schicksal, dass wir uns begegnet sind, Herr Meier,« sagte er dann. »Sie haben mir den Glauben an meinen Beruf wiedergegeben. Irgendwann habe ich mal damit angefangen, Drecksäcke wie Sie aus dem Verkehr zu ziehen. Fühlt sich gut an. Fühlt sich richtig gut an, Sie hier liegen zu sehen.«

Pachulke überließ den Patienten sich selbst. Meier sollte Zeit haben, um über alles nachzudenken. Außerdem musste Pachulke am Ostbahnhof noch eine Handvoll digitalisierter Musik abholen.

»Ein Mercedesstern, meinen Sie«, sagte Tenbrink zu Stiesel.

»Das wäre möglich«, sagte Stiesel. »Jedenfalls wurde zwei Stunden vor dem Tod von Melanie ein Mercedesstern in der Nähe ihrer Arbeitsstelle abgebrochen. Der Täter hat wahrscheinlich gewartet, bis sie Feierabend hatte. Wir haben bei dem Sohn von Carsten Meier einen Mercedesstern sichergestellt, den er von seinem Vater geschenkt bekommen hat.«

»Ich kann die Fotos der Obduktion von Melanie Schwarz einscannen«, sagte Tenbrink. »Dann errechnet der Computer ein 3D-Modell von der Einkerbung an ihrer Schläfe. Das gleiche machen wir mit dem Mercedesstern, und dann sehen wir, ob die Wunde und Metallring zusammenpassen.«

»Dauer?«, fragte Stiesel. »Zwei bis drei Stunden. Das Gesicht zu berechnen, braucht sehr viel Speicher.«

»Ich muss sowieso nach Lichtenberg, ein Alibi prüfen. Pachulke ist wahrscheinlich vor mir wieder aus dem Krankenhaus zurück.«

Bördensen war mit Blaulicht auf dem Dach nur gute zehn Minuten nach Rudow unterwegs. Vor der Müsam in der Goldammerstraße gab es eine lange Warteschlange. Er pflügte sich durch die Menge.

»Hinten anstellen«, riefen die Wartenden.

Eine Müllhostess stellte sich ihm in den Weg. »Hinten anstellen, wie alle anderen auch.«

Vor dem CD-Schredder erblickte Bördensen einen Mann mit zwei riesigen Koffern, der mechanisch eine CD nach der anderen in den Schlitz schob.

»Bördensen, Kriminalpolizei«, er hielt der Müllhostess seinen Dienstausweis unter die Nase. »Da drüben sitzt jemand an Ihrem Schredder und vernichtet jeden Moment ein wichtiges Beweismittel.«

»Wir haben hier die Jurisdiktion«, sagte die Müllhostess. Ihr grüner Kugelschreiber klickte gefährlich.

»Aber nur bei Umweltdelikten«, sagte Bördensen. »Hier geht es um Mord.« Er schob sie beiseite und trat zu dem Mann am Schredder. »Victor Sherman?«

Der Mann sah auf.

»Ihr Vater hat uns gesagt, dass Sie hier sind. Auf einer dieser CDs befindet sich eine Aufnahme, mit der wir einen Mörder überführen können. Es geht um den 23. Juni 2001.«

»Sie müssen meinen Vater zum glücklichsten Menschen der Welt gemacht haben. Er hält diesen Plastikschrott für wichtig.« Victor Sherman klappte den Deckel von einem der beiden Koffer hoch. »Bedienen Sie sich. Alles, was ich nicht schreddern muss, ist mir recht.«

Bördensen durchsuchte den Koffer und musste nicht lange suchen.

»Hat Ihr Vater ja ausgezeichnet sortiert«, sagte er und holte die sorgfältig datierte CD aus ihrem Fach. »Wollen Sie eine Quittung?«, fragte er.

»Eine Quittung für Müll«, sagte Victor Sherman. »So ein Schwachsinn.«

»Die Übernachtungen im Juni 2001? Na, das kann ein Momentchen dauern.«

Stiesel stand im Foyer des Night & Day in Lichtenberg. Das Stammhaus der Kette, die sieben Häuser in der Stadt unterhielt.

Mitte der Neunziger hatten Sie hier in Lichtenberg begonnen, 2001 hatte es drei Häuser gegeben. Das in der Eldenaer Straße in Lichtenberg, wo Stiesel gerade am Tresen stand, das in der Wrangelstraße in Kreuzberg und das in Moabit in der Wiclefstraße. Eine Straße neben dem Frauenwohnheim, in dem Melanie Schwarz gelebt hatte.

Der Mitarbeiter kehrte mit zwei Ordnern zurück. »Hier haben wir die Unterlagen vom Juni 2001. Und hier fangen die Belege für die Wiclefstraße an.«

Stiesel blätterte durch die Buchungsbelege. Durchschläge, Formulare, Namenslisten, fotokopierte Ausweise und Reisepässe. Er suchte nicht lange: *Studententheater Freiburg: 17 Personen vom 16. bis zum 24. Juni 2001.* Zwei Viererzimmer für Frauen und ein Sechserzimmer für Männer. Also hatte Carsten Meier die Wahrheit gesagt. Er war im Nachtbus nach Moabit auf dem Weg nach Hause gewesen und hatte eine Straße weiter als Melanie Schwarz gewohnt. Er hatte Melanie Schwarz nicht nach Moabit verfolgt, seine Gruppe wohnte dort auch. Aber Moment mal. »Da fehlen drei Leute«, sagte Stiesel. »Siebzehn Personen in der Gruppe, zwei mal vier Frauen und einmal sechs Männer sind vierzehn. Wo haben die anderen drei gewohnt?«

Der Mitarbeiter des Hostels blätterte den Beleg für die Zimmerverteilung um. Unten stand ein handschriftlicher Vermerk. *Überbuchung, drei Ausweichunterkunft ES.*

»Die anderen drei haben hier gewohnt. ES ist unser Kürzel für Eldenaer Straße.« Er schlug den anderen Ordner auf. »Hier ist der Korrespondenzbeleg.«

Stiesel las im Belegordner für das Hostel in Lichtenberg: *3 von 17 Studententheater Freiburg. Ein Dreierzimmer für Männer.* Er blätterte um. Carsten Meier hatte auf der Rückseite unterschrieben, am 17. Juni 2001.

Pachulke, Bördensen und Stiesel steckten die Köpfe vor dem Bildschirm von Stiesels Rechner zusammen. Das Bild der Überwachungskamera von Vincent's Vintage Cars war blaustichig, aber scharf. Die Kamera schaltete sich um achtzehn Uhr ein zum Verkaufsschluss und machte alle zwanzig Sekunden eine Aufnahme. Bördensen drückte auf schnellen Vorlauf, bis die Uhr unten in der Ecke 23:52:00 Uhr anzeigte.

Um 23:53:00 stieg eine Person über den Zaun. Um 23:53:20 war sie beim Mercedes und brach den Stern ab. Um 23:53:40 hielt sie den Mercedesstern in die Höhe und sah dabei in die Kamera. Um 23:54:00 ging sie zurück zum Zaun. Carsten Meier hatte sich die Mordwaffe besorgt.

Tenbrink kam mit seinem Laptop vorbei. Er legte den Mercedesstern und die Fotos von Melanie Schwarz auf den Tisch. Dann erläuterte er die Rekonstruktion, die der Rechner durchgeführt hatte. Er zeigte die Schürfwunde im 3D-Modell und zeigte, wie die Wunde auf den Fotos aussah. Dann schwebte der Mercedesstern ins Bild.

»Er ist nicht ganz rund«, sagte Tenbrink. »Da muss jemand mal draufgehauen haben.«

»Der Händler meint, das sei ein Fehler ab Werk«, sagte Stiesel.

»Wie dem auch sei«, sagte Tenbrink. »Ich kann das digitale Modell von dem Stern an die Einkerbung in der Schläfe von Melanie Schwarz führen und schrittweise dreihundertsechzig Grad drehen. Und jetzt«, der Stern leuchtete kurz auf, »haben wir hundert Prozent Übereinstimmung. Hätte er mit der runden Seite zugeschlagen, dann hätten wir es wahrscheinlich nicht nachweisen können.«

»Man muss auch mal Pech haben«, sagte Pachulke. »Vor allem als Doppelmörder.«

40

Zabriskie trat auf die Dachterrasse der Baracke. Sie holte tief Luft. Sie würde weiterhin auf ihrem eigenen Balkon frühstücken, kräftige Männer in ihrem Bett festketten oder in der Wanne mit Badeschaum bewerfen. Mit Conny hatte sie dort gestern Nacht die Flasche Auchentoshan niedergemacht. Was konnte die Kleine saufen.

Zabriskie war nicht allein. Am anderen Ende des Dachs kniete Dorfner und werkelte auf dem Boden herum. Von der Treppe sah es so aus, als sei er von mehreren Heuballen umgeben. Er hantierte völlig vertieft mit Zollstock und Klebeband.

»Was wird das denn, wenn es fertig ist?«, fragte Zabriskie.

Dorfner fuhr herum. »Ach, du bist es, Zabriskie. Das wird mein neues Zuhause. Pachulke hat gesagt, ich kann hier auf dem Dach zelten, wenn ich möchte.« Er deutete auf die Heuballen. »Ich verlege gerade Kunstrasen, damit es ein bisschen gemütlicher wird.«

»Und das hier ist dein Zelt?« Zabriskie deutete mit der Fußspitze auf einen prall gefüllten kleinen Beutel aus wasserabweisendem Material.

Dorfner nickte und wischte sich den Schweiß von der Stirn. Er trug ein schwarzes Tanktop, Shorts im Camouflage-Design. Auch seine mächtigen Schultern glänzten unter einem Schweißfilm. Zabriskie verscheuchte den Gedanken an ihren Traum sehr schnell. Und verdammt, es war ein Albtraum gewesen.

»Es ist ein Thermozelt. Das Standardzelt der finnischen Spezialeinheiten. Ein Huukipakki. Tausendsiebenhundert

Gramm schwer, eine sichere Unterkunft für bis zu minus fünfundzwanzig Grad und Windstärke zehn.«

»Und du willst allen Ernstes Heringe ins Dach schlagen? Es tropft doch so schon an den Schweißnähten.«

Dorfner warf Zabriskie einen Blick von der Seite zu, der wohl Mitleid zum Ausdruck bringen sollte. »Ich weiß ja, dass du mich für einen Volltrottel hältst, aber nein, ich werde keine Löcher ins Dach hauen.« Er griff in seine Sporttasche und holte mit einer Hand eine Zehn-Kilo-Standardscheibe für die Freihantel heraus. »Durch die Gewichte ziehe ich die Zeltschnur durch, das ist sicherer als jeder Hering.«

»Und dein Trainingsprogramm? Dein Weg zu dir selbst? Ist der Bizeps nicht der Sitz der Seele bei Leuten wie dir?«

Wieder dieser Blick. Den hatte er wohl vor dem Spiegel geübt.

»Ich bin panmuskulär, falls dir das etwas sagt. Meine Seele ist in jedem meiner Muskeln zu Hause. Drüben im Haupthaus gibt es ein sehr gut ausgestattetes Fitnessstudio. Ich werde dort jeden Tag von fünf bis sieben trainieren. Im Winter hacke ich mir ein Eisloch in den Swimmingpool und frische mich ab. Danach nehme ich das Frühstück mit Pemmikan und Rührei in der Apsis meines Huukipakki zu mir. Das Einzige, was mir im Fitnessstudio fehlen wird, ist der Sandsack mit deinem Foto.«

Zabriskie lief rot an. »Du hast einen Sandsack mit einem Foto von mir? Und dann prügelst du auf mich ein?«

Dorfner räusperte sich. »Die moderne Trainingspsychologie geht eigene Wege. Ja, du motivierst mich, Zabriskie, du bringst mich dazu, alles aus mir herauszuholen, mein Bestes zu geben, präzise und mit berserkerhafter Gewalt meinen Sandsack mit beiden Fäusten zu bearbeiten, bis ich schweißgetränkt und erschöpft über dir zusammenbreche.«

»Danke, das reicht, Dorfner. Das war das erste und hoffentlich letzte Kompliment, das du mir gemacht hast.«

»Und dann stelle ich mir vor, dass du mir den Schweiß vom

Bizeps leckst«, sagte Dorfner. »Ich wundere mich, dass du nicht längst schon einmal schwach geworden bist.«

»Abwegig, pervers und widerlich.« Zabriskie spürte, wie sie noch etwas röter wurde.

»Zabriskie, entweder du hilfst mir mit dem Rollrasen oder du ziehst Leine. Ich teile mit dir die intimsten Geheimnisse meiner professionellen Selbstoptimierung und du …«

»Ach, halts Maul.« Zabriskie griff sich eine Rasenbahn. Sie hob die Augenbrauen. »Hellgrau, das sieht ja sehr seriös aus.«

»War ein Restposten. Als Obdachloser darf man nicht wählerisch sein. Außerdem ist er schwer entflammbar entsprechend der Brandschutzbestimmungen nach B1. Ich will ja auch grillen hier.«

Eine Etage tiefer saß Pachulke in seinem Büro und lauschte den Probedigitalisierungen vom Ostbahnhof. Die Aufnahme des Haydn-Streichquartetts Nr. 36 in B-Dur, op. 50, Nr. 1, Hoboken Nr. 44, das erste der Preußischen Quartette, war so klar und präzise, er hätte den Dreck unter den Fingern des Cellisten sehen können, wenn da welcher gewesen wäre. Aber da, die zweite Violine, der hatte seine Schuhe nicht geputzt. Pachulke konnte die ungeputzten Schuhe hören, es war unglaublich. Er hörte alles, einfach alles. Keuchend setzte er die Kopfhörer ab. Er musste sich von dieser Informationsflut erst mal erholen. Dann setzte er die Kopfhörer wieder auf. Da, dieses Knacken, das war ein Sandkorn von seinem Urlaub auf Teneriffa vor drei Jahren. In der Woche danach hatte er diese Platte gekauft, leicht sonnenverbrannt war er über den Flohmarkt geschlichen. Der Keller, das kleine Restaurant mit den überteuerten Tapas. Die Frau aus Wanne-Eickel, die am Nebentisch schrill gelacht hatte, alles war in diesem Knacken zu hören, den das Sandkorn verursachte. Erstaunlich, was die neue Aufnahmetechnik vermochte. Pachulke zog den USB-Stick aus der Anlage und besah ihn sich. Hier wären sie jetzt also alle in Zukunft eingesperrt: Dietrich Fischer-Dieskau, die Philharmoniker, die

Mainzer Hofsänger. Ob es wohl Gedränge gab? Digitalisierung war auf gespenstische Weise demokratisch. Entweder du warst eine Eins oder du warst null. Kein Overkill der Möglichkeiten, keine sozialen Gegensätze. Er hatte diesen Laden für Selfstorage an der Stralauer Allee besucht und gleich ein siebzig Quadratmeter großes Abteil angemietet. Ab morgen würde er die Platten aus der Wohnung schaffen, und wenn die zweihundertachtzig Regalmeter sicher verstaut waren, würde er die *Studio Sessions* aus den Schließfächern befreien und zu sich in die Wohnung holen. Mit Rubi allein zu Hause. Morgen musste er wieder Geld nachwerfen.

41

Zabriskie und Pachulke parkten auf dem kleinen Platz mit der kyrillischen Inschrift im alten Eingangstor. Von dort wand sich ein steiler Weg hinauf zu dem Grat, auf den der Junge mit der Schleuder Zabriskie vor einigen Tagen geführt hatte. Überall rannten Kinder herum, die Vögel jagten. Jemand hatte das Pulpeloch, in dem der Junge fast ertrunken wäre, mit gelbem Absperrband markiert.

»Das ist unser Absperrband«, sagte Pachulke.

»Ein Fehldruck«, sagte Zabriskie. »Wenn der Farbton nicht der ISO-Norm entspricht, werden die Rollen makuliert und landen auf dem Müll.«

»Also hier«, sagte Pachulke. Er keuchte, und Zabriskie musste sich zusammenreißen, dass sie ihm nicht davonrannte.

»Wie alles, was weggeschmissen wird, obwohl man es noch brauchen kann.« Jetzt verstand sie, warum ihr Haeckel gesagt hatte: *Mir wird an nichts mangeln.*

Als sie den Kopf erreichten, zögerte Zabriskie. »Es geht hier irgendwo runter, aber ich bin mir nicht sicher, auf welcher Seite.«

Sie stieg ein paar Stufen hinunter. Doch, hier war es. Sie

hatte den Fluss sehen können, als der Junge sie geführt hatte. Kurze Zeit später standen sie vor der Tür im Bein der Soldatenskulptur.

Sie kletterten hinein, und Zabriskie rief: »Professor Haeckel, hier ist Zabriskie. Wir haben die zweite Kontaktlinse aus Stralau gefunden.«

»Wir?«, hörte sie Haeckels blecherne Stimme.

»Ich habe … noch jemand mitgebracht.«

»Ach, sieh an«, sagte Haeckel, während er aus der mittleren Ebene hinunter ins Labor hinkte, »das muss ja wichtig sein, dass Sie sich mit mir abgeben, Herr Hauptkommissar.«

»Ist es auch«, sagte Pachulke. Zabriskie sah, wie er mit sich kämpfte. Es war eine Mischung aus alter Wut und frischer Dankbarkeit. »Sie helfen uns, mit Ihren eigenwilligen Methoden einen zweifachen Mörder zu überführen.«

»Wenn wir auch sonst nichts gemeinsam haben, dann wenigstens die Methoden«, sagte Haeckel. »Ist dieser salbungsvolle Dankeston Ausdruck eines schlechten Gewissens?«, fragte er.

Die beiden Männer starrten sich an. »Ja, vermutlich«, sagte Pachulke. »Wir haben alle gepfuscht, und die Schuld bei Ihnen abgeladen.« Er räusperte sich.

»Weiter, ich bin ganz Ohr, Herr Hauptkommissar.« Haeckel bleckte die Zähne. »Ein Auftakt, der Erwartungen weckt.«

»Das war bequem von uns, auch von den beiden Kollegen, die es kaum erwarten konnten, belobigt, befördert und berühmt zu werden. Aber vor allem von mir. Mir was das recht, es auf den Experten schieben zu können, der uns angeblich alle überrumpelt und hinters Licht geführt hatte. Ich bitte Sie um Entschuldigung.«

Haeckel malmte mit den Zähnen und sah auf den Boden. »Wohl gesprochen, Herr Hauptkommissar. Wir wissen beide, dass ich dadurch so wenig meinen Fuß zurückbekomme wie die beiden Kollegen ihr Augenlicht. Aber ich würde gerne wieder unterrichten. Sehen Sie da eine Möglichkeit?«

Pachulke sah Zabriskie an. »Ich werde mich dafür einsetzen. Erst werde ich den Kollegen erklären, was Sie für diesen Fall geleistet haben, dann auch weiter oben. Aber ich verspreche nichts.«

»Das versteht sich doch von selbst. Sie wollen sich absichern. Aber wenn es nicht klappt.« Er hob die Hände und zeigte auf sein Labor und die von ihm bewohnte Skulptur: »Mir wird an nichts mangeln. Was halten Sie von Pachulkes Vorschlag, Zabriskie?«

Zabriskie presste die Lippen zusammen und verschränkte die Arme vor der Brust. Wenn Haeckel jetzt meinte, er könnte sie gegen Pachulke ausspielen, dann hatte er sich geschnitten. Sie sagte mit belegter Stimme: »Die beiden Kollegen Speckler und Nothoff arbeiten im Polizeipräsidium. Soweit ich es überblicken kann, freut sich jeder Mitarbeiter des Hauses, wenn es gelingt, jemanden zu überführen. Egal ob die Leute bei der Fahrbereitschaft arbeiten oder auf der Poststelle. Und hier geht es um zweifachen Mord. Außerdem wissen die beiden Kollegen nicht, das Sie einen Fuß verloren haben.«

Haeckel bleckte wieder die Zähne. »Ich verstehe, nicht Auge um Auge, sondern Fuß um Auge. In der Schmerzensgeldtabelle wird der Verlust eines Auges übrigens mit hunderttausend Euro angesetzt, der eines Fußes nur mit fünfundsiebzigtausend. Was meinen Sie, soll ich mir noch ein Ohr abschneiden, damit wir uns alle wieder liebhaben?«

Pachulke zog die Plastikhülle mit der zweiten Kontaktlinse aus der Jackentasche. »Wir haben da etwas gefunden, von dem wir denken, dass es unseren Hauptverdächtigen des Mordes an Verena Adomeit überführt. Könnten Sie eventuell ...«

»Nicht nur eventuell, sondern ganz sicher und mit dem größten Vergnügen. Darf ich bitten?« Haeckel nahm Pachulke die Plastiktüte aus der Hand, holte die Kontaktlinse heraus, sprühte sie ein und legte sie in das Lesegerät.

»Die ist ja böse zerkratzt. Wo haben Sie die denn aufgetrieben?«

»Im Nest eines Gauklers«, sagte Zabriskie. »Ein Greifvogel, der ganz oben im Weißen Gebirge brütet. Ist sie deswegen unleserlich?«

»Nein, es handelt sich um eine abgespeicherte Erinnerung. Die Oberflächenbeschaffenheit spielt keine Rolle, solange der Datenträger physisch noch intakt ist. Bitte ziehen Sie Ihre Brillen an.«

Als der Bogen Papier aus dem Drucker glitt, knallten Zabriskie und Pachulke beinahe mit den Köpfen zusammen. Schließlich schnappte sich Zabriskie das Blatt und hielt es in der Hand, während das Bild Konturen annahm. Den Ausdruck der Linse vom Sonntag hielt Pachulke. Sehr schnell war klar, dass der blinde Fleck der zweiten Linse irgendwo im grünen Hintergrund der Stralauer Szenerie lag. Zabriskie erkannte die Krawatte und den Haaransatz, und dann schälte sich das Gesicht heraus, in Wellen wurde es klar und scharf, und am Ende konnte es keinen Zweifel geben. Carsten Meier hatte die Lippen zurückgezogen, während er Verena Adomeit erwürgte. War das die Anstrengung? Oder war es die Befriedigung, dass er sein Opfer erwischt hatte? Dass er die Frau beseitigt hatte, die ihm hätte gefährlich werden können? Seine Züge konnten eine Fratze der Anspannung oder ein entspanntes Lächeln sein. Aus seinen Augen konnte man dazu keine Rückschlüsse ziehen. Die blickten kalt und konzentriert direkt den Betrachter an. Zabriskie starrte auf das Bild, bis Pachulke sie anstupste. »Wir haben ihn.« Zu Haeckel sagte er: »Danke, Herr Professor.«

»War mir ein Fest, Herr Hauptkommissar«, sagte Haeckel. »Wenn ich als Gutachter aussagen soll, wäre es gut, wenn ich als Wissenschaftler einen offiziellen Auftrag von der Polizei hätte.«

Als sie wieder im Auto saßen, starrte Zabriskie eine Weile auf den Feierabendverkehr, der sich Richtung Köpenick gen Süden wälzte.

»Glaubst du, sie haben sich geliebt?«

»Wer?«, fragte Pachulke.

»Die Adomeit Meier«, sagte Zabriskie. »Oder Meier die Schwarz?«

»Nein, ich glaube nicht«, sagte Pachulke. »Hier ging es um knappe Ressourcen. Wozu sind wir fähig, wenn alles auf dem Spiel steht? Keine Beziehungstat, sondern Verteilungskampf.«

Zabriskie biss sich auf die Lippen. Sie war so froh, dass sie diese Anfrage bei den Kollegen in Frankfurt wegen Conny Stolze nicht gemacht hatte. »Ich weiß nicht, ob ich so reagieren könnte wie Haeckel, der so viel aufgegeben und trotzdem weitergemacht hat.«

»Uns wird an nichts mangeln«, sagte Pachulke, als sich Zabriskie in den Verkehr einfädelte. Er deutete auf das Armaturenbrett des Dienstwagens. »Aber tanken müssen wir noch.«

»Die alte Frau, die Verena Adomeit gefunden hat, hat gesagt, das Motiv sei Leidenschaft gewesen.«

»Vielleicht«, sagte Pachulke. »Aber nicht füreinander.«

Rob Alef

Rob Alef, 1965 in Nürnberg geboren, ist freier Rechtshistoriker und schreibt Satirisches für das Magazin *Eulenspiegel* und *die tageszeigung*. Lebenserfahrungen sowie ein gewisses Unbehagen an der Jurisprudenz – so sagt er über sich selbst – haben ihn dazu bewogen, seinen ursprünglichen Beruf als Volljurist aufzugeben und stattdessen freiberuflich zu arbeiten und obendrein Krimis zu schreiben: »›Aufklärung‹ heißt das missing link, als Überführung des Verbrechers ebenso wie als Versuch, sich aus der selbstverschuldeten Unmündigkeit zu befreien.« Rob Alef ist in Berlin-Friedrichshain polizeilich gemeldet, wo er schläft, kocht und Figuren ersinnt, die manchmal sterben müssen.

Bibliografie

Kriminalromane: *Bang Bang stirbt* (2005); *Das magische Jahr* (2008); *Kleine Biester* (2011) und *Immer schön gierig bleiben* (2013)

Ausführliche Informationen zum Autor und zu seinen Büchern finden sich auf Rob Alefs Homepage: *www.robalef.de*

Das magische Jahr

Schneetreiben im Sommer. Am Abend des 2. Juni wird ein Antiquitätenhändler mit zertrümmertem Schädel aufgefunden. Für Hauptkommissar Pachulke und Kollegin Zabriskie ist schnell klar, dass es hier nicht um Raubmord geht. Der Ermordete war ein enger Freund von Richard Dubinski, dem legendären Wortführer der Studentenbewegung der Sechzigerjahre. Auf der Suche nach historischen Zusammenhängen und noch lebenden Mitgliedern von Dubinskis Politgang verlieren sich die Spuren. Als Pachulke sich mit einem anonymen Informanten trifft, schlägt der Mörder erneut zu …

Kleine Biester

Der Frühlingsanfang wird für die Schüler einer Grundschule in Berlin-Kreuzberg zum Albtraum. Erst wird ein Mädchen auf einem Spielplatz durch einen Erdrutsch in die Tiefe gerissen, dann verunglückt im Chemielabor einer ihrer Mitschüler tödlich. Oder war es Mord? Hauptkommissar Pachulke und sein Team finden sich zwischen Familien wieder, die alle nur ein Ziel verfolgen: Ihr Kind soll einen Platz auf dem nächstgelegenen Gymnasium erhalten. Dafür ist manchen von ihnen fast jedes Mittel recht. Zu spät begreifen die Ermittler, dass die kleinen Biester außer Kontrolle sind.

Im Rotbuch Verlag erschienen

Jörg Juretzka
Trailerpark
Kriminalroman

224 Seiten, gebunden mit Schutzumschlag
ISBN 978-3-86789-202-5, € 16.95

Kryszinski im Dutzend!

»Tot. Ich war tot.
Na, so gut wie. Noch wummerte mein Herz gegen den Brustkorb, noch schwitzten meine Poren, noch gruben sich meine Fingernägel in die Handflächen, noch hielt ich mich irgendwie senkrecht. Noch waren es nur meine Gedanken, die wie Querschläger kreuz und quer durch mein Schädelrund heulten. Noch.
Ich stand wie gelähmt, umgeben von Finsternis, eingekreist von einer schwer bewaffneten Einheit krimineller CRS-Beamter, belauert von einer fünfköpfigen Drogengang, verraten von der Frau, mit der ich mich nur Stunden zuvor in lustvoller Umklammerung über die Laken gewälzt hatte. Meine Ermordung war beschlossene Sache, Zeitpunkt: sofort.«

Eine abgefahrene Story, zwielichtige Charaktere und messerscharfe Dialoge – *Trailerpark* geht voll und ohne Rückfahrschein auf die Zwölf!

»Jörg Juretzka ist einer der besten und etabliertesten Krimischriftsteller Deutschlands.« *Hessischer Rundfunk*

www.rotbuch.de